Scherz Krimi

Spannung mit Niveau

Edgar Wallace

Der Schwarze Abt

Scherz

Bern – München – Wien

Ungekürzte und neu übersetzte Ausgabe
Übertragung aus dem Englischen von Jürgen Bavendam
Titel des Originals: »The Black Abbot«
Schutzumschlag von Heinz Looser
Foto: Thomas Cugini

1. Auflage 1984, ISBN 3-502-50940-9

Gesamtherstellung: Ebner Ulm

1

»Thomas!«

»Ja, Mylord.«

Der Diener, der kein sehr vertrauenerweckendes Gesicht hatte, nahm Haltung an und wartete, während der blasse Mann am Schreibtisch ein dünnes Bündel Banknoten aus einer Kassette holte, die bis zum Rand mit Geldscheinen in verschiedenen Währungen vollgestopft war.

»Thomas!« wiederholte der Mann abwesend.

»Mylord?«

»Stecken Sie dieses Geld in den Umschlag dort ... Nein, nicht in den, Sie Narr, sondern in den grauen. Ist er schon adressiert?«

»Ja, Mylord. ›Herrn Lubitz, Frankfurter Straße 35, Leipzig.‹«

»Kleben Sie ihn zu, bringen Sie ihn zur Post, und schicken Sie ihn per Einschreiben. Ist Mr. Richard in seinem Arbeitszimmer?«

»Nein, Mylord, er ist vor einer Stunde ausgegangen.«

Harry Alford, der achtzehnte Earl von Chelford, seufzte. Er war noch keine Dreißig und hatte ein hageres Gelehrtengesicht, dessen Blässe von rabenschwarzen Haaren unterstrichen wurde. Die Bibliothek, in der er arbeitete, wurde an drei Seiten auf halber Höhe durch eine Galerie unterteilt, zu der eine eiserne Wendeltreppe führte. Die Wände waren vom Fußboden bis zur Decke mit Bücherregalen vollgestellt, und nur über dem breiten steinernen Kamin war ein Platz ausgespart. Dort hing das Porträt einer auffallend schönen Frau, deren Ähnlichkeit mit dem Earl unverkennbar war. Denn seine Mutter hatte das gleiche schwarze Haar und die gleichen unergründlichen Augen. Lady Chelford war die hübscheste Debütantin ihrer Zeit gewesen, und ihr tragischer Tod Anfang der neunziger Jahre des letzten Jahrhunderts hatte lange für Gesprächsstoff gesorgt. Ihr Porträt war das einzige Bild im Raum. Harry betrachtete es nachdenklich. Es hätte eine schönere Umgebung verdient, dachte er, obgleich man »Fossaway Manor« einen gewissen Charme zubilligen mußte.

Der schwarz gekleidete Diener blieb zögernd in der Tür stehen: »Ist das alles, Mylord?«

»Ja«, sagte Harry kurz, doch als der Bursche sich bereits umgedreht hatte, rief er ihn zurück: »Thomas!«

»Ja, Mylord?«
»Ich habe zufällig am Fenster gestanden, als Sie heute morgen mit Filling, dem Stallknecht, vorbeigingen . . . Was hatte er Ihnen zu berichten?«
»Er hat mir vom Schwarzen Abt erzählt, Mylord.«
Das bleiche Gesicht zuckte. Selbst am hellichten Tag, trotz der Sonne, die durch die Butzenscheiben schien und rote, blaue und violette Arabesken auf das kostbare Parkett malte, begann Harrys Herz schon bei der Erwähnung des Schwarzen Abtes schneller zu schlagen.
»Wenn einer meiner Bediensteten noch einmal von diesem angeblichen Gespenst redet, werde ich ihn auf der Stelle entlassen. Würden Sie das bitte Ihren Kollegen ausrichten! Ein Geist! Großer Gott, seid ihr denn alle verrückt geworden?«
Sein Gesicht war rot angelaufen, und an den Schläfen zeichneten sich feine blaue Adern ab. »Bitte kein Wort mehr davon«, fuhr er fort. »Es ist eine Lüge! Wenn ich nur wüßte, welcher verdammte Lümmel das Gerücht in die Welt gesetzt hat, in ›Fossaway‹ spuke es!«
Er machte eine ungeduldige Handbewegung, und als der Diener sich verbeugt hatte und gegangen war, wandte er sich wieder der Frakturschrift des Buches zu, das am Morgen aus Deutschland gekommen war.
Thomas schloß die Tür und grinste vor sich hin. In der Kassette mußten mindestens tausend Pfund gewesen sein, und er hatte vor längerer Zeit wegen eines Zehntels dieser Summe drei Jahre hinter Gittern verbracht. Selbst Richard Alford, der so vieles wußte, war diese interessante Tatsache entgangen.
Nun hatte Thomas einen Brief zu schreiben, denn er unterhielt eine einträgliche Korrespondenz mit jemandem, dem sehr an »Fossaway Manor« gelegen war, aber zuerst mußte er noch schnell Glover, dem Butler, von seinem Gespräch mit dem Hausherrn berichten.
»Seine Lordschaft kann sagen, was er will – und warum sagt er es überhaupt einem Burschen und nicht mir? Hier *geht* ein Gespenst um, und alle möglichen Leute haben es mit eigenen Augen gesehen. Ich würde nachts nicht mehr die Allee hinuntergehen, und wenn ich eine Million dafür bekäme!« Der untersetzte Butler mit den silbergrauen Haaren schüttelte nachdrücklich den Kopf.

»Und Seine Lordschaft weiß, daß es wahr ist. Ich wünschte nur, er wäre verheiratet. Dann wäre er vernünftiger!«
»Und wir wären Mr. Richard los.«
Der Butler räusperte sich und sagte: »Manche mögen ihn und manche nicht, aber ich hatte Gott sei Dank noch nie ein böses Wort mit ihm. Übrigens . . . ich glaube, draußen ist jemand.«
Thomas lief durch die Halle und öffnete die große Tür. Unter dem Portikus stand eine auffallend schick gekleidete, stark geschminkte junge Frau. Thomas erkannte sie und lächelte.
»Guten Morgen, Miss Wenner. Das nenne ich eine Überraschung!«
»Ist Seine Lordschaft zu Hause, Thomas?«
Der Diener schürzte zweifelnd die Lippen. »Ja, aber ich fürchte, ich kann Sie nicht vorlassen. Mr. Richard hat ausdrücklich Anweisung gegeben . . .«
»Mr. Richard!« fiel sie ihm ins Wort. »Soll das vielleicht heißen, daß ich den weiten Weg von London gekommen bin und Lord Chelford nicht sehen kann?«
Aber Thomas ließ seine Hand auf dem Türknauf. Er mochte die Besucherin, die als Sekretärin des Earls nie hochnäsig zu den Dienstboten gewesen war und selbst für den niedrigsten Stallknecht ein freundliches Lächeln gehabt hatte. Er hätte sie gern eingelassen, doch irgendwo im Hintergrund wachte Dick Alford, ein Mann, der durchaus imstande war, ihn mit einem Fußtritt aus dem Haus zu jagen.
»Tut mir furchtbar leid, Miss Wenner, aber Befehl ist Befehl. Das wissen Sie doch!«
»Ich verstehe!« Sie nickte unheilverkündend. »Ich werde also an der Tür abgewiesen, die meine eigene hätte sein können . . .«
Er versuchte, mitfühlend zu blicken, brachte aber nur einen dümmlichen Ausdruck zustande. Sie lächelte, gab ihm die Hand und entfernte sich.
»Es war Miss Wenner«, meldete er dem Butler. »Sie wissen doch, die Sekretärin, die Alford entlassen hat, weil er dachte, Seine Lordschaft habe sich in sie verknallt . . .«
In diesem Augenblick läutete die Klingel der Bibliothek, und Thomas eilte hin.
»Wer war die Dame . . . Ich habe sie durch das Fenster gesehen?«
»Miss Wenner, Mylord.«

Harrys Gesicht umwölkte sich: »Haben Sie sie hereingelassen?«
»Nein, Mylord. Mr. Richard hat angeordnet . . .«
»Natürlich, ja. Ich hatte vergessen. Vielleicht ist es das beste. Vielen Dank.«
Er zog sich den grünen Blendschutz tiefer über die Augen, denn er arbeitete auch am Tag bei künstlichem Licht, weil es in der Bibliothek so düster war. Er wandte sich wieder seiner Lektüre zu, konnte sich aber nicht mehr konzentrieren. Vor ihm lag ein Ausschnitt aus einer Londoner Zeitung, den er nun zum drittenmal las. Er fand es nicht unangenehm, in der Presse erwähnt zu werden, aber warum hatte sich der Autor bloß dieses schreckliche Thema ausgesucht?
»Chelfordbury, ein verschlafenes Dorf in Sussex, hat momentan eine aufregende Beschäftigung: Gespensterjagd. Der Schwarze Abt von ›Fossaway‹ hat sich nach längerer Pause wieder blicken lassen. Nach der Legende wurde Hubert von Redruth, Abt von Chelfordbury, vor siebenhundert Jahren auf Befehl des dritten Earls von Chelford umgebracht, und seitdem ist sein ›Geist‹ in unregelmäßigen Abständen erschienen. In den letzten Jahren kursierten in der Grafschaft furchterregende Geschichten über ein Wesen, das unheimlich kreischte und heulte, aber tatsächlich gesehen wurde das lärmende Gespenst erst wieder in der vergangenen Woche.
›Fossaway Manor‹ hat jedoch weitere Attraktionen zu bieten. Einer anderen Legende zufolge wurde vor vierhundert Jahren irgendwo auf dem Besitz ein unermeßlicher Goldschatz versteckt, den verschiedene Earls trotz eifriger Suche nicht entdecken konnten. Der gegenwärtige Earl von Chelford, der mit Miss Leslie Gine, der Schwester des bekannten Society-Anwalts Arthur Gine, verlobt ist, teilte unserem Lokalkorrespondenten mit, die Erscheinung des Schwarzen Abts sei zweifellos ein übler Scherz, der auf das Konto von flegelhaften Jugendlichen aus der Nachbarschaft gehe.«
Er griff zu dem Ausschnitt, als wolle er ihn zerreißen, überlegte es sich jedoch anders und legte ihn unter einen Briefbeschwerer. Der Hinweis auf die jugendlichen Flegel im Dorf war tröstlich und würde ihn vielleicht beruhigen, wenn die Nacht kam und er Zuspruch brauchte. Denn Lord Chelford war von der Existenz des Schwarzen Abts ebenso überzeugt wie von seiner eigenen.
Seine rastlose Hand drückte auf den Klingelknopf.

»Ist Mr. Richard schon zurück?«
»Nein, Mylord.«
Lord Chelford schlug ärgerlich auf den Tisch. »Wo, um Himmels willen, geht er morgens bloß immer hin?« fragte er verdrossen.
Thomas tat klugerweise, als habe er die Frage nicht gehört.

2

Die Erntearbeiter hatten die letzten Halme gemäht, und die Garben standen da wie goldgelbe Grabsteine. Hinter dem Feld lag Chelfordbury mit seinem grauen Kirchturm, der sich inmitten sattgrüner Baumgipfel erhob, und in der Ferne sah man die grünen und weißen, sanft geschwungenen Kalkberge von Sussex, an deren Fuß die Eisenbahnlinie entlangläuft.
Dick Alford saß auf einem Zaun auf einem Hügel, der einen herrlichen Blick auf das weite Land bot. Wenn er den Kopf etwas zur Seite wandte, konnte er das Gut und die grünen Dächer und Gauben von »Fossaway Manor« sehen, doch im Augenblick interessierte ihn nur das Mädchen, das mit schnellen Schritten den gewundenen Pfad hochkam, der zu ihm führte.
Sie sang vor sich hin und wirbelte ihre Reitgerte durch die Luft wie ein Tambourmajor seinen Trommelschlegel. Er lächelte unbehaglich. Gleich würde sie ihn entdecken, und er fragte sich, ob sie sich freuen oder ärgern würde. Bisher war er Leslie Gine immer nur unter Umständen begegnet, die eine freundliche Maske und charmante Unverbindlichkeit erforderten. Sie hatte eine gute Erziehung genossen und kannte die oberste Regel des guten Benehmens, die besagte, man dürfe nie einen Gesprächspartner vor den Kopf stoßen.
Sie hörte auf zu singen. Sie hatte ihn erblickt, aber sie ging nicht langsamer, sondern schlug nur mit der Gerte nach einer Brennessel.
»Hier lauern Sie also jungen Mädchen auf!« begrüßte sie ihn scherzend.
Sie war klein und bemerkenswert schlank, doch ihre elastischen Bewegungen ließen auf überdurchschnittliche Kräfte schließen. Sie hatte ein feingezeichnetes Gesicht, tiefgraue Augen und eine sehr

selbstbewußte Haltung. Leslie Gine wäre auch in armseligen Lumpen eine Dame gewesen.
Dick hatte sie reiten sehen: Sie saß im Herrensitz und schien mit dem Pferd eins zu sein. Er hatte sie auf dem Tanzparkett beobachtet: Ihre Figuren waren anmutig und vollkommen.
Sie stand jetzt mit jungenhaft gespreizten Beinen vor ihm, die eine behandschuhte Hand war in die Hüfte gestemmt, die andere hielt die Gerte. Die Reitkappe war keck in die Stirn gezogen, und das strenge Schwarz des Reitkostüms wurde durch einen breiten weißen Kragen gemildert. Die schelmisch funkelnden Augen sprachen der einstudierten Strenge ihres Gesichts hohn.
Dick Alford, der auf dem Zaun sitzen geblieben war, hatte einen Grashalm zwischen den Zähnen und betrachtete sie beifällig. »Geritten, Leslie?«
»Wäre ich sonst in diesem Aufzug hier?«
Er sah sich um und fragte: »Wo ist das Lieblingsroß?«
Sie blickte ihn mißtrauisch an, aber kein Muskel des schmalen, braungebrannten Gesichts zuckte.
»Ich bin abgesessen, um ein paar Blumen zu pflücken, und das Biest ist fortgerannt. Sie haben es gesehen!« beschuldigte sie ihn.
»Ja, ich habe etwas gesehen, das einem Gaul glich. Er lief in Richtung ›Willow House‹«, gestand er. »Ich dachte, er hätte Sie abgeworfen.«
Sie nickte. »Zur Strafe für diese Unterstellung dürfen Sie ihn zurückholen. Ich werde hier warten«, sagte sie, und als er mit einem Stöhnen vom Zaun gerutscht war, fuhr sie fort: »Ich hätte Sie sowieso darum gebeten. Als ich Sie sah, sagte ich mir: ›Da sitzt ein fauler Bursche, der ein bißchen Bewegung braucht!‹ Schwägerinnen in spe haben gewisse Privilegien.«
Bei ihren letzten Worten zuckte er zusammen. Vielleicht hatte sie es bemerkt, denn sie streckte die Hand aus, um ihn aufzuhalten.
»Nein, Dick, einer der Stallburschen kann ihn zurückholen. Setzen Sie sich bitte wieder hin, ich möchte mit Ihnen reden.«
Sie schwang sich auf den Zaun und nahm den Platz ein, den er geräumt hatte. »Richard Alford«, begann sie, »ich habe den Eindruck, Sie sehen es nicht gern, daß ich im Begriff bin, die Herrin von ›Fossaway House‹ zu werden.«
»›Manor‹«, verbesserte er.

»Keine Ausflüchte – stimmt es, oder stimmt es nicht?«
»Ich zähle die Tage«, sagte er leichthin.
»Wirklich?«
Er holte ein zerschrammtes Silberetui aus der Tasche, nahm eine Zigarette heraus und zündete sie an.
»Meine liebe Leslie . . .«, fing er an, aber sie schüttelte den Kopf. Sie war auf einmal sehr ernst.
»Denken Sie vielleicht, ich werde mich . . . einmischen? In die Verwaltung des Besitzes? Ich weiß, der arme Harry ist in praktischen Dingen ziemlich unbedarft, aber ich glaube trotzdem, daß Sie sich irren.«
Er blies ein paar Rauchkringel in die Luft, ehe er antwortete. »Im Gegenteil, ich wünschte, Sie würden den Besitz verwalten, es wäre ein Gottesgeschenk für mich«, sagte er gelassen. »Nein, darüber mache ich mir keine Sorgen. Bei dem vielen Geld, das Sie haben, fällt ›Fossaway‹ doch kaum ins Gewicht – verzeihen Sie meine Offenheit. Ein Verwalter könnte die Aufgabe ebensogut übernehmen wie der zweite Sohn.«

3

Er sagte es ohne Bitterkeit, ohne eine Spur von Selbstmitleid, und sie schwieg. Er war ein Kind aus zweiter Ehe, und das hatte ihn in eine schwierige Lage gebracht. Als der alte Lord Dicks Mutter ins Grab gefolgt war, hatte er nur das geerbt, was ihm als dem Zweitgeborenen zustand. Der Besitz, der Titel, sogar das Auto, das er gefahren hatte, gehörten auf einmal einem anderen. Er bekam nur ein winziges Landgut in Hertfordshire, das zweihundert Pfund im Jahr einbrachte, ein paar alte Schmuckstücke seiner Mutter und ein Legat von tausend Pfund. Und die tausend Pfund waren nie ausbezahlt worden. Sie waren einfach irgendwo in der großen Erbmasse verschwunden. Arthur Gine hatte das Testament vollstreckt. Dick hätte die tausend Pfund am liebsten für immer vergessen, doch seltsamerweise mußte er ausgerechnet jetzt daran denken. Als könne sie seine Gedanken lesen, erriet Leslie, daß seine Zurückhaltung irgendwie mit ihrem Bruder zusammenhing,

und fragte: »Sie mögen Arthur nicht, stimmt's?«
»Wie kommen Sie darauf?« entgegnete er überrascht. Er hatte sich seine Abneigung gegen den geckenhaften Anwalt nie anmerken lassen.
»Ich weiß es. Manchmal geht er selbst mir schrecklich auf die Nerven, und ich kann mir gut vorstellen, daß ein Mann wie Sie ihn nicht ausstehen kann.«
Dick lächelte. »Harry mag ihn jedenfalls, und er ist hier derjenige, auf den es ankommt.«
Sie sah ihn an und schwang langsam die Reitgerte hin und her, so, als wolle ihr nicht das rechte Wort einfallen.
»Irgendwie kommt es mir beinahe unwirklich vor, daß ich überhaupt heiraten werde«, sagte sie dann. »Es war ein so sonderbarer Antrag, so formell, so höflich, so . . . unwirklich eben!« Sie schüttelte den Kopf.
Dick fragte sich düster, wie sein Bruder wohl um ihre Hand angehalten hatte. Harry war recht unerfahren in der Liebe; an einem warmen Juninachmittag hatte Dick ihn einmal bei einem Tête-à-tête mit seiner hübschen Sekretärin gestört, das sicher mit einer heimlichen Verlobung geendet hätte, denn der verwirrte Harry wäre dem kessen Charme der ehrgeizigen jungen Dame bestimmt erlegen. Aber Dick war dazwischengekommen – und die berechnende Miss Wenner hatte »Fossaway Manor« ziemlich übereilt verlassen. Er erinnerte sich an die Episode.
»Ich vermute, Sie hätten nicht angenommen, wenn er es auf die übliche Weise getan hätte?«
»Ich weiß nicht«, sagte sie zweifelnd. »Es war merkwürdig . . . sehr merkwürdig. Ich habe Harry sehr gern, aber ich habe mich oft gefragt, ob er mich auch mögen würde, wenn . . .« Sie beendete den Satz nicht.
»Wenn Sie nicht so furchtbar reich wären?« ergänzte Dick. »Das ist nicht gerade ein Kompliment für ihn.«
Sie streckte die Arme aus, und er half ihr vom Zaun, was in Anbetracht ihrer sportlichen Fähigkeiten eigentlich überflüssig war.
»Dick«, sagte sie, als er über die Latte sprang und sie nebeneinander zur Straße gingen, »was soll ich bloß tun?«
»In welcher Hinsicht?«

»Diese Hochzeit und alles . . .«
Er wußte keine Antwort.
»Arthur möchte unbedingt, daß ich ihn heirate«, sagte sie, »und im Grunde habe ich nichts dagegen, das heißt, ich glaube es nicht.«
»Das ist das Schlimme, wenn man eine reiche Erbin ist«, zog er sie auf.
»Was soll das heißen?« Sie runzelte die Stirn. »Bin ich wirklich eine reiche Erbin?« Er blieb stehen und sah sie überrascht an.
»Etwa nicht?« Er sagte es so erschrocken, daß sie lachte.
»Ich weiß nicht. Mein Onkel hat mir vor langer Zeit eine Menge Geld hinterlassen, ich habe keine Ahnung, wieviel es ist . . . Arthur verwaltet mein Vermögen seit Jahren. Im Moment habe ich jedenfalls so viel, wie ich brauche.«
»Dann meckern Sie nicht!« sagte er grob, und sie lachte wieder.
»Ich nehme an, die meisten Mädchen werden so ähnlich unter die Haube gebracht wie ich, und bis vor ganz kurzer Zeit habe ich es als Schicksal akzeptiert.«
»Und warum denken Sie auf einmal anders?« fragte er geradeheraus und sah, wie ihre Wangen sich rot färbten.
»Ich weiß nicht«, sagte sie kurz, und dann sah sie den Ausdruck in seinen Augen, die Sehnsucht, die Hoffnungslosigkeit. Blitzartig wurde ihr etwas bewußt, das wie von einem Schleier verdeckt gewesen war. Ihr Herz klopfte so heftig, daß sie fürchtete, er würde es hören, und sie rang verzweifelt um Fassung. Das Bild ihres Verlobten, des mageren, reizbaren jungen Mannes, schob sich vor ihre Augen – war er nicht ein Schwächling, der zwar einen Adelstitel besaß, aber keine Kraft und kein Feuer? Sie verglich ihn unwillkürlich mit dem Mann an ihrer Seite, der Ruhe, Selbstsicherheit und Kraft ausstrahlte.
Als sie zehn Minuten später zu »Willow House« zurückging, kämpfte sie mit einem Problem, das ihr praktisch unlösbar erschien.
Dick, der ebenfalls langsam nach Hause ging, sah die schmale Gestalt seines Bruders am Ende der Ulmenallee warten. Der Wind zerrte an seinem Schwalbenschwanz, er stand wie immer etwas gebeugt und hatte den Kopf in einem eigenartigen Winkel vorgeschoben, so daß er von weitem einem großen, häßlichen Vogel glich. Als Dick näher kam, sah er, daß sein Gesicht zorngerötet war.

»Ich übertrage dir zwar viele Aufgaben, aber um meine Verlobte kümmere ich mich selbst, hast du verstanden?«
Dick schoß das Blut ins Gesicht, aber er ließ sich nicht anmerken, wie verletzt er war.
»Ich dulde es nicht, verstehst du?« Lord Chelfords Stimme war schrill vor kindischem Zorn. »Ich möchte nicht, daß du dich in mein Privatleben mischst. Du hast schon mal ein Mädchen fortgeekelt, das ich gern hatte, aber von Leslie wirst du die Finger lassen!«
»Ich bin doch kein . . .« begann sein Bruder erregt.
»Doch, du bist! Du willst nicht, daß ich heirate. Ich bin kein Narr, Dick. Wenn ich kinderlos sterbe, wirst du den Titel erben! Ich werde Leslie Gine heiraten, hörst du? Diesmal wirst du keinen Keil dazwischentreiben.«
Der böse und ungerechtfertigte Vorwurf nahm Dick vorübergehend den Atem, aber er riß sich zusammen und brachte sogar ein Lachen zustande. Er hatte fast jeden Tag eine Auseinandersetzung mit seinem Bruder, aber so weit war Harry noch nie gegangen. In zehn Minuten würde sich der Sturm jedoch gelegt haben, und Harry würde wieder liebenswürdig und gewinnend sein.
»Warum sagst du so schreckliche Sachen?« fragte er beruhigend. »Ich habe die Wenner nur deshalb fortgeschickt, weil sie nicht die richtige Frau für dich gewesen wäre . . .«
»Du wolltest nur nicht, daß ich heirate! Du wartest darauf, daß du in meine Fußstapfen treten kannst . . . wenn ich endlich tot bin!« schrie der ältere Sohn. »Eine neue Gräfin Chelford wäre das letzte auf der Welt, was du sehen möchtest. Du weißt, daß es so ist, gib es zu!«
Dick sagte nichts. Die letzten Worte seines Bruders trafen ins Schwarze – ihm graute schon jetzt vor dem Tag, an dem Harry eine Frau in das große Haus holte, denn sie würde das schaurige Geheimnis, das wie eine dunkle Wolke über »Fossaway Manor« hing, teilen müssen.

4

Dick war in dem kleinen Zimmer, in dem er gewöhnlich arbeitete, einem Raum, der wegen der vielen Aktenschränke und Dokumentenablagen aussah wie ein Büro. Die Fenstertüren zum Garten waren geöffnet, denn der Septemberabend war überraschend warm, und er saß in Hemdsärmeln, die Pfeife zwischen den Zähnen, am Schreibtisch. Ein grüner Blendschutz, der von einem Band um seinen Kopf gehalten wurde, bewahrte ihn vor den schädlichen grellen Strahlen des elektrischen Lichts. Auch der aufmerksamste Beobachter hätte keinerlei Ähnlichkeit zwischen Dick Alford und seinem Halbbruder feststellen können. Dick war ein sportlicher, breitschultriger, gut 1,80 Meter großer Mann mit einem sonnengebräunten Gesicht, das von seinem Leben im freien, windigen Hügelland zeugte.

Er warf dem Diener einen spöttischen Blick zu, während er seine Pfeife neu anzündete und sich reckte. »Der Schwarze Abt? Großer Gott, haben Sie ihn gesehen, Thomas?«

»Nein, Sir, ich nicht. Aber Mr. Cartwright, der Krämer unten in Chelford . . .«

Mit drastischen Worten schilderte er Cartwrights namenloses Entsetzen.

»Sie haben vom ›Red Lion‹ aus angerufen und gefragt, ob Seine Lordschaft etwas davon gehört habe.« Selbst Thomas, der nur an eines auf der Welt glaubte, nämlich an sich, erschauerte unwillkürlich. »Er hat jahrelang nur geschrien und gestöhnt, und nun hat man ihn zum erstenmal wieder gesehen.«

»Das reicht, Thomas. Cartwright war bestimmt betrunken«, sagte Dick fröhlich. »Oder er hat irgendeinen Schatten gesehen.« Er blickte hinaus zum Rasen, der im blauweißen Schein des Vollmonds glänzte.

»Bei Mondlicht sieht man oft Sachen, die es gar nicht gibt. Wie ich höre, hat Seine Lordschaft angeordnet, daß in ›Fossaway‹ nicht mehr vom Schwarzen Abt geredet werden soll?«

»Ja, Sir.«

»Dann halten Sie gefälligst den Mund!« sagte Dick.

Ohne die Pfeife aus dem Mund zu nehmen, ging er durch die Halle in die schwachbeleuchtete Bibliothek. Die drei elektrischen Kron-

leuchter, die von der Decke hingen, waren nicht angeknipst. Es brannten nur die beiden Leselampen mit den grünen Schirmen, die links und rechts auf dem Schreibtisch standen, aber ihr Schein kam gegen das Dunkel ringsum kaum an.
Als Harry seinen Bruder sah, runzelte er die Stirn. »Es wäre mir wirklich lieber, wenn du nicht in Hemdsärmeln und Reithosen durchs Haus liefest«, sagte er gereizt. »Wir sind doch keine Pächter!«
»Ich komme mir aber manchmal so vor«, antwortete Dick und setzte sich. »Werden deine Nerven ein bißchen Dorfklatsch aushalten?«
Lord Chelford rutschte unbehaglich hin und her, klappte eine goldene Schachtel auf und nahm eine Zigarette heraus.
»Wenn du wenigstens richtige Zigaretten rauchen würdest«, sagte Dick lächelnd. »Diese parfümierten Dinger sind schrecklich!«
»Wenn es dir nicht paßt, kannst du ja gehen«, antwortete der Lord spitz, um dann unvermittelt zu fragen: »Hast du diesen Artikel gelesen?«
Er zog den Zeitungsausschnitt hervor, und Dick überflog ihn.
»Wir werden prominent, Harry«, sagte er. »Aber ich vermisse meinen Namen . . . Das finde ich nicht nett.«
»Mach keine dummen Witze. Wie ist das in die Zeitung gekommen?«
»Genauso wie alles andere«, antwortete Dick sachlich. »Unser Gespenst ist fast so nützlich wie ein Presseagent.«
Harry fuhr ihn an: »Kannst du nicht endlich mal im Ernst reden? Siehst du denn nicht, daß diese Geschichte mich furchtbar mitnimmt? Du weißt doch, daß meine Nerven nicht die besten sind. Ich glaube, du hast wirklich kein Verständnis. Das ist sicher auch der Grund, weshalb du so schlecht mit dem Personal zurechtkommst.«
Dick zog verdrossen an seiner Pfeife. »Tut mir leid, daß ich so wenig Herz habe, aber irgend jemand muß den Besitz schließlich auf Vordermann bringen. Ich fürchte, die Dienstboten nehmen mir nur übel, daß ich sie nicht so schalten und walten lasse wie vorher und die Zügel straffer ziehe.«
Harry machte eine müde Handbewegung, griff dann zu dem Buch, das vor ihm lag, und blickte von Dick zur Tür. Es war ein Zeichen,

daß er die Unterredung als beendet betrachtete, und Dick stand auf. »Meinst du nicht, daß du für heute genug gearbeitet hast?« fragte er teilnehmend. »Du siehst total erschöpft aus.«
»Ich hab mich noch nie im Leben besser gefühlt«, erwiderte der andere nachdrücklich.
Dick wandte den Kopf und warf einen Blick auf die bedruckte Seite, aus der sein Bruder abgeschrieben hatte, aber er sah sofort, daß alle Mühe umsonst sein würde; es war ein deutscher Text in Fraktur, und seine sprachlichen Fertigkeiten reichten gerade für französische Speisekarten. Lord Chelford legte das Buch seufzend hin. »Du hältst mich vielleicht für einen Narren, weil ich meine Zeit mit dem da verschwende« – er hob die Hand zu den vollgestellten Bücherregalen –, »wo ich mich mit Leslie besser amüsieren könnte?«
Dick nickte. »Ja, ich finde, du solltest dich mehr unter freiem Himmel betätigen. Du bist wirklich der größte Stubenhocker, den ich je erlebt habe.«
Lord Chelford lächelte überlegen.
»Zum Glück weiß Leslie, daß sie einen Bücherwurm heiratet und keinen Leistungssportler«, sagte er, stand auf, trat zu Dick und legte ihm die Hand auf die Schulter. »Was würdest du sagen, wenn ich dir erzählte, daß ich die begründete Hoffnung habe, den Schatz von Chelford zu entdecken?«
Dick verkniff sich die Antwort, die ihm auf der Zunge lag, und entgegnete diplomatisch: »Ich würde sagen, es gibt drei Wege, den Stein der Weisen zu finden.«
Aber sein Bruder meinte es ernst. Er legte die Hände auf dem Rücken zusammen, starrte abwesend zu Boden und ging in dem langen Raum auf und ab. »Ich dachte mir, daß du so etwas sagen würdest. Aber der Chelford-Schatz ist eine Tatsache.«
Dick hörte geduldig zu. Er kannte sie auswendig, die Geschichte von den tausend Barren reinen Goldes im Gewicht von je fünfzehn Kilo. Die Legende des Chelford-Schatzes war untrennbar mit »Fossaway Manor« verbunden.
Harry ging schnell zum Schreibtisch zurück, zog eine Schublade auf und nahm ein kleines, in Pergament gebundenes Buch heraus. Die Seiten waren vergilbt, und die Schrift war im Laufe vieler Jahre zu einem hellen Grün verblaßt. »Hör zu«, sagte er und begann zu lesen.

»Am fünfzehnten Tag des Monats, welcher das Fest des Heiligen Jakob war, kehrte Ritter Walter Hythe von seiner Fahrt durch die spanischen Gewässer zurück und brachte auf zehn Wagen eintausend Barren Goldes zu jeweils fünfzehn Kilogramm Gewicht mit, die er von den beiden spanischen Schiffen ›Esperanza‹ und ›Escurial‹ genommen, und diese Barren sollen an dem sicheren Ort versteckt werden, wenn das Wetter trocken bleibt und die Dürre anhält, obgleich die Anzeichen darauf hindeuten, daß es bald regnen wird, alldieweil ich es für ratsam halte, meinen Lord Burleigh wegen der Habgier Ihrer Majestät der Königin nicht über das Gold zu unterrichten. Auch brachte er den Kristallflakon Lebenswasser mit, den Don Cortès vom Priester des Aztekenvolkes erhielt und von dem ein Tropfen auf der Zunge genügt, um einen Toten zum Leben zu erwecken. Ihn werde ich ebenfalls sehr vorsichtig an den geheimen Ort bringen. Ich hatte Sir Walter Hythe erlaubt, einhundert Goldbarren für sich zu behalten, und dies tat er, dankte mir gebührend und ritterlich und stach mit seinem Schiff, der ›Good Father‹, von Chichester in See, aber das Schiff strandete an der Küste von Kent, und Ritter Hythe, sein Kapitän und alle Mann der Besatzung kamen ums Leben. Ich für mein Teil werde aufgrund der Rolle, die ich bei der Vertretung der Sache meiner wahren souveränen Herrin, Maria, gespielt habe . . .«
Lord Chelford sah auf und begegnete dem ruhigen Blick seines Bruders. »Hier endet das Manuskript«, sagte er. »Zufällig weiß ich, daß er damals noch nicht von Elisabeths Häschern festgenommen wurde. Er gehörte nämlich zu den Verschwörern, die Maria Stuart auf den Thron bringen wollten. Er muß also noch Zeit gehabt haben, den Schatz zu verstecken. Wenn ich nur wüßte, wo der Kristallflakon ist!«
»Mir würde es reichen, wenn ich wüßte, wo das Gold ist«, sagte der praktische Dick. »Wenn die Geschichten über Elisabeth nur zur Hälfte stimmen, hat sie es sich sicher irgendwann angeeignet. Niemand hat es je gefunden. Unsere achtbaren Vorfahren haben es seit vierhundert Jahren gesucht . . .«
Lord Chelford hob ärgerlich die Hand.
»Gold, Gold, Gold! Du denkst anscheinend an nichts anderes. Dieses verfluchte Gold! Du kannst es meinetwegen behalten, wenn du es findest. Ich will nur den Flakon.« Seine Stimme war bloß noch

ein Flüstern, sein Gesicht plötzlich in Schweiß gebadet. »Dick, ich fürchte mich vor dem Tod! Die Angst verfolgt mich Tag und Nacht, ich sitze hier und zähle die Stunden und frage mich, welche die letzte sein wird. Du lachst sicher darüber, meinetwegen, lach nur!«
Aber Dicks Gesicht war ernst. »Nein, ich lache nicht, aber siehst du nicht, daß ein Elixier, das Tote zum Leben erweckt, ins Reich der Märchen gehört?«
»Wieso?« Lord Chelfords Augen glänzten unnatürlich. »Warum sollten jene alten Zivilisationen es nicht gefunden haben? Warum ist es märchenhafter als Telegrafie oder der Zerfall der Atome? Noch vor dreißig Jahren galt Fliegen als ein Wunder. Der Flakon ... ich will den Flakon mit Lebenswasser haben! Das Gold kannst du von mir aus an die armen Teufel verteilen, die nicht wissen, wovon sie Brot und Milch kaufen sollen. Ich möchte nur leben, verstehst du! Leben und keine Angst mehr haben.«
Er ließ sich schwer in seinen Sessel sinken und wischte sich die Stirn ab. »Endlich keine Angst mehr haben!« flüsterte er.
Dick hörte zu, ohne den Blick vom Gesicht des Bruders zu wenden. Und diesen Mann soll Leslie Gine heiraten, sagte er zu sich, und ihn schauderte.

5

Wäre der Ehrenwerte Richard Alford für einen Eintrag in eine Biographie großer Zeitgenossen in Frage gekommen, man hätte sein Lebenswerk und sein Freizeitvergnügen in drei Worten zusammenfassen können: »Pflege von Chelford«. Seine Verwalter sagten, er sei mit jedem Grashalm vertraut; die Pächter schworen, er könne den Preis einer Ernte bis auf den Penny genau schätzen. Er kannte »Fossaway Manor« mit all seinen Stärken und Schwächen und hatte sogar herausgefunden, wo die elisabethanischen Arbeiter an den Fundamenten gepfuscht hatten. Er wußte, wo die Mauern der alten Burg gestanden hatten, die Richard von York in Brand stecken und schleifen ließ, nachdem er den vierten Earl wegen seines Verrats unter dem großen Torbogen hatte köpfen lassen. Die unermüdliche Hingabe, mit der er sich um die Lände-

reien und das Herrenhaus von Chelford kümmerte, hätte jede Geliebte neidisch machen können.
An diesem kühlen Herbstmorgen, an dem in den flachen Tälern noch ein feiner Dunst hing, schlenderte er durch den Park zu den Ruinen der Abtei. Es war nicht mehr viel übrig. Ein zur Hälfte eingestürzter Turm, in den der Blitz eingeschlagen hatte; ein hoher Erkerbogen, in dem einst eine herrliche Bleiverglasung geleuchtet hatte; Überreste von Mauern, die von Cromwells Soldaten zerstört worden waren; und unter dem dichten Grasteppich eine harte Steinunterlage.
Er zog an seiner Pfeife, als er den Park verließ, und der Tabak verbreitete eine angenehme, aromatische Duftwolke. Er wollte zum Gut, um eine sehr prosaische Angelegenheit zu erledigen. In der Nacht war eine Kuh gestorben, und der Stallmeister glaubte, Symptome von Rinderpest festgestellt zu haben.
Vor ihm ragten die vertrauten Ruinen auf, und der halbe Bogen, der wie ein Fragezeichen aussah, zog seinen Blick an, und er mußte wieder an die oft diskutierte Frage denken, ob das Gemäuer restauriert werden solle oder nicht. Eines Tages, wenn jenes Kohlenflöz endlich nachgewiesen war oder wenn Harry eine reiche Frau hatte . . .
Das war ein unangenehmer Gedanke. Er schnitt unwillkürlich eine Grimasse, um dann wie angewurzelt stehenzubleiben. In den Ruinen bewegte sich eine Gestalt – eine Frau. Sie wandte ihm den Rücken und hatte ihn offenbar nicht kommen sehen. Irgend etwas an ihr kam ihm bekannt vor. Entschlossen verließ er den Weg und näherte sich ihr.
Sie hatte seine Schritte nicht gehört, denn als er sie anredete, fuhr sie zusammen, stieß einen leisen Schrei aus und drehte ihm ein sehr erschrockenes Gesicht zu.
»Guten Morgen, Miss Wenner«, sagte er höflich. »Ich muß sagen, Sie sind früh auf den Beinen.«
Er brauchte sich nicht zu fragen, ob sie ihm das unangenehme Gespräch, das ihrer Entlassung vorangegangen war, inzwischen verziehen habe. Als sie ihn erkannte, flammten ihre Augen zornig auf.
»Guten Morgen, Mr. Alford.« Sie bemühte sich, höflich zu bleiben. »Ich bin für ein paar Tage im Dorf und wollte nur den Besitz

wiedersehen.«
»Etwas Ähnliches hatten Sie wohl gestern schon vor«, antwortete er. »Oder wollten Sie vielleicht meinen Bruder sprechen?«
»Und wenn schon?« fragte sie herausfordernd.
»Ich habe Ihnen doch zu verstehen gegeben, daß es für alle Beteiligten besser wäre, wenn Sie in Zukunft einen Bogen um ›Fossaway Manor‹ machten«, sagte er gelassen. »Es wäre mir peinlich, noch deutlicher werden zu müssen.«
»So ist es also?« Ihr Gesicht hatte sich tiefrot gefärbt. »So ist es . . .«
»Ja«, sagte er nur.
Sie sah ihn eine Weile an und kräuselte die Lippen. »Es tut mir leid, daß ich der Anstandsdame der Familie nicht genehm bin«, zischte sie dann.
Trotz seines Ärgers registrierte er, wie gut sie aussah, und er konnte nicht umhin, ihren Mut zu bewundern. Er kam sich auf einmal vor wie ein Ungeheuer.
»Es tut mir sehr leid, wenn mein Besuch Ihnen mißfallen hat«, sagte sie mit bebender Stimme, »aber ich meine, Lord Chelford hätte mich wenigstens empfangen können . . . in Anbetracht dessen, daß ich drei Jahre für ihn gearbeitet habe, und nach allem, was zwischen uns gewesen ist . . .«
»Das einzige, was zwischen Ihnen und ihm gewesen ist, war das Arbeitsverhältnis«, sagte Dick mit aufreizender Gelassenheit.
Diesmal konnte sie sich nicht mehr beherrschen. »Er hat mir einen Heiratsantrag gemacht, und ich *hätte* ihn geheiratet, wenn Sie nicht dazwischengefunkt hätten!« sagte sie erregt. »Wenn ich keine Dame wäre, würde ich ihn wegen des gebrochenen Eheversprechens auf viele tausend Pfund verklagen. Sie verdammter Zweitgeborener und die anderen Blutsauger haben ihn gegen mich aufgehetzt. Sie sollten sich schämen, Sie mieser kleiner Schmarotzer!«
Dick mußte über die Fülle an Schimpfworten lächeln.
»Sie haben mein Leben ruiniert«, fuhr die streitbare Schöne fort. »Nach allem, was ich für ihn getan habe! Nach all den . . . den Stunden, die ich mit ihm nach dem Schatz geforscht habe, und er hat ausdrücklich gesagt, ich sei die tüchtigste Sekretärin, die er jemals gehabt habe . . .«
Er ließ sie weiterreden, bis ihre Sätze von krampfhaftem Schluchzen unterbrochen wurden.

»Das mag ja alles stimmen«, sagte er dann beruhigend. »Nur ist Ihre Anwesenheit hier ein wenig . . . unangebracht.«
Er sah, wie sie sich abwandte, und in der Annahme, sie sei nicht allein gekommen, blickte er sich suchend um, entdeckte aber niemanden. Von der Stelle, wo sie standen, fiel der Boden steil zum Ravensrill ab, dem kleinen Fluß, der seit Generationen die Grenze des Besitzes bildete. Nein, sie war allein – es sei denn, jemand hatte sich in der Ruine versteckt.
»Ich nehme an, Sie wollen, daß ich jetzt verschwinde«, keuchte sie, und er nickte.
»Ich werde Sie bis zur Straße ins Dorf begleiten«, erklärte er, und sie war zu sehr mit ihrem selbstverschuldeten Unglück beschäftigt, um das Angebot abzulehnen. Was hatte sie so früh am Morgen in der verfallenen Abtei gesucht? Er wußte, daß es keinen Sinn hatte, sie zu fragen.
Als sie den steilen Pfad zur Straße hinuntergingen, sagte sie auf einmal über ihre Schulter hinweg: »Ich würde ihn nicht mal mehr für eine Million Pfund heiraten! Er ist doch jetzt mit Leslie Gine verlobt, nicht wahr? Na ja, ich wünsche ihnen alles Gute.«
»Ich werde den freundlichen Wunsch ausrichten«, entgegnete er ironisch, doch damit fachte er ihre Wut nur noch mehr an.
»Hoffentlich spannt sie ihm nicht ein gewisser Herr aus, mehr sage ich nicht!« rief sie laut. »Ich weiß Bescheid! Alle wissen Bescheid! Sie sind doch auch hinter ihrem Geld her . . . Der zweite Sohn liebt die Braut des Lords . . . Schöne Aussichten für Harry Alford!«
Er saß am Rand des Steilhangs und ließ die Beine ins Leere baumeln, bis sie nicht mehr zu sehen war. Alle wußten Bescheid, daß er Leslie Gine liebte? Und er selbst hatte es erst in diesem Augenblick erfahren . . .

6

In der Londoner City gab es vielleicht kein eleganteres Büro als die Räumlichkeiten, in denen Arthur Gine seine Klienten empfing. Sein großes Arbeitszimmer war mit hellem Holz getäfelt, den Boden bedeckte ein flauschiger, altrosa Teppich, und die Möbel waren vom Besten, was für Geld zu haben war. Besucher, die mit dem stilbewußten Anwalt zu tun hatten, wurden diskret aufgefordert, in seiner hehren Gegenwart nicht zu rauchen. Die Fenster waren doppelt verglast, um den Straßenlärm Holborns fernzuhalten, außen waren Jalousien angebracht, damit keiner der seltenen bleichen Sonnenstrahlen eindrang, die auf die City fielen, und lange Samtvorhänge schirmten das erlesene Refugium Mr. Gines noch mehr von der Welt der Straße ab. Im Raum hing ein schwacher Rosenduft, denn Gine liebte kostspielige Parfüms und wurde regelmäßig von einem der besten Häuser der Blumenriviera beliefert.

Er war ein blonder Mann mit makellosem Teint und einem gelblichen Schnurrbart. Nur die teuersten Schneider und Hemdenmacher zählten ihn zu seinen Kunden. Der wespentaillige Cutaway saß ohne die Spur einer Falte; die graue Weste, die schwarze Hose mit den allerfeinsten weißen Nadelstreifen, die Lackschuhe, die pedantisch gebundene Krawatte, all das glich einem Bild aus einem Herrenjournal.

Gine erschien selten vor Gericht. Sein Kanzleivorsteher, ein grauhaariger, barscher Mann von Fünfzig, der bei Gines Standesgenossen als Seele des Geschäfts galt, bereitete fast alle Schriftsätze vor, fertigte die meisten Klienten ab und überließ seinem Arbeitgeber nur das Allerwichtigste.

An einem strahlend schönen Morgen Anfang September glitt Gines großer Rolls-Royce an den Bordstein, und Arthur Gine stieg umständlich aus. Er hatte eine kleine weiße Rose im Knopfloch, und Passanten, die ihn sahen und den seidigen Schimmer seines Zylinders, den spiegelnden Glanz seiner Schuhe und den Elfenbeinknauf des Spazierstockes in seiner behandschuhten Rechten wahrnahmen, mochten ihn für einen Bräutigam auf dem Weg zur Kirche halten.

Der winzige elektrische Lift brachte ihn zum ersten Stock, wo ihm ein Portier mit einer Verbeugung die Tür zu seinem Büro öffnete. Der dienstbare Geist nahm den Zylinder, die Handschuhe und den Gehstock und verschwand damit in einer fensterlosen Kammer. Arthur Gine setzte sich an seinen Schreibtisch, warf einen Blick auf die Briefe, die man ihm hingelegt hatte, und schob sie beiseite. Er drückte zweimal auf einen Klingelknopf aus Onyx, und einige

Sekunden später kam sein grimmiger Kanzleivorsteher mit einem Stoß von Papieren ins Zimmer.

»Schließen Sie die Tür, Gilder. Was ist das?«

Gilder warf die Papiere auf den polierten Schreibtisch. »Das meiste sind Zahlungsaufforderungen«, sagte er kurz.

»An mich?«

Gilder nickte, und Arthur Gine blätterte die Schreiben gleichgültig durch.

»Bei einigen werden Sie Schwierigkeiten bekommen, wenn die Leute klagen«, sagte Gilder. »Bis jetzt ist es mir gelungen, sie daran zu hindern, aber mindestens drei müßten umgehend bezahlt werden. Ich habe leider keine Gelegenheit gehabt, mit Ihnen zu sprechen, seit ich aus dem Urlaub zurück bin. Haben Sie in Goodwood viel verloren?«

»Acht- oder neuntausend«, sagte Gine gleichgültig. »Vielleicht auch ein bißchen mehr oder weniger.«

»Das bedeutet, Sie wissen es nicht, weil Sie gar nicht bezahlt haben«, sagte Gilder brutal.

»Ich habe ein paar bezahlt – die dringendsten«, beruhigte Gine ihn hastig. »Wie steht es mit diesen hier?« Wieder blätterte er mit seinen makellos gepflegten Händen in den Dokumenten.

»Eins ist sehr ernst«, sagte Gilder und fischte ein Schreiben heraus. »Die Treuhänder des Wellman-Nachlasses verklagen Sie auf dreitausend Pfund, also das Darlehen, das Sie bei Wellman genommen hatten.«

»Könnten Sie das nicht in Ordnung bringen?«

Gilder schüttelte den Kopf. »Treuhänder sind fast nie bestechlich, das wissen Sie genau. Es wird Aufsehen geben, wenn die Sache vor Gericht kommt.«

Gine zuckte mit den Schultern. »Ein Darlehen ist doch nichts Anstößiges . . .«

»Sie waren aber Wellmans Anwalt«, unterbrach der Kanzleivorsteher. »Und er war nicht mehr in der Lage, seine Geschäfte selbst zu führen. Ich sage nur, daß es Aufsehen geben wird, und der Anwaltsverein wird sehr peinliche Fragen stellen. Sie werden Geld auftreiben müssen, um die Sache außergerichtlich zu regeln.«

Gine lehnte sich zurück, holte einen goldenen Zahnstocher aus der Tasche und suchte eine nicht vorhandene Brotkrume zwischen

seinen perlweißen Zähnen. »Was brauchen Sie insgesamt?«
»Ungefähr sechstausend Pfund«, antwortete Gilder. »Können Sie sie beschaffen?«
Sein Chef schüttelte den Kopf.
»Ein Wechsel?«
»Wer soll ihn denn akzeptieren?« fragte der Anwalt und blickte auf.
Gilder kratzte sich am Kinn. »Wie wär's mit Lord Chelford?« fragte er dann.

7

Gine lachte leise. »Und was wird Chelford Ihrer Meinung nach sagen, wenn ich mit einer solchen Bitte zu ihm komme? Sie scheinen zu vergessen, daß ich für ihn der Bruder einer jungen Dame bin, die an ihrem fünfundzwanzigsten Geburtstag fast eine halbe Million Pfund erben wird. Ich bin der Testamentsvollstrekker, und außerdem verwalte ich das Vermögen seiner Mutter. Was würde er denken, wenn ich mit diesem Wechsel zu ihm käme? Chelford ist zwar ein bißchen weltfremd, aber er ist kein Narr, und Sie haben anscheinend nicht bedacht, daß der zweite Sohn seine Geschäfte führt . . .«
»Sie meinen Alford . . . warum nennen Sie ihn den zweiten Sohn?«
»Er ist seit seiner Kindheit so genannt worden«, sagte der andere ungeduldig. »Er ist ein schlauer Bursche, vergessen Sie das nicht. Ich habe keine Ahnung, ob er weiß, was ich so treibe, aber er hat mir schon ein paarmal unmißverständlich auf den Zahn gefühlt.«
»Ist das Vermögen real?« fragte Gilder, und Gine sah ihn tückisch an.
»Warum fragen Sie?« erwiderte er. »Wir haben acht Jahre davon gelebt! Die Croupiers von Monte Carlo haben einen guten Teil in die Kasse der Société des Bains geharkt, und verschiedene Buchmacher haben sich hübsche Landhäuser davon gebaut. Real? Vor zehn Jahren war es sehr real. Es war eine zweihunderttausend Pfund schwere Realität. Aber heute . . .«
Er breitete die Hände aus und betrachtete die Zahlungsaufforderungen mit einem sonderbaren Lächeln.

»Was erwarten Sie sich von Chelford? Er hat doch kein Geld«, sagte Gilder.
»Sie glauben doch nicht, ich hätte ihn nicht gründlich abgecheckt, ehe ich ein Haus kaufte, das an seinen Besitz grenzt, und mir die Mühe gemacht, ihn mit Leslie zu verkuppeln«, sagte Gine schmunzelnd. »Er ist nur momentan nicht sehr flüssig, weil sein Bruder die Hand auf dem Besitz hält. Der verdammte Kerl ist besessen von dem Familienwahlspruch – ›Halten und Vermehren‹. Das ändert aber nichts daran, daß das Land gut und gern eine Viertelmillion wert ist, und dann noch der vergrabene Schatz da . . .«
Sie lachten beide.
»Sie haben bis zu einem gewissen Punkt Glück gehabt«, sagte Gilder dann ernst. »Es war Glück, daß Sie ihn als Klienten erbten . . .«
In diesem Augenblick kam ein Schreiber mit einigen Briefen herein, die zu unterzeichnen waren, und Gilder konnte erst fortfahren, als er wieder draußen war: »Glaubt Ihre Schwester immer noch, sie sei eine reiche Erbin?«
»Sie hat diese Illusion«, entgegnete Gine kühl. »Selbstverständlich! Sie würde sich doch nie für einen solchen Schwindel hergeben.« Er nahm einen Federhalter aus der silbernen Schale vor sich, tunkte ihn ein und kritzelte die Zahlen auf ein Blatt Papier. »Sechstausend Pfund sind eine Menge Geld«, sagte er. »Ich habe dreimal soviel verloren, als Black Satin beim ›Drayton Handicap‹ um einen kurzen Kopf geschlagen wurde. Das Wichtigste ist jetzt, die Hochzeit zu beschleunigen.«
»Und das Land in Yorkshire?« fragte der Kanzleivorsteher. Gine schnitt eine Grimasse. »Ich hatte jemanden beauftragt, es zu verkaufen. Ich hätte zwanzigtausend daran verdienen können. Ich habe feststellen lassen, daß ein Riesenhaufen Kohle darunter liegt. Aber der verdammte zweite Sohn hat zu gut aufgepaßt.«
»Was werden Sie nun tun?«
»Ich weiß nicht. Es ist für einen sensiblen Menschen wie mich eine böse Folter. Haben Sie keine Idee?«
»Geben Sie mir fünf Minuten Zeit«, antwortete Gilder und ging hinaus. Als er zu seinem Büro schritt, reichte ein Kanzlist ihm einen Brief, der in ungeübter Handschrift an ihn persönlich adressiert war. Gilder betrat sein Zimmer, machte die Tür zu und las. Der

Brief hatte keine Anrede:
»Seine Lordschaft beschäftigt sich immer noch mit dem Schatz. Donnerstag ist ein altes Buch aus Deutschland gekommen, das von einem Deutschen geschrieben wurde, der vor Hunderten von Jahren in England war. Ich kann den Titel nicht lesen, weil die Schrift so komisch ist. Seine Lordschaft hat sich auch von einem Londoner Buchhändler einen Grundriß von ›Fossaway Manor‹ schicken lassen. Mr. Alford, der Bruder Seiner Lordschaft, hat die ›Red Farm‹ für dreitausendfünfhundert Pfund an Mr. Leonard verkauft« (hier lächelte Gilder.). »Miss Gine kam gestern zum Tee zu Seiner Lordschaft und Mr. Alford, und danach ging sie mit Seiner Lordschaft im Gutspark spazieren. Die Leute reden davon, daß der Schwarze Abt in der Nähe vom alten Kloster spukt. Mr. Cartwright, der Krämer, hat ihn zuletzt gesehen. Seine Lordschaft hatte ein Angebot für das Land in Yorkshire, aber ich habe gehört, wie Mr. Alford ihm riet, es nicht zu verkaufen, weil er sicher ist, daß darunter viel Kohle liegt.«
Jetzt wußte Gilder, warum der Plan seines Arbeitgebers gescheitert war.
». . . Als ich den Tee in die Bibliothek brachte, hörte ich, wie Seine Lordschaft sagte, er möchte, daß die Hochzeit im Oktober stattfindet, aber Miss Gine sagte, ihr wäre es nach Weihnachten lieber. Seine Lordschaft sagte, es macht nichts, weil er sowieso noch sehr viel zu tun habe. Mr. Alford sagte, der Ehevertrag solle von Sampson und Howard aufgesetzt werden, aber Seine Lordschaft sagte, der Vertrag sei in Mr. Gines Händen besser aufgehoben. Mehr habe ich nicht gehört, weil Mr. Alford mich hinausschickte. Miss Wenner, die frühere Sekretärin Lord Chelfords, kam gestern von London an, aber Mr. Alford hat Anweisung gegeben, sie nicht zu empfangen. Seine Lordschaft hat nicht mit ihr gesprochen . . .«
Anschließend meldete Fabrian Gilders Spion nur noch Kleinigkeiten, die nicht von Belang waren. Der Kanzleivorsteher steckte den Brief in die Tasche, schrieb ein paar Minuten und ging dann wieder zu Gine, der, den Kopf in die Hände gestützt, am Schreibtisch saß. Gilder legte ihm ein Blatt Papier hin.
»Was ist das?« fragte der Anwalt überrascht.
»Ein Sechsmonatswechsel über siebentausend Pfund. Ich habe die Summe für alle Fälle um tausend erhöht«, antwortete Gilder

kaltblütig.
Gine las das Papier, auf dem nur noch zwei Unterschriften – seine eigene und die von Harry, Earl von Chelford – nötig waren, um in bares Geld eingewechselt werden zu können.
»Ich wage es nicht . . . Ich wage es einfach nicht!«
»Sie brauchen ihm doch gar nicht zu sagen, daß es ein Wechsel ist«, schlug Gilder vor. »Erzählen Sie ihm, Sie brauchten seine Unterschrift für irgendeine Formalität wegen der Hochzeit Ihrer Schwester, und wenn sein Name erst einmal auf der Rückseite steht . . .«
Gine sah schnell auf. »Aber wenn er fällig wird?« fragte er unschlüssig, während er das Papier hin und her drehte.
»In sechs Monaten ist der gute Lord verheiratet, und wenn Sie bis dahin nicht solvent sind, wird er entweder zahlen müssen oder die Sache vertuschen.«
Ihre Blicke begegneten sich.
»Sie stehen am Rand des Ruins, mein Freund«, sagte Gilder, »und ich mache mir Sorgen. Wenn Sie hochgehen, habe ich kein Einkommen mehr.«
»Sie stehen doch besser da als ich«, murmelte Gine, als er den Namen einer Bank quer über die Vorderseite des Wechsels schrieb.
»Ich halte mein Geld eben zusammen . . .«
»Warum geben Sie mir dann nicht die sechstausend?« versuchte der Anwalt zu scherzen.
»Gott behüte«, antwortete Gilder grimmig. »Ich pflege meine Ersparnisse sicher anzulegen, und ein Darlehen an Sie ist nicht gerade das, was ich unter einer guten Investition verstehe.«
Wenige Minuten, nachdem er den Raum verlassen hatte, kam er zurück und fragte: »Kennen Sie eine Miss Wenner?«
Gine runzelte die Stirn. »Ja. Was will sie?«
»Sie sagt, sie müsse Sie dringend in einer persönlichen Angelegenheit sprechen. Ist sie eine Ihrer . . . Freundinnen?«
»N . . . nein, ich hab sie mal irgendwo kennengelernt. Sie war Chelfords Sekretärin. Können Sie nicht herausbekommen, was sie will?«
»Ich habe es versucht, aber sie möchte nur mit Ihnen reden. Soll ich sie abwimmeln?«
Gine überlegte kurz. Womöglich hatte sie ihm etwas Interessantes zu berichten. »Bringen Sie sie rein«, sagte er.

Kurz danach betrat Mary Wenner das Büro und begrüßte ihn mit einem vertraulichen Kopfnicken.
»Guten Tag, meine Liebe, welch ein Vergnügen, dich zu sehen. Ich muß sagen, du wirst von Tag zu Tag hübscher!«
Sie nahm das Kompliment wie eine Selbstverständlichkeit entgegen und setzte sich auf den Schreibtischrand. »Ich bin in ›Fossaway Manor‹ gewesen.«
Gine lächelte milde. »Das war nicht sehr klug. Du wirst dich damit abfinden müssen, daß Chelford meine Schwester heiratet.«
»Fabelhaft, aber das überrascht mich nicht weiter. Ich kenne dich.«
Sie rutschte vom Schreibtisch und legte die Hände auf seine Schultern. »Arthur, ich habe es satt zu warten. Und ich möchte es diesem widerlichen Dick Alford heimzahlen. Ich bin zwar einmal reingefallen, weil ich einem Mann einen Heiratsantrag gemacht habe, aber ich werde es trotzdem noch mal versuchen. Wir sind gute Kumpel gewesen, Arthur.«
Beunruhigt murmelte er etwas vor sich hin.
»Hör zu, es könnte deine große Chance sein. Heirate mich, und ich bringe dir eine Riesenmitgift.«
Er starrte sie an. »Du . . . eine Mitgift?« stotterte er.
Sie nickte langsam. »Heirate mich, und ich führe dich zu der Stelle, wo fünfzehn Tonnen spanischen Goldes liegen – der Chelford-Schatz! Zweieinhalb Millionen Pfund!«

8

Fünfzehn Tonnen Gold! Zweieinhalb Millionen Pfund!
Gine starrte seine Freundin ungläubig an, aber ihre geröteten Wangen und ihre glänzenden Augen sagten ihm, daß sie von der Wahrheit ihrer Worte überzeugt war. »Fünfzehn Tonnen Gold?« Er runzelte die Stirn und lächelte gleichzeitig. »Du bist verrückt, Mary!«
»Ach, ich bin verrückt?« Sie nickte nachdrücklich. »Ich verstehe, daß du das denkst, aber du wirst es nicht mehr lange denken. Ich habe den Chelford-Schatz gefunden!«
Er setzte sich schwer in seinen Sessel, ohne den Blick von ihr zu

wenden. »Quatsch!« sagte er. »Es gibt keinen Chelford-Schatz. Harry Alford hat dich mit seinem Wahn angesteckt.«
Sie ging langsam zum Schreibtisch, stützte sich mit den Händen auf und beugte sich zu ihm vor. »Ich fürchte, du irrst dich«, sagte sie mit sehr ruhiger Stimme. »Ich war drei Jahre seine Sekretärin, und es stimmt, daß er mir von morgens bis abends mit dem Schatz in den Ohren gelegen hat. Noch jetzt wird mir übel, wenn ich Bücher mit altmodischen Druckbuchstaben sehe . . . Nun, ich ziehe es vor, nicht mehr daran zu denken! Ich habe drei Jahre mit diesem Schatz gelebt, und es gab Augenblicke, in denen ich am liebsten geschrien hätte, wenn ich nur das Wort hörte. Und dann kam eines Tages ein ganzer Stapel von Grundrissen und Plänen aus London, und da ich gerade nichts anderes zu tun hatte, ging ich die staubigen alten Dinger durch, um sie zu ordnen. Und auf dem dritten Blatt fand ich etwas, das mir die Augen öffnete.«
»Was war es?« fragte Gine betont uninteressiert.
Sie fixierte ihn lächelnd. »Ehe ich das sage, muß einiges passieren . . . Wirst du mich heiraten, wenn ich dich einweihe oder wenn ich dir einen Anteil von dem Gold gebe?«
Er erwiderte ihren Blick, ohne mit der Wimper zu zucken. »Für soviel Geld würde ich dich selbst dann heiraten, wenn du das häßlichste Mädchen der Welt wärst. Aber du bist der entzückendste kleine Engel . . .«
»Heb dir das für später auf«, sagte sie sachlich, öffnete ihre Handtasche, holte ein Blatt heraus und reichte es ihm. Er las es sehr aufmerksam. Wenn er jedoch erwartet hatte, die Lösung des Geheimnisses schwarz auf weiß zu finden, sah er sich enttäuscht.
»Ich bin zwar kein Anwalt«, sagte Mary, »aber ich nehme an, das ist für beide Seiten bindend.«
Er las noch einmal: »Ich, Arthur Gine, erkläre hiermit feierlich, Mary Agnes Wenner als Gegenleistung für eine Hälfte des Chelford-Schatzes zu heiraten. Die Ehe soll spätestens einen Monat nach Entdeckung und Aufteilung des Schatzes geschlossen werden.«
»Ist das so in Ordnung?« fragte sie.
Er legte das Blatt hin. »Mein liebes Kind«, begann er in seinem verbindlichsten Ton, doch weiter kam er nicht.
»Hör zu, Arthur.« Sie setzte sich wieder auf den Schreibtischrand.

»Reden wir nicht lange drum rum. Ich bin nicht in dich verliebt, und du bist nicht in mich verliebt. Aber ich möchte ein Heim und eine gesellschaftliche Stellung. Also, ja oder nein?«
Gine sah wieder auf das Papier hinunter. »Hast du noch nicht daran gedacht, daß wir gar nicht das Recht haben, den Chelford-Schatz unter uns zu teilen? Daß er Lord Chelford, seinen Erben und Nachfolgern gehört?«
»Ich fürchte, ich muß dich korrigieren«, antwortete sie. »Ich kenne das diesbezügliche Gesetz, weil ich oft mit Harry darüber geredet habe. Verborgene Schätze, die erst nach Hunderten von Jahren entdeckt werden, müssen zwischen dem Staat und dem Finder geteilt werden.«
Er schüttelte lächelnd den Kopf. »Unsere Mary als Rechtsgelehrte! Leider irrst du dich, mein Kind. Der obige Fall tritt nur ein, wenn der rechtmäßige Eigentümer nicht auffindbar ist. Hier jedoch besteht kein Zweifel, daß der Schatz Chelford gehören wird.«
Er sah, wie ihr Kinn herunterklappte, und fuhr fort: »Das sollte uns allerdings nicht ernsthaft behindern. Was man nie gehabt hat, wird man auch nicht vermissen, stimmt's?«
Sie seufzte erleichtert. »Er gehört also Harry, aber nach allem, was er mir angetan hat . . .«
»Ja, ja«, sagte er beruhigend. »Wir brauchen uns wegen Harry keine Sorgen zu machen. Der springende Punkt ist, ob du den Schatz gefunden hast?«
Sie nickte.
»Du hast ihn selbst gesehen?«
»Nein«, sagte sie zögernd. »Das nicht. Ich hatte keine Zeit. Aber ich habe durch das Gitter die Kisten gesehen. Die Tür war abgeschlossen, und ich war so aufgeregt, daß ich kurz ins Freie gehen mußte, um mich zu beruhigen. Und da hat Dick Alford mich gesehen.«
Gine war perplex. Er kannte Mary Wenner recht gut; in der Zeit, in der sie für Chelford gearbeitet hatte, war sie eine zuverlässige Verbündete gewesen und hatte ihm sehr nützliche Dienste geleistet.
»Bitte zu den Fakten«, sagte er unhöflich. »Wo und wann hast du diesen Schatz gesehen?«
»Die zweite Frage kann ich beantworten – vor zwei Tagen«, erwiderte sie, und seine Überraschung wuchs, denn er hatte

gedacht, es sei irgendwann in ihrer Zeit als Sekretärin gewesen.
»Vor zwei Tagen?« keuchte er.
»Ja. Aber ehe ich die erste Frage beantworte, gibt es noch etwas zu regeln. Wirst du das Eheversprechen unterschreiben oder nicht?«
Er sah wieder auf das Blatt. Seine juristische Ausbildung und sein natürlicher Instinkt warnten ihn, ein Dokument von solcher Tragweite zu unterschreiben, und er überlegte krampfhaft, wie er Zeit gewinnen konnte.
»Ja oder nein«, sagte sie, als habe sie seine Gedanken gelesen. »Wenn du mich hinhalten willst, gehe ich einfach zu Harry, und vielleicht wird er mich doch noch zur Gräfin machen, wenn ich ihm sage, wo das Gold ist . . .«
»Mary, ich bitte dich«, sagte er hastig. »Ich kann doch nicht von einer Sekunde zur anderen einen solchen Entschluß fassen! Ist dir nicht klar, was du von mir verlangst? Was du vorschlägst, ist gemeiner Diebstahl, und du willst mich zu deinem Komplizen machen. Immerhin . . .« Er zuckte mit den Schultern.
»Wenn du es nicht mit deinem Gewissen vereinbaren kannst, lassen wir es eben. Ich gehöre nicht zu den Mädchen, die sich aufdrängen. Ich gehe einfach zu Harry und frage ihn!«
Sie wandte sich zum Gehen, doch ehe sie die Tür erreicht hatte, rief er sie zurück: »Sei bitte nicht albern. Ich nehme an, du begreifst gar nicht, wie groß diese Sache ist . . .«
»O doch«, erwiderte sie gelassen. »Zweieinhalb Millionen Pfund. Wenn dir das als Mitgift nicht reicht, hast du jeden Maßstab verloren.«
Er packte sie roh am Arm. »Sei nicht blöd und setz dich wieder hin«, sagte er. »Ich würde dich schon morgen heiraten, wenn deine Geschichte stimmt.«
»Dann unterschreib.«
Er überflog die Vereinbarung, um sich zu vergewissern, daß sie ihn zu nichts verpflichtete, falls der Schatz nicht gefunden werden sollte, machte noch einen kleinen Zusatz und signierte unter ihrem mißtrauischen Blick mit einem kunstvollen Schnörkel.
»Was hast du hinzugefügt?« fragte sie nervös.
»Einen Notausgang für Arthur Gine«, sagte er mit einem schlauen Lächeln.
»Ich habe geschrieben, ich heirate dich › . . . als Gegenleistung für

eine Hälfte des Chelford-Schatzes, empfangen namens und im Auftrag meines Klienten, Lord Chelford . . .‹ Verstehst du?«
Zuerst begriff sie nicht, aber dann ging ihr ein Licht auf, und sie lächelte breit: »Wenn etwas herauskommt, kannst du also behaupten, du hättest es für ihn getan! Ich muß sagen, Arthur, es gibt Augenblicke, in denen es so aussieht, als seist du nicht auf den Kopf gefallen.«
Gine lächelte, als er den Arm um sie legte und sie zum Fenster führte. Gegenüber vom Haus parkte ein großer Lastwagen, an dessen Ladeklappe die Aufschrift »5 Tonnen« stand. Um den Chelford-Schatz abtransportieren zu können, werden wir drei solcher Laster brauchen, dachte er, und einen Moment lang schwindelte ihm.
»Die Sache könnte also über zwei Millionen bringen. Aber jetzt sag mir endlich, wo das Gold ist!«
Sie sah ihn eine Sekunde an und antwortete leise und nachdrücklich: »In den Gewölben der Abtei.«
Eine Zeitlang sagten sie beide nichts mehr, dann ertönte hinter ihnen plötzlich eine Stimme: »Ihre Schwester ist da, Mr. Gine. Sie möchte Sie sprechen.«
Der Anwalt fluchte leise und fuhr herum. Gilder, der das Zimmer geräuschlos betreten hatte, sah ihn gelassen an, und kein Muskel seines unbewegten Gesichts verriet, ob er die letzten Worte gehört hatte oder nicht.

9

Leslie Gine hatte in »Willow House« bestimmte, genau umrissene Pflichten. Ihr Bruder führte zwar kein großes Haus, lebte aber in einem Stil, der seinem Rang in der Grafschaft angemessen war. Er gab kleine Dinnerpartys, ab und zu einen Ball, und im Winter bewirtete er die prominenten Mitglieder der Jägergemeinde und ließ besonders erlesene Speisen und Getränke auftischen, denn er hatte den Ehrgeiz, in jenem exklusiven Zirkel etwas zu gelten. Bei all diesen Anlässen spielte Leslie die Gastgeberin, und auch sonst war sie diejenige, die den Haushalt besorgte.

Einem Impuls folgend, hatte sie an jenem Morgen beschlossen, in die Stadt zu fahren. Sie hatte nichts Wichtiges zu tun und konnte sich ruhig mal einen Tag freinehmen. Außerdem mißfiel ihr plötzlich die Aussicht, allein zu Mittag essen zu müssen. Eigentlich hatte sie einfach unangemeldet nach »Fossaway Manor« gehen wollen, aber dann war ihr eingefallen, daß Dick mittwochs nie zu Hause war, weil er die Pächter besuchte. Sie versuchte gar nicht erst, sich zu erklären, warum sie keine Lust hatte, mit ihrem Verlobten allein zu speisen. Neuerdings gab sie sich keine Mühe mehr, ihr Verhalten vor sich selbst zu rechtfertigen, aber sie war sich immerhin bewußt, daß es von einem gewissen inneren Trotz diktiert wurde. Warum und gegen wen?

Sie zuckte mit den Schultern und dachte nicht weiter darüber nach. Sie wußte nur, daß sie nichts nach »Fossaway Manor« zog, wenn Dick Alford fort war. Über den Grund ihres Widerstrebens wollte sie jetzt nicht weiter nachdenken. Sie würde also nach London fahren. Während der Gärtner ihren kleinen Zweisitzer holte, kleidete sie sich schnell um, und fünf Minuten später sauste sie die Landstraße zum Bahnhof entlang. Sie hatte mehr als genug Zeit; sie würde sogar eine halbe Stunde vor der Abfahrt des Zuges dort sein. Plötzlich glaubte sie, etwa einen halben Kilometer weiter eine bekannte Gestalt über das Feld gehen zu sehen, und ihr Herz begann schneller zu klopfen, ohne daß sie den Grund wußte. Kurz darauf sah sie, daß sie sich nicht getäuscht hatte, und als sie bremste und hielt, machte Dick gerade das Tor zur Straße auf und trat auf die Fahrbahn.

»Sie scheinen es sehr eilig zu haben«, sagte sie. »Ist Ihnen eine Laus über die Leber gelaufen?«

Zu ihrer Überraschung gab er zu, daß sie den Nagel auf den Kopf getroffen hatte: »Ich habe mich in der Tat schrecklich geärgert. Wenn es etwas gibt, das ich nicht ausstehen kann, dann ist es die Zweckentfremdung unserer guten alten Farmen als Landsitze für die feinen Pinkel aus der Stadt! Ich habe die ›Red Farm‹ letzte Woche an Mr. Leonard verkauft, weil ich glaubte, der alte . . .« – er unterdrückte das böse Wort, das ihm auf der Zunge gelegen hatte –, »der alte Herr wolle seinen Besitz vergrößern, obgleich mir schleierhaft war, warum er sich dafür ausgerechnet die ›Red Farm‹ aussuchte, die den schlechtesten Boden weit und breit hat.«

»Und was hat er getan?«
Jetzt sah sie, daß Dick wirklich sehr verärgert war, und amüsierte sich insgeheim. Sie genoß die typisch weibliche Befriedigung, daß jemand, der ihr nicht gleichgültig war, vorübergehend die Fassung verloren hatte und sich in einem neuen Licht zeigte.
»Was hat der alte . . . Herr denn nun gemacht?« wiederholte sie.
»Er hat die Farm weiterverkauft an irgendeinen verdammten Kerl aus London, der anscheinend keine Ahnung hatte, daß der Verkauf ohne meine schriftliche Einwilligung gar nicht rechtskräftig werden kann.«
»Ein Fremder?«
»Ja, aber er wohnte schon den ganzen Sommer über hier, er hat irgendwo ein Haus gemietet.«
»Am Ravensrill?« fragte sie überrascht.
»Ja, das ist der Bursche«, sagte er. »Ich habe ihn nie gesehen, aber ich hatte gehört, er wolle nur ein paar Monate bleiben. Und nun kriege ich heraus, daß dieser Mensch die ›Red Farm‹ gekauft hat und irgendeinen Alptraum aus Stuck und Erkerfenstern da hinsetzen will! Und ich wette, er wird einen künstlichen Teich anlegen lassen und eine Rosenzucht beginnen und Gottes fruchtbares Land in Frühbeete für scheußliche Blumen verwandeln!«
»Warum denn nicht?« fragte sie kühl, und er starrte sie an. »Sie haben doch eben selbst gesagt, es sei der schlechteste Boden weit und breit, und wenn er keine Ernte bringen kann, könnte er doch wenigstens für einen Garten genutzt werden. Ich jedenfalls mag künstliche Teiche und Rosen.«
Er mußte trotz seines Ärgers lachen. »Dann werden Sie bestimmt zu Mr. Gilders Einweihungsparty gehen«, sagte er.
Jetzt war sie an der Reihe, ihn anzustarren. »Wie heißt er?« fragte sie.
»Gilder. Er macht irgend etwas in der City, und wahrscheinlich ist er in seinem Beruf sehr tüchtig, aber ich wünschte trotzdem, er hätte sich eine andere Gegend ausgesucht. Und was Leonard betrifft, so habe ich ihm schon gesagt, daß ich nicht zu seiner Beerdigung kommen werde.«
»Dick, Sie sollten sich schämen!« sagte sie entrüstet. »Der arme alte Mann!« Dann, mit veränderter Stimme: »Sie wissen nicht zufällig den Vornamen von diesem Gilder?«

»Fabrian«, erwiderte er nach kurzem Überlegen. »Was für ein Name! Wie der Gründer einer geheimen Sekte.«
Sie fragte sich, ob Arthur etwas von dem Projekt seines Kanzleivorstehers wisse: Es war kaum anzunehmen, daß Gilder in ihrer Nachbarschaft ein Grundstück kaufte, ohne seinen Chef zu konsultieren. Im Augenblick hielt sie es jedoch für ratsam, das Thema zu wechseln.
»Wenn Sie ein netter und zuvorkommender Mensch wären, würden Sie jetzt mit mir zum Bahnhof fahren und mir helfen, meinen Wagen ordentlich zu parken.«
Er stand unschlüssig da. Sie befürchtete schon, einen Korb zu bekommen, und das Blut schoß ihr in die Wangen. Dann jedoch sagte er: »Mein Bruder wäre sicher nicht damit einverstanden, aber es gibt Augenblicke, in denen das Vergnügen vor der Pflicht kommt, und dies ist einer davon. Haben Sie etwas dagegen, wenn ich fahre? Ich habe nämlich kein Vertrauen zu Frauen am Steuer.«
»Sie sind sehr unhöflich«, sagte sie, rutschte aber trotzdem auf den Beifahrersitz und überließ ihm das Lenkrad. »Übrigens, wie geht es Harry heute?«
»Ausgezeichnet«, sagte er ironisch. Dann bereute er den Spott und fuhr fort: »Er probiert gerade eine neue Patentmedizin aus. Sind Sie noch nie in seinem Schlafzimmer gewesen? Ich weiß, es gehört sich nicht, so etwas zu fragen . . .«
Sie schüttelte den Kopf, und ihre Augen funkelten verschmitzt.
»In seinem Schlafzimmer stehen ungefähr achthundertfünfundvierzig verschiedene Wundermittel herum«, erklärte er grimmig. »Wir machen alle drei Monate gründlich rein und werfen sie auf den Müll! In Wahrheit fehlt Harry so gut wie gar nichts, und wenn er nicht so viele Annoncen für Medikamente läse, wäre er ein glücklicher Mensch.«
»Armer Harry!« sagte sie leise.
»Ja, es ist sicher unverzeihlich, daß ich an ihm herummäkele«, meinte er, und es schien, als wolle er ihr auf eine subtile Weise zu verstehen geben, daß sie der Grund für seine Grausamkeit sei.
Es kam ihr auf einmal eigenartig vor, daß er nie von der Zeit sprach, in der sie die Herrin von »Fossaway Manor« sein würde. Wäre es nicht ganz natürlich gewesen, wenn er beispielsweise gesagt hätte: »Ich hoffe, Sie werden Harry von diesem Unsinn kurieren, wenn

Sie mit ihm verheiratet sind!« Sie begriff nicht, weshalb Dick nicht die leiseste Andeutung machte, daß sie demnächst die Gräfin Chelford sein würde, aber irgendwie war sie ganz froh darüber – besonders jetzt.

Langsam fuhren sie die laubbedeckten Wege entlang und waren zehn Minuten vor Abfahrt des Zuges am Bahnhof.

»Hat der Schwarze Abt Ihnen noch einen Besuch gemacht?« fragte sie, als sie zum Bahnsteig schlenderten.

Er schüttelte den Kopf. »Nein. Gestern abend war übrigens die Polizei da und hat ermittelt. Ich nehme aber nicht an, daß die Sache noch größere Wellen schlagen wird. Sie haben sicher in der Zeitung davon gelesen?«

»Nein, ich habe es vom Personal gehört.«

»Ich glaube wirklich nicht, daß es einen Schwarzen Abt gibt«, sagte er. »Das Sonderbare ist, daß Harry sich so sehr vor diesem Gespenst fürchtet. Wenn es heißt, der Abt geht um, wagt er sich nicht aus dem Haus.«

»Sie glauben die Geschichte also nicht?«

Er schürzte die Lippen. »Ich glaube erst an Gespenster, wenn ich sie selbst gesehen habe. Bis dahin bleibe ich skeptisch.«

Als der Zug aus dem Bahnhof rollte, steckte sie den Kopf aus dem Fenster und schaute zurück. Er stand wie angewurzelt an der Stelle, wo sie sich verabschiedet hatten, und obgleich sie sein Gesicht nicht mehr erkennen konnte, spürte sie, daß er ihr nachblickte. Leslie Gine empfand das als sehr angenehm.

10

Sie war, so eigenartig das scheinen mag, noch nie in der Kanzlei ihres Bruders gewesen, und ihr jetziger Besuch dort hatte einen äußerst prosaischen Grund. Sie hatte »Willow House« nämlich ohne einen Penny in der Tasche verlassen, eine Tatsache, die ihr erst bewußt geworden war, als der Schaffner ihr Abteil betreten und sie aus ihren Tagträumen gerissen hatte. Sie merkte, daß sie weder Geld noch eine Fahrkarte bei sich hatte, und gab dem Mann ihre Visitenkarte, um dann mit einem Taxi nach Holborn zu fahren.

Dort stand ihr eine neue Überraschung bevor. Ein großer, stämmiger Mann mit eisgrauen Haaren und einem energischen, nicht unsympathischen Gesicht trat in das Besucherzimmer, um sie zu begrüßen. Sie erkannte in ihm sofort den einsamen Angler wieder, der stundenlang am Ravensrill gesessen hatte. Das also war der tüchtige Mr. Gilder, von dem Arthur so oft gesprochen hatte! Sie war freilich nicht sehr neugierig auf ihn gewesen. Er war eben der Kanzleivorsteher und nach allem, was Arthur gesagt hatte, ein außerordentlich zuverlässiger Mann. Doch jetzt, wo sie ihn sah, war sie beeindruckt, denn Gilder wirkte ganz und gar nicht wie ein Büroangestellter. Sein Kinn war beinahe viereckig, der Mund so fest geschlossen, daß die Lippen dünn wie ein Strich wirkten; eine kräftige Nase, durchdringend blickende graue Augen unter buschigen, unregelmäßigen Brauen, all das und kantige Schultern gaben ihm das Aussehen eines Mannes, mit dem nicht zu spaßen war.

»Sie sind natürlich Miss Gine?« sagte er. »Die Familienähnlichkeit ist unverkennbar!«

Leslie empfand die Bemerkung nicht als Kompliment, denn sie beneidete Arthur keineswegs um sein hübsches Gesicht.

»Ihr Bruder hat gerade eine Besprechung, aber ich sage ihm Bescheid. Wenn Sie sich einen Moment gedulden würden?«

Sein Blick ließ sie keine Sekunde lang los. Er sah sie so intensiv an, daß ihr unbehaglich wurde, aber sie konnte ihn schlecht bitten, woanders hinzuschauen. Sie registrierte, daß er auffallend gut und geschmackvoll gekleidet war, und fragte sich, ob Arthurs übertriebenes Modebewußtsein auf seine Angestellten abfärbte.

»Wie ich höre, tragen Sie sich mit dem Gedanken, in unsere Nähe zu ziehen, Mr. Gilder?« fragte sie, und er zuckte kaum merklich zusammen.

»Hm . . . ja«, sagte er stockend. »Ich habe dicht bei ›Willow House‹ ein bißchen Land gekauft. Die Gegend hat mir schon immer gefallen.«

»Arthur wird sich freuen. Es war sicher sein Vorschlag, daß Sie unser Nachbar werden?«

Er hatte die nervöse Angewohnheit, mit der rechten Hand über einen nicht vorhandenen Schnurrbart zu streichen. »Hm . . . nein«, entgegnete er. »Ich habe Ihrem Bruder nicht einmal erzählt, daß ich

das Land gekauft habe. Ich wollte eine passende Gelegenheit abwarten. Ich habe es übrigens für einen Spottpreis bekommen, ganze dreitausendfünfhundert Pfund.«
Sie sah schnell auf. »Ist das nicht eine Menge Geld?«
Diesmal war er sichtlich außer Fassung gebracht. »Ja, ich habe es mir natürlich leihen müssen«, sagte er.
Leslie hatte das Gefühl, er werde sie gleich um einen Gefallen bitten, und glaubte zu wissen, worum es sich handeln würde. Sie konnte manchmal die Gedanken anderer Leute lesen wie ein offenes Buch, eine beinahe unheimliche Fähigkeit, die ihr schon in manchen heiklen Situationen geholfen hatte. In den Augenblicken, in denen Fabrian Gilder seine Maske fallen ließ, war er freilich leicht zu durchschauen. Er machte gerade den Mund auf, um etwas zu sagen, überlegte es sich aber anders, vielleicht weil er spürte, daß sie ablehnen würde.
»Ich werde nachsehen, ob Ihr Bruder jetzt Zeit hat«, sagte er nur und zog sich zurück, um sie bei Gine anzumelden. Ihm wirbelte der Kopf, denn die verschwommene Vision, die ihn seit Jahren heimgesucht hatte, schien im Begriff, sich zu materialisieren. Er hatte Leslie schon oft beobachtet, ohne daß sie etwas davon ahnte, und wenn sie an seinem Versteck hinter den Bäumen vorbeigegangen war, hatte sein Herz schneller geschlagen. War sie nicht der gerechte Lohn für dreißig Jahre langweilige und aufopfernde Kanzleiarbeit? Er brauchte eine Sekunde, um sich zu fassen, dann drückte er die Türklinke hinunter, betrat den Raum und hörte die Worte, deren ganze Tragweite er erst einige Zeit später erfassen sollte.

11

»Meine Schwester?« sagte Gine schnell und blickte von Gilder zu Mary Wenner. »Wir reden später weiter«, sagte er leise zu ihr. »Bringen Sie Miss Wenner bitte durch die andere Tür hinaus.«
Gilder öffnete die zweite Tür und folgte der Besucherin auf den Flur.
»Wo wohnen Sie?« fragte er.

Seine Stimme war so befehlend, daß sie sich überrumpeln ließ. »Cranston Mansions siebenunddreißig. Warum?«
»Weil ich Sie besuchen möchte«, sagte Gilder. »Darf ich abends mal vorbeikommen?«
Mary Wenner war ein bißchen schockiert über seine Direktheit, aber die Situation reizte sie. »Ja, gern, aber sagen Sie rechtzeitig Bescheid. Ich werde eine Freundin bitten, mir Gesellschaft zu leisten.«
Gilder kräuselte die Lippen. »Ich denke, auf die Anstandsdame verzichten Sie besser«, entgegnete er. »Ich habe Ihnen etwas zu sagen, das nicht für fremde Ohren bestimmt ist.«
Er brachte sie zum Fahrstuhl und ließ sich auf dem Weg dorthin von ihr versprechen, ihn allein zu empfangen. Mary Wenners Neugier, den Zweck seines Besuches zu erfahren, war fast so groß wie Gilders Interesse für die verblüffende Bemerkung, die er vorhin mitgehört hatte. Als er dann an der geschlossenen Tür von Gines Büro vorbeikam, hörte er Stimmen. Er suchte krampfhaft nach einem Vorwand, die Geschwister bei ihrem Gespräch zu unterbrechen, aber dann schien es ihm klüger zu warten. Hoffentlich würde Leslie seinem Chef nichts von der diskreten Transaktion erzählen, die ihn zum Eigentümer der »Red Farm« gemacht hatte!

»Ohne einen Pfennig Geld in der Tasche nach London kommen!« rief Arthur Gine, während er drei Banknoten aus seinem Portemonnaie nahm. »Hier, das dürfte dich für den Rest deines Lebens glücklich machen.«
»Ich wünschte, es wäre so leicht!« antwortete sie und lachte. Erst dann fiel ihr Gilder wieder ein. Ihr Bruder machte große Augen, als sie ihm die Neuigkeit berichtete.
»Gilder hat ein Haus in Chelfordbury gekauft? Unmöglich!« sagte er. »Er hätte es mir bestimmt erzählt. Wozu braucht er ein Haus? Und außerdem hat er kein Geld.«
»Wirklich nicht?« fragte sie überrascht.
Gine kratzte sich nachdenklich am Kinn. »Vielleicht doch«, sagte er dann. »Aber ein Haus in Chelfordbury, das ist sonderbar! Ich habe nicht mal gewußt, daß er die Gegend überhaupt kennt.«
»Er ist der Mann, der den Sommer über in dem Cottage am Ravensrill gewohnt hat«, sagte sie.

»Der Angler!« Er pfiff vor sich hin. »Es ist natürlich sein gutes Recht, sich ein Haus in Chelfordbury zu kaufen . . . Aber was für ein hinterhältiger alter Fuchs!«
Er war beunruhigt; er gab sich alle Mühe, es zu verbergen, aber sie merkte es sofort.
»Ich wußte selbstverständlich, daß jemand das Cottage gemietet hat, aber wenn ich mir vorstelle, daß er jedes Wochenende dort war und sich kein einziges Mal bei uns blicken ließ . . .«
»Dick Alford würde ihn am liebsten davonjagen«, sagte sie.
Gine schmunzelte. »Der gute alte Dick!« sagte er gönnerhaft. »Er hat etwas gegen Villen auf dem Land, und als ich vor einiger Zeit vorschlug, eine von ihren Farmen im Norden für Baugrundstücke zu parzellieren, wäre er mir fast an die Kehle gesprungen. Harry hätte es bestimmt getan, und ich hoffe, wenn ihr verheiratet seid, wirst du ihm gut zureden . . .« Er hielt erwartungsvoll inne.
»Ja, wenn wir verheiratet sind«, sagte sie, und ihr Tonfall machte ihn stutzig. Er war jedoch klug genug, das Thema nicht weiter zu verfolgen.
»Dick ist natürlich ein Narr«, sagte er mit gutmütiger Verachtung. »Er bildet sich ein, die Landwirtschaft hätte hierzulande noch eine Zukunft, und trauert um jeden Acker, der nicht mehr bestellt wird. Wenn man aber eine Siedlung für mittellose Leute bauen wollte, um die Wohnungsnot in der Stadt zu lindern, würde er sein Land umsonst dafür hergeben . . . Ich kann verstehen, daß er Gift und Galle spuckt, wenn er hört, daß mein Kanzleivorsteher sich als Gutsherr etablieren möchte.«
»Als wir uns unterhielten, hat er jedenfalls nicht Gift und Galle gespuckt«, erwiderte sie kühl.
»Als ihr euch unterhieltet?« hakte er schnell ein.
»Ja, er hat mich zum Bahnhof gebracht.« Es war ihr irgendwie peinlich, davon zu sprechen.
Er sah sie prüfend an, und dann legte er ihr die Hände auf die Schultern und schüttelte sie sanft. »Finger weg vom zweiten Sohn«, sagte er in scherzhaftem Ton. »Er sieht zwar ganz passabel aus, jedenfalls besser als sein Bruder, aber er ist eben doch der zweite Sohn, und das bedeutet, daß er keinen Penny auf der Naht hat. Und von gutem Aussehen allein kann man nicht leben . . .«
»Was soll das heißen . . . von gutem Aussehen allein kann man

nicht leben?« fragte sie, jedes Wort abwägend. »Warum betonst du die Tatsache, daß Dick Alford arm ist? Habe ich vielleicht kein Vermögen geerbt?«
»Aber natürlich«, beruhigte er sie. »Nur . . . nun, ich möchte, daß du eine Stellung in der Gesellschaft hast, und die kann nur Harry dir bieten. Dick ist sicher ein netter Junge, aber er kann dir nichts bieten, Leslie. Ebensogut könntest du den nächstbesten verarmten Pächter heiraten . . .«
Der eigenartige Blick, den sie ihm zuwarf, ließ ihn verstummen.
»Schon wieder ›arm‹, Arthur. Ganz davon abgesehen, daß ich noch nie daran gedacht habe, Dick Alford zu heiraten, muß ich mich doch sehr wundern, daß du immer wieder auf seiner Armut herumreitest. Ich hätte verstanden, wenn du ihn einen kleinen Bürgerlichen und einen Niemand genannt hättest, aber daß du so auf das Vermögen meines zukünftigen Mannes hinweist, kommt mir merkwürdig vor.«
Er lachte laut und lange, doch ihr feines Ohr hörte, daß es ein aufgesetztes Lachen war.
»Du hättest Jura studieren sollen, Leslie! Bei deinem Scharfsinn – und du würdest auch mit Perücke und schwarzer Robe entzückend aussehen. Aber jetzt muß ich dich leider hinauswerfen, ich habe noch furchtbar viel zu tun.«
Er legte ihr den Arm um die Schultern und ging mit ihr zur Tür, und als er hörte, wie sich draußen der Fahrstuhl in Bewegung setzte, stieß er einen Seufzer der Erleichterung aus. Er machte die Tür wieder zu, läutete und sagte zu dem Kanzlisten, der angelaufen kam: »Schicken Sie bitte Mr. Gilder her.«

12

Als Gilder hörte, daß sein Chef ihn sprechen wollte, wußte er Bescheid: Leslie hatte ihrem Bruder alles gesagt. Obgleich von Natur aus alles andere als ängstlich, kostete es ihn einige Überwindung, sich von seinem Platz zu erheben.
»Stimmt es, daß Sie die ›Red Farm‹ gekauft haben, Gilder?« fragte der Anwalt scharf.

»Warum hätte ich sie nicht kaufen sollen?« erwiderte Gilder gelassen.
»Das stimmt, Sie können kaufen, was Sie wollen. Seltsam ist nur, daß Sie es mir nicht vorher erzählt haben.«
»Ich dachte, Sie würden etwas dagegen haben«, sagte Gilder. »Wer sieht es schon gern, wenn ein Untergebener das Haus nebenan kauft? Es war dumm von mir, es Ihnen nicht zu sagen. Ich habe schon seit einigen Monaten eine kleine Hütte in Chelfordbury gemietet – hoffentlich finden Sie das nicht auch ungehörig? Verzeihen Sie, wenn ich ganz offen bin, aber ich habe Sie immer mit dem Respekt behandelt, der einem Vorgesetzten zusteht, nur . . . als meinen Lehnsherrn kann ich Sie deshalb leider nicht betrachten.«
Gine mußte wider Willen lächeln.
»Ein- oder zweimal habe ich erwogen, Ihnen einen Besuch zu machen«, fuhr Gilder fort, »aber Sie hätten es als Anmaßung empfinden können. Ich bin zwar Ihr Angestellter, doch in meiner Freizeit kann ich ja wohl tun, was ich will . . . und mit meinem Geld auch.«
»Mit Ihrem Geld auch«, wiederholte Gine. »Ich habe gar nicht gewußt, daß Sie so wohlhabend sind, Gilder.«
Der Kanzleivorsteher neigte den Kopf. »Ich habe schon angedeutet, daß ich gewisse Rücklagen habe. Aber ich halte es nicht für nötig, Sie über meinen Kontostand zu unterrichten, Sir.«
»Sie verdienen hier keine Reichtümer«, sagte Gine mokant. »Sicher, ich bezahle Sie ganz anständig, aber von Ihrem Gehalt konnten Sie kaum genug sparen, um die ›Red Farm‹ zu kaufen, instand zu setzen und zu unterhalten.«
Anstelle einer Antwort griff Gilder in die Tasche, zog ein kleines, ledergebundenes Notizbuch heraus und legte es auf den Schreibtisch. Auf dem Umschlag stand in goldgeprägter Schrift der Name eines Buchmachers, der eines der größten Wettkonten des Anwalts führte: Truman.
Bei ihm hatte Gine seine höchsten Einsätze verloren, denn er hatte ihm einen Service geboten, zu dem andere Häuser nicht bereit gewesen waren.
»Truman?« Er runzelte die Stirn. »Was hat der damit zu tun? Haben Sie etwa auch gewettet?«
Gilder schüttelte den Kopf. »Nein. Ich *bin* Truman.«

Gine sperrte den Mund auf und starrte ihn an. Truman! Der Buchmacher, dem er jede Woche Tausende überwiesen hatte!
»Dann ist das Geld, das Sie haben, mein Geld!« stammelte er.
»Ihr Geld?« erwiderte der Kanzleivorsteher gelassen. »Wenn Truman es nicht genommen hätte, dann ein anderer.«
»Mein Geld«, murmelte Gine.
Gilder steckte das Büchlein wieder in die Tasche. »Sie werden sich vielleicht erinnern, daß Sie vor fünf Jahren geklagt haben, keinen Buchmacher zu finden, der bereit sei, kurz vor dem Start der Rennen telegrafisch Wetten anzunehmen? Das brachte mich auf eine Idee. Ich wußte, daß Sie regelmäßig verloren, daß Sie einer von diesen . . . diesen Pechvögeln waren . . .«
»Sagen Sie ruhig ›Narren‹, das lag Ihnen doch auf den Lippen.«
»Nein, ich wollte eigentlich ›Dummköpfe‹ sagen«, entgegnete Gilder kaltblütig. »Ich wußte, daß Sie nicht leben konnten, ohne zu wetten, und deshalb gründete ich einfach die Firma Truman. Ich schickte Ihnen meine Werbebroschüre zu, in der unter anderem stand, daß man bis wenige Minuten vor dem Rennen große Summen setzen könne, auch telegrafisch. Wissen Sie, wieviel Sie in den letzten fünf Jahren verloren haben?«
Gine war blaß vor Wut, aber er riß sich zusammen und schüttelte nur den Kopf.
»Sie haben allein an Truman dreiundsechzigtausend Pfund verloren. Und ich habe sie gewonnen!«
Der Anwalt wurde abwechselnd rot und blaß, obgleich er wußte, daß seine Reaktion unvernünftig war. Bisher war Truman nur ein Name auf einem Telegrammformular gewesen, eine Adresse irgendwo im Westend, an die er das viele Geld geschickt hatte. Wer dahinterstand, hatte ihn bis jetzt nie gekümmert; es hätten viel unangenehmere Leute sein können als Gilder. Aber trotzdem – der Mann hatte ihn ausgetrickst.
»Sie sind nicht zufällig auch Rathburn & Co.?« fragte er. Das war eine andere Buchmacherfirma, die gut an ihm verdient hatte.
Zu seiner Verblüffung nickte Gilder. »Ja, ich bin auch Rathburn & Co. Und ich bin Burton & Smith. Ich bin alle drei Buchmacher, an die Sie in den letzten fünf Jahren ein Vermögen verloren haben. Sehen Sie mich nicht so an, ich habe kein Verbrechen begangen. Ich habe die Firmen mit meinem sauer Ersparten gegründet, mit

den lumpigen dreitausend Pfund, die ich von meinem Gehalt auf die hohe Kante legen konnte. Ich habe damals alles riskiert, und wenn Sie derjenige wären, der Glück gehabt hätte, wäre ich heute ein armer Mann.«
»Aber Sie hatten Glück, und ich bin ruiniert«, sagte Gine rauh. Neugierig betrachtete er das undurchdringliche Gesicht seines Angestellten und gab sich Mühe, sein Bild des Mannes, den er bisher nur als einen besseren Domestiken betrachtet hatte, zu revidieren. Dann ging ihm die Komik der Situation auf, und er lachte: »Sie sind also ein reicher Mann, Gilder! Was gedenken Sie mit Ihrem Geld zu tun?«
»Ich werde mich in Chelfordbury zur Ruhe setzen«, antwortete Gilder, ohne den Blick abzuwenden. »Und ich werde heiraten.«
»Großartig!« sagte Gine ironisch. »Und wer ist die Glückliche?«
Es dauerte lange, bis der andere antwortete. Er fixierte seinen Chef, und dann sagte er langsam und nachdrücklich: »Ich habe die Absicht, Miss Leslie Gine zu heiraten.«
Gine zuckte mit keiner Wimper, sein Gesicht wechselte nicht die Farbe, doch in seine Augen trat ein böser, beinahe teuflischer Glanz, der selbst den unerschrockenen Gilder alarmierte. War er zu weit gegangen?
»Das ist in der Tat eine Neuigkeit. Ich muß sagen, Sie haben sich eine Menge vorgenommen, Gilder. Leider habe ich andere Pläne. Es sei denn . . . es sei denn, Sie machten ein gutes Angebot. Was würden Sie für das Privileg zahlen, mein Schwager zu werden?« fragte er.
Gilder ging auf die Herausforderung ein. »Die Hälfte Ihrer Wettverluste der letzten fünf Jahre«, sagte er.
»Nicht genug«, gab Gine lächelnd zurück.
»Und vier Wechsel«, erhöhte Gilder. »Akzeptiert von Lord Chelford, allerdings mit einem kleinen Schönheitsfehler. Die Akzepte sind samt und sonders erschlichen – von Ihnen.«
Gine wurde aschfahl, und Gilder stieß sofort nach: »Sie haben doch nicht geglaubt, ich hätte Ihnen aus reiner Nächstenliebe vorgeschlagen, Chelford irgendein Märchen zu erzählen, damit er die Wechsel hinten unterschreibt? Fünfundsiebzigtausend Pfund sind also nicht genug? Ich biete Ihnen eine Alternative: fünf Jahre Dartmoor!«

13

Leslie hatte einen langweiligen Nachmittag hinter sich, und wenn sie ihrem Bruder nicht versprochen hätte, ihn vom Büro abzuholen und mit ihm zusammen nach »Willow House« zurückzufahren, wäre sie in den nächsten Zug gestiegen. Da ihre Einkäufe in einer Stunde erledigt waren, rief sie kurz entschlossen in der Kanzlei an und zweifelte keine Sekunde, daß er einverstanden sein würde, doch zu ihrer Überraschung erklärte er: »Ich denke, du kommst besser her, Liebes. Und sei doch bitte schon um halb fünf da statt um fünf. Gilder hat uns zum Tee eingeladen, und ich möchte nicht unhöflich sein. Du bist doch einverstanden, nicht wahr?«

»Gilder?« fragte sie erstaunt.

»Ja. Er wird immerhin unser Nachbar, und . . . und er ist eigentlich ein ganz angenehmer Zeitgenosse.«

Am liebsten hätte sie Kopfschmerzen vorgeschützt, um dieses Zusammentreffen zu vermeiden, doch Arthur bat sie selten um einen Gefallen, und aus seinem Tonfall schloß sie, daß er seinen Kanzleivorsteher nicht vor den Kopf stoßen wollte. Sie stimmte widerwillig zu.

Eigentlich gab es keinen vernünftigen Grund, weshalb der geplante Besuch ihr so unangenehm war, aber der Gedanke daran hing wie eine düstere Wolke über dem restlichen Nachmittag.

Diesmal betrat sie das Zimmer ihres Bruders durch die zweite Tür, als sie in die Kanzlei zurückgekehrt war. Gine saß wie üblich, den Kopf in die Hände gestützt, am Schreibtisch und starrte auf die Schreibunterlage. Sie stellte fest, daß er weniger Farbe hatte als sonst, und seine Augen hatten einen gehetzten Ausdruck, der sie erschreckte.

»Fühlst du dich nicht gut, Arthur?« fragte sie besorgt.

»Im Gegenteil . . . Ich habe nur einen schweren Tag hinter mir. Ich sehe wohl ein bißchen erschöpft aus.«

Er schien keine Lust zu haben, über sich zu reden, und kam sofort auf den Besuch zu sprechen, den sie machen wollten: »Gilder wohnt am Regent's Park. Sei bitte nett zu ihm, Leslie. Er hat mir sehr wertvolle Dienste geleistet. Übrigens . . .« Er stockte. »Er ist unverheiratet.«

Sie mußte lächeln; sie wäre nicht im Traum darauf gekommen, daß diese Bemerkung auf sie abzielte. »Ich hatte keine Ahnung, daß er so wohlhabend ist«, sagte sie. »Nein, ich meine nicht, daß alle Junggesellen wohlhabend sind, aber ein Besitz in Chelfordbury und eine Wohnung am Regent's Park sind nicht unbedingt das, was man von einem Kanzleivorsteher erwartet.«
»Er ist nicht übel«, wiederholte Gine und drückte auf den Klingelknopf. »Ich denke, er wird dir gefallen, er kann nämlich recht ... amüsant sein.«
Unter normalen Umständen hätte er sicher ein anderes Wort benutzt, aber ihm war im Moment nichts Besseres eingefallen.
Gilder kam ins Zimmer geeilt, als hätte er auf das Zeichen gewartet. Er hatte einen leichten Mantel über dem Arm und einen feinen Filzhut in der Hand. Wieder hatte Leslie das unbehagliche Gefühl, daß er zuviel Wert auf sein Äußeres legte.
»Du kennst Mr. Gilder, Leslie?«
Seine Spannung teilte sich ihr mit. Trotz aller Mühe wollte es ihr nicht gelingen, eine gewisse Unruhe abzuschütteln. Die Atmosphäre war elektrisch geladen, und um nicht darauf zu reagieren, hätte man ein Holzklotz sein müssen.
Während der Fahrt redete Gilder fast ununterbrochen. Er hatte eine tiefe, wohlklingende Stimme und war ein ausgezeichneter Unterhalter. Gine sah den Mann, der jahrelang ein Befehlsempfänger für ihn gewesen war – ein farbloser Angestellter, der morgens in sein Büro kam, um Anweisungen entgegenzunehmen, und abends wieder verschwand –, in einem völlig neuen Licht. Gilder redete, als sei er sich der Gedanken seines Chefs nicht bewußt.
Leslie registrierte die Themen, die er anschnitt. Er sprach von Luftfahrt, vom Rundfunk, von Büchern, die er gelesen hatte – Dumas war sein Lieblingsautor –, vom Krieg, von amerikanischen Schriftstellern, er redete über das Wetter und über Polo, er ließ so gut wie nichts aus, was die Öffentlichkeit interessierte. Sie wußte, daß es ihm in erster Linie darum ging, Eindruck auf sie zu machen, fand das aber ganz natürlich.
Die Wohnung befand sich in einem exklusiven Mietshaus und war größer, als sie erwartet hatte. Arthur musterte die teure Einrichtung mit trüben Blicken. Eine meiner schlechten Wochen in Ascot muß gereicht haben, um drei solche Wohnungen zu möblieren, dachte

er, und sein Haß auf den schlauen Gilder wuchs ins Unermeßliche. Zwei adrett gekleidete Mädchen servierten den Tee, und der Kanzleivorsteher erwies sich als vollendeter Gastgeber. Er habe eine kleine Sammlung seltener alter Bücher, die sie unbedingt sehen müßten, sagte er und führte sie in eine Bibliothek. Gilder nahm eine kostbare Erstausgabe von einem Regal, als etwas Überraschendes passierte.

»Hättest du etwas dagegen, wenn ich fünf Minuten wegginge, Leslie? Ich muß unbedingt jemanden sprechen, der auf der anderen Seite des Parks wohnt.« Die Stimme des Anwalts war belegt, und es wollte ihm nicht gelingen, ihr einen beiläufigen Ton zu geben. Sie sah ihn verwundert an und warf dann einen Blick auf ihre Armbanduhr.

»Wenn du rechtzeitig zum Dinner in ›Willow House‹ sein möchtest . . .« begann sie.

»Ich bleibe höchstens eine Viertelstunde fort«, sagte er verzweifelt. »Wenn es dir also nichts ausmacht . . .«

Ehe sie noch etwas sagen konnte, war er schon aus dem Zimmer. Es geschah alles so unerwartet, daß sie eine Weile brauchte, um es zu fassen, aber sie kam nicht darauf, daß ihr Bruder sie absichtlich mit diesem grauen Mann allein gelassen hatte. Eines stand freilich fest: Er mochte ihren Gastgeber ebensowenig wie sie. Sein merkwürdiges Benehmen in Gilders Gegenwart, seine Verlegenheit und vor allem sein Schweigen gaben ihr Rätsel auf. Arthur war ungeheuer egozentrisch und würde niemals aus Höflichkeit oder aus Rücksicht auf Leute, die von ihm abhängig waren, über seinen Schatten springen, und dieser plötzliche Wunsch, seinem Mitarbeiter einen Gefallen zu tun, paßte einfach nicht in das Bild, das sie von ihm hatte.

Gilder stellte das Buch, das er ihr gezeigt hatte, behutsam wieder in das Regal. »Ich werde mein neues Heim im Frühling beziehen können«, sagte er. »Und ich hoffe, wir werden uns dann öfter sehen, Miss Gine.«

Sie gab eine nichtssagende, höfliche Antwort.

»Es war schon immer mein großer Wunsch, mich auf dem Lande niederzulassen und meine beiden Hobbys zu betreiben, Angeln und Lesen«, fuhr er fort. »Zum Glück bin ich endlich in der Lage, mich ins Privatleben zurückzuziehen . . . Ihr Bruder hat Ihnen

sicher erzählt, daß ich nicht ganz unvermögend bin?«
Etwas in seiner Stimme weckte ihre Aufmerksamkeit. Ihr Herz schlug ein wenig schneller, und zum erstenmal wurde sie sich bewußt, daß sie allein mit ihm war.
»Ich bin nicht alt . . . ich finde, Fünfzig ist das beste Mannesalter, und ich glaube, ich habe die Fähigkeit, jede Frau glücklich zu machen.«
»Ich hoffe, wir werden das Vergnügen haben, Ihre Gattin kennenzulernen«, sagte sie.
Er antwortete nicht, und unter dem prüfenden Blick seiner unbarmherzigen grauen Augen wurde ihr heiß und kalt. Ehe sie begriff, was geschah, hatten sich seine beiden großen Hände um ihre Arme geschlossen, und er hielt sie fest, ohne den Blick von ihrem Gesicht zu wenden.
»Es gibt auf der Welt nur eine Frau für mich«, sagte er heiser vor Aufregung. »Und ich denke Tag und Nacht an sie. Leslie . . . Ihr Bild hat mich in all diesen Monaten ununterbrochen verfolgt!«
»Lassen Sie mich gehen!« rief sie und versuchte, sich loszureißen.
»Ich begehre Sie! Für Sie habe ich gearbeitet, und für Sie habe ich alle diese Dinge getan! Leslie, ich werde Sie lieben, wie kein anderer Mann Sie jemals lieben wird! Ich begehre Sie . . . ich will Sie haben!«
Er zog sie näher und näher, seine Augen waren wie glühende Kohlen, und plötzlich verließ sie jede Kraft. Sie konnte ihn nur noch hilflos anstarren.
Da klopfte es. Er schob sie heftig beiseite und verzog wütend das Gesicht. »Was gibt's?« fragte er barsch, und die Stimme des einen Mädchens antwortete: »Mr. Richard Alford möchte Sie sprechen, Sir.«

14

Dick Alford, der im Salon wartete und sich überlegte, wie er das unangenehme Gespräch, das ihm bevorstand, am besten hinter sich bringen könne, sah plötzlich, wie die Tür aufgerissen wurde und Leslie totenbleich ins Zimmer stürzte.

»O Dick, Dick!« schluchzte sie. Dann lag sie in seinen Armen und drückte das Gesicht an seine Brust.
»Um Gottes willen, was ist passiert? Wie kommen Sie denn hierher?« fragte er verwirrt.
Ehe sie antworten konnte, erschien Gilder in der Tür. Er sagte nichts, aber seine zornfunkelnden Augen sprachen Bände. Nach einer Pause: »Nun, was kann ich für Sie tun?«
Dick schob Leslie sanft einen Schritt fort. »Warum sind Sie hier?« fragte er noch einmal.
»Ich bin mit Arthur gekommen«, stammelte sie. »Es ist mir schrecklich peinlich, daß ich mich so aufführe, aber . . .«
Dick blickte von ihr zu Gilder, und allmählich begriff er. »Arthur hat Sie hierher gebracht?« sagte er langsam. »Und dann hat er Sie allein gelassen . . . mit diesem Herrn?«
Sie nickte.
»Ist er ein Freund von Ihnen?«
Sie schüttelte den Kopf. »Ich habe ihn erst heute kennengelernt.«
Er glaubte zu erraten, warum sie so außer sich war, und kalte Wut stieg in ihm auf. Gine hätte sich keinen schlechteren Zeitpunkt für seine Rückkehr aussuchen können. Dick hörte das Läuten, dann klangen in der Diele schnelle Schritte, und der Anwalt trat in den Salon. Sein fahles Gesicht war zu einem Lächeln verzerrt.
»Hallo, Kleines, was ist denn?«
Die Tatsache, daß er kein Wort und keinen Blick an den Gastgeber verschwendete, schien Dick in seinem Verdacht zu bestätigen. »Ich denke, Sie bringen Leslie jetzt besser heim«, sagte er. »Ich habe etwas Geschäftliches mit Mr. Gilder zu besprechen.«
Gilder hatte sich inzwischen einigermaßen gefaßt; so unangenehm die Situation auch war, sie stellte ihn immerhin in den Mittelpunkt des Kreises, zu dem er bisher keinen Zugang gefunden hatte. »Darf ich fragen, mit welchem Recht Sie über meine Gäste verfügen?« sagte er, aber Dick beachtete ihn nicht.
»Passen Sie gut auf Ihre Schwester auf, Gine. Ich werde mir erlauben, Sie heute abend zu besuchen.« In seiner Stimme lag eine kaum verhüllte Drohung.
Er nahm ihre Hand. Leslie war immer noch schneeweiß und zitterte, aber jetzt begann sie schwach zu lächeln. »Ich habe mich wie eine dumme Gans benommen«, sagte sie so leise, daß nur er es

hören konnte. »Anscheinend habe ich nicht gerade die besten Nerven . . .«
Er brachte sie zur Tür, und Gine folgte ihnen. Dick wartete, bis die beiden im Treppenhaus verschwunden waren, und drehte sich erst dann wieder zu dem zornentbrannten Hausherrn um: »Eigentlich bin ich wegen einer anderen Sache gekommen, Mr. Gilder, aber das kann warten. Zunächst wüßte ich gern, was Sie zu Miss Gine gesagt haben?«
»Das geht Sie überhaupt nichts an.«
»Ich fürchte doch. Oder wissen Sie nicht, daß Miss Gine mit meinem Bruder verlobt ist?«
Gilder befeuchtete seine Lippen. »Das interessiert mich nicht«, sagte er, um nach kurzem Nachdenken fortzufahren: »Ich will ganz offen sein, Alford – dann wissen wir wenigstens beide, woran wir sind. Ich habe Miss Gine gebeten, meine Frau zu werden.«
»Ach, wirklich?« meinte Dick kühl. »Darf man wissen, was sie Ihnen geantwortet hat?«
»Sie haben ihr keine Zeit gelassen, mir zu antworten. Aber ich denke, es wird keine großen Schwierigkeiten geben.«
Dick bemühte sich nicht, sein Lächeln zu verbergen. Also hatte er richtig vermutet! »Sie meinen, keine Schwierigkeiten, was Mr. Gine betrifft? Sie wären jedenfalls nicht der erste Bürovorsteher, der in die Familie seines Chefs einheiratet . . .« Wenn er nicht so wütend gewesen wäre, hätte er das nicht gesagt, und die geschmacklose Bemerkung tat ihm sofort leid. Aber Gilder ließ ihm keine Zeit für eine Entschuldigung.
»Ich fühle mich Mr. Gine zumindest ebenbürtig«, sagte er mit einem grimmigen Lächeln. »Sie werden bald erfahren, warum.«
»Lassen wir das, es ist im Moment unwichtig. Gine mag einverstanden sein, aber ich fürchte, Sie werden bei Leslie auf Granit stoßen . . . und bei mir auch.«
»Bei Ihnen?« Gilder zog die Augenbrauen hoch und schürzte die Lippen. »Sind Sie vielleicht . . .«
»Ich bin nicht mit ihr verlobt, wenn Sie das meinen«, antwortete Dick gleichmütig. »Aber mein Bruder ist es. Darum geht es jedoch gar nicht. Ich bin ein Freund von Leslie, und selbst wenn sie es sich anders überlegt und nicht meine Schwägerin wird, würden wir Freunde bleiben.«

Gilder wollte etwas sagen, aber Dick kam ihm zuvor: »Ich weiß nicht, womit Sie Gine in der Hand haben, Gilder, aber Sie werden Leslie nicht heiraten!« Er sah, wie der andere zusammenzuckte, und lachte.
»Soll das vielleicht eine Drohung sein?« fragte Gilder nur.
»Fassen Sie es auf, wie Sie wollen. Und wenn Sie nichts dagegen haben, kommen wir jetzt zum eigentlichen Grund meines Besuchs. Sie haben ehemaliges Land von uns gekauft, die ›Red Farm‹. Sie haben Leonard dreitausendfünfhundert Pfund dafür bezahlt. Ich bin gekommen, um Sie zu bitten, den Kauf rückgängig zu machen und fünfhundert dabei zu gewinnen.«
»Sie wollen also zurückkaufen? Daraus wird leider nichts«, sagte Gilder grob. »Ich habe die Absicht, auf der ›Red Farm‹ zu leben, und es gibt kein Gesetz, das mich daran hindern könnte.«
Dick nickte. »Ich hatte mich schon gefragt, warum Sie sich ausgerechnet unsere Gegend ausgesucht haben«, sagte er, »und jetzt glaube ich es zu wissen. Ich werde mir trotz des Angebots, das ich Ihnen gemacht habe, weitere Schritte vorbehalten. Zu Ihrem Unglück hat Leonard nämlich gar nicht das Recht, die Farm zu verkaufen . . . Das kann er nur mit Einwilligung meines Bruders, also mit meiner Einwilligung, denn ich vertrete Harry in geschäftlichen Dingen. Leonard konnte das Land haben, Sie aber nicht. Da Sie sich in juristischen Dingen auskennen, brauche ich Ihnen wohl nicht zu erklären, was es mit einem Lehnsvertrag auf sich hat. Leonard ist nur der Lehnsnehmer, mehr nicht. Wenn Sie eine gerichtliche Entscheidung herbeiführen wollen, bitte. Aber Sie werden den kürzeren ziehen. Ich gebe Ihnen immerhin die Chance, die Angelegenheit freundschaftlich zu regeln.«
»Meine Antwort ist nein«, sagte Gilder wie aus der Pistole geschossen.
Dick neigte den Kopf. »Wie Sie wollen. Sie werden Ihre Meinung sicher ändern, wenn Sie gründlich darüber nachgedacht haben.« Er nahm seinen Hut und wandte sich zum Gehen, doch in der Tür hielt er inne: »Und was Miss Gine betrifft, kann ich Ihnen nur raten, die Finger von ihr zu lassen.«
»Und wenn ich es nicht tue?«
»Dann werden Sie es bereuen«, antwortete Dick und lächelte vielsagend.

15

Leslie verlor, als sie im Wagen saßen, kein Wort über ihr Gespräch mit Gilder, und ihr Bruder mied das Thema ebenso. Er bemühte sich, von allen möglichen Dingen zu sprechen, die sie interessieren könnten, doch nach einer Weile verstummte er, und als sie ihn etwas fragte, schreckte er aus seinen düsteren Gedanken hoch.
»Entschuldige«, stammelte er, »aber ich mußte gerade an etwas denken.«
»Es war bestimmt etwas Unangenehmes«, sagte sie leise.
Er wurde rot und starrte angestrengt geradeaus. »Ja, etwas verdammt Unangenehmes.«
Sie näherten sich bereits Chelfordbury, und endlich brachte sie es fertig, die Frage zu stellen, die ihr die ganze Fahrt über auf der Zunge gelegen hatte: »Arthur, weißt du, was Gilder von mir wollte?«
Und als er nicht antwortete: »Er hat mir einen Heiratsantrag gemacht!«
»Tatsächlich?« sagte er verlegen, ohne sie anzublicken. »Es ist natürlich ziemlich anmaßend von ihm, aber . . . Ist es eine Sünde, sich in ein hübsches Mädchen zu verlieben und ihr einen Antrag zu machen? Ich meine, irgendwie kann ich ihn verstehen.«
Leslie war entsetzt und zornig, beherrschte sich aber. »Du würdest es doch nicht zulassen? Du weißt, daß ich mit Harry verlobt bin, und du hast sogar gesagt, es sei dein größter Wunsch, mich mit einer Gräfinnenkrone zu sehen! Nicht daß ich das scheußliche Ding jemals aufsetzen würde, aber das waren genau deine Worte.«
Normalerweise war Arthur Gine sehr wortgewandt und schlagfertig. Er hatte sich schon aus heikleren Situationen herausgeredet und Leuten etwas vorgemacht, die weit abgebrühter waren als Leslie, aber in ihrer Gegenwart war es, als versage sein Verstand ihm den Dienst, und seine Antworten kamen sogar ihm selbst dümmlich vor. »Mein liebes Kind«, sagte er nervös, »im Grunde genommen ist es mir gleich, wen du heiratest, Hauptsache, du bist glücklich. Und Gilder ist ein solider Mann; er hat ein beträchtliches Vermögen.«

»Arthur, warum kommst du immer wieder auf finanzielle Dinge zu sprechen? Was ist mit meinem Geld?«
Die Frage war direkt und duldete keine Ausflüchte. Noch nie hatte Leslie so unverblümt nach der Erbschaft gefragt, und er überlegte krampfhaft, wie er sich aus der Affäre ziehen sollte.
»Dein Geld? Ich habe es natürlich angelegt.« Er gab sich alle Mühe, aber seinem Ton fehlte die nötige Überzeugung. »In allen möglichen Obligationen und Anleihen, mein Liebes.«
»Wieviel ist es?« fuhr sie unbeirrt fort.
»Ungefähr eine Viertelmillion, etwas mehr oder weniger. Aber könnten wir, um Himmels willen, nicht über andere Dinge reden?«
»Nein«, sagte sie. »Ich *will* über mein Geld reden. Arthur . . . habe ich überhaupt noch etwas?«
Sein Lachen klang gekünstelt. Es fiel ihm doch sonst nicht weiter schwer, Leute zu beschwichtigen, die lästige Fragen stellten! Harry Chelford hatte erst letzte Woche wissen wollen, in welchen Aktien das Vermögen seiner verstorbenen Mutter angelegt sei, und er hatte ihn hinhalten können. Dieser Nachlaß war es übrigens, der ihn fast die ganze Fahrt beschäftigt hatte. Er mußte unbedingt etwas in der Angelegenheit unternehmen, denn Dick hatte angefangen, Fragen zu stellen, und der verdammte Kerl hatte ein Gedächtnis wie ein Automat. Und jetzt noch Leslie!
»Sei nicht albern, natürlich hast du Geld. Ich wünschte, ich hätte nur halb soviel! Du bist ein reiches kleines Mädchen, und du solltest zufrieden sein.«
Sie schüttelte den Kopf. »Ich glaube, ich habe keinen Penny«, sagte sie und verlor jeden Mut. Er zwang sich jedoch, ihr in die Augen zu sehen.
»Wie kommst du darauf?« fragte er.
»Ich weiß nicht . . . irgendwie hoffe ich sogar, ich wäre arm. Ich weiß, daß ich etwas geerbt habe, ich habe das Testament ja damals mit eigenen Augen gesehen. Aber du hast das Geld verwaltet, und ich habe das Gefühl, daß du in Schwierigkeiten bist.«
»Du meinst, ich hätte dein Geld veruntreut?« fragte er laut, und sie lächelte.
»Das würde ich nie sagen. Aber vielleicht hast du es . . . schlecht angelegt! Und vielleicht ist es immer weniger geworden, bis von

der Viertelmillion nichts mehr da war. Habe ich recht?«
»Ich wünschte bei Gott, du würdest nicht so dumme Fragen stellen«, sagte er gereizt. »Du hast natürlich nicht recht!«
Einen Augenblick verspürte er den übermächtigen Drang, ihr alles zu sagen, doch die Angst, womöglich den einzigen Menschen auf der Welt zu verlieren, mit dem ihn ein echtes Gefühl verband, ließ ihn schweigen. Seine letzte Hoffnung war nun der Chelford-Schatz. Wenn er ihn fand, konnte er Gilder zum Teufel jagen, er konnte Leslie auf Heller und Pfennig auszahlen und von dem Rest herrlich und in Frieden leben. Gilder würde es nie wagen, ihn wegen der vier Wechsel anzuzeigen, und falls er es doch täte, würde er den Sturm dank des Schatzes schon überstehen: Er würde Lord Chelford entschädigen und etwaige juristische Konsequenzen mit ein paar hundert Pfund Schmiergeld abwenden. Aber er wußte, daß er nach einem Strohhalm griff. Immerhin . . . Mary Wenner war eine sehr aufgeweckte junge Dame; sie gehörte nicht zu den Leuten, die sich sensationelle Geschichten ausdachten, um Eindruck zu schinden. An der Sache mußte irgend etwas sein, sonst wäre sie nicht so sicher gewesen.
Der Feldweg nach »Willow House« führte an Lord Chelfords Besitz vorbei, und im rötlichen Schein der untergehenden Sonne ragte der verfallene Erkerbogen der Abteiruine wie ein drohendes Fragezeichen auf, das sein ganzes künftiges Schicksal zu symbolisieren schien.
Daheim angekommen, ging er sofort auf sein Zimmer, um zu baden und sich für das Dinner umzuziehen. Ich war ein Narr, daß ich ihr nicht die Wahrheit gesagt habe, dachte er, vielleicht kommt eine so günstige Gelegenheit nicht wieder. Ob ich nach dem Essen einen neuen Anlauf nehmen soll? Dann jedoch dachte er wieder an das Gespräch mit Mary Wenner. Angenommen, ihre Geschichte stimmte? Angenommen, er fand diesen Millionenschatz, der jahrhundertelang irgendwo vergraben war? Er legte sich schnell einen neuen Plan zurecht.

Zu seiner großen Erleichterung war Leslie beim Dinner bester Laune und schien den Zusammenstoß mit Gilder völlig vergessen zu haben.
»Leslie«, sagte er, als der Kaffee eingeschenkt worden war. »Ich möchte dich um einen Gefallen bitten.«
Sie sah ihn ein bißchen skeptisch an.
»Erinnerst du dich an Mary Wenner, Harrys ehemalige Sekretärin?«
Sie nickte. »Ja. Dick mag sie nicht sehr, er hat mir neulich erzählt . . .«
»Mein Gott«, unterbrach er sie unwirsch. »Mußt du diesem naseweisen Menschen denn wirklich alles nachbeten? Entschuldige . . . ich bin heute abend etwas nervös.«
»Was ist nun mit Mary Wenner?« fragte sie.
»Ich wollte dich nur bitten, sie für das Wochenende zu uns einzuladen. Ich habe eine Menge zu tun, und sie kann ausgezeichnet stenografieren. Aber um ganz offen zu sein, das ist nicht der einzige Grund. Sie ist momentan ein bißchen in der Klemme, und ich möchte ihr helfen.«
Da Leslie nicht neugierig war, fragte sie nicht, um was für Schwierigkeiten es sich handelte. »Ich sehe keinen Grund, weshalb sie nicht kommen sollte«, antwortete sie. »Gib mir ihre Adresse, ich schreibe ihr dann. Ich glaube übrigens, Dick hat etwas gegen sie, weil sie sich zu auffällig um Harry bemüht hat.«
»Sie hat Harry so gut wie vergessen. Um die Wahrheit zu sagen . . . Ich mag sie. Sie ist natürlich keine Lady, aber das ist heutzutage ohnehin ein vager Begriff. Und an der Sache mit Harry war nichts weiter dran. Ich meine, es war nichts Ernstes.«
»Das habe ich auch nicht angenommen«, erwiderte Leslie, und damit war das Thema Mary Wenner fürs erste abgeschlossen.
Gine sagte, er habe noch zu arbeiten, und sie blieb im Wohnzimmer. Obgleich das Gespräch mit Gilder erst wenige Stunden zurücklag, kam es ihr vor wie ein böser Traum. Beklommen dachte sie an jede Einzelheit; ihr war, als fühle sie immer noch den Druck seiner starken Hände, den glühenden Blick seiner grauen Augen. Und Dick – wie natürlich war es gewesen, in seine Arme zu

flüchten, wieviel Sicherheit hatte er ihr gegeben! Ob es genauso gewesen wäre, wenn Harry Chelford dort gestanden hätte? Sie wußte nicht, warum, aber irgendwie war sie sicher, daß sie an seiner Brust keinen Trost gefunden hätte.
Sie blickte auf die Uhr: zehn nach neun. Dick mußte inzwischen zurück sein, und kurz entschlossen ging sie hinaus auf die Diele, nahm den Hörer ab und nannte die Nummer von »Fossaway Manor«.
Arthur kam aus seinem Arbeitszimmer. »Wen willst du anrufen?« fragte er mißtrauisch.
»Ich wollte nur kurz mit Dick sprechen.«
»Du wirst ihn doch nicht bitten, jetzt noch herzukommen?«
Ehe sie antworten konnte, läutete es, und sie lief zur Tür. Sie sah eine weiße Hemdbrust hinter der Milchglasscheibe und knipste die Lampe an. Es war Dick. Mit einem leisen Fluch ging der Anwalt in sein Arbeitszimmer zurück und machte die Tür zu. Er hatte gehofft, Dick würde seine Ankündigung, ihn noch heute abend zu besuchen, nicht wahrmachen.
»Ich wollte Sie gerade anrufen«, sagte Leslie. »Ich hatte Langeweile und brauchte einen amüsanten Unterhalter.«
Das war gelogen.
»Ich fürchte, ich werde heute abend nicht sehr amüsant sein«, antwortete Dick.
Sie nahm seinen Arm und führte ihn ins Wohnzimmer. »Arthur sitzt am Schreibtisch, er hat eine Menge zu tun. Er mag Sie nicht sehr, und Sie mögen ihn nicht sehr, so daß wir miteinander vorlieb nehmen müssen. Dick, Sie waren heute nachmittag meine Rettung.«
»Ich nehme an, Gilder hat Ihnen einen Heiratsantrag gemacht?« sagte Dick ruhig.
»Hat er es Ihnen erzählt?« Sie stieß einen langen Seufzer aus. »Ja, ich war sprachlos. Ich sollte es vielleicht als Kompliment auffassen, aber ich verstehe nicht, weshalb er es so aus heiterem Himmel tat. Haben Sie eine Ahnung?«
»Um das festzustellen, bin ich hier. Ich komme mir vor wie der Großinquisitor, aber ich muß es wissen.«
»Ich kann Ihnen leider nicht weiterhelfen.«
Sie spielte ihm etwas vor. Er wußte, daß sie ihn nur an einem

Gespräch mit ihrem Bruder hindern wollte, und sie wußte, daß ihre Bemühungen zwecklos sein würden.
»Sie haben also nichts Diesbezügliches vermutet? Arthur hat Sie nicht darauf vorbereitet?«
»Nein, ich glaube, Arthur hat selbst nichts geahnt. Er sagte mir, Gilder wolle uns seine Wohnung zeigen, und obgleich ich keine Lust hatte, zu jemandem zum Tee zu gehen, den ich kaum kannte, willigte ich ein . . .«
»Arthur hat Sie wirklich nicht vorgewarnt, was diesen Antrag betraf?«
»Nein. Er war genauso erstaunt wie ich.«
»Haben Sie mit ihm darüber gesprochen?« fragte er schnell.
Sie zögerte.
»Ja, wir haben uns im Auto darüber unterhalten, und Arthur war sehr . . . verblüfft.«
»Nur verblüfft – nicht wütend?«
»Möglicherweise war er auch wütend. Arthur trägt sein Herz nicht auf der Zunge.«
»Das möchte ich wetten«, entgegnete Dick trocken. »Würden Sie ihn fragen, ob er ein paar Minuten Zeit für mich hat?«
Sie sah ihn besorgt an. »Sie werden sich doch nicht mit ihm streiten, Dick?«
Er schüttelte den Kopf. »Nein, ich möchte ihm nur eine oder zwei Fragen stellen. Finden Sie nicht, daß ich ein Recht habe, Bescheid zu wissen?«
»Eine schwierige Frage.«
»Finden Sie es, oder finden Sie es nicht«, fragte er leise.
Sie sah ihn an und senkte sofort wieder den Blick, da sie in seinen Augen etwas gelesen hatte, das sie beunruhigte und zugleich sehr froh machte. Wortlos ging sie auf die Diele und klopfte an die Tür des Arbeitszimmers.
»Was will er von mir? Ich möchte jetzt nicht gestört werden«, sagte Gine nervös, als sie eingetreten war.
»Ich denke, du solltest ihn empfangen und . . . und es hinter dich bringen«, erwiderte sie.
Er blickte sie von der Seite an. »Was meinst du? Was soll ich hinter mich bringen?«
»Alles, was du hinter dich bringen mußt«, antwortete Leslie

gelassen.
Gine betrachtete das malerische Durcheinander von Papieren auf seinem Schreibtisch. »Meinetwegen, bring ihn rein«, sagte er ungnädig.

17

Er traf keine Anstalten, sich zu erheben, als Dick den Raum betrat und die Tür hinter sich zumachte.
»Sie möchten mich sprechen?«
»Ich sagte Ihnen schon heute nachmittag, daß ich kommen würde, um eine Erklärung zu verlangen.«
»Eine Erklärung . . . wofür?«
»Für den unangenehmen Vorfall in Gilders Wohnung natürlich. Dieser Mann hatte die Frechheit, Ihrer Schwester einen Antrag zu machen. Wissen Sie das?«
»Leslie hat es mir erzählt«, antwortete der Anwalt nach kurzem Schweigen.
»Womit hat er Sie in der Hand?«
»Wie bitte . . .«
»Ich habe gefragt, womit er Sie in der Hand hat.«
»Was, zum Teufel, meinen Sie?«
»Genau das, was ich sage. Sie würden es nie dulden, daß jemand wie Gilder sich um Ihre Schwester bemüht, wenn er Sie nicht mit irgend etwas erpressen könnte. Habe ich recht?«
Gine hatte Mühe, seine Stimme zu kontrollieren. »Mein lieber Junge, ich fürchte, Sie gehen zuviel ins Theater. ›Erpressen‹ . . . ›in der Hand haben‹ . . . Selbstverständlich wäre es mir lieber, wenn Leslie Ihren Bruder heiratet, aber ich werde ihr keinen Stein in den Weg legen, wenn sie sich für einen anderen entscheidet.«
»Für Gilder zum Beispiel?«
»Ja«, sagte Gine und nickte feierlich, als habe er die Sache lange und reiflich erwogen.
Aber dann stellte Dick eine Frage, die ihn leichenblaß werden ließ: »Geht es vielleicht um die Wechsel?«
»Die . . . die was?« stammelte der Anwalt.

»Die vier Wechsel mit dem erschlichenen Akzept meines Bruders. Ich dachte, Sie wüßten, daß ich sie gesehen habe. Man hat sie mir auf der Bank gezeigt, und ich habe zunächst den Mund gehalten – zum Glück für Sie. Als ich sie später noch einmal sehen wollte, waren sie eingelöst worden. Ich nehme an, von Mr. Fabrian Gilder. Es hat ihn die Kleinigkeit von gut fünftausend Pfund gekostet, und ich denke, er hat es nicht aus reiner Nächstenliebe getan.«

Gines Mund war auf einmal wie ausgedörrt, und er konnte kaum ein Wort hervorbringen.

»Ich habe es erst heute erfahren«, murmelte er. »Harry war damals krank. Das Geld stand mir zu als . . . als Honorar. Ich ging zur Bank, um sie einzulösen, und stellte fest, daß mir jemand anders zuvorgekommen war.«

»Hat er Sie damit in der Hand?«

»Wenn Sie es unbedingt wissen wollen, ja«, antwortete Gine, ohne seinen Blick zu erwidern. »Sie glauben doch nicht, ich würde Leslie erlauben, einen Schuft wie Gilder zu heiraten, wenn ich . . . wenn ich ihm nicht ausgeliefert wäre? Verstehen Sie bitte meine Lage, Alford, ich bin ruiniert. Der Kerl kann mich ins Gefängnis bringen!«

Dick schüttelte den Kopf. »Werfen Sie ihn morgen hinaus«, sagte er. »Wenn er tatsächlich mit den Wechseln kommen sollte, sorge ich dafür, daß Harry zu den Akzepten steht.«

In das fahle Gesicht des Anwalts kehrte etwas Farbe zurück. »Das würden Sie tun?« fragte er begierig. »Mein Gott! Sie ahnen ja nicht, was für eine Last Sie mir von der Seele nehmen. Ich werde ihn morgen davonjagen, das schwöre ich.«

Er streckte die Hand aus, und Dick nahm sie zögernd. Der Anwalt hatte ihn noch nie sehr beeindruckt, und nun, wo er vor Dankbarkeit beinahe zerfloß, bot er ein besonders klägliches Bild.

»Ich werde Harry jeden Penny zurückzahlen. Ich habe an der Börse etwas laufen, das mir ein Vermögen einbringen wird.«

Die Ironie seiner Worte – daß er das »Vermögen« nur machen konnte, indem er Harry Chelford um sein rechtmäßiges Eigentum brachte – entging dem feinen Anwalt. Nur gut, daß er sich nicht noch weiter mit Gilder eingelassen hatte! Er würde ihm morgen fristlos kündigen. Die Tatsache, daß in seiner Brieftasche ein weiterer dubioser Wechsel steckte, konnte seine tugendhafte Begeisterung

nicht mindern. Von nun an würde er nichts Illegales mehr tun.
»Ich möchte Sie nur noch um eines bitten, Alford – beschleunigen Sie um Gottes willen diese Hochzeit. Sorgen Sie dafür, daß die beiden nächsten Monat heiraten. Leslie ist noch ein unreifes Mädchen, sie versucht, das Unvermeidliche hinauszuzögern, aber das ist ganz natürlich, nicht wahr? Wenn Sie Harry ein bißchen Dampf machen könnten . . .«
Dick sah ihn durchdringend an.
»Das müssen wir schon Leslie überlassen«, sagte er in einem Ton, der keinen Widerspruch duldete.
Sie verließen die Bibliothek, und Leslie, die ängstlich auf der Diele gewartet hatte, sah das Lächeln auf dem Gesicht ihres Bruders und seufzte dankbar. »Sie wollen schon gehen?« fragte sie, als Dick nach seiner Mütze griff.
Er hielt unschlüssig inne. »Ich müßte noch ein paar Kleinigkeiten erledigen, aber . . .«
»Bleiben Sie doch auf eine Partie Mah-Jongg. Ich habe lange nicht mehr Mah-Jongg gespielt«, sagte Gine leutselig.
Aber Dick hatte keine Lust, den Anwalt noch länger zu ertragen. Er wäre gern bei Leslie geblieben, doch Gine schien nicht daran zu denken, das Feld zu räumen. Und er war auf einmal schrecklich mitteilsam.
»Hier ist etwas, das Sie vielleicht interessieren wird!«
Gine zeigte zur Wand. Auf einem dunklen Holzpaneel war ein schwarzer, unheimlich aussehender Eisendolch befestigt. Dick hatte ihn schon einmal gesehen.
»Das sollte eigentlich drüben bei Ihnen hängen, Alford. Der Dolch des Mannes, der den Schwarzen Abt abgeschlachtet hat – Hubert von Redruth! Sehen Sie, auf dem Heft ist sein Wappen.«
»Ich kenne die Waffe«, sagte Dick kurz. Dann wandte er sich an Leslie: »Wie wär's, wenn wir einen kleinen Spaziergang machten, ein bißchen frische Luft wird Ihnen guttun.« Gine, der in diesem Moment zu allem bereit gewesen wäre, um seine Dankbarkeit zu beweisen, unterstützte den Vorschlag, und Leslie nahm ihren Mantel.

Draußen war es angenehm kühl. Dann und wann gaben die schnell dahinziehenden Wolken den Blick auf den Vollmond frei. Leslie hakte sich bei ihm unter. »Hat es Streit gegeben?« fragte sie.
»Nein, nur ein paar offene Worte. Ich glaube, ich habe etwas Klarheit geschaffen. Zumindest wird er Gilder morgen entlassen.«
Sie tat erst wieder den Mund auf, als sie die Straße erreicht hatten: »Hoffentlich ist das kein Fehler. Ich habe irgendwie Angst vor ihm. Zumindest möchte ich ihn nicht zum Feind haben.«
Sie hörte sein leises Lachen und war beruhigt.
»Ich habe ebenfalls das Gefühl, daß dieser Mr. Gilder ein recht unangenehmer Zeitgenosse ist. Aber keine Sorge, er wird weder Arthur noch Ihnen schaden können.«
»Sie sind wie ein Bruder zu mir«, sagte sie und drückte seinen Arm.
Er räusperte sich. »Apropos Bruder«, sagte er dann. »Arthur hat mich vorhin gebeten, die Hochzeit möglichst für nächsten Monat festzusetzen, und ich habe ihm klipp und klar gesagt, ich würde nichts dergleichen tun. Leslie . . . ist Ihnen eigentlich bewußt, daß Sie Harry immer nur am Wochenende sehen?«
Es war ihr seit langem klar, und sie hatte sich schon oft Vorwürfe gemacht, daß sie so wenig Verlangen nach der Gesellschaft ihres Verlobten hatte. »Er interessiert sich kaum für mich, Dick«, sagte sie. »Er denkt in einem fort an diesen Schatz und an das legendäre Lebenselixier . . .«
»Hat er Ihnen das selbst gesagt?« fragte Dick schnell.
»Natürlich, und er war so Feuer und Flamme, daß er mich mit seiner Begeisterung fast angesteckt hat. Glauben Sie, daß etwas daran sein könnte?«
Er antwortete nicht gleich.
»Nun?«
»An dem Lebenselixier . . . vielleicht.«
»Und an dem Schatz?«
»Schon möglich. Generationen von Chelfords haben das verdammte Gold gesucht, und ich glaube, in den letzten vierhundert Jahren hat man für die Suche fast so viel Geld ausgegeben, wie der Schatz wert ist. Aber ich bin sicher, daß die selige Königin Elisabeth das Versteck ausfindig gemacht und sich jeden einzelnen Barren unter

den Nagel gerissen hat.«
»Und ich bin sicher, daß es nicht so ist«, lautete die überraschende Antwort. »Ich habe mich lange mit der Elisabethanischen Epoche beschäftigt, und in dem Jahr, als Ihr Ahne das Geld versteckte, war die Königin in einer solchen finanziellen Bedrängnis, daß sie sogar ein Darlehen bei den Lombarden aufnehmen mußte.«
»Wirklich?« fragte er und blieb stehen.
»Ja. Und wenn Sie nicht solch ein Skeptiker wären und etwas mehr lesen würden, wüßten Sie auch, daß die Königin 1582 pleite war. Haben Sie etwas gegen den ordinären Ausdruck?«
»Er ist mir zumindest geläufig«, erwiderte er lachend.
Sie hatten die große Lichtung erreicht und wandten sich nach links. Dick öffnete eine Pforte, und sie gingen den schmalen Weg zur Klosterruine hoch.
Die Wolkendecke war aufgerissen, und der Mond beleuchtete die Szenerie.
»Haben Sie die Abtei schon einmal bei Mondschein gesehen? Es ist ein herrlicher Anblick«, sagte er und nahm ihre Hand, damit sie auf dem steilen Pfad nicht strauchelte.
Vor ihnen ragten die Überreste der Mauern und Türme auf, und etwas von dem feierlichen Frieden des Ortes teilte sich ihr mit, so daß sie stehenblieb und die Abtei wie gebannt betrachtete. Die Ruinen standen auf der breitesten Stelle der hohen Böschung, die sich parallel zum Ravensrill von »Fossaway Manor« bis fast an die Straße erstreckte. Wenn die Überlieferung stimmte, hatte sich hier eine heidnische Opferstätte befunden, ehe das Land christianisiert wurde und die normannischen Mönche ihr Kloster erbauten. Das Mondlicht nahm dem zerfallenen Mauerwerk die schroffen Konturen, und sie meinte, die Abtei in ihrer ganzen ehemaligen Pracht zu erblicken, und dachte an die Zeit, in der die Schwarzen Brüder hier gelebt hatten.
»Es ist wunderschön«, flüsterte sie.
War es eine Luftspiegelung, eine Täuschung ihrer überreizten Sinne? Sie hätte schwören können, im Schatten des alten Turms eine Bewegung gesehen zu haben. Dick hörte, wie sie erschrocken Luft holte.
»Was ist?« fragte er.
»Ich weiß nicht . . . meine Phantasie, nehme ich an. Ich dachte, ich

hätte dort jemanden gesehen.«
Er blickte in die Richtung, in die sie zeigte.
»Wer sollte sich um diese Zeit hier herumtreiben? Höchstens der Schwarze Abt«, sagte er scherzhaft, »und vor dem haben wir keine Angst, nicht wahr?«
»Ich jedenfalls nicht«, erwiderte sie, aber die Unsicherheit in ihrer Stimme strafte ihre Worte Lügen.
In diesem Augenblick hörte sie etwas, das ihr Blut gerinnen ließ. Es war ein herzzerreißendes Stöhnen, eine Folge von schluchzenden Tönen, die allmählich leiser wurden und dann erstarben.
»Was war das?« fragte sie und umklammerte seinen Arm.
Er sagte nichts, sondern starrte angestrengt ins Dunkel.
Wieder ertönte das Stöhnen, und diesmal endete es mit einem Schrei. Er hielt sie an den Schultern fest, und dann sah auch er etwas, eine Gestalt, die von der Abtei zum Fluß hinunterlief. Eine große schwarze Gestalt, die sich deutlich im Schein des Mondes abzeichnete. Auch sie hatte sie gesehen.
»Bleiben Sie bitte hier, Dick!« flehte sie, als er sich von ihr lösen wollte, um der Erscheinung nachzulaufen.
»Nun ja, vielleicht ist es besser so«, sagte er mehr zu sich selbst.
Sie klammerte sich verzweifelt an ihn, während die Gestalt zu den Bäumen taumelte, in deren Schatten sie gleich verschwinden würde. Das unheimliche Wesen blieb ein paarmal stehen und drehte sich um zu dem Mann und der Frau, die regungslos am Rand der Lichtung standen. Es fuchtelte wild mit den Armen, es heulte auf, und dann wurde es von der Dunkelheit verschluckt – ein widerliches Ding, das ins Reich der bösen Träume gehörte. Aus der Ferne hörten sie noch einmal einen markerschütternden Schrei, dann war alles still.
»Wie furchtbar!«
Und dann gaben ihre Knie nach, und sie erinnerte sich an nichts mehr.

19

Als Leslie wieder zu sich kam, lag sie am Rand des Feldwegs, der zu »Willow House« führte. Dick hatte sie das ganze Stück getragen.
»Oh, wie grauenvoll!« sagte sie schaudernd und machte die Augen wieder zu. »War es der Schwarze Abt?«
Dick antwortete nicht. Seine Sorge um sie drängte alle anderen Gedanken zurück.
»Ich glaube, mir geht's schon wieder etwas besser«, sagte sie und stand mit seiner Hilfe auf. »Ich bin ein dummes Ding, ich muß heute meinen schlechten Tag haben. Was war es, Dick?«
»Ich konnte nichts Genaues sehen, es war zu weit fort«, erwiderte er. »Wahrscheinlich einer von den Dorfbengeln, der zu tief ins Glas geguckt hat.«
Sie schüttelte den Kopf. »Nein, bestimmt nicht. Es war . . .« Sie erschauerte wieder. »Ich denke, ich gehe jetzt heim.«
»Das wäre sicher das beste«, sagte er ernst. »Ich wünschte, ich hätte Sie nicht zu diesem Spaziergang überredet.«
Sie lachte unsicher und hielt sich an ihm fest. »Dick, ich hatte alle möglichen sonderbaren Träume, und kurz bevor ich zu mir kam, war mir, als küßte mich jemand. Es war so echt, daß ich die Lippen immer noch auf meiner Wange zu spüren glaube.«
»Das war ich«, sagte er ohne jede Verlegenheit. »Ich dachte, ich würde Sie damit ins Leben zurückrufen.«
Sie erschrak, als sie ihr hysterisches Lachen hörte. Sie war mit den Nerven am Ende und brauchte dringend Ruhe. »Sie hätten es wenigstens abstreiten können, Dick. Sie sind kein Kavalier!«
Während sie langsam zum Haus schritten, fiel ihr auf, daß er sich ein- oder zweimal kurz umsah.
»Sie glauben doch nicht, dieses . . . dieses Wesen kommt uns nach?« fragte sie, und ihre Zähne klapperten.
»Nein, aber mir war, als hätte ich ein Auto gehört. Ich muß mich wohl geirrt haben . . .«
Er hatte sich nicht geirrt, und er wußte es. Ein Auto war ihnen langsam bis zur Lichtung gefolgt; er hatte die abgeblendeten Scheinwerfer deutlich gesehen und das leise Summen des Motors gehört.
»Lassen Sie sich ansehen.« Er drehte sie ins Mondlicht und hob ihr

Gesicht. »Ich weiß nicht, ob Sie wirklich so blaß sind oder ob es vom Mond kommt«, sagte er, »aber Sie sehen sehr mitgenommen aus. Sie gehen am besten auf dem schnellsten Weg ins Bett, möglichst ohne noch mit Ihrem Bruder zu reden.«

»Warum?« fragte sie überrascht.

»Erstens möchte ich nicht, daß diese Gespenstergeschichte die Runde macht«, antwortete er. »Und zweitens . . . aber das spielt keine Rolle.«

Leslie wurde sich bewußt, daß sie noch langsamer ging, als ihr angegriffener Zustand es rechtfertigte. Sie war zwar noch ein bißchen wacklig auf den Beinen, hatte sich aber ansonsten von dem Schock erholt. Obgleich sie viel zu gescheit war, um an Geister zu glauben, hatte das Erlebnis sie doch völlig durcheinandergebracht. Sie stützte sich auf Dicks Arm, als sie langsam zum Haus schritten; sie gingen über den Rasen, denn sie wollten vermeiden, daß Gine sie hörte und eine laute Begrüßungsszene veranstaltete. »Ich bin froh, daß ich mitgegangen bin«, sagte sie mit leiser Stimme. »Und ich bin auch froh . . .« Sie beendete den Satz nicht.

Das nun folgende Schweigen war für beide ein bißchen unbehaglich. Plötzlich blieb sie stehen und sah ihn an. »Dick, möchten Sie, daß ich Ihren Bruder heirate?«

Er antwortete nicht. Sie hörte nur, wie er seufzte. Sie konnte sein Gesicht nicht erkennen, weil sie im Schatten einer großen Zeder unmittelbar vor dem Haus standen.

»Ich weiß nicht«, sagte er rauh. »Aber es geht nicht darum, ob ich es möchte. Ich sehe keinen Grund, warum Sie ihn nicht heiraten sollten. Sie müssen das tun, was Ihnen gefällt, Leslie. Die Entscheidung liegt allein bei Ihnen.«

»Möchten Sie, daß ich ihn heirate?« fragte sie wieder.

»Ich kann es nicht sagen.« Seine Stimme war hart, und sie ärgerte sich plötzlich über die Gleichgültigkeit, die sie herauszuhören meinte.

»Ich werde Sie nicht noch einmal danach fragen«, sagte sie abschließend. »Gute Nacht, Dick.«

Sie lief ins Haus, und er blieb noch eine Weile stehen und starrte auf die Tür, die sie hinter sich geschlossen hatte. Dann drehte er sich mutlos um und ging schnell die Straße zurück. Zum Glück gab es im Moment etwas, das ihn auf andere Gedanken brachte. Das

Auto war nirgends zu sehen, und statt den Pfad über die Felder zu nehmen, ging er auf dem Hügel weiter.
Wenn er abends das Haus verließ, hatte er immer eine kleine Taschenlampe bei sich. Er knipste sie an und richtete den Lichtstrahl nach links und rechts. Es war keine Durchgangsstraße; sie wurde praktisch nur von Gine und ihm und dann und wann von einem Lieferanten oder Handelsreisenden benutzt. Er sah die rautenförmigen Stollenabdrücke der Reifen von Gines Rolls-Royce, er konnte die Reifenspur seines eigenen kleinen Wagens erkennen, und dann entdeckte er eine neue Spur: Reifen mit pfeilförmigen Stollen. Er konnte erkennen, wo der fremde Wagen gehalten hatte. Offenbar hatte der Fahrer nicht versucht zu wenden, sondern war im Rückwärtsgang umgekehrt. Er folgte der Spur, bis sie in ein freies Feld abbog. Das Tor war geschlossen, aber die Reifenabdrükke waren auf dem lehmigen Boden gut zu sehen.
»›Red Farm‹«, dachte Dick, öffnete das Tor und ging auf das Feld. Er brauchte nicht lange zu suchen, denn das verlassene Auto parkte dicht an der Hecke parallel zur Straße. Die Scheinwerfer waren gelöscht, aber die Motorhaube war noch heiß. Es war eine brandneue amerikanische Limousine mit allen erdenklichen Extras, zugelassen in London. Er notierte sich die Nummer, ging zurück zum Tor, setzte sich darauf und wartete.
Hinter dem sanft geschwungenen Hügelkamm konnte er den halb eingestürzten Erkerboden der Abtei sehen. Seine Geduld wurde auf keine harte Probe gestellt, denn schon fünf Minuten später zeichnete sich auf dem Kamm eine Gestalt ab, die den Hang hinunterging und auf ihn zukam.
Die Ländereien von »Fossaway Manor« waren mit Maschendraht eingezäunt, der Eindringlingen jedoch kein ernstzunehmendes Hindernis bot. Der Fremde schien das Gelände nicht gründlich erkundet zu haben, denn Dick hörte, wie ein schwerer Gegenstand an den Zaun schlug, woraufhin der Unbekannte einen lauten Fluch ausstieß. Dann kletterte er über den Zaun und sprang auf der Straßenseite hinunter.
»Guten Abend, Mr. Gilder«, sagte Dick höflich. »Schauen Sie sich die Sehenswürdigkeiten von Chelfordbury an?«
Gilder fuhr zusammen und ließ beinahe den dicken Stock fallen, den er in der Hand hatte. »Hallo!« stammelte er. »Wer sind Sie?«

Die Taschenlampe in seiner Hand blitzte auf, und Dick schloß geblendet die Augen.
»Ach, Sie!« sagte Gilder mit einem Seufzer der Erleichterung. »Sie haben mir vielleicht einen Schreck eingejagt! Ich hatte gerade Ihre alten Ruinen bei Mondschein bewundert. Sehr eindrucksvoll.«
»Vielen Dank«, antwortete Dick verbindlich. »Ich freue mich immer, etwas Nettes über unseren Besitz zu hören.«
Gilder, dem offensichtlich nicht wohl in seiner Haut war, trat nervös von einem Fuß auf den anderen. »Ich habe meinen Wagen auf dem Feld geparkt, ich dachte, er würde sonst vielleicht den Verkehr behindern . . .«, begann er.
»Zwischen zehn und Mitternacht ist hier nicht viel los«, sagte Dick ironisch. »Aber wenn Sie glauben, die ›Red Farm‹ gehört Ihnen, ist es plausibel, daß Sie das Auto hier abstellen. Was suchen Sie, Gilder?«
Er spürte, daß der andere ihn durchdringend anblickte.
»Ich weiß nicht, was Sie meinen. Ist es vielleicht verboten, ein altes Kulturdenkmal zu besichtigen?«
»Es ist zumindest verboten, ohne Erlaubnis das Land meines Bruders zu betreten. Darf ich meine Frage wiederholen: Was suchen Sie hier?«
»Ich verstehe nicht. Dürfte ich jetzt vielleicht durch? Ich möchte nach Hause.«
Dick rutschte langsam von dem Balken und machte das Tor auf. »Sie sind nicht ganz astrein, Gilder.«
Der andere fuhr herum. »Was, zum Teufel, soll das heißen?«
»Genau das, was ich sage. Sie sind nicht ganz astrein. Es ist sehr verdächtig, daß Sie nachts hier herumschleichen, besonders nachdem kürzlich gewisse Dinge passiert sind.«
»Glauben Sie etwa, ich sei der Schwarze Abt?« zischte Gilder.
Dick schmunzelte. »Sie könnten alles mögliche sein. Was erwarteten Sie, in der Abtei zu finden?«
»Ich sagte Ihnen doch, daß ich mir lediglich die Ruinen im Mondschein angeschaut habe. Wenn das ein Vergehen ist, können Sie mich meinetwegen anzeigen.«
Dick stand mit den Händen in den Taschen da und sah zu, wie Gilder in seinen Wagen stieg, den Motor anließ und die Scheinwerfer einschaltete. »Wenn man die Abtei bewundern will, tut man das

am besten vom Hügel aus und nicht unmittelbar unter den Ruinen«, sagte er. »Gilder, Sie sollten sich in acht nehmen.«
»Ist das eine Drohung?«
»Nein, eine Warnung«, erwiderte Dick. »Und ein so gerissener Mann wie Sie wird sie nicht auf die leichte Schulter nehmen. Übrigens, meine Anwälte werden morgen Schritte einleiten, Ihren Kaufvertrag mit Leonard für nichtig zu erklären. Ich hoffe, Sie werden nicht so dumm sein, Widerspruch einzulegen.«
»Das ist eine Sache, die ich mit Ihren Anwälten diskutieren werde«, sagte Gilder, legte den Gang ein und rumpelte langsam auf die Straße. Dick schloß hinter ihm das Tor.
»Verstehen Sie etwas von Pferderennen?«
Gilder zuckte zusammen. Kannte dieser Mann seine Geheimnisse?
»Ja, ein wenig . . .«
»Dann kennen Sie sicher das Warnsignal?«
»Ja, es ist das Zeichen, das der Jockey-Club den Zuschauern vor Rennbeginn gibt. Von da an darf niemand mehr die Bahn betreten.«
»Sehr gut!« sagte Dick. »Und jetzt werde ich Ihnen das Warnsignal geben. Kommen Sie ›Willow House‹ von nun an nicht mehr zu nahe!«
»Und wenn ich es doch tue?«
»Ich sagte schon, daß Sie es bereuen würden«, antwortete Dick.
Gilder kuppelte zu schnell aus, der Wagen machte mit quietschenden Reifen einen Satz und war bald hinter der nächsten Straßenbiegung verschwunden.

20

Der zweite Sohn kletterte über den Zaun, obgleich die Pforte nicht weit entfernt war, und eilte zum Herrenhaus. Sein Weg führte ihn an dem Flügel vorbei, in dem sich die Bibliothek seines Bruders befand; eines der hohen bleiverglasten Fenster war offen, und er sah Harry im Schein seiner Leselampe über einem Buch am Schreibtisch sitzen. Dick seufzte und ging ins Haus.
Er läutete, und Thomas, der Bursche, fragte nach seinen Wünschen.

»Bringen Sie mir Kaffee und ein paar Kekse. Ich habe noch zu arbeiten«, sagte er.

Als der Diener fort war, trat er zum Schreibtisch, schloß das kleine Vorhängeschloß des Postbeutels auf, der am Abend vom Bahnhof gekommen war, und holte die Briefe heraus, die darin lagen. Er betrachtete die Umschläge und riß einen auf, der das königliche Wappen und den Absender »New Scotland Yard« trug. Der Brief war von einem alten Schulfreund:

»Lieber Dick! Vielen Dank für Deinen recht ungewöhnlichen Brief, aber ich fürchte, wir können offiziell nichts für Dich tun. Es gibt natürlich mehr als genug Privatdetektive, die sich mit solchen Dingen beschäftigen, aber ich möchte Dir folgendes empfehlen: Wir haben hier einen Inspektor namens Puttler – vielleicht hast Du seinen Namen in Verbindung mit dem Raub in Hatton Garden gelesen. Er ist ein sehr tüchtiger Mann und steht zur Beförderung an. Er sieht freilich ein bißchen unheimlich aus; im Yard hat er den Spitznamen ›Puttler der Orang-Utan‹, trotzdem ist er sehr beliebt. Er nimmt sich nie frei, beschäftigt sich auch nach Feierabend mit ungeklärten Fällen und schläft angeblich in irgendeiner Besenkammer im Yard. Ich habe mit ihm geredet, und da auch unser Chef einverstanden ist (es war notwendig, ihn ins Vertrauen zu ziehen), kann er für ein paar Wochen nach ›Fossaway Manor‹ kommen, wenn Du willst. Wie gesagt, Puttler sieht aus wie ein Kinderschreck, aber er hat die freundlichste Seele, die man sich denken kann. Er rührt keinen Alkohol an, ist fromm wie meine Großmutter und hat sehr eigenwillige Ansichten über Kirchenmusik. Du kannst Dich uneingeschränkt auf seine Diskretion verlassen. Ich habe ihm gesagt, daß Du ihm zehn Pfund die Woche zahlen würdest, zuzüglich Spesen. Ich wünschte, ich könnte ihn Dir für länger überlassen, aber ich bin so gut wie sicher, daß die sechs Wochen genügen werden, um die Sache dort zu klären.«

Dick faltete den Brief zusammen und steckte ihn in seine Brusttasche. Dann verließ er sein Arbeitszimmer, ging durch die Halle und betrat die Bibliothek. Lord Chelford blickte von seinem Buch auf.

»Hallo, Dick!« sagte er leutselig. »Was gibt's Neues?«

Ehe er antwortete, trat Dick zu dem Fenster, durch das er seinen Bruder vorhin gesehen hatte, machte es zu und verriegelte es.

»Was ist denn?« brummte Harry.

»Der Abt ist wieder gesehen worden, und ich halte es für ratsam, wenn du die Fenster hier geschlossen läßt.«
Lord Chelford wurde blaß. »Können wir denn nichts dagegen tun?« fragte er nervös. »Wo bleibt die Polizei, wofür bezahlen wir sie eigentlich? Es ist ungeheuerlich, daß dieser . . . Popanz die ganze Gegend in Angst und Schrecken versetzt.«
»Morgen kommt jemand, der ein paar Ermittlungen anstellen wird«, sagte Dick. Sorgfältig stopfte er seine Pfeife und zündete sie mit einem Streichholz an, das er aus einer silbernen Dose auf Harrys Schreibtisch genommen hatte. »Ich komme gerade von Leslie«, fuhr er fort. »Leg doch endlich die verdammte Schwarte weg und sag etwas!«
Mit sichtlichem Widerwillen klappte Lord Chelford den dicken Wälzer, über dem er gebrütet hatte, zu, und lehnte sich resigniert zurück. »Leslie? Ich sehe sie nicht viel. Sie ist ein intelligentes Mädchen und weiß, daß ich sehr beschäftigt bin. Nicht jede Frau hätte soviel Verständnis. Hast du auch mit Arthur gesprochen?«
Dick nickte.
»Er hat angerufen und gesagt, daß er morgen früh vorbeikommen wird. Er möchte, daß ich ein paar Dokumente in Zusammenhang mit der Heirat und Leslies Erbe unterschreibe. Ein tüchtiger Mann.«
»Ja, sehr«, sagte Dick ohne eine Spur von Ironie.
»Ich verdanke ihm eine ganze Menge.« Harry blickte über den Rand seiner Hornbrille hinweg und nickte vor sich hin, während er sprach. »Ohne ihn hätte ich Leslie nicht kennengelernt und wäre nicht mal auf die Idee gekommen zu heiraten«, sagte der Lord naiv. »Aber Arthur brauchte einen Mann für sie, der es nicht nur auf ihr Vermögen abgesehen hat. Ich finde ihr Geld natürlich ganz nützlich . . .«
Dick hörte die nicht sehr schmeichelhafte Erklärung für die bevorstehende Hochzeit nicht zum erstenmal. »Warum willst du überhaupt eine Frau mit Geld heiraten?« fragte er. »Wir sind doch nicht verarmt.«
Harry zuckte mit seinen mageren Schultern. »Das mag stimmen«, entgegnete er gleichgültig. »Ich kümmere mich nicht darum. Für die finanziellen Dinge bist du zuständig, und ich wüßte nicht, was ich ohne dich täte. Kommst du auch selbst nicht zu kurz dabei,

Dick?«
Dick schüttelte den Kopf.
»Ein nettes Mädchen«, fuhr sein Bruder fort. »Wir sollten sie und Arthur für einen der nächsten Abende zum Dinner einladen. Es gibt ein paar Dinge, die ich mit Arthur besprechen möchte. Da ist zum Beispiel das Land in Doncaster . . . Neulich kam ein Brief mit einem sehr guten Angebot für ›Creethorpes‹. Ich sehe keinen Grund, warum wir es nicht verkaufen sollten.«
»Aber ich«, widersprach Dick und zog bedächtig an seiner Pfeife. »Ich habe den Brief auch gelesen, aber ich finde, wir sollten erst verkaufen, wenn das Angebot in etwa dem Wert von ›Creethorpes‹ entspricht. Die Summe, die sie geboten haben, ist lächerlich.«
»Hundertzwanzigtausend Pfund?« murmelte Lord Chelford und schüttelte zweifelnd den Kopf. »Ich sehe nicht, wie du mehr herausschlagen könntest.«
»Wir sollten es wenigstens versuchen«, sagte Dick.
Er betrachtete die Bücher, die auf dem Schreibtisch lagen, und nach einer Weile entdeckte er den schmalen Band, von dem sein Bruder sich nie zu trennen schien. Er stand auf, griff danach und nahm ihn. Harry beobachtete ihn mit einem triumphierenden Lächeln. »Na, glaubst du es endlich, alter Junge?« fragte er. »Ich wußte, daß es nur eine Frage der Zeit sein würde. Du bist viel zu klug, um den Chelford-Schatz als Märchen abzutun.«
Dick blätterte in den vergilbten Seiten, die von einer kaum noch entzifferbaren Handschrift bedeckt waren – das Tagebuch jenes Lord Chelford, der seinen Verrat vor dem Scharfrichter gebüßt hatte.
Er hatte letzte Nacht plötzlich eine Idee gehabt, die ihm nicht mehr aus dem Kopf gegangen war. Es stimmte zwar nicht, daß er nun an die Existenz des Schatzes glaubte, aber die Erinnerung an eine bestimmte Passage des Tagebuchs hatte seine Neugier geweckt. Er schlug sie auf und las:
». . . und diese Barren sollen an dem sicheren Ort versteckt werden, wenn das Wetter trocken bleibt und die Dürre anhält, obgleich die Anzeichen darauf hindeuten, daß es bald regnen wird . . .«
»Ich möchte nur wissen, was die Dürre mit dem Versteck zu tun haben könnte«, sagte er. »Und warum sollte der Regen den Plan vereiteln?«

Der Lord strahlte: »Das Gift wirkt, mein lieber Richard! Du wirst ein ebenso leidenschaftlicher Schatzsucher werden wie ich. Soll ich dir sagen, wo das Gold versteckt wurde?« Er beugte sich vor, und seine Augen blitzten. »In irgendeiner Höhle, jedenfalls irgendwo unter der Erde. In dem Tagebuch ist dreimal von einem Spaten die Rede.« Er blätterte schnell in dem Band.

»Hier ist die erste Stelle«, sagte er und las vor: »›Heute hat Tom Googman mir den *Chesil* aus Brighthelmstone gebracht.‹ Dieser *Chesil* muß irgendein Grabwerkzeug sein, wahrscheinlich ein Spaten.«

»Und Brighthelmstone ist sicher Brighton«, meinte Dick.

Sein Bruder nickte und blätterte weiter: »›Der neue *Chesil* ist nun gekommen. Ich habe ihn an der Stelle gelassen, und niemand wird wissen, wie wichtig er für mich ist.‹«

Dick lächelte. »Es muß ein ganz bemerkenswertes Ding gewesen sein«, sagte er. »Wie kommst du eigentlich darauf, daß es ein Spaten ist? Steht nichts über die Größe oder die Form drin?«

»Nein, ich habe genau nachgelesen.«

In diesem Augenblick klopfte es. »Wünschen Sie den Kaffee hier zu nehmen, Sir?« fragte Thomas.

»Nein, bringen Sie ihn in mein Zimmer.«

»Willst du etwa noch arbeiten, Dick?« fragte Harry.

»Ja, aber erst, wenn du zu Bett gegangen bist«, antwortete sein Bruder. »Ich denke, es ist Zeit, daß du dich hinlegst. Sonst wirst du über kurz oder lang einen Zusammenbruch erleiden, und ich werde einen der Herren holen müssen, die du nicht ausstehen kannst.«

»Puh«, sagte Lord Chelford schaudernd. »Bring bitte nie einen Arzt in dieses Haus – ich hasse diese Leute.«

Er stand auf und verließ vor Dick die Bibliothek. »Heute nacht werde ich bestimmt gut schlafen«, erklärte er und strich seine langen schwarzen Haare mit der für ihn typischen fahrigen Handbewegung aus der Stirn. »Wenn ich das Zeug doch bloß vorher gekannt hätte!«

»Was ist es diesmal?« fragte Dick.

Es verging kaum noch ein Tag, ohne daß ein Päckchen mit einem neuen Wundermittel kam. Es war ein regelrechter Teufelskreis. In den beiliegenden Broschüren wurden unweigerlich Symptome aufgezählt, deren sich Harry bisher nie bewußt gewesen war, doch kaum hatte er begonnen, ein Mittel einzunehmen, entdeckte er bereits ein neues, das noch mehr versprach.

Dick folgte ihm in das lange Zimmer hinauf, in dem er die wenigen Stunden verbrachte, die er nicht in der Bibliothek saß. In der Mitte stand ein langer Tisch, der mit kleinen Flaschen und Schachteln buchstäblich übersät war. Es mußten Hunderte von Päckchen und Gefäßen sein; einige standen immer noch dort, wo er sie hingetan hatte, als sie gekommen waren – er hatte sie nie geöffnet. Es waren Mittel gegen Asthma, gegen Bronchitis und Rheumatismus, wundertätige Salben, Schlafmittel, Beruhigungstropfen für angegriffene Nerven – die Sammlung enthielt Medikamente gegen so ziemlich jedes Leiden, das den menschlichen Organismus befallen kann.

Auf dem kleinen Nachttisch am Bett standen ein Krug mit heißem Wasser und ein Glas. Lord Chelford öffnete eine Zinnbüchse, die er aus der Kollektion von Flaschen und Tiegeln herausgefischt hatte, entnahm ihr zwei kleine weiße Pillen, tat sie in das Glas und löste sie in Wasser auf. Dick beobachtete ihn halb amüsiert und halb mitleidig.

»Ah!« Harry setzte das Glas wieder ab. »Das ist es, Dick! Keine chemische Droge, sondern eine Kombination natürlicher Wirkstoffe, die dem erschöpften Hirn Ruhe und den müden Augen Schlaf schenkt.«

»Ich schätze, du zitierst, was auf dem Etikett steht«, sagte Dick lächelnd. »Selbst Kokain ist ein natürlicher Wirkstoff. Und nichts ist der Natur näher als Morphium. Wenn ich könnte, wie ich wollte, würde ich alle diese verdammten Pillen und Tropfen nehmen und in den Teich werfen.«

»Dann wäre ich wahrscheinlich in spätestens vier Wochen unter der Erde«, entgegnete Harry und fing an, sich auszuziehen. »Und du müßtest wegen Mordes vor Gericht.«

Dick sagte ihm gute Nacht und ging in sein Arbeitszimmer. Er mußte Briefe lesen und beantworten, Prospekte studieren, Rechnungen prüfen und bezahlen. Es war beinahe drei Uhr, als er endlich aufstand, eine der Fenstertüren öffnete und steifbeinig auf den Rasen hinaustrat, um frische Luft zu schöpfen.

Im Osten graute schon der Morgen. Die Luft war wie Champagner, und er holte mehrmals tief Atem, ehe er seine Pfeife anzündete und am Haus entlangschlenderte. Er war kein bißchen müde und überlegte, ob er nicht aufbleiben, ein kaltes Bad nehmen und eine Arbeit beenden sollte, die er gestern nicht ganz geschafft hatte, als er in der Ferne einen schwachen Lichtschein sah, der gleich danach wieder erlosch.

»Wenn das keine Taschenlampe war, heiße ich Smith«, murmelte er, lief schnell in sein Zimmer, nahm seine Flinte aus dem Gewehrschrank und steckte eine Handvoll Schrotpatronen in die Tasche seines Dinnerjackets. In der Nachbarschaft hatte es ein paar Zusammenstöße mit Wilderern gegeben, und die Unbekannten hatten nicht gezögert, von der Waffe Gebrauch zu machen. Dick wollte auf Nummer Sicher gehen, und so lud er die Flinte, ehe er in die Richtung schritt, in der er das Licht gesehen hatte.

Eigentlich hatte er nicht viel gegen Wilddiebe. Seine Ansichten zu dem Thema hatten schon so manchen konservativen Friedensrichter schockiert, denn er vertrat die Meinung, es sei im Grunde ganz verständlich, wenn ein armer Teufel, der sich das begehrte Wildbret nicht auf andere Weise beschaffen könne, »für den eigenen Kochtopf« jage.

Das Haus und die Bäume ringsum behinderten die Sicht, aber nach wenigen Minuten erreichte er eine kleine Schonung und konnte über die Felder sehen. Er wartete zehn Minuten im Schatten eines Baumes, und als er gerade weitergehen wollte, sah er es wieder – es blitzte nur einen Sekundenbruchteil auf, und es bestand kein Zweifel, daß es von der Ruine kam. Im Ravensrill gab es zwar Forellen, und an seinen Ufern waren ein paar Kaninchenbauten, aber kein intelligenter Wilderer würde seine Zeit auf jenem Teil des Besitzes verschwenden.

Er ging langsam den Hügel hoch und konnte bald die einzelnen Mauern erkennen. Der Eindringling schien nicht die besten Augen zu haben, denn wieder flammte das Licht auf. Ob dieser undurchsichtige Gilder zurückgekehrt war, um die Klosterruinen noch einmal zu bewundern? Auf der Spitze des Hügels blieb er stehen und schaute sich um. Wieder der Lichtschein, diesmal keine

fünfzig Meter entfernt, und nun sah er die Gestalt eines Mannes, der langsam zwischen den zerfallenen Mauern hin und her ging. Er suchte offenbar den Boden ab und richtete die Lampe dabei abwechselnd nach links und rechts.
»Etwas verloren?« fragte Dick.
Der Besucher schrie erschrocken auf und fuhr herum. »Wer sind Sie«, fragte er krächzend, und Dick erkannte die Stimme sofort. Es war Arthur Gine!
»Hallo«, sagte der Anwalt verlegen. »Ich konnte nicht schlafen.«
»Und da kamen Sie hierher, um ein Beruhigungsmittel zu suchen?« fragte Dick höflich. »Sie hätten zu uns kommen sollen, mein Bruder besitzt eine umfangreiche Hausapotheke, und wir hätten bestimmt etwas für Sie gefunden.«
»Machen Sie keine dummen Witze«, entgegnete Gine, der immer noch um Fassung rang. »Ich meinte, ich konnte nicht schlafen, und deshalb habe ich einen Spaziergang hierher gemacht. Die Ruinen interessieren mich.«
»Ich wußte gar nicht, daß Kunstgeschichte Ihr Hobby ist und daß Sie es nachts betreiben! Aber das scheint in Mode zu kommen . . .«
»Machen Sie sich nicht über mich lustig, Alford! Ich sagte Ihnen doch, ich habe einen Spaziergang gemacht. Oder wollen Sie darauf hinaus, daß ich mich unerlaubt auf dem Besitz Ihres Bruders aufhalte? Wenn es so ist, könnte ich genausogut fragen, was Sie hier machen!«
»Ich dachte, Sie wüßten, daß ich hier einen Job habe«, antwortete Dick nach einer kurzen Pause. »Und eine meiner Aufgaben besteht darin, auf verdächtige Individuen zu achten, die nachts mit Taschenlampen auf unserem Land herumgeistern.«
»Oh, Sie haben das Licht gesehen? Ich hätte es mir denken können«, sagte Gine, der sich inzwischen einigermaßen gefaßt hatte. »Die Wahrheit ist, daß ich einen schrecklichen Traum hatte, der mich aufweckte. Ich träumte, ich sähe diesen verdammten Schwarzen Abt, und der Traum war so real, daß ich beschloß, mich zu vergewissern.«
»Ein Gespensterjäger!« rief Dick. »Das erklärt natürlich alles. Wie ich sehe, haben Sie eine Waffe mitgebracht. Sehr klug!«
Gine betete, der neugierige junge Mann möge das Stemmeisen nicht bemerken, das er bei sich hatte, aber Dick hatte gute Augen.

»Den Schwarzen Abt haben Sie wohl nicht gesehen?« fuhr er nun höflich fort. »Nein? Es ist eben nicht seine Zeit. Unser Familiengeist pflegt früher zu erscheinen . . . Er war zu seinen Lebzeiten ein ehrbarer Mann, wenn auch nicht ganz frei von Sünde, wie Sie vielleicht wissen.«
Sie gingen nebeneinander zur Straße, und es war nicht hell genug, um die zornige Röte zu sehen, die das Gesicht des Anwalts überzog.
»Ich möchte nicht mit Ihnen streiten, Alford, aber ich finde Ihren Spott unangebracht. Ich weiß nicht, warum ich Ihnen überhaupt etwas erklären muß, aber Sie haben sich heute abend als guter Freund erwiesen, und ich sage die Wahrheit.«
Dick erwiderte nichts, sondern blieb am Rand der Lichtung stehen, bis der aufgeregte Anwalt verschwunden war. Was hatte all das zu bedeuten? Was hatten diese verschiedenen Leute in dem alten Kloster zu suchen? Zuerst Mary Wenner, dann Gilder und jetzt Arthur Gine? Wieso übten die alten Steine so viel Anziehungskraft aus, daß der sonst so träge Anwalt um vier Uhr morgens aufstand, sich in seinen besten Golfanzug warf und ihnen einen Besuch abstattete? Wonach hatte er mit seinem Stemmeisen gesucht . . . nach dem Schatz?
Jetzt ging Dick endlich ein Licht auf, und er war so überwältigt, daß er sich auf den nächsten Sandsteinblock setzte und lachte, bis ihm die Tränen in die Augen traten.
Der Schatz! Harry hatte diese nüchternen Leute mit seinem Wahn angesteckt. Aber wie? Offensichtlich war Mary Wenner das Verbindungsglied. Er erinnerte sich an die Zeit, als sie Harry in seinen Bemühungen unterstützt hatte und von der Existenz der legendären Goldbarren ebenso überzeugt gewesen war wie ihr Arbeitgeber. Sie war mit Gine befreundet; er hatte selbst gehört, daß sie sich duzten; und Gilder mußte über Gine etwas von der Sache erfahren haben. Das war also die Erklärung! Und der große Coup an der Börse, von dem Gine gesprochen hatte, war offensichtlich nichts anderes als der Chelford-Schatz.
Auf dem Rückweg zum Haus lächelte er die ganze Zeit vor sich hin, aber dann kam ihm ein Gedanke, der ihn ernst werden ließ. Angenommen, sie hatten recht, und er irrte sich? Angenommen, es gab den Schatz wirklich.

Er schloß die Tür des Arbeitszimmers und ging nach oben in sein Schlafzimmer, von dem aus er den Garten von »Fossaway Manor« überblicken konnte. Unmittelbar gegenüber der Tür führte ein schmaler Gang zu einer Treppe in die Dienstbotenräume. Als seine Schritte auf den breiten Stufen erklangen, trat eine dunkle Gestalt, die dort gewartet hatte, zurück und versteckte sich im Schatten der Dienstbotentreppe. Als Thomas, der Bursche, Dick in sein Zimmer gehen und die Tür hinter sich schließen sah, atmete er freier. Er wartete, aber es regte sich nichts mehr.

Stille senkte sich auf »Fossaway Manor«. Dick war nach fünf Minuten eingeschlafen. Er schlief so fest, daß er das leise Knarren der Dielen vor seiner Tür nicht hörte. Die Klinke wurde langsam heruntergedrückt, und die Tür öffnete sich einen Spalt weit. Der Eindringling horchte, und ein Grinsen entblößte seine weißen Zähne. Er hörte Dicks regelmäßige Atemzüge, machte die Tür etwas weiter auf und ging geräuschlos zum Bett, wo er nach dem Messingfußende tastete.

Er gab keinen Ton von sich, obgleich er sich vor Lachen schüttelte. Er langte in die Tasche und holte ein Messer mit einer langen Klinge heraus, das er vorsichtig aufklappte. In diesem Augenblick schwebte der Todesengel über dem Schlafenden.

Da ertönte in der Halle eine angstvolle Frauenstimme.

»Dick! Dick . . . um Gottes willen!«

Dick wälzte sich unwillig herum und öffnete seine bleischweren Lider.

22

»Dick!«

Die Gestalt ließ das Messer fallen, huschte zur Tür, zögerte eine Sekunde und eilte hinaus.

»Dick!«

Wieder die angstgepeinigte Stimme, und nun war Dick einigermaßen wach. Er sprang aus dem Bett, lief zur Tür und trat auf den Treppenabsatz. »Wer ist da?« rief er schlaftrunken.

»Ich bin's, Leslie! Dick, ich muß Sie sprechen!«

Er eilte ins Zimmer zurück, nahm seinen Morgenmantel vom Haken und sauste die Treppe hinunter, zog den Mantel im Laufen an. Sie stand im Halbdunkel der Halle, eine zerbrechlich wirkende Gestalt, ohne Hut, die bloßen Füße steckten in Hausschuhen, und sie hatte sich offensichtlich in aller Eile einen Mantel übergeworfen.
»Was ist los, Leslie?«
Er stieß die Tür zu seinem Arbeitszimmer auf und führte sie hinein. Sie zitterte am ganzen Leib.
»Ich weiß nicht. Es ist etwas Furchtbares passiert«, stammelte sie. »Ich dachte, mein Auto würde Sie wecken . . . Haben Sie es nicht gehört?«
»Etwas Furchtbares ist passiert? Was denn?« fragte er schnell.
»Ich weiß nicht! Vielleicht bringe ich alles durcheinander, aber ich . . . ich sah, wie Arthur auf dem Rasen mit einem Mann kämpfte. Ich dachte, ich müsse mich irren, und ging in sein Zimmer, aber das Bett war leer und unbenutzt. Als ich nach draußen kam, waren sie beide fort!«
»Kämpfte?« sagte er ungläubig. »Ich habe Arthur noch vorhin gesehen, es kann höchstens zwei Stunden her sein.«
Es war inzwischen hell; die Uhr auf dem Kaminsims zeigte Viertel nach fünf.
»Warten Sie einen Moment, ich ziehe nur schnell etwas an.«
Er lief die Treppe hinauf, und wenige Minuten später flitzten sie in ihrem kleinen Wagen die Ulmenallee hinunter.
»Wie sind Sie ins Haus gekommen?«
»Durch Ihr Arbeitszimmer. Ich habe geläutet, aber da niemand aufmachte, probierte ich einfach, ob die Fenstertüren Ihres Zimmers offen waren.«
»Ich vergesse immer, sie zu verriegeln, und jetzt bin ich froh darüber. Ich werde es auch in Zukunft vergessen«, sagte Dick. »Und nun erzählen Sie mir bitte genau, was passiert ist.«
Sie berichtete von Anfang an. Dicks Nähe hatte ihr wieder Mut gemacht. »Sie müssen mich für einen schrecklichen Angsthasen halten«, sagte sie zerknirscht. »Ich weiß nicht, wie spät es war, aber es muß ungefähr eine halbe Stunde her sein. Ich schlief und glaubte plötzlich, Stimmen zu hören. Ich ging zum Fenster und sah hinaus. Es war noch ziemlich dunkel, und vor dem Haus stehen viele

Bäume, aber ich konnte zwei Männer sehen, und einer von ihnen war Arthur, obgleich ich ihn nur an seiner Stimme erkannte. Er schien sehr wütend zu sein.«

»Haben Sie etwas verstanden?«

»Nein, sie waren zu weit fort, bei den Lorbeerbüschen zwischen dem Haus und der Straße. Dann sah ich, wie Arthur den anderen schlug, und sie fingen an zu kämpfen. Als ich unten ankam, waren sie verschwunden.«

Nun erzählte Dick von seiner Begegnung mit dem Anwalt, und dieser kam in dem Bericht besser weg, als er es verdient hatte.

»Das kann nicht wahr sein!« sagte sie verblüfft. »Er hat also überhaupt nicht geschlafen. Was hat das alles zu bedeuten, Dick?«

»Das weiß der Himmel«, erwiderte Dick andächtig. »Ich wünschte, mein Freund Puttler wäre schon hier.«

Sie fuhren durch die Lichtung und bogen in die lange, gerade Straße nach »Willow House« ein. Als sie die Einfahrt erreichten, sah Dick einen Mann auf das Haus zugehen.

»Da ist Arthur ja«, rief Leslie erleichtert.

Der Anwalt sah recht mitgenommen aus. Seine Nase blutete, und er hatte ein blaues Auge. Normalerweise hätte Dick gelacht, aber Leslie war so besorgt über die Verletzungen ihres Bruders, daß es taktlos gewesen wäre, sich über die Kampfspuren lustig zu machen, die den jungen Dandy zierten.

»Es war nichts weiter«, sagte er mürrisch. »Ich hatte nur eine kleine Auseinandersetzung mit einem Wilderer.«

Seine nagelneue Golfhose war an den Knien beschmutzt und zerrissen, seine Knöchel waren aufgeschrammt und bluteten, aber Dick hielt es nicht für den richtigen Zeitpunkt, ihm Fragen zu stellen, und folgte den beiden ins Haus. Eines der Mädchen brachte Kaffee, und dankbar nahm er eine Tasse, denn er war immer noch hundemüde.

»Was mag bloß geschehen sein?« fragte Leslie, als Gine nach oben gegangen war, um seine Wunden zu versorgen. Er hatte jede Hilfe abgelehnt.

»Er sagte es doch. Er hat einen Wilderer gestellt. Mit anderen Worten, er hat sich ein bißchen geprügelt. Das tut jeder Mann hin und wieder mal.«

Sie blickte ihn mißtrauisch an. »Das ist doch nicht Ihr Ernst, Dick.

Ich glaube nicht, daß es ein Wilddieb war. Eher Mr. Gilder . . .«
Dick war nicht darauf vorbereitet, diese Theorie zu widerlegen. Er hatte selbst schon daran gedacht, daß Gine sich mit seinem Kanzleivorsteher geschlagen hatte. Aber was hatte Gilder in dieser frühen Morgenstunde beim Haus seines Chefs zu suchen gehabt? Er würde ihn bei der nächsten Gelegenheit danach fragen.
Er spürte, daß sie ihn ansah, und als er ihren Blick erwiderte, glaubte er, in ihren Augen etwas wahrzunehmen, das sein Herz schneller schlagen ließ.
»Was sollte ich bloß ohne Sie tun?« fragte sie mit einer hilflosen Handbewegung. »Jedesmal, wenn ich nicht mehr ein und aus weiß, komme ich heulend zu Ihnen gelaufen, und sobald ich in der Patsche bin, erscheinen wie durch ein Wunder Sie auf der Bildfläche! Ich glaube, ich werde etwas dagegen unternehmen müssen.«
»Und woran haben Sie gedacht?«
Sie nickte nur vor sich hin. »Sie werden sehen«, sagte sie. »Auch ich habe meine kleinen Geheimnisse.«
Er lehnte das Angebot, ihren Wagen zu nehmen, dankend ab und kehrte zu Fuß nach »Fossaway Manor« zurück.
Er wollte gerade ins Bett steigen, als sein Fuß etwas Hartes und Kaltes berührte. Er bückte sich und nahm es auf. Ein Messer!
»Mein Gott!« sagte er leise und knipste das Licht an.
Die Waffe war neu, die Klinge rasiermesserscharf. Er drehte sie hin und her und runzelte die Stirn. Dann ging er zurück und schob den Riegel vor, obgleich er sonst nie zusperrte. Aber womöglich waren die Überraschungen dieser Nacht noch nicht zu Ende.

23

In der Kanzlei Gine & Gine herrschte am nächsten Morgen helle Aufregung. Zum erstenmal in seiner fünfundzwanzigjährigen Dienstzeit war Fabrian Gilder nicht an seinem Arbeitsplatz erschienen. Statt dessen kam eine kurze Mitteilung, in der sein Stellvertreter gebeten wurde, den Inhalt einer bestimmten Schublade von Gilders Schreibtisch durch einen Boten zu seiner Wohnung am Regent's Park bringen zu lassen. Die letzten Sätze des

Schreibens lauteten:
»Ich werde wahrscheinlich nicht in die Kanzlei zurückkehren. Ich habe Mr. Gine um meine Entlassung gebeten, da ich gedenke, mich ins Privatleben zurückzuziehen.«
Ein Telegramm Arthur Gines ernannte den Stellvertreter zum Nachfolger des ausgeschiedenen Kanzleivorstehers, eine Beförderung, die dem Mann gar nicht angenehm war, denn seit einiger Zeit liefen Gerüchte um, die nichts Gutes für das Wohlergehen von Gine & Gine verhießen, und mehrere Angestellte hatten bereits begonnen, sich diskret nach einer neuen Stelle umzusehen.
Gine ließ sich weder an diesem noch am nächsten Tag blicken, und das Rätsel von Gilders Ausscheiden blieb ungelöst, denn er lehnte es ab, mit dem Kollegen zu sprechen, der ihm seine privaten Papiere brachte. Mr. Gilder liege zu Bett, sagte das Mädchen, er habe offenbar einen kleinen Unfall gehabt, als er aus dem Wagen gestiegen sei. Der »Unfall« hatte sich freilich schon früher zugetragen und war in Wahrheit die besagte Schlägerei gewesen. Gilder konnte sich glücklich schätzen, daß er mit einer aufgeplatzten Lippe und einer verrenkten Schulter davongekommen war.

Neugier gehörte nicht zu Dick Alfords Schwächen, und selbst wenn es der Fall gewesen wäre, hätte er nicht die Zeit gehabt, in die Stadt zu fahren und sich nach Gilders Befinden zu erkundigen. Er schlief lange, badete und rasierte sich. Dann kam er nach unten und stellte fest, daß sein Gast mit dem Mittagszug eingetroffen war.
Obgleich er Inspektor Puttler nie gesehen hatte, erkannte er ihn nach der Beschreibung seines Freundes sofort. Er war ein großer, gebeugter Mann von etwa vierzig Jahren, mit melancholischen braunen Augen, die in tiefen Höhlen lagen und Dick sofort an einen traurigen kranken Orang-Utan erinnerten, den er einmal im Zoo gesehen hatte. Er hatte eine fliehende Stirn und eine viel zu lange Oberlippe, und seine Arme hingen beinahe bis zu den Knien herunter. Der bedauernswerte Puttler war sich seiner Ähnlichkeit mit den Vorfahren des Homo sapiens durchaus bewußt, schien es aber mit Fassung zu tragen.
»Nun, Sir, wie gefalle ich Ihnen?« sagte er ernst, doch mit einem ironischen Funkeln in den Augen. »Es hat schon Leute gegeben, die in Ohnmacht fielen, als sie mich das erstemal sahen, vor allem

Leute mit zuviel Phantasie.«
»Ich werde nicht in Ohnmacht fallen«, antwortete Dick lächelnd, »vielleicht weil ich nicht genug Phantasie habe.«
In diesem Moment trat der Diener ein, und er schien sehr empfänglich für eine auffallende Physiognomie, denn beim Anblick des sonderbaren, affenartigen Mannes blieb er wie angewurzelt stehen und sperrte den Mund auf.
»Bringen Sie Mr. Puttler auf sein Zimmer. Wenn Sie dann zum Lunch herunterkommen würden, Puttler? Ich habe Ihnen einiges zu erzählen.«
Der verwirrte Thomas führte den Gast in den Raum neben Dicks Schlafzimmer. »Kann ich noch etwas für Sie tun, Sir?« fragte er.
»Nein, vielen Dank.« Und als Thomas sich zum Gehen wandte: »Wie nennen Sie sich denn jetzt?«
»Ich, Sir . . . Ich heiße Thomas Luck.«
Puttler schüttelte traurig den Kopf. »Thomas *Bad* Luck wäre passender. Weiß Ihr Herr nicht, daß Sie in Wirklichkeit Sleisser heißen und einige Zeit in Dartmoor verbracht haben?«
»Nein«, sagte der Bursche trotzig.
»Ich fürchte, er wird es erfahren müssen«, erklärte der Inspektor höflich, und Thomas wäre ihm am liebsten an die Gurgel gefahren, besann sich aber eines Besseren und verließ den Raum.
Puttler ging hochbefriedigt wieder nach unten. »Sind Sie auch sicher, daß Sie mir nicht aus Versehen das Zimmer des Prince of Wales gegeben haben, Mr. Alford?« sagte er. »Ich habe mir schon immer gewünscht, in einem Baldachinbett zu schlafen.«
»Zuerst möchte ich Sie meinem Bruder vorstellen. Er hat übrigens nicht die besten Nerven, und ich habe ihm gesagt, Sie seien von einer Wirtschaftsprüferfirma und würden mir bei meinen Büchern helfen und sich nur nebenbei auf dem Besitz umsehen.«
Puttler, der nichts gegen die kleine Täuschung einzuwenden hatte, wurde in die Bibliothek geführt und vorgestellt. Harry war es gewohnt, daß Dick Leute einlud, und da er kurzsichtig war, schenkte er den affenähnlichen Zügen des Kriminalbeamten keinen zweiten Blick.
»Er wird sechs Wochen bleiben«, hatte Dick ihm erklärt, »und wundere dich bitte nicht, wenn er seine Nase überall hineinsteckt. Ich möchte genau wissen, wieviel das Land wert ist, und er soll

seine speziellen Methoden haben.«
»Du solltest ihn schätzen lassen, was der Schwarze Abt wert ist«, antwortete Harry sarkastisch. »Wir brauchen eher einen guten Polizisten als einen Buchprüfer.«
Dick dachte, der Gast würde beiden Aufgaben gewachsen sein, sagte aber nichts.
Er brachte den Besucher jetzt in sein eigenes kleines Arbeitszimmer, machte die Tür sorgfältig zu und setzte sich an seinen Schreibtisch.
»Machen Sie es sich bitte bequem. Rauchen Sie?«
Puttler langte in die Tasche und holte eine schwarze Pfeife heraus.
»Es ist nicht gerade aristokratisch«, entschuldigte er sich, »aber ich kann Zigarren und Zigaretten nicht ausstehen.«
»Ich auch nicht«, sagte Dick.
Sein Arbeitszimmer hatte zwei Türen: eine zur Halle, die andere zu einem schmalen Gang, der zum Zimmer der Haushälterin führte.
Die beiden Männer hatten zehn Minuten geredet, wobei Puttlers Beitrag sich auf eine gelegentliche Frage beschränkt hatte, als Thomas leise den Gang herunterkam, einen Blick in die Halle warf und wieder zur Tür des Arbeitszimmers ging. Sein ausgemergeltes Gesicht hatte einen besorgten Ausdruck – nicht ohne Grund. Er bückte sich und schaute durchs Schlüsselloch. Er konnte nur das Ende des Sofas sowie Kopf und Schultern des Gastes sehen, der gerade etwas in der Hand hielt – ein Messer mit einem weißen Griff – und es neugierig betrachtete. Thomas drückte ein Ohr ans Schlüsselloch.
Dick saß mit dem Rücken zur Tür und redete leiser als gewöhnlich, was dem Lauscher gar nicht lieb war, denn so konnte er nur dann und wann ein paar unzusammenhängende Satzfetzen verstehen.
». . . jemand sein können, der von einem der Dienstboten eingelassen wurde«, war das erste, was er hörte. Kurz darauf fragte Puttler mit lauter Stimme: »War das Fenster in der Bibliothek offen?« Dick bejahte und fügte etwas hinzu, das Thomas nicht verstand.
Seine Stiefel hatten Gummisohlen, und er verließ seinen Horchposten und ging in die Halle, um zu sehen, ob jemand gekommen war. Dann kehrte er zurück und hörte gerade noch, wie Dick sagte: »Mein Bruder hat auf der ganzen Welt keinen einzigen Feind. Ich fürchte, von mir kann man nicht dasselbe sagen . . .« Einmal

schnappte der Lauscher das Wort »Schatz« auf, und dann hörte er den Namen Arthur Gine, aber den Zusammenhang bekam er nicht mit. Abermals schaute er in der Halle nach. Er konnte nicht riskieren, an der Tür erwischt zu werden. Doch soweit er wußte, hatte er nichts zu befürchten. Der alte Butler war noch im Dienstbotenzimmer, denn Dick und sein Bruder aßen immer erst um zwei Uhr zu Mittag.
Er spähte wieder durch das Schlüsselloch. Der Inspektor hatte das Messer immer noch in der Hand und musterte es. Er hörte ihn sagen: »Es ist nagelneu«, und dann setzte Dick zu einer langen Erklärung an, von der Thomas zu seinem Ärger kein Wort verstand. Er spitzte die Ohren, um zu hören, ob die beiden auch von ihm redeten, doch sein Name schien nicht ein einziges Mal zu fallen. Aber dann sagte einer der beiden, wahrscheinlich der Besucher, »Schwarzer Abt«, und er hörte eine recht oberflächliche Beschreibung des Gespenstes. Als Dick wieder die Stimme senkte, erklangen in der Halle die schweren Schritte des Butlers, und Thomas eilte den Gang hinunter in die Pantry der Haushälterin und war eifrig in der Vorratskammer beschäftigt, als der würdige Mr. Glover die Küche betrat.

24

Der Lunch war kein glanzvolles Mahl. Harry hatte die schlechte Gewohnheit, sogar beim Essen in einem Buch zu blättern, so daß Dick und der Gast gezwungen waren, sich zu unterhalten, als ob sie allein am Tisch säßen.
Puttler, ein Mann, der viel erlebt hatte, ließ sich durch die vornehme Umgebung – Lord Chelford hielt auf Stil, und sie wurden von drei Burschen und dem Butler bedient – nicht in Verlegenheit bringen und versuchte auch nicht, sich allzusehr anzupassen. Er redete frei von der Leber weg; er hatte eine Menge Anekdoten parat und konnte lustige Geschichten erzählen, ohne dabei eine Miene zu verziehen.
Dick unterbrach seinen Bruder nur einmal bei dessen Lektüre. »Leslie kommt zum Tee«, sagte er. »Sie hat vorhin angerufen.«

Harry blickte mißmutig auf. »Hätte sie sich nicht einen anderen Tag aussuchen können?« erwiderte er. »Ich wollte den Nachmittag eigentlich mit Bruder Hiekler verbringen. Ich habe neulich eine Faksimile-Ausgabe aus Leipzig bekommen. Hiekler war seinerzeit sehr bekannt . . . Du erinnerst dich vielleicht, daß unsere Mönche zu den wenigen gehörten, die von Heinrich VIII. und Elisabeth in Ruhe gelassen wurden. Ich nehme an, weil ihr Orden nichts mit den Jesuiten zu tun haben wollte . . .«

Dick lauschte dem Erguß, und als sein Bruder die Geschichte der Schwarzen Brüder von Chelfordbury zu Ende erzählt hatte, sagte er: »Du wirst wenigstens eine Tasse Tee mit uns trinken müssen, und ich denke, Leslie wird nichts dagegen haben, wenn du danach wieder zu deinem Bruder Hiekler zurückkehrst. Dem Namen nach muß er ein Deutscher gewesen sein, nicht wahr?«

»Ja«, sagte Lord Chelford feierlich. »Und die Umstände, die ihn nach Chelfordbury brachten, waren sehr eigenartig.«

»Der beste Deutsche, von dem ich je gelesen habe, war Robinson Crusoe«, warf Puttler völlig unvermittelt ein.

Dick fand den vermeintlichen Witz nicht sehr angebracht, und Harry starrte den falschen Buchprüfer an. »Ich kenne *Robinson Crusoe* zwar nicht sehr gut«, sagte er, »aber Sie müssen sich irren. Ich habe solche Figuren immer typisch englisch gefunden.«

»Er war ein Deutscher, obgleich das kaum jemand weiß«, erklärte Puttler nachdrücklich. »Auf der ersten Seite des Buches steht: ›Mein Vater war ein Kaufmann aus Bremen‹, und Bremen ist in Deutschland, oder ich will Holmes heißen. Und wenn sein Vater ein Deutscher war, war er ebenfalls ein Deutscher, denn damals gab es so etwas wie Naturalisierung noch nicht.«

Nach dieser literarischen Offenbarung wandte sich Puttler wieder dem Thema zu, dessen Erörterung Dick mit seiner Frage unterbrochen hatte.

»Leider ist die meiste Kirchenmusik viel zu süßlich, Mr. Alford. Sie appelliert einzig und allein an die Sinne. Ich habe schon oft mit den anderen Kirchenvorstehern gestritten . . .«

»Sie sind in einem Kirchenvorstand?« fragte Dick überrascht.

Wieder funkelten die tiefliegenden Augen des Mannes verräterisch. »Es ist vielleicht schwer zu glauben«, sagte er, »aber es stimmt.«

Kurz danach verließ Harry die beiden, kam aber fünf Minuten später mit einem dicken Wälzer unter dem Arm zurück.
»Sie haben recht, Mr. –«
»Puttler«, ergänzte Dick.
»Sie haben recht mit Robinson Crusoe. Nicht zu fassen, wie man von seinen Vorurteilen geleitet wird!«
Die Belesenheit des Gastes änderte Harrys Einstellung schlagartig. Bisher war Puttler ein Gesicht unter tausend gewesen, ebenso wichtig oder unwichtig wie das des Milchmanns, des Dorfkrämers oder des Postboten.
Er nahm ihn freundschaftlich am Arm und führte ihn in die Bibliothek, wo Dick sie allein ließ. Er wußte, was Puttler nun zu hören bekommen würde – als erstes würde Harry unweigerlich seine Schreibtischschublade aufsperren und das Tagebuch herausholen. Dick war froh, daß er sich eine oder zwei Stunden nicht um den Gast zu kümmern brauchte.
Er hörte Leslies Wagen und lief die Allee hinunter, um sie zu begrüßen. Leichtsinnig sprang er auf das Trittbrett und fuhr die letzten Meter mit.
»Ich habe beschlossen, Busschaffner zu werden«, rief er fröhlich. »Ich brauche schließlich eine neue Beschäftigung, wenn Sie mir die Verwaltung der Güter abnehmen.«
»Wann das wohl sein wird, Dick?« fragte sie, starr geradeaus sehend.
»Ich hoffe, nie.«
Sofort bereute er, daß ihm diese Worte herausgerutscht waren, doch Leslie schien ihnen keine große Bedeutung beizumessen, denn ohne den Kopf zu wenden, lenkte sie das Auto auf den breiten, kiesbestreuten Platz vor der alten Veranda und hielt. Er sprang ab.
»Ich muß Sie auf einen komischen Vogel vorbereiten«, sagte er und beschrieb Puttler mit ziemlich drastischen Wendungen.
»Was ist er, Dick?«
»Buchprüfer«, antwortete Dick schnell. »Und ein äußerst amüsanter Bursche dazu. Er weiß die unmöglichsten Sachen. Ich werde Ihnen eine Kostprobe geben. Hatten Sie eine Ahnung, daß Robinson Crusoe Deutscher war?«
»Natürlich, sein Vater lebte doch in Bremen«, sagte sie, und er

lachte immer noch, als sie die Bibliothek betraten.
Lord Chelford wurde in Gegenwart seiner Verlobten jedesmal nervös und linkisch, was höchstens dann verständlich gewesen wäre, wenn er sie gerade erst kennengelernt hätte.
»Wie geht es dir, Leslie?«
Er hatte sie noch nie geküßt, und auch jetzt hielt er ihre Hand nur ganz kurz fest und ließ sie dann los, als hätte er sich daran verbrannt. »Kennst du Mr. Tuttler schon?«
»Puttler«, korrigierte der Inspektor, und Leslie blickte in seine melancholischen Augen und las darin etwas, das Dick entgangen war und das selbst seine engsten Mitarbeiter immer übersehen hatten. War es die Sehnsucht, eine Frau zu finden, mit der er eine Familie gründen könnte? Eine grausame Laune der Natur schien dafür gesorgt zu haben, daß dieser Wunsch schwerlich in Erfüllung gehen würde.
»Ich freue mich, Sie kennenzulernen, Miss Gine. Ihr Bruder ist doch Mr. Arthur Gine, der Anwalt? Ich kenne ihn . . .«
»Ist Arthur auch da?« unterbrach Harry.
»Nein«, sagte Dick. »Wir nehmen den Tee im Salon. Kommst du nach, Harry?«
»Sicher, sicher«, erwiderte der Lord hastig. »Du entschuldigst mich bitte, Liebes!« Es kostete ihn Überwindung, selbst diesen banalen Ausdruck der Zuneigung zu gebrauchen.
Als sie das gemütliche Wohnzimmer betraten, dessen Fenstertüren geöffnet waren, so daß man die prachtvollen Chrysanthemen hinter der Terrasse ungehindert sehen konnte, waren sie plötzlich allein. Puttler war in der Halle zurückgeblieben. Er erklärte später, es habe ihn gereizt, einen Gang durch den Garten zu machen, aber Leslie wußte, daß er nicht stören wollte.
»Haben Sie gut geschlafen?« fragte sie.
»O ja, ich bin erst gegen Mittag aufgestanden. Und Sie?«
Sie schüttelte den Kopf. »Ich konnte nicht. Der arme Arthur. Es war übrigens wirklich Gilder.«
»Ich wußte es«, sagte Dick. »Zumindest habe ich es mir gedacht. Haben Sie herausgefunden, warum sie sich geprügelt haben?«
Sie zögerte. »Ich weiß nicht. Ich glaube, es hatte etwas mit mir zu tun.«
»Was hatte Gilder bei ›Willow House‹ zu suchen?«

»Arthur hat es mir nicht erzählt. Nach dem, was er sagte, hat Gilder ihn irgendwohin verfolgt.«
»Zu den Ruinen . . . das ist gut möglich. Und Arthur hatte natürlich etwas dagegen. Warum belauern sie einander?«
»Wie bitte? Arthur belauert Gilder?« fragte sie überrascht.
»Es sieht fast so aus. Leslie, ich möchte Ihnen etwas sagen, das sonst niemand weiß, nicht einmal Harry. Vielleicht wird es Sie beruhigen, wenn Sie nachts wieder aus dem Schlaf schrecken. Puttler ist Kriminalbeamter, ein Mann von Scotland Yard.«
Sie starrte ihn an. »Ein Kriminalbeamter? Aber warum . . .«
»Hier sind Dinge passiert, die mir nicht gefallen«, sagte Dick. »Ich mache mir Sorgen, und da ich auch nur ein Mensch bin und meine sieben Stunden Schlaf brauche, dachte ich, es sei besser, wenn jemand da ist, der dann die Augen offenhält.«
»Der Schwarze Abt, ist es das, was Sie beunruhigt?«
Er biß sich nachdenklich in die Lippen. »Ja und nein. Einige Aspekte des Gespenstes beunruhigen mich allerdings mehr, als ich zugeben möchte. Leslie, glauben Sie an verborgene Schätze?«
»Sie meinen den Chelford-Schatz?« fragte sie verwundert. »Es muß etwas Wahres daran sein. Immerhin scheint es doch zu stimmen, daß das Gold damals nach ›Fossaway Manor‹ gebracht wurde, oder?«
»Wahrscheinlich ja, aber ich glaube nicht, daß es lange hier blieb. Immerhin gibt es außer Harry noch ein paar andere Leute, die überzeugt sind, sie würden den Schatz finden, wenn sie nur gründlich genug suchen könnten.«
»Und was denken Sie?«
Er seufzte nachdenklich. »Ich weiß langsam selbst nicht mehr, was ich davon halten soll. Ich hätte nie gedacht, daß ich mich in meiner freien Zeit mit solchem Mumpitz beschäftigen würde. Aber allmählich . . .« Er suchte nach Worten.
»Allmählich ändern Sie Ihre Meinung?«
»Nicht unbedingt, aber ich bin nicht mehr so sicher wie vorher. Ich beginne, an meiner eigenen Skepsis zu zweifeln, und das ist kein guter Zustand.«
»Weiß Harry schon, daß Sie bekehrt sind?« Ihre Augen funkelten maliziös.
»Er vermutet es«, sagte Dick düster. »Wenn ich glaubte, das Gold

wäre hier . . .«
»Würde es einen großen Unterschied für Sie machen, Dick?« fragte sie und sah ihn fest an.
»Für mich persönlich?« Er schüttelte den Kopf. »Mein Gott, nein! Aber es würde einen Unterschied für Harry machen. Ich wollte sagen, für den Besitz. Generationen haben dafür gearbeitet, ihn zu erhalten und zu vergrößern, verstehen Sie?«
Sie blickte ihn lange prüfend an. Sie mochte ihn, wenn er so ernst war wie jetzt.
»›Fossaway Manor‹ kann froh sein, daß es Sie hat! Es scheint Ihr ein und alles zu sein.«
»Finden Sie?« Er lachte. »Wenn der Erbe den ganzen Tag in der Stube hockt, ist es gut, daß sich wenigstens der zweite Sohn um alles kümmert, nicht wahr? Aber vielleicht ist es auch nur meine Eitelkeit. Wer ist schon dagegen gefeit?«
»Ich weiß nicht«, sagte sie zweifelnd. »Gehen wir doch ein bißchen auf die Terrasse. Die Blumen sind wunderbar.«
»Ich habe den ganzen Garten . . .«, fing er an, aber sie hob warnend den Finger.
»Wenn Sie jetzt prosaisch werden, gehe ich und hole Puttler!«

25

Sie lehnte sich an die graue Steinbalustrade und schaute hinunter auf die üppigen Chrysanthemen. Die meisten waren golden, aber es gab auch einige tiefrote und schneeweiße und sogar ein paar orangefarbene Blüten. Dahinter begann ein Beet mit späten Rosen, deren köstlicher Duft bis zu ihnen hinaufdrang.
»Es ist wirklich ein schöner alter Platz«, sagte sie leise. »Kein Wunder, daß Sie ihn so lieben. Wie lange ist Ihre Familie schon hier, Dick?«
»Achthundert Jahre. Der erste Chelford hieb dem ursprünglichen Eigentümer den Kopf ab und stahl den Besitz. Die späteren Chelfords, von denen übrigens nicht wenige selbst eines gewaltsamen Todes starben, fügten dann noch ein paar tausend Hektar hinzu, die eigentlich der Gemeinde gehörten, und so entstand

›Fossaway Manor‹.«
Sie lachte. »Sie haben nicht sehr viele Illusionen, wie?«
»Keine«, sagte er kurz, und irgendwie tat seine Antwort ihr weh.
Sie mußten zweimal nach Harry schicken, ehe er sich blicken ließ, und er schien enttäuscht zu sei, Puttler nicht bei ihnen zu finden.
»Er ist ein intelligenter Bursche«, sagte er und spießte genüßlich ein Gurkensandwich auf. »Er kennt sich sehr gut in Geschichte aus, vor allem in englischer Geschichte. Leider liest er kein Deutsch« – Harry selbst las Deutsch so gut wie Englisch, Französisch und Italienisch –, »aber ich habe ihn überredet, es zu lernen. Hast du alles, was du brauchst, Leslie?«
Er hatte es nicht einmal für nötig befunden, ihr den Zucker zu reichen, und war froh, daß Dick sie unterhielt. Nur zweimal richtete er das Wort an sie: Zuerst fragte er nach Arthur, und dann kam er indirekt auf die bevorstehende Hochzeit zu sprechen.
»Ich finde diese kirchlichen Trauzeremonien mit all ihrem Pomp geradezu ungehörig. Es ist eine barbarische Sitte, dieser Schleier und diese Brautjungfern und die armen Blumen, die sinnlos verstreut werden. Wie ich höre, ist es in Amerika durchaus üblich, sich zu Hause trauen zu lassen. Ich bin sicher, wir könnten das auch hier arrangieren, nicht wahr, Dick? Der Bischof ist doch ein gefälliger alter Herr.«
»Warum besprichst du das nicht mit Puttler, er ist ein Fachmann für Kirchenfragen«, riet Dick ihm.
»Er scheint ein Fachmann für vieles zu sein«, sagte Harry mit ungewohnter Begeisterung. »Er meint, es müsse irgendwo einen verschlüsselten Hinweis auf das Versteck des Schatzes geben.« Als er sah, daß Leslie leise vor sich hin lächelte, fuhr er schnell fort: »Wir jagen immer noch Schatten, aber glaube mir, der Schatten hat an Substanz gewonnen. Also, Puttler tippt auf unterirdische Verliese, und ich weiß, daß es hier welche geben muß. Ich werde gleich morgen anfangen zu suchen.«
»Die Verliese, wie du sie nennst, sind Weinkeller«, sagte Dick spöttisch. »Und wenn Puttler sich an meinem alten Port zu schaffen macht, kann er was erleben. Außerdem dürfte es keinen einzigen Chelford gegeben haben, der nicht im Kerker nach dem Gold buddeln ließ, und der letzte richtete ihn so zu, daß die Instandsetzung unseren Vater tausend Pfund gekostet hat!«

Dick bemerkte wieder einmal, daß Leslie kaum ein Wort sagte und sich abzukapseln schien, wenn Harry zugegen war. Sie zuckte nervös zusammen, wenn sie etwas gefragt wurde, und beteiligte sich nicht an der Unterhaltung. Als er mit Harry über die Verliese sprach, ging sie einfach auf die Terrasse, und er beobachtete verstohlen ihr Profil, ihre schlanke, beinahe zerbrechliche Gestalt, die feinen Züge und das wunderschöne Haar. Vor dem Hintergrund der Blumen wirkte sie beinahe ätherisch, und es war, als sei ein Meisterwerk von Botticelli zum Leben erwacht.
Als Harry wieder in die Bibliothek gegangen war, kam sie ins Zimmer zurück und setzte sich mit einer kleinen Grimasse zu Dick.
»Ich hoffe, ich war nicht zu unhöflich, aber ich schaffe es einfach nicht, Interesse für die Dinge zu heucheln, mit denen Harry sich beschäftigt. Worüber er bloß reden wird, wenn er den Schatz gefunden hat?«
»Wahrscheinlich über Sie.«
Sie verzog die Lippen. »Ich bin dreihundert Jahre zu jung, um Harry zu fesseln«, sagte sie. »Aber jetzt erzählen Sie mir etwas über diesen Kriminalbeamten. Wird er Ihr Schutzengel sein? Ich hoffe übrigens, daß er ›Willow House‹ in seine Nachforschungen einbezieht.«
»Haben Sie wirklich Angst?«
Sie überlegte eine Weile, ehe sie antwortete. »Ich glaube, ja. Zuerst habe ich über den Schwarzen Abt gelächelt, aber nach dem Erlebnis gestern abend . . . Und wie ist es mit Ihnen, fürchten Sie sich denn gar nicht vor dem Gespenst?«
»Ich glaube, es liegt daran, daß ich nicht genug Phantasie habe. Ich kann mich nur an die Fakten halten.«
»Das stimmt nicht«, sagte sie. »Warum müssen Sie immer Ihr Licht unter den Scheffel stellen?«
»Weil ich von Natur aus bescheiden bin«, erwiderte er ernst, und in diesem Augenblick sahen sie Puttler an den Rosenstöcken entlanggehen, die den östlichen Flügel des Hauses säumten. Sie liefen die Terrassenstufen hinunter und gingen ihm entgegen.
»Was für ein herrlicher Besitz«, sagte Puttler mit einem bewundernden Kopfschütteln. »Ich habe noch nie so viele Rosen an einem Ort gesehen, außer auf dem Blumenmarkt von Covent Garden, und da waren es keine richtigen Rosen, sondern nur eine Ware.«

»Ich habe Miss Gine erzählt, wer Sie in Wirklichkeit sind, Puttler.«
Der Inspektor runzelte die Stirn. »Nun ja, Sie kennen Miss Gine besser als ich«, sagte er gutmütig. »Ich für mein Teil finde, das Leben ist leichter, wenn man den Mund hält. In unserer Abteilung war einmal ein Kollege, der es nur deshalb vom einfachen Konstabler zum Superintendent brachte, weil er so wenig redete. Wenn man ihn nach seiner Meinung fragte, antwortete er nur, für beide Seiten sei so vieles vorzubringen, und hörte sich lächelnd an, was die anderen zu sagen hatten. Dieses Lächeln hat ihm letzten Endes tausend Pfund mehr im Jahr eingebracht.«
Sie gingen durch den Rosengarten und spazierten über den Rasen. Unter einer riesigen Ulme blieb Puttler stehen, um mit einer Geschichte fortzufahren, die er nie beenden sollte.
»Eines Tages sagte der Superintendent zu diesem Mann, der übrigens Carter hieß: ›Carter, ich begreife nicht . . .‹«
Ein Knall.
Die Kugel zischte am Gesicht des Kriminalbeamten vorbei und riß ein Stück Rinde vom Baumstamm ab. Über einer zweihundert Meter entfernten Gruppe von Rhododendronbüschen bildete sich eine hellblaue Wolke.
»Hinlegen!« schrie Dick und riß Leslie gerade noch rechtzeitig mit sich zu Boden.
Die zweite Kugel traf den Stamm etwas weiter unten. Ein Fetzen Rinde sauste an Leslies Ohr vorbei.
»In den Rhododendren scheint jemand zu sein, der mich nicht mag«, sagte Puttler. Er zog einen langläufigen Browning aus der Tasche und lief geduckt im Zickzack auf die Büsche zu. Ein dritter Schuß knallte, und der Inspektor stürzte auf das Gesicht und blieb regungslos liegen.

26

Dick rannte zu dem Liegenden und drehte ihn vorsichtig auf den Rücken. Seine Augenlider zuckten, doch bis auf die Schramme im Gesicht, wo er aufgeschlagen war, schien er unverletzt zu sein. Aber dann sah Dick seinen rechten Stiefel: Die Sohle war abgeris-

sen worden, und auf der Socke zeichnete sich ein Blutfleck ab. Er hörte ein Kleidungsstück rascheln, hob den Kopf und sah, wie Leslie auf ihn zukam.
»Gehen Sie sofort wieder unter den Baum, und rühren Sie sich nicht vom Fleck!« befahl er, doch sie achtete nicht auf seine Worte. Sie war sehr blaß, zeigte aber weiter keine Angst, als sie sich neben ihn hinkniete und den Kragen des Kriminalbeamten zu öffnen begann.
»Er ist bewußtlos, aber ich glaube, es war nur der Schock«, sagte Dick. »Zuerst dachte ich, er sei erledigt . . . Sehen Sie sich den Stiefel an!«
Er zog ihn behutsam vom Fuß, was schmerzhaft sein mußte, denn Puttler zuckte zusammen und schlug die Augen auf.
»Hallo! Was ist passiert?« fragte er und blickte sich um. »Hat der Kerl mich erwischt?«
»Ich glaube, es ist nicht weiter schlimm.« Dick untersuchte den Fuß. Es war offenbar ein Querschläger gewesen, der nur den Spann aufgerissen hatte. Es schien kein Knochen getroffen zu sein.
»Fühlen Sie sich kräftig genug, um auf Miss Gine achtzugeben?« fragte Dick.
Der Inspektor langte nach der Pistole, die er fallen gelassen hatte, und rappelte sich langsam auf. Ohne ein weiteres Wort rannte Dick zu den Rhododendren, und Leslie sah ihm entsetzt nach und rechnete jede Sekunde damit, den vierten und letzten Schuß zu hören.
Fünf Minuten später steckte er den Kopf zwischen den Blättern hervor und kam zurück. Er hatte einen Gegenstand in der Hand, den er neugierig betrachtete. »Ein Lee-Enfield-Armeegewehr«, sagte er. »Ich habe diese Hülsen gefunden.«
Er reichte sie dem Inspektor, der sie sorgfältig untersuchte. »Sie haben ihn natürlich nicht gesehen?« fragte er.
»Nein, ich glaube, er ist zur Rückseite des Hauses gelaufen. Vielleicht ist er noch irgendwo versteckt, aber wahrscheinlich hat er das Weite gesucht, als er sah, wie Sie hinstürzten«, sagte Dick. »Aber jetzt gehen wir am besten ins Haus und suchen Ihnen andere Schuhe, es sei denn, Sie haben ein Reservepaar mitgebracht.«
Sie waren auf halbem Weg, als Lord Chelford ihnen entgegenkam. »Was soll dieses schreckliche Geballer?« fragte er gereizt. »Dick, ich

hab dir doch gesagt, daß ich im Umkreis von einer halben Meile keine Schüsse auf Kaninchen oder anderes Getier dulde! Ich habe einen Todesschreck bekommen. Ich finde wirklich, du solltest etwas rücksichtsvoller sein.«
Leslie öffnete schon den Mund zu einer Erklärung, als sie Dicks Blick begegnete, und geistesgegenwärtig erfand sie eine Notlüge: »Es ist meine Schuld, Harry. Ich habe ein Wiesel gesehen, und ich kann Wiesel nicht ausstehen.«
Die Tatsache, daß keiner der drei auch nur ein Luftgewehr bei sich hatte, schien Harry gar nicht aufzufallen. »Na ja«, sagte er großmütig. »Wenn es so ist . . .« Dann ließ er sie stehen und eilte ins Haus zurück.
»Warum soll er es nicht wissen?« fragte Leslie, um sich gleich danach an den Kopf zu tippen. »Es gibt natürlich keinen Grund, weshalb er es wissen sollte. Aber wer kann so etwas Schreckliches getan haben? Es war doch bestimmt kein Unfall.«
»Wohl kaum«, sagte Puttler, der seinen verletzten Fuß betastete. »Die beiden ersten Schüsse trafen den Baum höchstens zehn Zentimeter voneinander entfernt, waren also sehr sorgfältig gezielt. Werden Sie die örtliche Polizei einschalten, Mr. Alford?«
Dick überlegte kurz und kam zu dem Ergebnis, es nicht zu tun, und zu Leslies Überraschung war der Inspektor einverstanden.
»Ich glaube, Sie haben recht«, sagte Puttler. »Wo ist übrigens der nächste Schießplatz?«
»Ungefähr fünfzehn Meilen entfernt«, antwortete Dick in ironischem Ton. »Ich denke, die Möglichkeit scheidet aus.«
»Man muß alles bedenken«, sagte der Kriminalbeamte. »Ich sehe nur eventuelle Alibis voraus. Wenn Sie wüßten, was die Leute sich alles einfallen lassen . . .«
Dicks Gesicht war unter der Sonnenbräune grau geworden. Er schien plötzlich um Jahre gealtert zu sein, und Leslie sah ihn besorgt an.
»Dick, wen von uns sollten die Schüsse treffen?«
»Vielleicht niemanden«, erwiderte er deprimiert. »Vielleicht haben sie nur ein bißchen in die Luft geknallt, um uns einen Schreck einzujagen.«
Dann lachte er, aber es war ein hartes, gezwungenes Lachen, das sie zusammenzucken ließ.

»Ich denke nur an Harry und seine Nerven und das Wiesel und das verdammte Getue . . . Entschuldigen Sie, aber langsam geht mein Nervenkostüm ebenfalls in Fetzen!«
»Würden Sie mich bitte bei Harry entschuldigen? Ich habe meinem Bruder versprochen, daß ich früh zu Hause sein würde. Nein, vielen Dank, Sie brauchen mich nicht zu begleiten. Für heute dürften die Wegelagerer ihr Pensum erledigt haben.«
»Schon möglich«, sagte Dick, »aber ich traue Ihren Fahrkünsten nicht so recht. Ich bringe Sie besser hin.«
Als er zurückgekehrt war, hatte Puttler seinen Fuß verbunden. Die Verletzung war so leicht, daß er sogar Schuhe anziehen konnte, und er wies den Vorschlag, sich für den Rest des Tages ins Bett zu legen, weit von sich.
»Für wen war die Kugel Ihrer Ansicht nach bestimmt?« fragte Dick.
Die Antwort kam ohne Zögern: »Für Miss Gine natürlich. Ich dachte, Sie wüßten es.«
Dick war so sprachlos, daß er keine Worte fand, doch im Innern seines Herzens wußte er, daß Puttler die Wahrheit sagte.

27

Fabrian Gilder, bis vor kurzem Kanzleivorsteher der Anwaltssozietät Gine & Gine und nun wohlhabender Privatier, war ein Mensch, der nicht vergaß, und oft schon hatte er viel Phantasie bewiesen, wenn es darum ging, sich an Leuten zu rächen, die das Mißgeschick gehabt hatten, ihm in die Quere zu kommen. Arthur Gine hatte viel Schlimmeres getan. Noch vor ein paar Tagen hatte Gilder gedacht, er würde es ihm mühelos heimzahlen können: Er hätte bloß mit den erschlichenen Wechselakzepten zur Polizei zu gehen brauchen. Daß Lord Chelford die Akzepte für echt erkennen konnte, kam ihm gar nicht in den Sinn. Inzwischen war die Sachlage jedoch anders. Dick hatte Vorbereitungen getroffen, die Papiere einzulösen, und seiner Anzeige damit jeden Boden entzogen. Er mußte sich also etwas Neues einfallen lassen.
Er war ein Mann, den Hindernisse anspornten. So wuchs sein Verlangen, Leslie zu besitzen, in dem Maße, in dem seine diesbe-

züglichen Erfolgsaussichten sich dem Nullpunkt näherten. In der Nacht, in der Dick ihn in der Abtei ertappt hatte, war er zur Lichtung zurückgekehrt, als er dachte, die Luft sei rein, hatte aber feststellen müssen, daß noch jemand nach dem Schatz suchte. Er hatte das Gespräch der beiden Männer belauscht und war Gine nach »Willow House« gefolgt, um ihm seine Hilfe anzubieten, natürlich ohne Gegenleistung, falls sie das Gold finden sollten. An dem Morgen, an dem er seinen Chef mit Mary Wenner überrascht hatte, hatte er nämlich genug gehört, um zu wissen, daß der Schatz oder der Schlüssel zu ihm irgendwo unter den Ruinen der Abtei lag. Er hatte den Anwalt auf der Zufahrt eingeholt, und dieser war sehr schlechter Laune wegen seiner unterbrochenen Suche und vor allem wegen Dicks sarkastischer Bemerkungen. Er hatte den unerwarteten Besucher angeschrien, ihn auf der Stelle entlassen, und als Gilder gedroht hatte, mit den Wechseln zur Polizei zu gehen, hatte er ihn nur ausgelacht. Gilder hatte dann als erster zugeschlagen.

Wenn Gine böse war, sagte er Dinge, die selbst den ruhigsten Menschen zur Weißglut brachten, und das blaue Auge, das er nun hatte, war das Ergebnis seiner Unbeherrschtheit.

Außer sich vor Zorn fuhr Gilder nach London zurück, doch ein Tag im Bett stellte sein seelisches Gleichgewicht wieder her, und er setzte sich hin und überlegte, wie er seinen ehemaligen Arbeitgeber daran hindern konnte, sich den Schatz anzueignen. Inzwischen war auch er von dessen Existenz überzeugt; er wußte, daß solche Dinge vorkamen, und er hatte das natürliche Verlangen, an einem Projekt beteiligt zu sein, das schnell und relativ mühelos eine große Summe einbringen würde.

Seine aufgeschlagene Lippe verheilte in ein paar Stunden, nur die Schwellung brauchte etwas länger, um zurückzugehen, und am Abend des zweiten Tages nach seiner Zwangsisolierung kleidete er sich sorgfältig um und fuhr zu einer Adresse, die er seinerzeit auf seine blütenweiße Manschette notiert hatte.

Mary hatte eine winzige, aber geschickt aufgeteilte Wohnung im obersten Stock eines Mietblocks nahe der Baker Street. Sie bot einen ungehinderten Blick auf die Londoner Eisenbahn und alle damit verbundenen Rangiertätigkeiten. Da es im Haus keinen Fahrstuhl gab, bekam die junge Dame nicht sehr oft Besuch, denn wer hatte schon Lust, vier steile Treppen hinaufzuklettern? Gilder war ein bequemer Mensch, und er verfluchte den Architekten, der es unterlassen hatte, das gebräuchliche Transportmittel einzubauen. Aber er schaffte den Aufstieg, und als er geläutet hatte, öffnete ihm Marys Mädchen, das morgens putzte und nachmittags aufwartete, um dann ab sechs Uhr seinen eigenen Beschäftigungen nachzugehen. Diese ältliche Dame, die ihre Haube in einem kecken Winkel aufgesetzt hatte, ließ Gilder auf der Matte stehen und brachte seine Karte zu ihrer Herrin. Sie kehrte mit einem liebenswürdigen Lächeln zurück und zeigte ihm das Zimmer, in dem Miss Wenner zu finden war.

»Wie reizend, daß Sie mich besuchen«, sagte Mary Wenner verbindlich. »Ich hätte nicht gedacht, daß Sie Wort halten würden. Nehmen Sie bitte Platz.«

Er stellte fest, daß sie wirklich gut aussah: In ihrem einfachen Hauskleid war sie sogar noch hübscher als damals in dem eleganten Kostüm. Die Wohnung war nicht teuer, aber geschmackvoll eingerichtet. Er hatte irgendwie den Eindruck, daß sie alles von ihrem eigenen Geld gekauft hatte, und das machte sie ihm noch sympathischer. Fabrian Gilder war nämlich eine eigenartige Mischung aus einem Puritaner und einem Abenteurer.

Es gab nur einen Sessel, in den er sich setzen konnte, und er nahm Platz.

»Ich wollte gerade meinen Tee nehmen. Trinken Sie eine Tasse mit?« fragte Mary Wenner. »Ich war den ganzen Tag unterwegs und habe Einkäufe gemacht.«

»Haben Sie eine . . . Arbeit?« fragte Gilder taktvoll.

»Nein, ich bin nicht berufstätig«, erklärte sie. »Nur gewöhnliche Leute haben eine Arbeit, die anderen haben höchstens eine Beschäftigung.«

Sie verschwand in einer kleinen Küche, die gerade genug Platz für einen winzigen Tisch und einen Gasherd bot, und er hörte, wie Tassen klapperten und wie das Gas mit einem Plopp aufflammte, ehe sie, eine leichte Röte im Gesicht, zurückkam.

»Das Personal ist schrecklich dumm«, sagte sie. »Und die Tageshilfen sind am schlimmsten. Vorher hatte ich ein sehr nettes Mädchen, aber das dumme Ding hat gekündigt, weil sie heiraten wollte!«

Sie erzählte ihm, daß sie nicht oft Besuch bekam. Ihre »Näherin« komme zweimal die Woche, und sie habe eine sehr gute Freundin, die sie jeden Dienstagabend besuche und manchmal bei ihr übernachte. Männliche Besucher seien jedoch eine Seltenheit.
»Man kann nicht vorsichtig genug sein«, sagte Mary Wenner züchtig. »Der gute Ruf ist das wichtigste Kapital eines jungen Mädchens – meinen Sie nicht auch, Mr. Gilder?«
Gilder stimmte zu.
»Das habe ich schon gesagt, als ich bei Harry arbeitete ... entschuldigen Sie, ich meine natürlich bei Lord Chelford, aber wir waren so gute Freunde, daß ich ihn immer nur mit seinem Vornamen angeredet habe.«
»Haben Sie Richard Alford auch mit seinem Vornamen angeredet?« fragte Gilder anzüglich.
Sie rümpfte die Nase. »Den?« sagte sie verächtlich. »Der war für mich immer ein besserer Domestik. Er ist zwar ganz gebildet, aber man beurteilt einen Mann nach seinen Manieren und nicht nach seiner Bildung, und Dick Alford hat Manieren wie der letzte Hafenarbeiter!«
Sie sagte es mit großem Nachdruck, und Gilder, der die näheren Umstände zu kennen glaubte, nickte verständnisvoll.

28

Sie stand auf, als das Mädchen den Tee hereinbrachte und sorgsam den Tisch deckte. Gladys, die etwa sechzig war, hatte das gewisse Lächeln einer Dame, die einen wichtigen Gast bewirtete. Sie lächelte Mary zu, sie lächelte Gilder zu, und sie lächelte sich selbst zu, als sie das Zimmer wieder verließ. Gilder hatte noch nie eine so reizlose Hausangestellte gesehen.
»Sie sind eine gute Freundin von Gine, nicht wahr?« fragte er, während er an seinem Tee nippte.
Sie senkte mädchenhaft verlegen den Blick.
»Ja, wir sind gute Freunde, aber nicht mehr. Aber vielleicht werden wir uns eines Tages näherstehen ... Er hat sich mir gegenüber immer untadelig benommen, das muß ich ihm zugute halten. Aber

er ist etwas schwierig, finden Sie nicht?« fragte sie mit übertriebener Naivität.
»Ich arbeite nicht mehr bei ihm«, sagte Gilder kurz. »Wir hatten eine kleine Meinungsverschiedenheit, und ich habe gekündigt. Um die Wahrheit zu sagen, wir haben uns sogar geprügelt.«
Mary war entsetzt, und wenn sie entsetzt war, bedeckte sie ihren ziemlich großen Mund mit ihren beiden kleinen weißen Händen.
»Um Gottes willen!« sagte sie mit stockender Stimme. »Sie meinen, Sie haben sich richtig geschlagen?« Sie nickte zu seiner geschwollenen Lippe hin.
»Ja«, entgegnete Gilder nur.
»Geschlagen!« wiederholte Mary Wenner. »Wie gewöhnlich!«
»Ich wollte mit Ihnen über Gine reden«, unterbrach Gilder ihr entrüstetes Staunen. »Wir sind nicht gerade Freunde, aber ich trage ihm nichts nach. Da wir uns jedoch getrennt haben, fühle ich mich auch nicht mehr verpflichtet, ihn vor törichten Fehlern zu bewahren, was ich früher immer getan habe. Sie kennen ihn so gut wie ich«, kam er ihr zuvor, als sie ihn unterbrechen wollte. »Sie wissen, wie eitel er ist, und Sie wissen, daß er kein Versprechen hält, nicht mal dann, wenn er es einem schwarz auf weiß gegeben hat.«
Er ließ sie nicht aus den Augen, während er redete, und sah, daß sie bei seinen letzten Worten die Augenbrauen hochzog.
»Ach wirklich?« fragte sie kühl. »Ich verstehe zwar nichts von Juristerei, aber ich sehe nicht, wie ein Gentleman sich seinen ... wie sagt man doch gleich ... seinen gesetzlichen Verpflichtungen entziehen kann.«
»Dann kennen Sie Gine nicht so gut wie ich«, sagte er. »Aber das spielt im Moment auch keine Rolle. Ich bin nicht gekommen, um ihn anzuschwärzen, aber ich finde, ein Mädchen sollte wissen, woran es ist, besonders ein Mädchen, das allein steht und niemanden hat, der seine Interessen vertritt. Und ich sage Ihnen, der Bursche könnte nicht mal dann einen geraden Weg gehen, wenn er aus einer Kanone abgefeuert würde. Was ist nun mit dem Chelford-Schatz?«
Bei diesen Worten richtete sie sich auf und sah ihn verblüfft an.
»Sie ... wissen?« stammelte sie.
»Natürlich! Sie wollten ihn zu dem Gold führen, und als Gegenleistung ...« Er hielt inne.

Eben das wollte er herausfinden. Was hatte Gine ihr für die Information versprochen? Er glaubte allerdings zu wissen, was es war. Er kannte Mary Wenner; er hatte ein paarmal mit ihr zu tun gehabt, als sie in »Fossaway Manor« arbeitete. Seine Menschenkenntnis war sein größtes Kapital, und er hatte Mary schon damals ganz gut durchschaut. Er kannte ihre Eitelkeit, ihren Ehrgeiz, und er hatte etwas von ihrer fristlosen Entlassung aus Chelfords Dienst gehört. Eigentlich gab es nur eine Belohnung, die Gine ihr bieten konnte.

»Er hat versprochen, Sie zu heiraten«, sagte er.

»Hat er es Ihnen erzählt?« fragte sie etwas unsicher. »Ich hoffe, Sie denken nicht, daß ich mich ihm an den Hals geworfen habe? Das würde ich nicht mal beim besten Mann der Welt tun.« Sie sah ihn nachdenklich an und fügte hinzu: »Egal, ob er alt oder jung ist. Ich bin überzeugt, daß Arthur als Gentleman seine Zusagen einhalten wird. Ich werde etwas für ihn tun, das seine Position entscheidend verbessern wird . . .«

»Wann wird er Sie heiraten? Ich nehme an, wenn Sie den Schatz gefunden haben.«

»Ja, dann muß er mich heiraten«, antwortete sie.

»Ich verstehe. Sie haben Ihren Weg bis jetzt allein machen müssen. Er kann Ihnen eine gesellschaftliche Stellung bieten, und Sie können ihm Geld bieten. Seine Schwester hat schließlich genau das gleiche mit Lord Chelford im Sinn, und niemand würde deshalb schlecht von ihr denken.«

»Genau«, murmelte Mary, die es noch nie in diesem Licht gesehen hatte.

»Ich möchte nur auf folgendes hinaus«, fuhr er fort. »In welcher Form hat er sein Versprechen gemacht?«

»Er hat mir sein Ehrenwort gegeben«, sagte Mary dramatisch.

»Das habe ich mir gedacht. Hat er Ihnen auch etwas Konkreteres gegeben?«

»Ich werde es Ihnen zeigen.«

Sie ging in den Raum nebenan, offensichtlich ihr Schlafzimmer, holte ihre Handtasche, öffnete sie und nahm einen Zettel heraus, den sie Gilder reichte. Er überflog ihn, las den Zusatz, den Gine gemacht hatte, und gab ihn ihr zurück.

»Das ist wertlos«, sagte er, und ihr Kinn klappte nach unten. »Was

hindert ihn daran, zu Chelford zu gehen und einen Handel mit ihm abzuschließen? Dann gucken Sie in die Röhre. Außerdem könnte man es als Nötigung interpretieren, wie die Juristen sagen, das heißt, als ein Versprechen, das er unter Zwang abgegeben hat.«
Sie starrte ihn an und biß sich nachdenklich auf die Lippe. »So habe ich es noch gar nicht betrachtet. Was soll ich tun, Mr. Gilder?«
Schon wollte er ihr raten, Gine dahin zu bringen, daß er sie heiratete, ehe sie ihn zu dem Schatz führte, aber er überlegte es sich anders. Mrs. Gine wäre längst nicht so nützlich für ihn wie Miss Wenner, denn er war beinahe sicher, daß sie durch irgendeinen Zufall, wahrscheinlich im Lauf ihrer Arbeit für Lord Chelford, entdeckt hatte, wo der Schatz lag, und er war gekommen, um festzustellen, inwiefern seine Theorie auf Tatsachen beruhte.
»Kann man die Vereinbarung nicht hieb- und stichfest machen?« fragte sie. »Sie kennen sich doch aus mit solchen Dingen . . . Könnten Sie nicht etwas aufsetzen, das ihm keine Hintertür offenläßt? Natürlich bin ich viel zu sehr Dame, um einen Mann mit einem solchen Schrieb zur Ehe zu zwingen. Wenn er mich nicht heiraten möchte, braucht er es nur zu sagen. Ich habe mich noch nie jemandem an den Hals geworfen, oder sehe ich etwa so aus?«
Er ließ die Frage unbeantwortet.
»Ich könnte ein Schriftstück aufsetzen, das juristisch bindend wäre, aber ich fürchte, wenn es hart auf hart geht, würde Ihnen selbst das nicht viel nützen. Warum wollen Sie überhaupt mit ihm zusammenarbeiten?« fragte er geradeheraus.
Sie senkte den Blick. »Mit wem denn sonst?« fragte sie und schnippte ein unsichtbares Staubkörnchen von ihrem Rock. »Das Leben ist hart, und die Männer sind so falsch, Mr. Gilder. Die jungen sind natürlich am schlimmsten, aber ihnen kann man wenigstens zugute halten, daß sie keine Erfahrung haben. Ich finde, man kann einem Mann erst trauen, wenn er mindestens fünfundvierzig ist.« Sie wartete. »Oder fünfzig. Dann hat er sich die Hörner abgestoßen und will nicht mehr jeden Abend auf die Pauke hauen und all das. Und ich weiß, daß Arthur ziemlich flatterhaft ist. Er hat schon ein paarmal versucht, mich zu küssen, und in ›Fossaway Manor‹ hat er mal etwas ganz Schreckliches zu mir gesagt. Ich habe geantwortet: ›Arthur, du scheinst zu vergessen, daß ich eine Dame bin‹, und da . . .«

»Ich verstehe, was Sie meinen«, unterbrach Gilder ihren Redeschwall. Er wollte zur Sache kommen. »Hören Sie jetzt gut zu, Miss Wenner. Sie sind ein kluges Mädchen, und mit Ihnen kann ich reden wie nur mit wenigen Leuten.«
Diese Schmeichelei, die selbst bei intelligenten Zeitgenossen fast nie ihren Zweck verfehlt, weckte bei seiner Gesprächspartnerin jene Aufmerksamkeit, die er brauchte.
»Angenommen, ich erzählte Ihnen, daß Gine bereits versucht, Ihre Entdeckung vorwegzunehmen?« fragte Gilder dunkel.
»Wie bitte?« Mary Wenner hatte keine Ader für komplizierte Satzkonstruktionen.
»Angenommen, er will den Schatz allein finden . . . ohne Ihre Hilfe?«
»Das würde er nicht wagen!« rief sie wütend.
Gilder nickte vielsagend.
»Er hat es schon gewagt«, bemerkte er. »Ich habe ihn vorgestern abend beobachtet, da ich so einen Verdacht hatte. Er ist um drei Uhr morgens zu den Ruinen der Abtei gegangen und hat ein Stemmeisen mitgenommen . . .«
Während er redete, färbte sich ihr Gesicht tiefrot, und ihre Augen begannen, drohend zu funkeln.
»Dieser Schuft!« sagte sie. »Dieser gemeine, verlogene Scheißer!« Es war kein sehr damenhafter Ausdruck, aber für den Moment glaubte sie, sich über die Konventionen hinwegsetzen zu können.
»Dieser schmutzige, feige Verräter! Zur Abtei, mit einem Stemmeisen? Ich schwöre bei Gott, daß ich ihm kein Wort davon gesagt habe, wo der Schatz ist. Er hätte sich die Mühe mit dem Stemmeisen sparen können, ha, ha!« Sie lachte schrill, doch ihre Heiterkeit kam nicht von Herzen.
Gilder versuchte, sie zu beruhigen, aber ein Abgrund hatte sich vor ihr aufgetan, und sie kam nicht so schnell über Gines Doppelzüngigkeit hinweg. »Er hat mich betrogen. Ich meine, nicht im üblichen Sinn . . . Sie wissen, was ich meine, nicht wahr, Mr. Gilder? Ich habe diesem Mann vertraut. Ich habe ihm alle Informationen gegeben, die er sich wünschen konnte, und nun das . . .«
Ihr Zorn legte sich erst nach einigen Minuten.
»Wem soll man denn noch vertrauen?« fragte sie bitter.

»Mir.« Gilders Stimme war sehr väterlich, fast ein bißchen flehend. Sie bemerkte, daß er gar nicht übel aussah: Seine grauen Haare gaben ihm sogar etwas Vornehmes.
»Von mir würden Sie kein schriftliches Versprechen verlangen.«
»Doch«, sagte sie störrisch. »Ich traue keinem Mann.«
»Sie sollen jedes Dokument bekommen, das Sie haben wollen. Ich wäre sogar bereit, einen Schritt zu tun, der mich kompromittieren könnte.«
»Das ist nicht nötig«, sagte sie, denn sie hatte ihn falsch verstanden.
»Ich meine, ich würde das Risiko auf mich nehmen, ohne mich vorher abzusichern wie Mr. Gine.«
Sie tupfte sich mit ihrem Taschentuch die Augen ab.
»Ich kenne Sie natürlich nicht sehr gut, Mr. Gilder, aber das soll nicht heißen, daß ich Sie nicht mag. Ich habe schon oft zu Agathe gesagt . . . Das ist meine Dienstagsfreundin, wie ich sie immer nenne . . . Also, ich habe zu ihr gesagt: ›Mr. Gilder ist ein perfekter Gentleman.‹ Übrigens, wie ist Ihr Vorname?«
»Fabrian«, sagte er.
Sie ließ das Wort auf ihrer Zunge zergehen und lächelte schelmisch.
»Ich nehme an, Sie möchten, daß ich Fabe zu Ihnen sage, ja? Was für ein reizender Name. Aber wie schon gesagt, ich möchte mich niemandem an den Hals werfen.«
»Warum fahren wir nicht gleich heute abend hinunter?«
Sie riß die Augen auf. »Zur Abtei . . . heute abend?«
Er nickte. »Mit dem Wagen könnten wir in anderthalb Stunden da sein. Wir brauchen nur zu warten, bis es dunkel ist. Und wenn wir nicht zu lange graben müssen . . .«
»Wir müssen überhaupt nicht graben«, sagte sie. »Aber heute abend?«
»Warum nicht? Mein Cottage ist nicht mal zwei Kilometer von der Abtei entfernt. Wenn das Gold dort liegt, können wir so viel mitnehmen, daß wir unser Leben lang reich sind!«
Sie überlegte eine Weile und sagte dann: »Ich werde jetzt sicher in Ihrer Achtung sinken, Mr. Gilder . . . Fabe . . . Aber ich hätte doch gern etwas schwarz auf weiß.«
Fabrian Gilder setzte umgehend ein Dokument auf, das, wie er scherzend bemerkte, ausreichen würde, ihn an den Galgen zu bringen, und selbst Mary Wenner mit ihrem ausgeprägten Instinkt

für Sicherheiten war beeindruckt. Er benutzte ein Blatt Papier, das er bei sich trug, und einen Füllhalter, den er für diese Eventualität eingesteckt hatte. Die Tinte darin stammte aus einem originellen kleinen Geschäft in der Wardour Street, und die Schrift würde garantiert nach sechs Stunden spurlos verschwunden sein.
Mary las das Dokument, faltete es zusammen, tat es in ihre Handtasche und verschwand ins Schlafzimmer. Sie kam zwar mit der Tasche zurück, aber er erriet, daß sie die Vereinbarung an einem sicheren Ort versteckt hatte.
»Nun, Fabe, wann wollen wir los?«
»Um halb neun?« schlug er vor, und sie nickte.
»Und machen Sie sich nicht die Mühe, ein Stemmeisen mitzunehmen«, sagte sie etwas sarkastisch, als sie an Gines Alleingang zurückdachte. »Ich werde alles Werkzeug, das wir brauchen, in meiner Handtasche haben.«

29

Das Wetter hatte am Nachmittag umgeschlagen. Von Westen waren große schwarze Wolken aufgezogen, und es nieselte, als Gilder zu dem Treffpunkt in der Marylebone Road fuhr. Er hatte den Rücksitz von allen entbehrlichen Utensilien frei gemacht. Wenn sie das Gold fanden, brauchte er Platz dafür, und er hatte in etwa berechnet, welche Last er bei einer Tour befördern konnte. Mary Wenner hatte ihm gesagt, wieviel der Schatz insgesamt wog, und er hatte sich beiläufig erkundigt, wieviel Gewicht die Hinterachse verkraften könne. Es war eigentlich unnötig gewesen, denn er hatte einmal eine lange Fahrt mit drei ziemlich gewichtigen Herren gemacht. Wenn jeder von ihnen etwa fünfundachtzig Kilo schwer gewesen war . . . Ja, das bedeutete, daß er zwanzig Goldbarren auf einmal befördern konnte.
Es war fast zehn, als Mary Wenner erschien. Sie trug einen langen Regenmantel und ließ eine noch längere Entschuldigung vom Stapel, als sie eingestiegen war. »Beinahe wäre ich doch nicht gekommen«, sagte sie. »Kurz nachdem Sie gegangen waren, mußte ich an diesen schrecklichen Schwarzen Abt denken.«

Er war leicht amüsiert. »Sie glauben doch nicht an diesen Humbug, oder?« fragte er, als der Wagen schnell die Baker Street hinunterfuhr.
»Ich weiß nicht«, sagte sie zögernd. »Er ist ein- oder zweimal erschienen, als ich im ›Manor‹ war, doch wir dachten, die abergläubischen Dorfbewohner hätten es sich nur eingebildet. In der Zeitung hat aber gestanden, daß er kürzlich wieder umgegangen ist . . . Puh!« Sie erschauerte.
Er tippte vielsagend auf seine Tasche: »Ich habe hier etwas, das keinem Abt gut bekommen wird, ob schwarz oder weiß. Sie brauchen also keine Angst zu haben, meine Beste.«
»Nein, Fabe«, sagte sie kläglich.
Er wies sie diskret darauf hin, daß er es vorziehe, mit seinem vollständigen Vornamen angeredet zu werden. Es gebe keine Koseform von Fabrian, erklärte er, und außerdem sei es der ausdrückliche Wunsch seiner Eltern gewesen, ihn so zu nennen.
»Ich finde lange Verlobungen nicht gut«, erklärte sie unvermittelt.
»Ich auch nicht. Sie sollten kurz sein . . . und heftig!«
Sie lachten beide, und als sie die verlassenen Straßen von Dorking erreichten, waren sie bester Laune.
»Ich habe nur eine Sorge«, sagte er. »Richard Alford hat die Angewohnheit, den Besitz zu den unmöglichsten Zeiten zu inspizieren. Aber in einer solchen Nacht wird er seine gemütliche Wohnung sicher nicht verlassen.«
»Gemütliche Wohnung!« antwortete sie verächtlich. »Er hat nur ein winziges Arbeitszimmer, und sein Schlafzimmer ist eine bessere Besenkammer. Ich kann ihn einfach nicht ausstehen. Er tut an einem einzigen Tag vornehmer als der gute Harry in zehn Jahren . . . Sie haben doch nichts dagegen, wenn ich ›der gute Harry‹ sage? Sie sind doch nicht eifersüchtig?«
Er versicherte, daß ihm solche Gefühle vollkommen fremd seien.
»Wenn er nicht gewesen wäre, hätte ich Harry geheiratet. Harry war verrückt nach mir, aber Dick haßte mich – wie dieser Mensch mich gehaßt hat! Übrigens wenn er zudringlich wurde, habe ich ihn immer zurechtgewiesen. Ich sage nicht, daß er hinter mir her war. Ich hasse Mädchen, die sich einbilden, jeder Mann sei hinter ihnen her. Aber er war ein- oder zweimal mehr als aufmerksam. Nach dem Lunch oder Dinner sprang er auf, um mir die Tür zu

öffnen, was Harry nie getan hat. Aber ich habe ihn natürlich durchschaut. Er wollte mich nur einlullen und . . .«
Sie gab alle paar Minuten eine ihrer Geschichten zum besten und wurde erst schweigsamer, als der Regen so sehr zunahm, daß einige Tropfen durch das Verdeck drangen und ihr ins Gesicht klatschten.
»Eine schreckliche Nacht!« klagte sie.
»Im Gegenteil, wir hätten uns kein passenderes Wetter wünschen können«, widersprach Gilder.
Als sie die Nebenstraße nach Chelfordbury erreichten, fuhr er langsamer, löschte die beiden Scheinwerfer und ließ nur die zwei kleinen Lampen auf den Kotflügeln brennen. Er kannte die Straße so gut, daß er keine Angst vor etwaigen Hindernissen hatte; seine Hauptsorge war, an dem reflektierten Licht der Scheinwerfer erkannt zu werden. Eine Meile vor »Fossaway Manor« schaltete er auch die beiden kleinen Lampen aus, denn er hatte den begründeten Verdacht, daß dieser Teil der Straße von Lord Chelfords Haus überblickt werden konnte. Die nervöse Mary fürchtete, sie würden jeden Moment mit einem Telegrafenmasten kollidieren.
»Keine Sorge«, beruhigte er sie. »Ich bin die Straße tausendmal gefahren und kenn hier jeden Zentimeter. Mein Cottage ist genau hinter ›Willow House‹.«
Der Wagen wurde langsamer, als sie den Hügel zur Lichtung hinauffuhren. Gilder stellte den Motor ab, zog die Handbremse an, stieg aus und öffnete das Tor zum Feld der »Red Farm«. Dann löste er von draußen die Bremse und lenkte das Auto zu der Stelle, wo Dick es ein paar Nächte zuvor gefunden hatte.
»Da wären wir«, sagte er und nahm ihren Arm. Sie zitterte.
»Ich wünschte, ich wäre nicht mitgekommen«, stammelte sie nach einer Weile und zeigte ins Dunkel. »Was ist das da drüben?« flüsterte sie kaum hörbar.
»Eine gekappte Weide«, sagte er. »Sie brauchen wirklich keine Angst zu haben . . . Mary!«
»Ich weiß nicht«, greinte sie. »Lassen Sie mich, um Gottes willen, nicht los, ja? Haben Sie eine Pistole?«
Er bejahte.
Sie gingen durch die kleine Pforte, die, wie üblich, nicht verschlossen war, und kletterten den steilen und schlüpfrigen Hang hinauf,

um dann unmittelbar vor den Ehrfurcht gebietenden Ruinen zu stehen.
»Ich würde lieber kein Licht machen«, sagte er leise. »Auf diese Weise ist Gine entdeckt worden. Kennen Sie den Weg?«
»Wenn ich den Turm sehen kann, ja.«
Er bückte sich ein wenig, um eine bessere Perspektive zu haben, erkannte den eingestürzten Turm und führte sie hin. Einmal stolperte sie über einen Haufen alter Steine und hätte aufgeschrien, wenn er ihr nicht die Hand auf den Mund gedrückt hätte.
»Um Himmels willen, machen Sie keinen Krach!« sagte er. »Wo ist nun das Versteck?«
»Warten Sie.« Sie ließ seinen Arm los und ging zu der Ruine. Er sah, wie sie sich um das Gemäuer tastete. Dann flüsterte sie: »Kommen Sie.«
Er folgte ihr, und sie faßte nach seiner Hand. »Vorsicht, hier ist eine Stufe«, murmelte sie.
Sie betraten den Turm, obgleich er sich nicht erinnerte, eine Öffnung gesehen zu haben. Er hörte ein Knarren wie von rostigen Türangeln.
»Es ist sehr schmal, Sie müssen sich durchzwängen.«
Er schätzte, daß die Öffnung etwa dreißig Zentimeter breit war, und hatte einige Mühe, durch den Spalt zu kommen.
»Es ist ein großer Grundstein«, sagte sie leise. »Wenn man an einer bestimmten Stelle drückt, klappt er auf wie eine Tür. Der alte Abt nahm immer diesen Weg, wenn er nachts zu Lady Chelford ging. Ich nehme an, Sie kennen die skandalöse Geschichte?«
Die »skandalöse Geschichte« war etwa achthundert Jahre alt, und er kannte sie nicht.
»Wenn Sie eine Taschenlampe dabei haben, können Sie sie jetzt anmachen.«
Er holte die Lampe heraus und knipste sie an. Sie standen in einer winzigen Steinkammer an der Spitze einer bemoosten Wendeltreppe. Das Gewölbe über ihnen schien aus einem einzigen Stein gehauen zu sein, was durchaus möglich war, weil der Turm innen nur einen Durchmesser von gut anderthalb Meter hatte. Er schätzte die Dicke der Wände ab; sie waren in den Tagen erbaut worden, als Mauern noch nicht allein die Aufgabe hatten, Dächer zu tragen.
»Kommen Sie.« Vorsichtig trat sie auf die glitschige Treppe und

ging als erste hinunter. Er zählte fünfundzwanzig Stufen, dann standen sie in einer großen Kammer, deren Mauern so verwittert waren, daß sie wie die Wände einer natürlichen Höhle aussahen. Nur der viereckige Grundriß sagte ihm, daß sie von Menschenhand angelegt worden war.
»Haben Sie den Schlüssel?«
Er nickte. Vor vielen Jahren hatte Gine & Gine einen berüchtigten Einbrecher verteidigt und ihn aufgrund eines Verfahrensfehlers freibekommen. Der Mann hatte dem Anwalt zum Dank einen Schlüssel geschenkt, der angeblich jedes Schloß öffnen konnte, egal, wie groß oder kompliziert es war. Der Schlüssel bestand aus einem langen Eisenstift, auf dessen Ende man seltsam geformte Fortsätze schrauben konnte. Gine hatte ihn seinem Kanzleivorsteher gegeben, da er sich nicht dafür interessierte und nicht daran erinnert werden wollte, daß die achtbare Sozietät einen ordinären Dieb verteidigt hatte. Für Gilder erwies sich das Andenken nun als Gottesgeschenk.
»Hier ist es.« Sie sprach immer noch flüsternd, obgleich es kaum wahrscheinlich war, daß jemand sie hörte.
In den beiden gegenüberliegenden Ecken des Raums befanden sich zwei kleine, schmale Türen in tiefen Nischen. Die Tür zur Linken hatte oben eine kleine, durch drei rostige Gitterstäbe gesicherte Öffnung.
»Sehen Sie«, flüsterte Mary Wenner.
Er richtete den Lichtstrahl durch das Gitter und sah ein langes, schmales Gelaß mit Steinbänken an beiden Seiten, auf denen eigentümlich geformte Zylinder gestapelt waren. Er betrachtete den, der ihm zunächst stand; auf dem sichtbaren Ende war ein merkwürdiges Siegel angebracht.
Fabrian Gilders Herz schlug schneller. Marys Hand, die seinen Arm umklammert hielt, zitterte. »Ich habe solche Angst«, wimmerte sie.
»Wovor denn?«
»Vor diesem gräßlichen Schwarzen Abt.« Sie war einem hysterischen Zusammenbruch nahe. Er mußte sich beeilen.
Er schraubte einen der Fortsätze auf den Stift, steckte den Schlüssel in das große Schlüsselloch und drehte. Ein Klicken und Rasseln, doch als er an der Tür zog, gab sie nicht nach. Er versuchte es mit

einem anderen Bart, ohne Erfolg, beim dritten endlich drehte sich der Schlüssel mit einem scheußlichen Kreischen, und die Tür ging auf.
Währenddessen krallten sich ihre Finger in seinen Arm. »Sehen Sie! Mein Gott, so sehen Sie doch!« schrie sie, und er drehte sich um.
Am Fuß der Treppe stand eine pechschwarze Gestalt, deren Gesicht unter einer langen Kapuze verborgen war. Sie erkannten zwei Augen, die wie im Fieber brannten. Der Schwarze Abt hatte sie die ganze Zeit beobachtet!

30

Fluchend riß Gilder die Pistole aus der Tasche, aber dabei mußte er die Lampe für einen Sekundenbruchteil senken. Als er sie wieder nach oben richtete und mit der Waffe zielte, war die Gestalt verschwunden.
»Gehen Sie nicht, gehen Sie nicht!« schrie Mary und hielt seinen Arm fest. »O Fabrian, lassen Sie mich hier nicht allein . . .«
Er stieß sie roh zur Seite, rannte zur Wendeltreppe und ging vorsichtig hinauf. Er hörte das stoßweise Schluchzen Marys, die ihm folgte.
»Lassen Sie mich hier nicht im Dunkeln zurück!« kreischte sie.
Er ging weiter nach oben, aber die schwarze Kutte war nicht mehr zu sehen. Der kleine Raum oben war leer, die Tür stand einen Spaltbreit offen.
Mary drückte sich an ihm vorbei und taumelte ins Freie, wo sie kraftlos zu Boden sank.
»Bringen Sie mich fort!« schrie sie wie von Sinnen. »Wäre ich doch bloß nicht mitgekommen.«
Gilder drehte sich mit einem Fluch um, zog die Steintür zu und zerrte die Zitternde, außer sich vor Zorn, in den sich nicht wenig Besorgnis mischte, den Hang hinunter zum Auto. Es goß in Strömen. Er klappte das Verdeck auf, damit der Regen sie mit voller Wucht traf, denn er konnte jetzt keine Ohnmächtige gebrauchen. Er würde sie nach London zurückbringen, und dann war noch Zeit

genug, wieder zur Abtei zu fahren und die Zylinder zu untersuchen.

Was den Schwarzen Abt betraf . . . Wer immer es sein mochte – und er zweifelte nicht, daß es jemand aus Fleisch und Blut war –, er würde es bereuen, sie bei ihrem Unternehmen gestört zu haben.

Als sie in Horsham waren, hatte die frierende und bis auf die Haut durchnäßte Mary Wenner ihre Fassung zum Teil wiedergewonnen. Ihre Zähne klapperten, aber nicht mehr vor Angst, sondern vor Kälte. Sie wollte reden, doch er antwortete nur einsilbig.

»Ich wundere mich, daß ich nicht tot umgefallen bin«, sagte sie. »Ich habe noch nie so was Gräßliches erlebt. Haben Sie seine Augen gesehen? Sie waren wie glühende Kohlen, nicht wahr, Fabe?«

»Fabrian!« zischte er.

»Ich hab noch nie so was Furchtbares gesehen, nicht mal im Kino«, fuhr Mary Wenner fort. »Könnten wir nicht das Verdeck zumachen, Fabe . . . Fabrian?«

Er bremste so scharf, daß sie fast mit dem Kopf gegen die Windschutzscheibe geknallt wäre, zog das Verdeck hoch und machte es fest.

»Was wollen Sie jetzt tun?«

»Ich bringe Sie nach Hause, und morgen abend werden wir es noch mal versuchen. Übrigens, wie öffnet man die Steintür?«

»Das kann ich Ihnen nicht sagen, Fabrian«, antwortete sie fest. »Es ist das einzige, was ich noch in der Hand habe.«

»Seien Sie nicht töricht. Sie haben eine Haarnadel oder etwas Ähnliches benutzt, ja? Ich habe gesehen, daß zwischen zwei Steinen ein Spalt war, der künstlich zu sein schien.«

»Eine Schere«, sagte sie. »In dem Spalt ist ein Schnapper aus Eisen. Ich habe ihn zufällig entdeckt.«

Jetzt wußte er alles, was er wissen wollte, und konnte für den Rest der Nacht – oder für immer, wenn es sein mußte – auf sie verzichten. Er lehnte ihre Einladung ab, auf einen Drink mit nach oben zu kommen, und sobald sie die Haustür hinter sich zugemacht hatte, brauste er zurück nach Sussex.

Das Leuchtzifferblatt seiner Uhr zeigte zwei, als er den Wagen auf das Feld zurücksetzte und den Hang zu den Ruinen hinaufkletterte. Er blieb alle paar Schritte stehen, um sich umzublicken und zu horchen, aber von dem Kapuzenmann war nichts zu sehen und zu hören. Er fand die Ecke des Turms, drückte den Schnapper mit seinem Federmesser zurück, zog an dem riesigen Stein und klappte ihn auf.

Er blieb kurz stehen, um den oberen Raum zu untersuchen, und ging dann langsam mit der Taschenlampe in einer Hand und der Pistole in der anderen hinunter. Keine Spur von dem Störenfried, aber . . . Die Tür zur Schatzzelle war geschlossen. Er zog, und sie ging auf. Er richtete die Lampe in das schmale Gelaß, und das Blut gefror ihm in den Adern. Die »Barren« waren fort, weder auf der linken noch auf der rechten Bank war auch nur ein einziger Zylinder zurückgeblieben! Kalter Schweiß stand ihm auf der Stirn, als er sich umdrehte und die unterirdische Kammer absuchte. Die Tür in der anderen Ecke hatte keine Gitteröffnung, durch die er schauen konnte. Er nahm an, daß sich dahinter ein ähnliches Gelaß befand, und versuchte, sie mit seinem Schlüssel aufzuschließen, aber das Schloß rastete nicht ein. Er stemmte sich mit der Schulter gegen die Tür, doch sie gab nicht einen Zentimeter nach.

Vor dieser zweiten Tür bestand der Boden aus einer langen Steinplatte, die genau die Breite der Treppe hatte und bis zur Mitte des Raums lief. Hatte sie irgendeine Bedeutung? Er kniete sich hin und untersuchte sie sorgfältig. Im Gegensatz zu den Steinen ringsum, die im Lauf der Generationen glattgetreten worden waren, hatte die Platte eine rauhe, unbearbeitete Oberfläche. Er stampfte auf das eine Ende und spürte, wie es ein klein wenig nachgab; er stampfte auf das andere, und es bewegte sich ebenfalls kaum merklich. Also war in der Mitte irgendein Mechanismus, der die Platte im Gleichgewicht hielt, und darunter muß ein Hohlraum sein. Wenn er wiederkam, würde er sich die Sache näher ansehen.

Als er in den oberen Raum zurückgekehrt war, wurde er mit einem wichtigeren Problem konfrontiert. Er wollte gerade die Taschenlampe ausknipsen, um ins Freie zu treten, da sah er, wie der Stein sich bewegte. Ehe er sich rühren konnte, rastete die Tür ein, und draußen ertönte ein unheimliches Kichern.

Er saß in der Falle! Er stemmte sich gegen den Stein, aber der gab nicht nach. Er erinnerte sich an die Geschichte von dem Abt und seinen nächtlichen Eskapaden und untersuchte die Tür sorgfältig. Sie mußte auch von innen zu öffnen sein. Er tastete die Wand ab, fand jedoch nichts. Und dann richtete er den Lichtstrahl auf den Boden, der aus unregelmäßigen kleinen Steinplatten bestand. Eine, deren Kante etwas hochstand, erregte seine Aufmerksamkeit, und er zog daran und entfernte sie von ihrem Platz. Darunter entdeckte er einen großen Eisenring, so sehr durchgerostet, daß er beinahe rasiermesserdünn war. Er wickelte sein Taschentuch darum und zog. Der Ring bewegte sich ein wenig, und er sah, wie sich die Tür im selben Moment einen Spalt öffnete. Offensichtlich war der Schließmechanismus ausgeklinkt. Er lief zu dem großen Stein und stemmte sich mit aller Kraft dagegen. Der Stein schwang ganz auf, und Gilder taumelte ins graue Licht des frühen Morgens.

Das Unwetter hatte sich gelegt; am fahlen Himmel funkelten die Sterne. Weit links stieg eine dünne Rauchfahne aus einem Schornstein von »Fossaway Manor«. Gilder wischte sich sein verschwitztes Gesicht ab und atmete tief durch, um das bittere Gefühl der Niederlage abzuschütteln. In eben diesem Moment sah er zu seinen Füßen etwas, bückte sich und hob es mit einem überraschten Ausruf auf. Es war einer der Zylinder – sicher hatten ihn die Leute verloren, die das Gewölbe ausgeräumt hatten. Er war ziemlich schwer, aber nicht schwer genug, um aus Gold zu sein. Der Deckel bestand aus Blei. Schnell lief er damit den Hang hinunter, nahm in sicherer Entfernung von der Abtei sein Federmesser und entfernte den dünnen Deckel. Der Zylinder enthielt ein zusammengerolltes Pergament. Er zog es heraus, rollte es auseinander und starrte auf ein altes, wunderbar bemaltes Manuskript. Es war offenbar eine Seite aus einem Stundenbuch, ein Kunstwerk von erheblichem Wert, aber nichtsdestoweniger ein schlechter Ersatz für fünfzehn Kilo reines Gold.

31

In den anderen Zylindern sind bestimmt ähnliche Manuskripte, dachte er und lächelte befriedigt vor sich hin. Wer immer ihn beobachtet haben mochte – und er hatte Gine im Verdacht –, mußte die gleiche Enttäuschung erlebt haben. Die Mönche hatten ihre wertvollen Handschriften in dem unterirdischen Gelaß aufbe-

wahrt, um sie vor irgendwelchen Feinden zu schützen.
Er überquerte die Straße, öffnete das Tor und ging auf das Feld, wo er seinen Wagen geparkt hatte. Wenige Schritte weiter blieb er wie angewurzelt stehen und rieb sich ungläubig die Augen. Das Auto war nicht mehr da!
Die Reifenspuren waren deutlich zu sehen. Sie führten über die Lichtung zur Straße nach »Willow House«. Ihm blieb nichts anderes übrig, als ihnen zu folgen. Sie liefen jedoch an der Zufahrt zum Haus des Anwalts vorbei, weiter zu seinem kleinen Cottage, und als er endlich sein Heim erblickte, stand der Wagen dort vor der Pforte. Nirgends war eine Menschenseele zu sehen. Er ging ums Haus, suchte die winzige Schonung ab, die sich links daneben befand, und kletterte sogar die Böschung zum Flußufer hinunter, ehe er zurückging und den Schlüssel ins Schloß steckte.
Zu seiner Überraschung gab die Tür schon beim bloßen Druck seiner Hand nach. Er starrte in das kleine Eßzimmer. Im Kamin brannte Feuer, und weiter hinten, in der Küche, dampfte ein Kessel auf dem Herd. Daneben stand eine Teekanne, und der ungebetene Gast hatte eine Dose mit Keksen aufgemacht. Er hörte Schritte im Zimmer nebenan, holte seinen Browning aus der Tasche und fuhr herum, doch als er den Besucher erkannte, ließ er die Waffe sinken.
»Thomas!« sagte er verblüfft. »Was, zum Teufel, machen Sie hier?«
»Er hat mich heute morgen rausgeworfen«, antwortete der Diener kurz.
»Heute morgen? Es ist doch kaum hell . . .«
Thomas nickte. »Alford hat gesehen, wie ich durchs Haus schlich, als ich eigentlich im Bett hätte sein sollen«, erklärte er. »Er hat mich sofort fristlos entlassen.«
»Aber warum?«
Der andere trat unbehaglich von einem Fuß auf den anderen.
»Wie soll ich das wissen?« fragte er. »Der Kerl hatte schon immer was gegen mich. Ich glaube, er hatte mich im Verdacht, daß ich Ihnen schrieb.«
Gilder wußte, daß Thomas sich diese Erklärung aus den Fingern gesogen hatte, um ihn daran zu erinnern, daß er in seiner Schuld stand. Der Bursche war ein nützlicher Informant gewesen und hatte ihn über alles auf dem laufenden gehalten, was in »Fossaway Manor« passierte.

»Nun sagen Sie schon, was Sie angestellt haben.«
Der andere zögerte. »Na ja«, sagte er dann, »ich kann Ihnen ebensogut die Wahrheit sagen. Haben Sie je von Puttler, dem Orang-Utan, gehört? Er ist ein Bulle. Jeder Gauner in London kennt ihn, und ich kenne ihn womöglich besser als die anderen, weil ich ihm drei Jahre für ein Ding verdanke, das ich im ›Westinghouse Hotel‹ gedreht habe.«
»Einbruch?« fragte Gilder, dem dies ganz neu war.
»Eine einwandfreie Sache«, sagte Thomas markig. »Von mir aus können Sie es Einbruch nennen. Der Orang-Utan hat mich jedenfalls erwischt und mir drei Jahre im Bau verschafft. Als ich rauskam, fand ich diese Stelle. Sie war nicht übel. Chelford gehört zu den Leuten, die nie ihr Kleingeld zählen, und Alford wagt nicht, ihn zu fragen, was er mit seinem Geld gemacht hat, wenn er neues haben will.«
»Sie sind also vorbestraft?« Gilder war ein bißchen schockiert und betrachtete den Mann in einem neuen Licht. »Wenn ich das gewußt hätte, hätte ich die Finger von Ihnen gelassen.«
»Deshalb mußte ich Ihnen was vorkohlen«, erklärte Thomas und griente.
»Sie haben mich reingelegt!« entgegnete Gilder.
»Ich finde, so kann man es nicht nennen«, sagte der andere ironisch. »Als ich damals in die Kanzlei kam und Sie mich ausquetschten, was Gine so im ›Manor‹ treibt, dachte ich eben, warum soll ich mir nicht ein paar ehrliche Kröten verdienen.«
»Erzählen Sie weiter von diesem . . . Orang-Utan. Wie heißt er richtig?«
»Puttler. Er ist gestern gekommen.«
»Nach ›Fossaway‹?« fragte Gilder überrascht.
»Ja, Alford hat erzählt, er sei Buchprüfer, aber er prüft sicher noch ein paar andere Sachen. Ich habe ihn sofort erkannt, und er mich leider ebenfalls. Ich habe unter einem falschen Namen bei Chelford gearbeitet, und sobald ich den Kerl sah, wußte ich, daß meine Tage im Schloß gezählt waren. Und wie Sie wissen, hat Alford nicht lange gewartet, um mich rauszuwerfen. Aber ich werde es diesem Halunken heimzahlen!« schloß er mit einer häßlichen Grimasse.
»Aber warum heute morgen?« fragte Gilder.
»Das wollte ich ja gerade erzählen«, sagte Thomas ungeduldig.

»Chelford hat eine Geldkassette in seinem Schreibtisch. Ich wußte, daß ich ein paar Monate sorgenfrei leben könnte, wenn ich etwas herausnehmen und soviel drinlassen würde, daß Chelford nicht schwören konnte, ob etwas fehlte oder nicht. Also ging ich heute morgen um vier in die Bibliothek, aber als ich wieder nach oben wollte, lief ich Alford in die Arme, und er sagte, ich könne meinen Koffer packen.«
»Er hat Sie mit dem Geld erwischt?« fragte Gilder angewidert.
»Nein, ich bitte Sie . . . Das hatte ich natürlich rechtzeitig aus dem Fenster geworfen. Ich habe es anschließend geholt.«
»Aber warum ist Alford um diese Zeit durchs Haus gelaufen?«
Thomas verzog das Gesicht. »Das ist so eine Angewohnheit von ihm«, antwortete er. »Er scheint keinen Schlaf zu brauchen.«
Gilder war sicher, daß der Mann die Wahrheit sagte, aber er war auch sicher, daß es nicht die ganze Wahrheit war. Thomas' Geschichte schien Lücken zu haben, und er meinte, die fehlenden Mosaiksteine zu kennen, faßte jedoch den weisen Entschluß, ihn jetzt nicht ins Kreuzverhör zu nehmen. Er mußte diesen Menschen so schnell wie möglich loswerden.
»Warum sind Sie ausgerechnet hierher gekommen?«
»Ich dachte, Sie sind in London«, erklärte der andere kühl. »Ich dachte, Sie haben nichts dagegen, wenn ich Ihr Haus einen oder zwei Tage benutze – vielleicht auch eine oder zwei Wochen«, fügte er hinzu, ohne Gilder aus den Augen zu lassen.
Gilder kratzte sich nachdenklich am Kinn. »Ich glaube nicht, daß es gut für mich ist, wenn sich herumspricht, daß Sie vorbestraft sind. Haben Sie mein Auto genommen?«
Thomas nickte. »Ich bin zuerst zur ›Red Farm‹ gegangen, ich kenne da einen der Stallknechte. Dann sah ich Ihren Wagen und dachte, Ihnen sei was passiert. Ich wartete eine Zeitlang, und als Sie nicht kamen, brachte ich ihn hierher . . .«
»Hat Sie jemand gesehen?«
»Nein, es war praktisch noch dunkel.«
Was verbarg der Mann? Gilder besaß eine ausgezeichnete Menschenkenntnis, und er spürte, daß Thomas ihm wichtige Informationen vorenthielt. Ein- oder zweimal hätte er beinahe ausgepackt, auch das war ihm nicht entgangen, aber im letzten Moment hatte er es sich anders überlegt.

»Meinetwegen. Sie können hierbleiben, wenn Sie unbedingt wollen. Ich fahre wieder in die Stadt. Wenn ich aber von der Polizei zu hören bekomme, daß Sie hier untergekrochen sind, werde ich sagen, daß ich Sie nicht dazu befugt habe. Sie verstehen, daß ich mich schützen muß?«
»Jawohl, Chef . . .«
Wieder war er drauf und dran zu sprechen, und wieder überlegte er es sich anders.
»Was wollen Sie mir erzählen?«
»Es ist zu groß, um schon jetzt damit rauszuplatzen. Aber wenn Sie wiederkommen, tische ich Ihnen vielleicht eine Geschichte auf, die gut und gerne eine Million Dollar wert ist.«
Thomas hatte unter anderem zwölf Monate in einer Strafanstalt in Kanada gesessen und schmeichelte sich, dadurch ein großer amerikanischer Gangster geworden zu sein.
»Jawohl, eine Million Dollar!«

32

Gilder schenkte Tee ein, aß ein paar Kekse und ging, als sein Hunger fürs erste gestillt war, in sein Schlafzimmer, um sich umzuziehen. Das Wasser war zu kalt für ein Bad, und deshalb rieb er sich nur mit einem Frotteetuch ab. Er ging zu Thomas zurück, der eine Bruyèrepfeife rauchte und in die Flammen sah.
»Wenn Sie beschlossen haben zu reden, schicken Sie mir am besten ein Telegramm. Aber nicht aus Chelfordbury, sondern aus Horsham.« Er schrieb seine Adresse auf eine leere Seite seines Notizbuchs, riß sie heraus und gab sie dem Gast. Dann eilte er hinaus und fuhr durch den trüben grauen Morgen nach London zurück.
Um zehn Uhr schrillte das Telefon und riß ihn aus einem bleiernen Schlaf. Es war Mary Wenner, und er hielt die Sprechmuschel zu und fluchte.
»Sind Sie's, Fabe? Ich hab mir die ganze Nacht solche Sorgen um Sie gemacht, mein Lieber. Sie sind doch nicht wieder zu dieser schrecklichen Abtei gefahren?«
»Wir können uns heute nachmittag unterhalten, ich komme vor-

bei«, unterbrach er sie. »Am Telefon könnte jemand mithören.«
»Fabe«, sagte sie, und aus ihrer Stimme klang echte Angst. »Sie sind doch nicht zurückgefahren und haben etwas von dem Gold geholt? Ich weiß, Sie sind sehr mutig, aber ich möchte auf keinen Fall, daß Sie Ihr Leben aufs Spiel setzen.«
»Nein, ich habe kein Gold geholt«, sagte er.
»Oh!« rief sie ein wenig enttäuscht.
»Bis heute nachmittag«, sagte er unfreundlich und hängte ein.
Er hatte nicht die Absicht, sie an diesem oder irgendeinem anderen Nachmittag aufzusuchen, aber kurz nach dem Tee, als er gerade Vorbereitungen traf auszugehen, kam sie unangemeldet ins Eßzimmer spaziert. Sie gab ihm einen keuschen Kuß auf die Stirn und setzte sich neben ihn.
»Mein Lieber«, sagte sie, und er schloß geduldig die Augen, »ob es Ihnen wohl etwas ausmacht, wenn ich etwas tue, das ein bißchen . . . intrigant erscheinen könnte?«
»Ich bitte Sie . . .«, begann er.
»Es betrifft vielleicht Ihre Ehre. Sie dürfen nämlich nie denken, daß ich Sie hintergehe und all das, aber er hat mir einen so flehenden Brief geschrieben . . .«
»Wer?« fragte er interessiert.
»Arthur. Seine Schwester hat mir auch geschrieben; sie hat mich für das Wochenende eingeladen, aber ich möchte natürlich viel lieber hier bei Ihnen bleiben. Vielleicht ist es jedoch besser, wenn ich reinen Tisch mit Arthur mache und ihm sage, daß meine Zuneigung nicht mehr ihm gehört. Wenn wir, also Sie und ich, den Schatz finden, weiß ich schließlich, daß ich es mit einem Gentleman zu tun habe, der mich nicht nur wegen meines Geldes mag. Außerdem sind Sie sowieso kein armer Mann, nicht wahr? Ich habe einen jungen Herrn bei einer Auskunftei gefragt, den ich ganz gut kenne, und er hat gesagt, Sie seien mindestens hunderttausend Pfund schwer.«
Gilder stöhnte.
»Und ich habe Ihr Versprechen, schwarz auf weiß.«
»Ja, Sie haben alles, was Sie brauchen, meine liebe Mary«, sagte er entnervt.
»Übrigens, mein Lieber, mit diesem Papier ist etwas ziemlich Komisches passiert. Als ich es heute morgen unter meinem Kissen

hervorholte, was glauben Sie, was ich gesehen habe? Nichts! Die Schrift war weg! Ich wäre vor Schreck fast umgefallen.«
Er rutschte unbehaglich hin und her.
»Das ist in der Tat sehr merkwürdig«, brachte er hervor.
»Ich war so aufgeregt, daß ich damit zu einem Freund von mir ging, der Zauberer ist. Sie haben ihn bestimmt schon mal irgendwo gesehen: Er holt Kaninchen aus Papiertüten, und er hat gesagt, Sie hätten sicher unsichtbare Tinte benutzt, und dann zeigte er mir, wie man es anstellt, daß die Schrift zurückkommt und nicht wieder verschwindet.«
»Und?« fragte Gilder tonlos.
»Nun, ich habe es natürlich getan, mein Lieber. Man drückt nur ein bißchen Saft aus einer Zitrone, verreibt ihn auf dem Papier und hält es ans Feuer.«
Gilder drehte sich der Kopf. Alles, was er sagen konnte, war: »Oooh!« Es war sehr peinlich, wirklich peinlich, aber er würde sich schon irgendwie aus der Affäre ziehen können. Schlimmstenfalls würde er sich mit tausend Pfund loskaufen, aber trotzdem, es war ein sehr lästiges Dokument, denn er hatte sich so sehr auf die unsichtbare Tinte verlassen, daß er mehr versprochen hatte, als eigentlich nötig gewesen wäre.
»Werden Sie zu den Gines fahren?«
»Ich denke . . . ja.« Das Zögern war gespielt, er wußte es. »Ich denke wirklich, daß ich es tun sollte. Arthur ist ein alter Freund, obgleich er mir nichts weiter bedeutet, und ich würde eher zum Mond fliegen, als mich ihm an den Hals zu werfen, aber . . . nun, ich habe einfach das Gefühl, daß ich die Einladung annehmen sollte.«
»Dann tun Sie es, um Gottes willen!« sagte er barsch, und sie murmelte etwas und hätte weitergeplappert, aber er stand entschlossen auf und brachte sie zur Tür.
Er glaubte zu ahnen, daß sie trotz seines Heiratsversprechens immer noch die Hoffnung hatte, Arthur Gine herumzukriegen.
Als sie die Wohnung verlassen hatte, kam ein Telegrammbote. Das Telegramm war in einem Dorf acht Kilometer von Chelfordbury aufgegeben worden und lautete:
»Kommen Sie so schnell wie möglich. Große Neuigkeiten.«
Die Unterschrift bestand aus einem »T«.
Würde Thomas reden? Und was gab es von ihm zu erfahren?

33

Der Stallknecht, der Dicks Pferd brachte, hatte etwas zu berichten.
»Der Kerl ist gestern nacht wieder gesehen worden, Sir.«
»Welcher Kerl?« fragte Dick, als er sich in den Sattel schwang.
»Der Schwarze Abt, Sir. Gill, der Wildhüter, hat ihn über die lange Wiese gehen sehen, aber als er sein Gewehr geholt hatte, war er nicht mehr da.«
»Und was macht der Schwarze Abt ausgerechnet auf der langen Wiese?« fragte Dick spöttisch. »Butterblumen pflücken?«
»Es ist ziemlich spät für Butterblumen«, erwiderte der Stallknecht, der nicht sehr helle war. »Aber Gill sagt, wenn er seine Kanone gleich dabeigehabt hätte, hätte er auf ihn geschossen.«
»Und er wäre verhaftet worden und hätte froh sein können, wenn er nur wegen Totschlags verurteilt worden wäre! Sie können Gill von mir ausrichten, daß man den Schwarzen Abt fangen soll, aber nicht töten! Ein lebendes Gespenst wird uns eine Menge erzählen können, ein totes dagegen ist wertlos.«
Er trabte über die Wiesen hinter dem Haus und erreichte nach wenigen Minuten den Ravensrill, wo er sein Pferd im Schritt gehen ließ und über die Ereignisse der letzten vierundzwanzig Stunden nachsann. Er war so sehr in seine Gedanken vertieft, daß er das Mädchen, das am anderen Ufer im Gras lag, nicht bemerkte.
Es war ein herrlicher Morgen, warm und sonnig. Der Himmel war strahlend blau, und er hörte aus der Ferne das Schnattern der Wildgänse, die nach Süden zogen.
»Guten Morgen!«
Er hob den Kopf. »Guten Morgen!« rief er und lenkte sein Pferd durch die Furt, die sich hier befand.
»Seien Sie vorsichtig!«
»Keine Angst, diese flache Stelle haben schon unsere Vorfahren benutzt. Was, um Himmels willen, tun Sie dort?«
Er saß ab und ließ das Pferd weiden. Sie lag, den Kopf auf einen Ellbogen gestützt, der Länge nach im Gras. Unmittelbar unter ihrem Gesicht war ein Fels, in dessen Mitte sich ein Loch befand, das einen Durchmesser von fast einem halben Meter hatte.
»Leslie, was für Fragen haben Sie an den Orakelbrunnen?«
Der »Orakelbrunnen« war ein Erdspalt von unbekannter Tiefe, aus

dem freilich noch nie Wasser gekommen war. Seit Jahrhunderten kamen die verliebten Bauernburschen von nah und fern hierher, um dem Schlund ihren Herzenskummer anzuvertrauen. Einer uralten Tradition zufolge antwortete der Brunnen den Verliebten jedesmal klar und deutlich.
»Ich wollte etwas über mich selbst wissen.« Ihr Gesicht war rot überhaucht, wahrscheinlich wegen der ungewohnten Stellung.
»Und was hat der Brunnen geantwortet?«
Sie kniete sich hin und strich sich die Haare aus der Stirn. »Das sage ich nicht – probieren Sie es doch mal!«
Ächzend ließ er sich auf das warme Gras nieder, bildete mit den Händen einen Trichter vor seinem Mund und rief in die Öffnung: »Was wird aus Leslie werden?«
Sie warteten, und dann kam es wie ein merkwürdig verzerrtes, aber gut verständliches Echo zurück: »Heirate sie!«
Sie lachten. Irgendein Hohlraum tief unten bewirkte, daß im Laufe der Jahrhunderte immer dieselbe Antwort ertönte, egal, wie die Frage lautete.
Er stand auf. »Ich wünschte, Sie würden nicht ohne meinen Schutz in der Gegend herumlaufen«, sagte er ernst, aber sie lachte.
»Ich bin früh aufgestanden und hatte Langeweile, daher beschloß ich, einen Spaziergang zu dem Brunnen zu machen. Es hätten ihm ja neue Antworten eingefallen sein können? Arthur sorgt sich um sein blaues Auge und will erst wieder aus dem Haus gehen, wenn sein Gesicht wieder normal aussieht! Der arme Arthur!« Sie hielt inne und sah ihn an. »Haben Sie herausgefunden . . .«
»Wer geschossen hat? Nein, aber wir haben einen bestimmten Verdacht. Übrigens, ich habe Thomas entlassen, Sie wissen doch, den Burschen, der nie dort war, wo er sein sollte.«
»Was hat er getan?« fragte sie.
»Nichts Besonderes. Aber er ist wegen Einbruchdiebstahls vorbestraft – Puttler hat ihn sofort erkannt. Ich erwischte ihn heute morgen um drei, als er aus der Bibliothek kam, und ließ ihn seine Taschen leeren. Er hatte nicht viel Geld bei sich, aber ich nehme an, daß er es woanders versteckt hat. Der gute Harry führt nie Buch über seine Ausgaben, so daß es unmöglich sein dürfte, dem Kerl etwas zu beweisen. Deshalb hielt ich es für das klügste, ihn auf der Stelle hinauszuwerfen.«

»Wo ist er jetzt?«
»Ich nehme an, er hat den ersten Zug nach London genommen. Ich glaube nicht, daß er sich in unserer Gegend noch einmal bewerben wird, aber Sie sollten für alle Fälle Ihren Bruder informieren.«
Sie schwieg eine Weile und fragte dann: »Haben Sie das Gewehr gefunden?«
Er schüttelte den Kopf.
»Es war ein Armeegewehr, wie wir es in ›Fossaway Manor‹ nicht haben. Im Dorf muß es allerdings eine ganze Menge geben, denn zehn oder zwölf von unseren Leuten gehören zur Landwehr. Puttler sagt, wahrscheinlich sei es ein Wilderer gewesen.«
Leslie schöpfte keinen Verdacht und stellte die Theorie nicht in Frage. Eigentlich hätte sie wissen müssen, daß Wilderer Schrotflinten und Schlingen benutzen und daß Gewehre sich für Hasen und Rehe etwa so gut eignen wie die sprichwörtlichen Kanonen für Spatzen.
Dick nahm den Zügel seines Pferds, und sie gingen über die Felder nach »Willow House«.
»Ich möchte, daß Sie mir etwas versprechen«, sagte er. »Machen Sie bitte nicht mehr solche Morgenspaziergänge, nehmen Sie Ihren Wagen, und benutzen Sie nur die Straßen.«
Sie zog die Augenbrauen hoch. »Aber warum? Sie haben doch wohl keine Angst vor dem Schwarzen Abt?«
Er erwiderte ihr Lächeln nicht. »Nein, aber ich habe Angst vor dem, was hinter ihm steckt.«
Sie wußte, das es keinen Sinn hatte, weitere Fragen zu stellen, und sie wechselte das Thema. Sie erwarte einen Gast, erzählte sie, aber er verzog keine Miene, bis sie ihm sagte, um wen es sich handelte.
»Du meine Güte! Ich nehme an, Sie sind sich darüber klar, daß Sie eine gefährliche Rivalin beherbergen werden.«
»Reden Sie kein dummes Zeug, Dick. Das arme Mädchen hat Harry sehr gemocht, und in ihrem Brief schreibt sie, sie hoffe, ihre Anwesenheit werde mir nicht peinlich sein . . .«
»Sie hat allen Grund, das zu hoffen«, unterbrach Dick grimmig.
». . . und daß sie Harrys törichte Vernarrtheit fast vergessen habe.«
Dick hörte auf zu lachen. »Das schlägt dem Faß den Boden aus«, rief er. »Beim Himmel! ›Harrys törichte Vernarrtheit!‹ Nun ja, ich will nicht kleinlich sein.«

»Darum möchte ich Sie auch bitten«, sagte sie eindringlich. »Das arme Mädchen tut mir leid.«
»Mary braucht Ihnen nicht leid zu tun. Und solange Sie nicht das Gespräch auf mich bringen, werden Sie bestimmt ein sehr harmonisches Wochenende haben. Denn was mich betrifft, kennt sie kein Pardon. Ich werde Ihnen nichts von den schrecklichen Dingen sagen, die sie über mich erzählt, um Sie nicht gegen sie einzunehmen.«
»Wie wollen Sie das wissen?« forderte sie ihn heraus. »Übrigens sagen viele Leute schreckliche Dinge über Richard Alford.«
»Aber nicht zu Ihnen«, antwortete er gelassen, und sie errötete und wechselte erneut das Thema.
»Ich weiß gar nicht, warum ich heute so früh aufgestanden bin. Ich bin nämlich erst um zwei schlafen gegangen.«
»Es war zehn nach zwei, als Ihr Licht ausging«, sagte er wie aus der Pistole geschossen, und sie starrte ihn an.
»Woher wissen Sie das?«
»Ich kam zufällig gerade vorbei.« Er hatte solche Eile, es zu erklären, daß sie mißtrauisch wurde. »Der Schwarze Abt hat gestern wieder gespukt. Puttler und ich veranstalteten eine kleine Gespensterjagd.«
»Haben Sie ihn gesehen?«
Er schüttelte den Kopf. »Außer einem abergläubischen Wildhüter hat ihn niemand gesehen.«
Plötzlich wandte sie sich ihm zu und rief: »Dann waren *Sie* es!«
»Was soll ich gewesen sein?«
»Ich bin sicher, daß ich am anderen Ende der Zufahrt jemanden gesehen habe. Sie rauchten eine Zigarre – ich konnte den kleinen roten Punkt erkennen. Zuerst dachte ich, es sei Harry, und heute morgen fand ich an der Pforte den Zigarrenstummel. Dick, wann schlafen Sie eigentlich?«
»Oft«, sagte er lächelnd und legte den Arm um ihre Schulter. »Ich gebe nur auf Sie acht . . . Versprechen Sie mir bitte noch einmal, daß Sie vorsichtig sein werden. In den nächsten ein, zwei Tagen könnte eine reale Gefahr bestehen.«
Seine Worte machten sie nachdenklich. »Hängt es mit dem Chelford-Schatz zusammen?« fragte sie dann, und zu ihrer Überraschung nickte er.

34

Kurz vor ihrem Haus verabschiedete er sich, saß auf und trabte davon. Sie sah ihm nach, bis er hinter der Straßenbiegung verschwunden war, und ging dann leise seufzend weiter. Was hatte all das zu bedeuten? Sie hatte den Schwarzen Abt nie sehr ernst genommen und geglaubt, irgendein Witzbold unter den Dorfbewohnern erlaube sich einen üblen Scherz. Sie kannte freilich die Legende: Dick hatte sie ihr erzählt, und Harry, der sämtliche Familienmythen am Leben hielt, hatte den Mord, der vor achthundert Jahren verübt worden war, in allen Einzelheiten geschildert. Aber was hatte der Schwarze Abt mit ihr zu tun? Und warum Dicks übertriebene Fürsorge? Sie hatte gestern nacht eine Entscheidung getroffen. Es hatte sie große Überwindung gekostet, und sie wünschte, sie hätte den Mut gehabt, Dick davon zu erzählen, aber sie hatte einfach nicht gewagt, ihm an diesem herrlichen Morgen weh zu tun.

Als sie sich der Pforte näherte, sah sie einen Mann davorstehen, der auf sie zu warten schien. Er nahm die Hände aus den Taschen, als sie näher kam, und tippte an seine Mütze. Erst da erkannte sie Thomas, den entlassenen Burschen.

»Guten Morgen, Miss«, sagte er.

»Guten Morgen, Thomas.« Neugierig betrachtete sie die schlaksige Gestalt, die vor ihr stand.

»Ich würde gern kurz mit Ihnen reden, Miss.«

Sie zögerte. »Ich fürchte, ich kann nichts für Sie tun«, sagte sie dann. »Mr. Alford hat mir schon erzählt, daß Sie nicht mehr in ›Fossaway‹ arbeiten.«

Er zwang sich zu einem Lächeln. »Mr. Alford hat mich nie gemocht«, erwiderte er. »Ich bin zu Unrecht beschuldigt worden. Einen Moment, Miss«, hielt er sie hastig zurück, als sie die Pforte öffnete. »Ich könnte Ihnen etwas erzählen, das eine Menge für Sie wert wäre.«

Ihre grauen Augen musterten ihn kühl. »Ich fürchte, Sie bilden sich da etwas ein . . .«

»O nein, Miss! Ich weiß etwas, das sonst niemand weiß, und Mr. Gine würde sich bestimmt auch dafür interessieren. Es geht um den Chelford-Schatz . . .«

»Ich möchte jetzt nichts mehr hören«, sagte sie und ging weiter. Er sah ihr einen Augenblick wütend nach, als erwäge er, hinter ihr herzulaufen, überlegte es sich dann jedoch anders, zündete die Zigarette, die ausgegangen war, wieder an und drehte sich um. Er wollte zu seinem zeitweiligen Unterschlupf zurückgehen, aber dann hatte er eine Idee. Hinter dem niedrigen Holzzaun, der Gilders Cottage von »Willow House« trennte, war ein dichter Saum von Lorbeerbüschen; falls er Chelfordbury schnell und ungesehen verlassen mußte, konnte es angebracht sein, das Gelände zu erkunden. Er sprang über den Zaun und arbeitete sich leise zwischen den Büschen hindurch.

»Mit wem hast du gesprochen, Leslie?« Gine ruhte hinten im Garten auf einem Liegestuhl und kühlte sein Auge mit einer Kompresse.

»Mit Thomas!«

»Der Bursche von ›Fossaway‹? Was wollte er . . . etwas ausrichten?«

»Nein, er ist entlassen worden. Dick glaubt, er habe etwas gestohlen, und hat ihn heute morgen hinausgeworfen.«

»Dann hast du Dick auch schon gesehen?« fragte er überrascht.

»Ja, ich habe ihn getroffen. Er ritt gerade hinüber zum Müller.« Sie war neben seinem Liegestuhl stehengeblieben.

»Du scheinst den Kerl neuerdings dauernd zu treffen«, sagte er stirnrunzelnd. »Und du redest in einem fort von ihm. Hältst du es für richtig, so mit dem Feuer zu spielen? Ich höre nie, daß du mit Harry zusammen bist . . .«

»Harry sitzt doch immer an seinem Schreibtisch«, antwortete sie lächelnd, »und es ist ganz unvermeidlich, daß man Dick trifft, wenn man draußen ist.«

Er nahm eine Zigarette aus seinem Etui und betrachtete sie nachdenklich, mit geschürzten Lippen. »Dick ist ein guter Junge«, sagte er dann, »aber muß ich dich noch einmal daran erinnern, daß er nur der zweite Sohn ist und keinen Penny besitzt? Ja, Leslie, ich werde auf der finanziellen Seite bestehen. Wenn du Harry heiratest, wirst du zumindest nie Geldsorgen haben. Und ich sage dir ganz offen, daß es besser für dich wäre, einen reichen Mann zu nehmen!«

Die Wahrheit kam ans Licht – sie wappnete sich, um der Eröffnung

gewachsen zu sein.
»Der auch mein Vermögen verwalten wird«, sagte sie gelassen. »Wenn ich Dick heirate, der etwas von Geschäften versteht, würde er vielleicht meine Wertpapiere sehen wollen.«
Gespanntes Schweigen – und dann: »Es gibt keine Wertpapiere!« Er hatte die Zähne zusammenbeißen müssen, um es zu gestehen. Er konnte ihr Gesicht nicht sehen und wagte nicht, den Kopf zu heben und ihr in die Augen zu blicken.
»Es gibt keine Wertpapiere?« wiederholte sie langsam. »Dann stimmt also, was ich im Auto gesagt habe? Ich besitze keinen Penny!«

35

Es war also heraus. Leslie stand regungslos neben ihrem Bruder und sah auf ihn hinunter.
»Ich habe keinen Penny?« sagte sie noch einmal.
Er mußte seine Lippen anfeuchten, ehe er reden konnte. »Ich wollte es dir schon lange sagen, aber ich hatte einfach nicht den Mut«, erklärte er. »Ich bin ein Feigling . . . ein Schuft. Du hast zwar noch ein paar tausend Pfund, über die ich nicht verfügen konnte, aber alles andere habe ich ausgegeben.« Seine Stimme war rauh, kaum wiederzuerkennen. »Du hättest es früher oder später doch erfahren . . . und da ist es besser, ich sage es dir jetzt. Ich habe eine Viertelmillion verspielt und bin praktisch pleite.«
Er nahm die Kompresse von seinem Auge, stand auf und sah sie an. Bis auf die Schwellung war sein Gesicht totenbleich. »Ich bin jedenfalls froh, daß ich es dir endlich gesagt habe.« Er suchte das Urteil in ihren Augen, fand aber nur Freundlichkeit und Mitleid. Sie lächelte sogar ein wenig.
»Gott sei Dank«, sagte sie leise, und er glaubte, nicht recht gehört zu haben.
»Das bedeutet natürlich, daß Chelford dich ohne Mitgift nehmen muß«, sagte er.
Sie schüttelte den Kopf. »Ich habe Harry geschrieben und die Verlobung gelöst«, antwortete sie und nahm seinen Arm. »Laß uns

ins Haus gehen und frühstücken. Dies ist einer der glücklichsten Tage in meinem Leben.«

Lord Chelford bekam den Brief zusammen mit zwei oder drei anderen persönlichen Schreiben. Er erkannte die Schrift, zog pikiert die Augenbrauen hoch, schlitzte den Umschlag auf und las:
»Lieber Harry!
Ich habe lange nachgedacht und bin zu dem Ergebnis gekommen, daß wir zu wenig gemeinsam haben, um eine gute Ehe führen zu können. Ich nehme an, ich müßte jetzt meinen Verlobungsring zurückschicken, doch leider – oder Gott sei Dank – hast Du vergessen, mir dieses Symbol an den Finger zu stecken! Ich wünsche Dir jedenfalls alles Gute und hoffe, daß wir Freunde bleiben werden.«
Harry rieb sich verwirrt die Stirn, stand auf und verließ die Bibliothek. Dick war draußen auf dem Rasen.
»Sieh dir das an, was hältst du davon?«
Dick machte ein besorgtes Gesicht und las den Brief. »Das tut mir leid«, sagte er.
»Leid!« antwortete Harry schrill. »Es ist eine Unverschämtheit! Ich stehe jetzt da wie der letzte Trottel. Nicht nur, daß Leslie mich unmöglich behandelt – diese Anspielung auf den Verlobungsring ist wirklich geschmacklos.«
»Ich dachte, du hättest ihr einen geschenkt«, sagte Dick geduldig. »Hast du etwa nicht?«
»Es ist ein barbarischer und törichter Brauch. Ich hatte nicht im Traum daran gedacht, ihr einen Ring zu schenken. Warum auch? Sie hatte doch einen Ring, einen sehr schönen sogar. Du hast ihn bestimmt gesehen – mit einem Brillanten, sie trägt ihn dauernd. Jedenfalls sehe ich keinen Sinn darin. Diese Bemerkung ist frech und geschmacklos!«
Dick glaubte, nicht nur Zorn und Erregung, sondern auch eine gewisse Erleichterung aus der Stimme seines Bruders herauszuhören. Doch er war in seiner Eitelkeit verletzt, und es hatte schon größere Männer als Lord Chelford gegeben, die so etwas nicht leicht verwinden konnten.
»Aus heiterem Himmel! Sie war doch noch gestern da und hat keine Silbe davon gesagt . . .«

»Du hast ihr kaum eine Gelegenheit dazu gegeben«, antwortete Dick. »Sie war für dich ja beinahe Luft. Sie vernünftig, Harry!«
Harry strich sich übers Kinn und blickte finster durch seine dicken Brillengläser. »Vielleicht hast du recht«, sagte er dann gefaßt. »Vielleicht sollte ich überhaupt nicht heiraten. Ich möchte nur für meine Bücher und meine große Mission leben. Aber ich werde dastehen wie ein Narr!« Sein Zorn regte sich wieder. »Alle Leute in der Grafschaft wissen, daß wir verlobt sind, und jetzt werden sie sich den Mund fusselig reden, um herauszufinden, was los war. Diese widerlichen Reporter werden vor dem Haus herumlungern, und das ist mehr, als ich ertragen kann.«
»Schick sie zu mir«, sagte Dick. »Ich werde ihnen ein paar Brocken vorwerfen, an denen sie schwer zu schlucken haben.«
Aber sein Bruder war noch nicht restlos besänftigt. »Ich bin sehr ärgerlich über Arthur Gine. Er hat sie mir praktisch aufgeschwatzt.«
»Laß uns bitte von etwas anderem reden«, sagte Dick scharf. »Ich finde es deiner unwürdig, wie du auf die Sache reagierst.«
Sein Bruder warf einen zweifelnden Blick auf den Brief. »Was soll ich nun machen?«
»Schreib ihr ein paar nette Zeilen, und gib sie frei«, riet Dick. »Das ist das mindeste, was du unter diesen Umständen tun solltest.«
»Glaubst du, sie hat einen anderen im Auge?« fragte Harry.
»Wahrscheinlich ein Dutzend«, entgegnete Dick brutal. »Tu, was ich dir gesagt habe, Harry.«
Lord Chelford ging mürrisch in die Bibliothek zurück.
Sie hatte es also getan! Dick wußte nicht, ob er sich freuen oder ärgern sollte. Noch vor einer Woche wäre er der glücklichste Mann der Welt gewesen, aber jetzt . . . Er zuckte mit den Schultern, zog seine Pfeife aus der Tasche und stopfte sie mit heftigen Bewegungen. Harry würde, wenigstens für einige Zeit, mit den Gines brechen, und das warf wiederum eine andere beunruhigende Möglichkeit auf. Wenn Harry nun einen anderen Anwalt beauftragen würde, ihn in juristischen Dingen zu vertreten? Dann wäre Gine ruiniert. Bisher hatte er, Dick, es geschafft, die Unterschlagungen zu vertuschen, die Leslies Bruder begangen hatte, und in ein paar Monaten hätte er auch die restlichen Spuren ohne jeden Schaden für den Chelford-Besitz verwischen können, aber wenn

Harry in diesem Stadium insistierte . . .
»Seine Lordschaft würde Sie gern sprechen, Sir.« Der zweite Bursche war unbemerkt hinter ihn getreten.
Dick wappnete sich für die Unterredung und ging in die Bibliothek, wo sein Bruder mit zerrauften Haaren am Schreibtisch saß und zornig seine weiße Stirn runzelte.
»Dick, ich mache Schluß mit diesen Gines«, sagte er. »Ich möchte, daß du eine andere Kanzlei beauftragst, sich alle Unterlagen von Arthur aushändigen zu lassen und mich künftig zu vertreten. Aber sie sollen alles sorgfältig prüfen. Dieser Mensch hat das Erbe meiner Mutter verwaltet, und das müssen jetzt ungefähr fünfzigtausend Pfund in Papieren sein. Wenn auch nur ein Penny fehlt, werde ich den Kerl belangen.«
Dick sank das Herz. »An welche Anwälte hast du denn gedacht?«
»Sampson & Howard. Sie haben einen sehr guten Ruf, und sie halten nicht viel von Arthur. Würdest du das bitte übernehmen?«
Dick nickte. Er entfernte sich unter einem Vorwand, holte sein Auto aus der Garage und fuhr nach »Willow House«. Gine war immer noch draußen und ging auf dem Rasen auf und ab, und aus seiner niedergeschlagenen Haltung schloß Dick, daß etwas Ungewöhnliches geschehen sein mußte. Ob er von der aufgelösten Verlobung erfahren hatte?
»Ich möchte Sie sprechen, Gine.«
Der Anwalt fuhr herum und starrte ihn an. »Hallo!« sagte er verlegen. »Weiß Harry Bescheid?«
Dick nickte.
»Und er ist sauer, nehme ich an?«
»Er hat eine Stinkwut. Deshalb möchte ich Sie auch sprechen. Wo ist Leslie?«
»Soll sie dabeisein?«
»Nein«, sagte Dick ruhig. »Ich möchte mit Ihnen allein reden. Gehen wir ein Stück spazieren?«
Sie entfernten sich vom Haus, bis sie außer Hörweite waren, und Dick begann: »Harry hat beschlossen, Ihnen das Mandat zu entziehen. Er sprach von den Wertpapieren, die Sie verwalten, etwa fünfzigtausend Pfund aus dem Besitz der verstorbenen Lady Chelford. Ist das Geld noch da?«
Gine antwortete nicht.

»Ist das Geld noch da?« wiederholte Dick.
»Nein«, sagte der andere mit belegter Stimme. »Alles futsch.«
Dick sah ihn entsetzt an. »Sie meinen, es ist alles verloren?«
Gine nickte. »Ja, man hat mich beschwatzt, es in ein texanisches Ölfeld zu stecken. Die Anteile sind höchstens noch zwei Promille der ursprünglichen Summe wert.«
Dick stöhnte. »Sie Narr, Sie verdammter Narr!« murmelte er. »Ist Ihnen nicht klar, was das bedeutet? Ich kann Sie jetzt nicht mehr decken, nicht einmal um Leslies willen. Was haben Sie gemacht!«
Gine strich sich müde mit der Hand über die Augen und verzog sein bleiches Gesicht zu einer Grimasse. »Es hat keinen Sinn, auf mir herumzuhacken. Ich werde die Konsequenzen tragen.«
»Und Leslie?« fragte Dick wütend. »Soll sie vielleicht auch die Konsequenzen tragen?«
»Reden Sie, um Himmels willen, nicht von Leslie!« stammelte Gine. »Das ist das Schlimmste. Ich habe keine Angst vor dem Bankrott oder vor Dartmoor. Ich mache mir nur Sorgen um sie.«
»Können Sie das Geld auftreiben?«
Gine lachte bitter. »Wie soll ich fünfzigtausend Pfund auftreiben können?«
»Haben Sie keine Freunde?«
»Nicht für fünfzigtausend Pfund«, antwortete Gine. »Nein, Alford, ich fürchte, ich werde die Pille schlucken müssen. Aber ich bin selber schuld und werde nicht lange herumjammern.«
Dick überlegte krampfhaft. Gine konnte seinetwegen den Rest seines Lebens im Gefängnis verbringen, aber damit wäre auch Leslie gebrandmarkt, und das konnte er nicht ertragen.
»Versprechen Sie mir eines«, fing er an, als er eine mögliche Lösung sah.
Der Anwalt lächelte und nickte. »Sie können sich auf mich verlassen, ich habe trotz allem noch einen Funken Ehre im Leib. Ich werde mich nicht der Verantwortung entziehen und eine Jury von Bauerntölpeln und Tischlern in meinen Papieren herumstöbern lassen. Wann soll ich die Unterlagen übergeben?«
»Wir haben noch eine Woche«, sagte Dick. »So lange kann ich es hinauszögern, aber wenn die Dokumente in den Händen der anderen Anwälte sind, gibt es für Sie keine Rettung mehr.«
Eine Woche! Gine biß sich nachdenklich in die Unterlippe. Sieben

Tage. Aber er würde selbst nach sieben Jahren kein Licht am Ende des Tunnels sehen.
»Und schlagen Sie sich bitte den Chelford-Schatz aus dem Kopf!«
Der Anwalt zuckte zusammen. »Wieso . . . Woher wissen Sie?« stammelte er.
»Ich weiß alles. Ich sage Ihnen, vergessen Sie ihn. Das wäre kein Ausweg. Es wäre ein Diebstahl, um einen anderen Diebstahl wiedergutzumachen, denn wenn das Gold da ist – was ich im übrigen sehr bezweifle –, dann gehört es Harry. Was ist überhaupt mit Leslies Vermögen? Es ist natürlich auch nicht mehr da. Weiß sie Bescheid?«
»Ich habe es ihr vorhin gesagt«, antwortete Gine, und nun verstand Dick seine Niedergeschlagenheit . . . »Sie hat es sehr gut aufgenommen, sie schien sogar froh zu sein. Ich begreife das nicht. Frauen sind manchmal sehr merkwürdig.«
Dick wartete nicht, um Leslie zu sehen, sondern ging gleich zu seinem Wagen und fuhr fort, und der Mann, der die ganze Zeit unter den Lorbeerbüschen gelegen hatte, blieb dort, bis auch Gine verschwunden war, rappelte sich dann mühsam auf, kletterte zurück über den Zaun, lief geduckt zur Straße und eilte zum nächsten Postamt, um zu telegrafieren.

36

Gilder kam abends zu seinem Cottage und fand den »Untermieter« Pfeife rauchend auf der Schwelle sitzen. Gilder erschrak über den Leichtsinn seines Informanten.
»Wenn Sie hierbleiben wollen, gehen Sie bitte nicht aus dem Haus. Ich habe Ihnen doch gesagt, es soll sich nicht herumsprechen, daß Sie da sind! Was ist nun die große Neuigkeit?«
Thomas war kein guter Geschichtenerzähler und brauchte viele »Sie verstehen, was ich meine« und über eine halbe Stunde Zeit, um seinen verworrenen Bericht zu Ende zu bringen.
»Ich habe den ganzen Morgen rumgehangen und wollte mit der jungen Dame reden.«
»Worüber?« fragte Gilder.
»Über eine gewisse Angelegenheit.«

»Hören Sie, Thomas: Miss Gine hat nichts mit Ihnen zu schaffen. Unterstehen Sie sich, ihrem Haus nahe zu kommen.«
»Es war jedenfalls nicht schlecht, daß ich heute morgen hinging«, sagte Thomas und griente. »Ich habe nämlich etwas gehört, das Sie interessieren wird.«
Er gab das Gespräch, das er belauscht hatte, mehr oder weniger genau wieder, und als er zu dem entscheidenden Punkt kam, pfiff Gilder vor sich hin. Der Anwalt hatte den Nachlaß von Lady Chelford ohne seine Hilfe verwaltet, so daß er die Interna nicht kannte.
»Fünfzigtausend«, wiederholte er langsam. »Das ist mehr, als Gine von heute auf morgen zusammenbringen kann.«
»Ja, das hat er selbst gesagt. Er rechnet sogar damit, daß er ins Kittchen kommt.«
»Haben Sie auch gehört, wann er die Unterlagen den anderen Anwälten übergeben soll?«
»In einer Woche«, antwortete Thomas.
Fünfzigtausend Pfund! Die Hände hinter dem Rücken verschränkt, lief Gilder in dem schmalen Zimmer hin und her. »Sie sagen, die Verlobung mit Seiner Lordschaft sei aufgelöst?«
»Er hat es nicht gesagt, aber ich habe es so verstanden«, entgegnete Thomas. »Er fragte: ›War Harry sehr wütend?‹ Und Alford sagte: ›Ja, und er wird einen anderen Anwalt nehmen.‹ Und dann wollte er wissen: ›Was ist mit Leslies Vermögen?‹«
»Nennen Sie sie bitte Miss Gine, ja?« unterbrach Gilder ungnädig.
»Er hat aber nicht Miss Gine gesagt, er sagte nur ›Leslie‹. Aber wenn Sie unbedingt wollen, sage ich eben Miss Gine«, erwiderte der Bursche. »Also, er sagte: ›Was ist mit Miss Gines Vermögen, ist das auch weg?‹ Und Gine sagte: ›Ja, bis zum letzten Penny.‹«
Das war Gilder nicht neu, denn der Anwalt hatte es ihm gegenüber erwähnt.
»Und noch etwas, Mr. Gilder. Der Schwarze Abt ist gestern nacht wieder herumgelaufen.«
»Hören Sie auf mit dem Schwarzen Abt!« fuhr Gilder ihn an. Er mußte nachdenken, und das Geplapper des anderen störte ihn. »Und lassen Sie sich nicht mehr draußen blicken. Ich denke, es ist am besten, wenn Sie heute abend nach London fahren. Haben Sie Geld?«

»Ja, ein bißchen. Ich war ein Idiot! In der Bibliothek liegt ein altes Tagebuch herum, und Seine Lordschaft würde ein paar tausend Pfund zahlen, um es wiederzubekommen, und ich habe es in der Hand gehabt. Das hätte ich klauen sollen!«
»Und wenn man Sie damit erwischt hätte, wären Sie hinter Gitter gewandert. Seien Sie also froh, daß Sie nur das Geld genommen haben. Das hat wenigstens niemand gemerkt.«
Unter diesem Gesichtspunkt hatte der ehrenwerte Thomas die Sache noch nicht betrachtet. »Sie haben recht«, stimmte er zu. »Ich muß sagen, Sie haben Köpfchen. Wenn ich nur halb soviel Grips hätte wie Sie . . .«
Aber Gilder hörte ihn gar nicht. Fünfzigtausend Pfund! Und für diesen Preis konnte er Leslie Gine . . . kaufen! Sein Puls ging schneller. Sie würde das Opfer ohne weiteres bringen, um ihren Bruder zu retten. Diesmal hatte er sie alle in der Hand – Leslie, Arthur Gine und indirekt auch Dick Alford.
Blitzschnell überschlug er seine Finanzen. Er hatte weit mehr als hunderttausend Pfund in erstklassigen Papieren, die leicht zu verkaufen oder zu übertragen waren. Er hatte ein Haus im Norden Londons und ein beträchtliches Bankguthaben. Er war jetzt fünfzig. Er hatte noch wenigstens fünfzehn Jahre zu leben, fünfzehn glückliche Jahre. Konnte er sein Geld besser investieren als in sein künftiges Glück? Fünfzehn Jahre mit diesem reizenden Geschöpf . . . Außerdem würde die Heirat ein Dolchstoß in das Herz des zweiten Sohnes sein, denn er glaubte Dick Alfords Geheimnis zu kennen.
Jetzt wußte er, was er zu tun hatte. Der Plan war absolut hieb- und stichfest.
»Eine Woche? Sind Sie sicher, daß Sie sich nicht verhört haben?«
Thomas nickte. Er hatte Gilder nicht aus den Augen gelassen und seine Schlüsse gezogen.
»Wie kommen Sie übrigens darauf, daß diese Neuigkeit mich interessieren könnte?« fragte Gilder.
Der andere grinste und kniff vielsagend ein Auge zu. »Ich sollte Ihnen doch berichten, wie oft die junge Dame nach ›Fossaway Manor‹ gekommen ist? Und ich sollte Ihnen alles schreiben, was zwischen ihr und Seiner Lordschaft vorfiel.«
Gilder schwieg. Es war kein beruhigender Gedanke, daß er ausge-

rechnet dieses Individuum beauftragt hatte, das Mädchen zu beobachten, das er liebte.
»Wenn Sie in die Stadt fahren, dann bitte im Dunkeln, und kommen Sie auch im Dunkeln zurück. Ich bin allerdings nicht sicher, ob es eine gute Idee ist, überhaupt zurückzukommen.«
Er fuhr am späten Abend nach London zurück und sah die Nacht über seine Bücher durch. Er bemühte sich, nicht mehr an den Chelford-Schatz zu denken. Mary Wenners Zuversicht war gewiß verständlich gewesen. Er hatte sich selbst täuschen lassen, als er durch das Gitter geblickt und die sauber aufgestapelten Zylinder gesehen hatte. Wer sie wohl fortgebracht hatte – der Schwarze Abt? Es mußte eine Erklärung geben. Er hatte seine eigene Meinung darüber, aber jetzt war nicht der richtige Augenblick, um seine Theorie zu prüfen.
Den nächsten Morgen verbrachte er in der City und im Nachlaßgericht, wo er sich Lady Chelfords Testament vorlegen ließ. Die Aktien und Obligationen, aus denen das Erbe bestand, waren genau spezifiziert, und als Treuhänder war John Henry Gine, Arthur Gines Onkel, benannt. Da kein Nachfolger bestimmt worden war, hatte Arthur nach dem Tod seines Onkels die Treuhänderschaft übernommen. Er hatte natürlich das Recht gehabt, die Papiere zu verkaufen und den Erlös wieder anzulegen, und wenn man Chelfords neuen Anwälten ein Portefeuille in entsprechendem Wert übergäbe, würden sie keine Schwierigkeiten machen.

Gine verbrachte einen arbeitsreichen Tag in seiner Kanzlei. Seine Aufgabe war unangenehm. Er bemühte sich, Ordnung in das Chaos seiner Akten zu bringen, und während die Liste seiner Verbindlichkeiten immer länger wurde, schien er um Jahre zu altern. Er machte nur Pause, um mit Leslie essen zu gehen, und da sie vermutete, ihr verschleudertes Erbe sei der Grund für seinen Kummer, tat sie ihr Bestes, um ihn aufzuheitern. Er sagte ihr, daß von ihrem Vermögen nur noch zweitausend Pfund übrig seien.
»Aber das ist viel mehr, als ich erwartet habe«, antwortete sie und lächelte. »Davon werden wir zwei Jahre leben können!«
Er wollte gerade antworten, daß er die nächsten Jahre wahrscheinlich auf Staatskosten leben würde, aber er biß sich auf die Zunge. Sie brauchte es erst im letzten Moment zu erfahren.

Um fünf war Leslie wieder daheim und nahm allein den Tee, als das Mädchen eine Karte hereinbrachte. Sie nahm die Karte und sagte: »Ich glaube nicht, daß ich diesen Herrn sehen möchte . . .« Aber dann fiel ihr die Prügelei auf dem Rasen ein. »Führen Sie ihn herein«, verbesserte sie sich.
Gilder war wie für einen hochoffiziellen Besuch angezogen. In seiner behandschuhten Linken hielt er einen schimmernden Zylinder, wie man ihn auf dem Land nur selten zu sehen bekam; eine große gelbe Rose zierte das Knopfloch seines Cuts, und seine Lackschuhe waren auf Hochglanz poliert.
Sie begrüßte ihn mit einem leichten Kopfneigen.
»Ich fürchte, Sie werden mich nicht als willkommenen Besucher betrachten«, sagte er, »aber ich möchte eine kleine Transaktion mit Ihnen besprechen und wäre Ihnen dankbar, wenn Sie mir ein paar Minuten opferten.«
»Nehmen Sie bitte Platz«, erwiderte sie kühl.
Er sah sie mit jenem eigenartigen hungrigen Blick an, der ihr schon einmal an ihm aufgefallen war.
»Wie ich gehört habe, ist Ihre Verlobung mit Lord Chelford aufgelöst, und das ist der eine Grund, weshalb ich hier bin. Der andere ist etwas sehr Ernstes, das Sie noch unmittelbarer betrifft, Miss Gine.«
Er hielt inne, da er eine Antwort erwartete, aber es kam keine. Sie saß kerzengerade in einem der bequemen Sessel, mit denen das Zimmer möbliert war, hatte die Hände im Schoß gefaltet und sah ihn an.
»Wie Sie wahrscheinlich wissen, war ich jahrelang die rechte Hand Ihres Bruders, und deshalb hatte ich einen sehr guten Einblick in seine Geschäfte. Ich weiß zum Beispiel, daß Ihr großes Vermögen nichts als ein Märchen ist!«
Wenn er gedacht hatte, ihr damit einen Schrecken einzujagen, wurde er enttäuscht. Sie nickte nur und sagte: »Das weiß ich auch, Mr. Gilder. Hoffentlich haben Sie die weite Fahrt nicht gemacht, um mir das zu erzählen.«
Er brauchte einige Sekunden, um sich von seiner Verblüffung zu erholen. »Nein, es gibt noch etwas, das Sie nicht so direkt angeht. Ihr Bruder verwaltete den Nachlaß von Lady Chelford, Aktien und Obligationen im Wert von insgesamt einundfünfzigtausend

Pfund. Früher war das durchaus üblich, aber heutzutage würden die Papiere bei einer Bank liegen, die die Dividenden und Zinsen automatisch jährlich dem Eigentümer gutschreibt.«
Ihr Herz hörte beinahe auf zu schlagen. Er sah, wie die Farbe aus ihrem Gesicht wich, und wurde wieder sicherer.
»Mein Bruder hat auch die Dividenden verwaltet?« fragte sie.
»Ich fürchte, sie sind schon seit langer Zeit zu den neuen Besitzern der Papiere geflossen. Soweit ich weiß, nimmt Lord Chelford einen anderen Anwalt, dem die Unterlagen in einer Woche übergeben werden sollen.«
Sie konnte kein Wort hervorbringen, denn sie verstand nur zu gut, was das bedeutete.
»Fünfzigtausend Pfund sind eine Menge Geld«, fuhr Gilder fort, »jedenfalls eine Summe, die nicht so leicht in einer Woche aufzutreiben sein dürfte. Und spätestens in einer Woche braucht Ihr Bruder sie.«
Sie hob den Blick, und als er den Schmerz in ihren Augen sah, tat sie ihm unwillkürlich leid.
»Sie meinen . . . das Geld . . . Arthur kann die Papiere gar nicht mehr übergeben?«
Er nickte.
»Sind Sie sicher?«
»Absolut sicher.«
Es folgte Schweigen, in dem das Ticken der kleinen französischen Pendüle so vernehmlich war, daß sie beide gleichzeitig zum Kaminsims blickten.
»Warum erzählen Sie mir all das?«
Er räusperte sich. »Ich habe Ihnen vor ein paar Tagen ziemlich . . . unverblümt gesagt, daß ich Sie liebe«, erklärte er. »Und das ist die reine Wahrheit. Es gibt nichts auf der Welt, was ich nicht für Sie tun würde, und kein Preis wäre mir zu hoch.«
Ihr Blick blieb fest auf ihn gerichtet; sie schien in seiner Seele zu lesen. »Auch nicht fünfzigtausend Pfund, zahlbar in einer Woche?«
»Auch das nicht«, antwortete er.
Sie stand langsam auf. »Würden Sie bitte Ihre Adresse dalassen?« Ihre Stimme war so ruhig, als spräche sie über ein ganz alltägliches Geschäft. »Ich weiß natürlich noch die Straße, aber ich habe die Hausnummer vergessen.«

Gilder schrieb sie mit unsicherer Hand auf einen Zettel. »Ich brauche Ihre Antwort bis morgen«, sagte er. »Ja oder nein.«
Leslie senkte den Kopf. »Gut«, erwiderte sie. »Und wenn ich ja sage, regeln Sie bitte die Sache mit dem Geld. Ich werde Wort halten.«
Schweigend ging er zur Tür, drehte sich um, machte eine tiefe Verbeugung und trat hinaus auf die Diele. Leslie blieb regungslos sitzen.

37

Die Tür wurde geöffnet. Es war ihr Bruder. »War das etwa Gilder?« fragte er, und sie nickte.
»Dieser Hund! Warum hast du mich nicht geholt?« Erst jetzt sah er ihr Gesicht und fügte schnell hinzu: »Ist etwas nicht in Ordnung, Leslie?«
»Ja«, sagte sie und staunte selbst über ihren Gleichmut. »Er kam wegen einer bestimmten Summe Geldes – dem Nachlaß Lady Chelfords.«
Ein schneller Blick in sein Gesicht zeigte ihr, daß Gilder die Wahrheit gesagt hatte, doch sie hatte ohnehin keinen Moment daran gezweifelt. »Was wird geschehen, wenn du das Geld nicht auftreiben kannst?«
»Ich habe noch eine Woche«, sagte er. »Wie hat er es erfahren?«
»Kannst du das Geld beschaffen?«
Die Frage war überflüssig.
»Dick sagt, er würde sein Bestes tun.«
»Mit Harry wird wohl nicht zu reden sein?« fragte sie. »Nein, das ist unmöglich. Was wird geschehen, wenn es herauskommt?«
Er holte tief Luft. »Keine Ahnung. Wahrscheinlich muß ich ins Gefängnis . . . Es tut mir leid, daß ich dir all das antue, Leslie, das habe ich schon mal gesagt, aber was bedeuten jetzt noch Worte? Ich bin am Ende.« Seine Stimme drohte zu versagen, aber er fing sich wieder. Als sie bemerkte, wie er mit sich kämpfte, sah sie ihn mitfühlend an.
»Du Ärmster!« sagte sie leise.

Nach einer langen Pause fragte er: »Was hat Gilder gewollt . . . Ist er nur gekommen, um dir das zu sagen?«
»Zum Teil.«
»Und um dir ein Angebot zu machen?« Seine Stimme hatte einen kaum wahrnehmbaren eilfertigen Unterton – der Ertrinkende griff nach dem Strohhalm. Es schmerzte sie zutiefst, daß er bereit schien, ihr ein weiteres Opfer zuzumuten, während er doch nichts als ihre Verachtung verdiente.
»Ja, er hat mir ein Angebot gemacht«, erwiderte sie. »Und ich weiß nicht, was ich tun soll. Ich werde mit Dick reden. Ich rufe ihn gleich an.« Sie ging zum Apparat und nahm den Hörer ab, doch er kam hinterher und hielt ihren Arm fest.
»Ich würde nicht zu sehr auf Dick hören«, sagte er atemlos. »Gilder mag ein skrupelloser Mensch sein, aber er wird vielleicht besser für dich sorgen als Harry.«
Sie schüttelte ihn ab und nannte die Nummer von »Fossaway Manor«. Das Mädchen, das sich dort meldete, sagte, Dick sei nach London gefahren und werde erst am späten Abend zurückkommen. Sie hängte ein, ging wieder ins Wohnzimmer und nahm den Zettel, auf den Gilder seine Adresse geschrieben hatte. »Du hast noch sechs Tage, Arthur«, sagte sie. »Aber ich habe nicht mal vierundzwanzig Stunden. Ich weiß nicht, wer schlimmer dran ist, aber ich fürchte, ich bin's.«
Er hörte sie in ihr Zimmer hinaufgehen. Er folgte ihr nach einer Weile und wollte die Tür aufmachen. Sie war verschlossen. »Leslie!« rief er besorgt, aber sie hörte ihn nicht.
Sie hatte das Gesicht im Kissen vergraben und war dabei, Dick Alford Lebewohl zu sagen.

38

Als Dick an jenem Nachmittag die Wardour Street hinunterging, sah er ein bekanntes Gesicht. Ein Mann mit einem Bündel unter dem Arm trat aus einem Geschäft, schien ihn zu erkennen, machte auf dem Absatz kehrt und verschwand in der anderen Richtung. Dick lächelte vor sich hin; er hatte sich bestimmt nicht geirrt, es war

Thomas gewesen, und er fragte sich, was er wohl gekauft haben mochte.
Er warf einen Blick in das Schaufenster und staunte, denn er hatte nicht gedacht, daß Thomas zu den Leuten gehörte, die sich die dort ausgestellten Extravaganzen leisten konnten.
Dick war nicht in bester Stimmung. Er hatte zwei Besuche gemacht und beide Male eine höfliche Abfuhr bekommen. Jetzt kam seine letzte Chance. Ein Pförtner brachte ihn zu dem alten Herrn, der der beste Freund seines Vaters gewesen war. Lord Clanfield begrüßte ihn herzlich, denn er hatte ihn schon gekannt und gemocht, als Dick noch ein Junge war.
»Setzen Sie sich bitte. Was führt Sie in diese hektischen Gefilde?«
Dick sagte mit einfachen Worten, was er auf dem Herzen hatte, und der Bankier runzelte die Stirn.
»Fünfzigtausend Pfund . . . Brauchen Sie sie für sich selbst?«
»Nein, für einen sehr guten . . . Freund.« Es fiel ihm schwer, Gine dieses Attribut zu geben. »Er sitzt in der Klemme.«
Der Lord schüttelte den Kopf. »Es ist unmöglich. Wenn *Sie* in der Klemme säßen, würde ich es Ihnen aus meiner eigenen Tasche geben . . . aber Sie sind ein tüchtiger Junge und würden nie solche Schwierigkeiten haben.«
»Könnten Sie es mir nicht als persönliches Darlehen geben?«
Der Bankier lächelte. »Das würde heißen, ich schenkte es Ihnen. Wie können Sie jemals hoffen, fünfzigtausend zurückzuzahlen? Als zweiter Sohn? Harry heiratet dieses Jahr, und nächstes Jahr dürfte der Besitz einen Erben haben. Nein, mein Lieber, ich fürchte, es geht nicht.«
Dann erzählte Dick in seiner Verzweiflung die ganze Geschichte, ohne allerdings Namen zu nennen. Der alte Herr hörte ernst zu.
»Er muß es durchstehen, Dick«, sagte er. »Wenn Sie ihm jetzt aus der Patsche helfen, richtet er wahrscheinlich nur noch etwas Schlimmeres an. Das arme Mädchen tut mir leid. Sie sprechen natürlich von Gine? Nein, nein, keine Angst, ich werde kein Wort sagen. Aber ich hatte schon lange meine Vermutungen. Lassen Sie ihn die bittere Pille schlucken, und tun Sie für das Mädchen alles, was Sie können. Wenn der Kerl erst mal hinter Gittern sitzt und die Sache ausgestanden ist, können Sie von mir so viel Geld bekommen, wie Sie wollen – für das Mädchen. Ich nehme an, ihr Geld ist

denselben Weg gegangen wie die fünfzigtausend Pfund. Ich werde alles tun, um ihr zu helfen. Aber Sie dürfen Ihren Kredit nicht für diesen Burschen aufs Spiel setzen.«
Puttler holte Dick am Bahnhof ab und hatte eine Neuigkeit. »Dieser Thomas treibt sich immer noch in der Gegend herum. Er wohnt in Gilders Cottage!« sagte er.
»Wirklich?« erwiderte Dick abwesend. Thomas und all die anderen interessierten ihn im Moment nicht weiter, denn er dachte nur an die Katastrophe, die Leslie bevorstand.
»Und Gilder war heute da, aufgetakelt wie fürs Derby, Zylinder und weiße Handschuhe . . .«
»Bei wem war er denn?« unterbrach Dick, dessen Neugier nun erwachte.
»Ich nehme an, bei den Gines. Ich sah ihn aus der Einfahrt kommen, und er machte einen sehr zufriedenen Eindruck. Außerdem habe ich das Gewehr gefunden.«
»Wo?«
»Oben am Fluß. Der Schütze muß es fortgeworfen haben, warf aber nicht weit genug. Im Magazin waren noch drei oder vier Patronen. Ein Lee-Enfield, wie ich gesagt habe . . . Sie haben es mit dem Messer versucht und mit dem Gewehr. Ich möchte wissen, was sie sich als nächstes einfallen lassen.«
»Haben Sie Harry gesehen?«
»Ja, heute nachmittag. Er hat mir die Sache mit dem berühmten *Chesil* aufgetischt, aber ich habe nicht gesagt, was ich davon halte.«
Dick lächelte trotz seiner Besorgnis. »Und was halten Sie von diesem *Chesil*?«
»Nun, Ihr Bruder denkt, es sei irgendein Werkzeug. Er scheint sich nicht bewußt zu sein, daß es im elisabethanischen Sprachgebrauch einfach grober Kies oder Sand bedeutete. Im Deutschen hat sich das Wort übrigens leicht abgewandelt erhalten – aus *Chesil* ist Kiesel geworden. Verstehen Sie?«
Dick blieb stehen und starrte ihn an.
»Und Sie kennen sicher den Ort namens Chelsea«, fuhr der kenntnisreiche Mr. Puttler fort. »Das bedeutet nichts anderes als *Chesil Ey* oder Kieselinsel. Es steht in jedem etymologischen Wörterbuch. Aber wozu brauchte der alte Fuchs Kies oder groben Sand? Offensichtlich, um irgendeinen Mörtel oder Zement zu

fabrizieren.«
»Fangen Sie, um Himmels willen, nicht auch noch mit dem Schatz an«, stöhnte Dick. »Zum Glück glauben Sie wenigstens nicht, daß er existiert.«
»O doch«, widersprach der Kriminalbeamte. »Ich bin fest davon überzeugt, daß diese tausend Goldbarren irgendwo liegen. Ihr Bruder hat ein Buch über die privaten Finanzen Königin Elisabeths. Die Originaldokumente sind sogar faksimiliert. Sie stahl eine Million von den spanischen Schiffen, die auf dem Weg nach Holland in englischen Häfen festmachten; dann wird über das Gold berichtet, das sie von Drake und den anderen Herren bekam, die mit ihrem Einverständnis fremde Schiffe kaperten, doch das Chelford-Gold wird mit keinem Wort erwähnt.«
»Aber wo ist es?« sagte Dick entnervt.
»Fragen Sie mich was Leichteres – wenigstens heute«, lautete die sonderbare Antwort.

39

Mindestens zehn Briefe wurden angefangen und wanderten in den Kamin, ehe Leslie das Schreiben aufsetzte, das sie schließlich in einen Umschlag mit der Adresse »Fabrian Gilder, Esq., Regency Mansions 35, London« steckte.
»Lieber Mr. Gilder«, lautete der Brief. »Ich bin mit Ihrem Vorschlag einverstanden. Das Geld oder die entsprechenden Papiere müssen auf der ›Southern & Midland Bank‹, Filiale Horsham, deponiert werden, und zwar auf den Namen Leslie Gilder, damit ich über das Konto verfügen kann, sobald wir verheiratet sind. Da Sie sich sicher nicht auf das Wort einer Gine verlassen werden, nehme ich an, daß die Hochzeit schon in den nächsten Tagen stattfinden soll. Treffen Sie bitte die nötigen Vorbereitungen, und geben Sie mir dann Bescheid.

Mit freundlichem Gruß
Leslie Gine.«
Irgendwie brachte sie es nicht fertig, den Brief gleich einzustecken, und sie beschloß, bis zum letzten Moment zu warten. Um zehn Uhr

würde der Postbote auf seinem Motorrad kommen und den kleinen Briefkasten unten an der Straße leeren.
Sie aß mit Arthur zu Abend, aber sie tauschten dabei nur ein paar Gemeinplätze aus. Gine nahm den Kaffee mit in sein Arbeitszimmer und ließ sie allein mit ihren Gedanken an eine freudlose Zukunft. Sie wünschte, sie hätte Dick gesehen, ehe sie Gilder schrieb, aber nun war es zu spät. Gilder hatte sie gebeten, ihm noch am Abend zu antworten, und sie hatte es versprochen.
Sie nahm den Brief aus der Tasche und betrachtete ihn. Sie hatte ihn adressiert und die Briefmarke darauf geklebt, sie brauchte ihn nur noch einzuwerfen, und ihr Leben würde eine andere Wendung nehmen. Der Schritt fiel ihr schwer, aber sie mußte ihn tun. Die Zeiger der Uhr bewegten sich langsam und unerbittlich weiter. Neun – Viertel nach neun – zwanzig vor zehn. Sie biß die Zähne zusammen, stand auf, öffnete die Tür und trat ins Freie.
Es war eine pechschwarze Nacht, und sie konnte kaum ein paar Schritte weit sehen. Als sie jedoch den Schatten der Bäume verlassen hatte, gewöhnten ihre Augen sich an das Dunkel, und sie glaubte plötzlich jemanden auf der Straße zu bemerken und Schritte zu hören, führte es aber auf ihre überreizten Nerven zurück. Trotzdem blieb sie stehen und horchte. Sie hörte nichts mehr und ging weiter.
Nach wenigen Minuten erreichte sie den Briefkasten, der an einem Pfosten befestigt war, und wartete. Ein großer Regentropfen platschte auf ihre Hand, sie hörte den Wind in den Bäumen seufzen, und dann sah sie in der Ferne einen winzigen Lichtpunkt und hörte das Motorrad des Postboten. Sie steckte den Brief in den Kasten und kehrte um. Auf einmal fiel ihr ein, daß der Postbote an ihr vorbeifahren würde, und sie wollte ihn nicht sehen. Welchen Weg sollte sie nehmen? Ihr Herz trieb sie nach »Fossaway Manor«. Dick . . . Sie mußte Dick sehen. Sie wehrte sich gegen den verrückten Impuls; das Scheinwerferlicht wurde heller. Dann bog sie schnell auf den Feldweg zur Lichtung ab, machte das Tor auf und rannte den Hang zur Abtei hoch. Sie setzte sich kurz hin, um Atem zu schöpfen, und weiter unten ratterte das Motorrad vorbei.
Verzweifelt sah sie dem roten Rücklicht nach, bis es in der Ferne verschwand – nun war das Schicksal nicht mehr aufzuhalten. Sie stand auf, passierte die Ruinen, ohne einen Gedanken an spukende

Mönche zu verschwenden, und nahm die Abkürzung zum Herrenhaus. Sie hatte die lange Wiese zur Hälfte überquert, als sie plötzlich stehenblieb. Panische Angst ergriff sie, sie bekam eine Gänsehaut im Nacken und drehte sich um. Irgend jemand folgte ihr! Sie hatte zwar nichts gehört, aber ein Instinkt warnte sie und ließ ihr Herz schneller schlagen. Sie sah niemanden. Sie sagte sich, daß ihre Nerven ihr wieder einen Streich spielten, aber die innere Stimme trug den Sieg davon. Sie wußte ganz einfach, daß jemand unmittelbar hinter ihr war, kaum zwanzig Meter weit.

Sie blickte sich noch einmal um, und diesmal glaubte sie, einen Schatten zu sehen, der sich bewegte. Sie beschleunigte ihre Schritte, und endlich erreichte sie die Ulmen, die die Allee säumten. Sie hoffte, Dick würde in seinem Arbeitszimmer sein, damit sie ihn vom Rasen aus rufen konnte.

Sie näherte sich dem Haus, und dann fuhr sie entsetzt herum. Hinter ihr war jemand – jetzt war sie ganz sicher. Sie hörte Schritte auf dem Kies.

»Wer ist da?« rief sie.

Sie bekam keine Antwort, aber die Schritte verstummten. Vielleicht geht er jetzt auf der Grasböschung, dachte sie, drehte sich um und rannte weiter. Der unbekannte Verfolger rannte ebenfalls. Sie hörte ein gezischeltes Murmeln, und ihr Blut gefror zu Eis. Dann, als sie die Bäume hinter sich hatte, sah sie eine Gestalt, die sich vor dem grau glänzenden Teich abzeichnete, eine lange schwarze Kutte und eine Kapuze. Mit einem lauten Schrei floh sie.

Die Allee führte direkt an Dicks Arbeitszimmer vorbei. Erleichtert sah sie, daß die Tür offen war und drinnen Licht brannte. Sie drehte sich kurz um, erblickte die schreckliche Gestalt wieder und schrie. Einen Moment später war Dick neben ihr und hielt sie in den Armen.

Er lauschte ihrem atemlosen Bericht, brachte sie ins Haus, setzte sie in einen Sessel und lief in die Nacht hinaus. Nach einigen Minuten kam er zurück.

»Ich habe nichts gesehen«, sagte er. »Sie denken, es war der Schwarze Abt?«

»Ich weiß nicht, jedenfalls jemand in einer Kutte mit einer Kapuze, das kann ich beschwören.«

Es war eine schlechte Einleitung zu der Geschichte, die sie zu

erzählen hatte. In ihrem Schrecken hatte sie den Zweck ihres Besuchs fast vergessen.
»Dick, ich weiß alles«, waren die ersten Worte, die sie hervorbrachte, als sie sich einigermaßen gefaßt hatte.
»Was wissen Sie?«
»Daß Arthur das Geld von Lady Chelford ver . . .veruntreut hat.«
Sie sah, wie er blaß wurde.
»Hat er es Ihnen erzählt?«
»Nein, Arthur nicht. Es war Gilder.«
»Gilder? Wollte er sonst noch etwas?«
»Ja . . . Er hat mir Geld angeboten«, antwortete sie nach einer langen Pause.
»Aha! Und er hat natürlich etwas dafür verlangt?«
Sie nickte.
»Was haben Sie ihm geantwortet?«
Sie hatte Mühe zu atmen; wenn sie jetzt etwas sagte, würde sie auf der Stelle losheulen.
»Sie haben zugestimmt?«
Sie nickte wieder.
»Ich habe den Brief an ihn gerade eingesteckt«, sagte sie stockend.
Sie sah, wie er sich auf die Lippe biß und wie ein kleiner Blutstropfen hervorquoll. Wenn er sie angeschrien hätte, wenn er wütend geworden wäre, hätte sie es ertragen können, aber er sah sie nur an, und in seinem Blick war unendliches Mitleid.
»O Dick, Dick!« Schluchzend lag sie an seiner Brust, und er streichelte ihren Rücken.
»Das kannst du nicht tun, Liebes. Alles andere, aber nicht das.«
Unfähig, ein Wort hervorzubringen, schüttelte sie den Kopf.
Seine Stimme war jetzt hart, beinahe böse. »Es ist besser, wenn Arthur für fünf Jahre ins Gefängnis wandert, als wenn du dir dein ganzes Leben zur Hölle machst.«
Sie löste sich langsam von ihm und trocknete ihre Augen.
»Ich muß, Dick, ich habe mein Wort gegeben. Ich habe ihm ausdrücklich gesagt, daß ich einverstanden bin.«
Sein Gesicht war müde und eingefallen.
»Das kann nicht sein!« sagte er. »Irgend etwas wird passieren, ich weiß nur noch nicht, was . . .«
Von draußen ertönte ein schrilles Wimmern, das kaum menschlich

zu sein schien. Dann kam es wieder: ein schluchzender, auf- und abschwellender Schrei, der ihr Herz stocken ließ.
»Bleib hier«, sagte Dick und wollte zu der offenen Fenstertür laufen, aber sie klammerte sich an ihm fest und hielt ihn zurück.
»Nein, geh nicht, du darfst nicht gehen!« schrie sie verzweifelt. »Dick, da passiert irgend etwas Furchtbares. O Gott, hör nur!«
Diesmal war der Schrei lauter und erstarb in einem langen, gequälten Jammern.
Er stieß sie zur Seite und rannte hinaus auf den Rasen.
»Was glaubst du, aus welcher Richtung ist es gekommen?«
»Von da drüben.« Sie zeigte zur Allee. »Laß mich bitte mitkommen, ich sterbe vor Angst, wenn ich allein hierbleibe.«
Er zögerte. »Na gut«, sagte er dann rauh und packte ihren Arm so fest, daß sie zusammenzuckte.
Sie liefen zusammen zur Ulmenallee, und dann blieb er stehen, knipste seine Taschenlampe an und richtete sie auf den Boden vor ihnen. In dem runden Lichtschein sah er etwas Schwärzliches, das zusammengekrümmt auf dem Gras lag.
»Bleib hier«, befahl er, »und dreh dich um!«
Hinter ihnen rief eine Stimme – es war Puttler, der einige Sekunden später den Schauplatz erreichte. »Wer ist es?« fragte er.
»Keine Ahnung«, antwortete Dick leise.
Zu seinen Füßen lag ein Mann, mit dem Gesicht nach unten, der eine lange schwarze Kutte trug, die mit einem Strick gegürtet war.
»Der Schwarze Abt?« sagte Puttler ungläubig. »Ist er tot?«
»Sehen Sie«, erwiderte Dick und zeigte auf die feuchte Schulter und die scheußlich zugerichtete Kehle.
Puttler kniete sich hin und drehte die Gestalt vorsichtig auf den Rücken. Dann zog er die Kapuze zurück, die den größten Teil des Gesichts bedeckte.
»Barmherziger Gott!« sagte Dick mit belegter Stimme.
Vor ihm lag Thomas, der ehemalige Bursche.

40

»Thomas – der Schwarze Abt?«

Dick schaute verwirrt auf die Gestalt hinunter, und erst dann fiel ihm Leslie wieder ein, und nach ein paar Anweisungen an Puttler ging er zu ihr.

»Ist er . . . tot?« fragte sie angstvoll.

»Ich fürchte, ja.«

»Und wer ist es?«

»Einer der Dienstboten«, sagte er ausweichend.

»Doch nicht Thomas?«

Wie sie ausgerechnet auf Thomas kam, war ihm schleierhaft. »Ja, er ist es«, antwortete er.

Sie fragte nichts mehr, und ohne ein weiteres Wort gingen sie in sein Arbeitszimmer zurück. Er läutete und sagte zu dem Diener, der kurz danach hereinkam: »Ich möchte Mr. Glover sprechen.«

Der alte Butler trat furchtsam ins Zimmer. Alle Dienstboten hatten die Schreie im Park gehört.

»Wo ist Seine Lordschaft?«

»Er ist vor ungefähr fünf Minuten zu Bett gegangen, Mr. Alford.«

»Hat er . . . hat er etwas gehört?«

»Nein, Sir. Und da er uns verboten hat, über den Schwarzen Abt zu sprechen . . .«

»Woher wissen Sie, daß es der Schwarze Abt war?« fragte Dick scharf, und der Butler erklärte, die Erscheinung sei im Garten gesehen worden.

»Er hat versucht, ein Fenster zu öffnen. Eines der Mädchen sah ihn unten auf dem gepflasterten Weg vorbeigehen und alarmierte die anderen. Hat er jemandem etwas getan?«

»Nein, dazu hatte er keine Gelegenheit mehr«, sagte Dick. »Wir haben draußen einen Mann in der Kleidung des Schwarzen Abtes gefunden, und er ist tot . . . ermordet.«

»Großer Gott!« sagte der Butler erschrocken. »Ist es jemand, den wir kennen?«

»Thomas«, antwortete Dick nur, und der alte Mann taumelte gegen die getäfelte Wand.

»Doch nicht unser Thomas? Thomas Luck, den Sie entlassen haben?«

Dick nickte. »Schicken Sie die Dienstboten zu Bett. Sagen Sie ihnen einfach, irgendein Witzbold habe geschrien und wir hätten ihn erwischt . . .« Er warf einen Blick auf das aschfahle Gesicht des Mannes und fuhr fort: »Aber zuerst gehen Sie ins Speisezimmer und nehmen einen doppelten Brandy. Sie sehen ja aus wie eine Leiche!«

»Thomas!« stammelte der alte Mann. »Wie furchtbar. Glauben Sie . . .«

Dick unterbrach ihn: »Tun Sie jetzt, was ich gesagt habe. Schicken Sie das Personal zu Bett. Die Polizei wird bald genug hier sein, aber ich werde dafür sorgen, daß die Leute erst morgen früh verhört werden.«

Er ging wieder zu Leslie. »Ich scheine mein Leben neuerdings damit zu verbringen, dich sicher nach Haus zu begleiten«, sagte er und lächelte grimmig.

»Könnte ich nicht hierbleiben?« fragte sie schüchtern.

Er schüttelte den Kopf. »Wir müssen die Polizei einschalten, und ich möchte dich aus der Sache heraushalten. Ist Arthur zu Hause?«

»Ja«, sagte sie tonlos.

In diesem Augenblick klingelte das Telefon, und er nahm ab.

»›Fossaway Manor‹?« fragte eine unbekannte Stimme.

»Ja.«

»Hier ist das Postamt. Spreche ich zufällig mit Seiner Lordschaft persönlich?«

»Nein, hier ist Richard Alford«, sagte Dick.

»Gut, es geht um folgendes, Mr. Alford. Haben Sie heute zufällig eine wichtige Sendung in den Briefkasten bei der Allee gesteckt?«

»Warum?« fragte Dick schnell.

»Weil unser Postbote gemeldet hat, daß sich jemand daran zu schaffen gemacht hat. Das Schloß klemmte, und er konnte ihn nicht aufschließen. Die Briefe, die zwischen sechs und zehn Uhr eingeworfen wurden, konnten deshalb noch nicht weitergeleitet werden.«

Dick unterdrückte einen Ausruf. »Würden Sie den Boten bitten, die Briefe nach ›Fossaway‹ zu bringen, wenn er den Kasten geöffnet hat? Ich möchte einen oder zwei neu schreiben.«

Der Mann am anderen Ende der Leitung zögerte.

»Nun, unter diesen besonderen Umständen . . . Meinetwegen«,

sagte er schließlich.
Dick hängte ein und wandte sich zu Leslie: »Der Briefkasten ist noch nicht geleert worden.«
Langsam ging ihr die Bedeutung seiner Worte auf. »Was soll ich tun?« flüsterte sie.
»Sag, daß ich den Brief, den du an Gilder geschrieben hast, verschwinden lassen soll.«
Sie hielt den Atem an. Das Bild ihres Bruders in Sträflingskleidung trat ihr vor Augen, und dann sah sie den Mann an, der vor ihr stand. Etwas von seiner Vitalität, seiner Zuversicht teilte sich ihr mit.
»Gut, nimm ihn«, sagte sie leise. »Aber was wird dann geschehen?«
»Ich werde tun, was meine Pflicht ist«, erwiderte Dick.
Während sie sich in jener Nacht schlaflos von einer Seite auf die andere wälzte, dachte sie darüber nach, was er wohl gemeint haben mochte, kam aber nicht darauf.

41

Unrasiert und übermüdet betrat Puttler das Arbeitszimmer, schenkte sich eine Tasse Tee aus der Kanne ein, die der Butler gebracht hatte, und trank sie in einem Zug aus. »Scotland Yard hat mir den Fall übergeben, danken Sie also Ihrem Schöpfer!« sagte er. »Wie ich soeben erfahren habe, hat Thomas sich die Kutte tatsächlich bei dem Kostümgeschäft in der Wardour Street besorgt. Sie hatten also recht mit Ihrer Vermutung.«
»Ich sah ihn mit einem Bündel unter dem Arm herauskommen und dachte schon, er habe ein Faible für Maskenbälle«, warf Dick ein.
»Das wäre Faktum Nummer eins«, fuhr Puttler fort. »Faktum Nummer zwei ist, daß er Vorbereitungen zur Flucht traf. Er hat sogar versucht, den Briefkasten an der Straße zu knacken. Pflegen Sie Geld mit der Post zu schicken?«
»Mein Bruder tut es ziemlich oft.«
»Er konnte den Kasten mit seinem primitiven Dietrich nicht aufbekommen«, versetzte der Kriminalbeamte. »Und nun Faktum Nummer drei: Er hat alle Wertgegenstände aus Gilders Haus mitgenommen. Wir haben seinen gepackten Koffer auf dem Feld

gefunden, wo Gilder seinen Wagen zu parken pflegt. Offensichtlich kam er dann hierher, um Ihren Bruder um sein Kleingeld zu erleichtern. Ich habe sein Werkzeug auf dem Blumenbeet unter den Bibliotheksfenstern entdeckt.«

»Wie wurde er getötet?« fragte Dick.

Puttler kratzte sich am Kopf. »Er ist zugerichtet, als sei eine ganze Mörderbande über ihn hergefallen!«

Sie redeten, bis der schläfrige Glover auf unsicheren Beinen ins Zimmer trat und fragte, ob er nun zu Bett gehen könne, und dann gingen sie in den kühlen Morgen hinaus und schlossen sich den Polizeibeamten an, die das Grundstück absuchten.

»Vielleicht sollten wir besser auch ein bißchen schlafen«, sagte Dick, aber in diesem Moment bückte sich Puttler und hob einen Gegenstand auf, der im hohen Gras gelegen hatte. Es war ein langer Dolch, dessen stählernes Heft vom Alter geschwärzt war. Die Klinge war noch feucht. Sie sahen sich an.

»Kennen Sie ihn?«

Dick nickte nur. »Es ist der Dolch, der früher einmal Hubert von Redruth gehörte – dem Schwarzen Abt«, sagte er.

»Wie mag er hierhergekommen sein?«

»Als ich ihn das letztemal sah, hing er bei Arthur Gine in der Diele«, antwortete Dick langsam.

42

»Die Sache wird immer interessanter!« meinte Puttler.

Da hörte Dick, wie eine aufgeregte Stimme seinen Namen rief, und der Butler, der nun nicht mehr müde, sondern hellwach wirkte, kam zwischen den Bäumen auf sie zugelaufen.

»Was ist denn, Glover?«

»Das Mädchen, dieses dumme Ding . . . Sie hat es mir eben gesagt, sie hatte zuviel Angst!« keuchte der alte Mann und zeigte auf die offenen Fenster des Arbeitszimmers.

Dick ging langsam zurück, und Puttler folgte ihm. Eines der Zimmermädchen hockte wie ein Häufchen Elend in seinem Sessel.

»So, Alice, und jetzt erzähl Mr. Alford, was du mir erzählt hast!«

sagte der Butler, der selbst außer sich vor Angst zu sein schien. Es dauerte eine Weile, bis sie einen zusammenhängenden Satz hervorbrachte, und dann erzählte sie eine erstaunliche Geschichte. Sie hatte starke Kopfschmerzen gehabt und war kurz nach elf zu Bett gegangen. Sie hatte das Wimmern nicht gehört, aber dann, um Viertel vor zwei – sie wußte die Uhrzeit genau, weil sie auf ihren Wecker geschaut hatte –, hatte es unten einen »schrecklichen Krach« gegeben. Ihre Kammer lag unmittelbar über Lord Chelfords Schlafzimmer. Sie hatte laute Rufe und Schreie gehört, dann zersplitterte Glas, und es schien ein Kampf stattzufinden.

»Weiter, weiter!« sagte Dick, außer sich vor Sorge. »Sind Sie sicher, daß es im Zimmer Seiner Lordschaft war?«

»Ja, Sir«, greinte das Mädchen. »Ich habe nicht gewagt aufzustehen, sie hätten mich ja ermorden können. Ich blieb liegen, und dann muß ich in Ohnmacht gefallen sein . . .«

Ehe sie ausgeredet hatte, eilte Dick durch die Halle und lief, zwei Stufen auf einmal nehmend, die Treppe hinauf. Die Tür von Harrys Zimmer war verriegelt. Er rief ihn und hämmerte gegen das Holz, aber drinnen rührte sich nichts.

»Wir müssen die Tür aufbrechen«, sagte Puttler. »Gibt es hier irgendwo eine Axt?«

Glover ging hinunter, um das Werkzeug zu holen, und kam mit einer Axt und einem Brecheisen wieder. Sie schlugen die Türfüllung ein, und Dick schaute in den Raum. Da einer der Vorhänge nicht zugezogen war, konnte er genug erkennen. Das Zimmer sah aus wie ein Schlachtfeld, das Bettzeug lag am Boden, der Kommodenspiegel und ein Wandspiegel waren zertrümmert, das Fenster hinter dem beiseite gezogenen Vorhang stand offen. Dick langte durch das Loch, schob den Riegel zurück, und die beiden Männer rannten in den Raum.

Alles deutete auf einen erbitterten Kampf hin. Die Bestandteile zweier Stühle waren am Boden verstreut, der lange Tisch, auf dem die Patentmedikamente gestanden hatten, war umgekippt, und überall lagen Scherben von den Flaschen und Tiegeln.

Puttler hastete zum Bett. Die Matratze war zur Hälfte herausgezogen worden, aber die Kissen lagen noch am richtigen Platz. Eins von ihnen war blutverschmiert, ebenso ein Teil des Lakens.

Dick untersuchte das offene Fenster. Drei oder vier Butzenscheiben

waren zerbrochen, und die Eisenstange, die das Fenster sicherte, wenn es geöffnet war, war durchgebogen, als ob eine schwere Last darauf geruht hätte. Unmittelbar unter dem Fenster, etwa fünf Meter weiter unten, stand ein großer Rhododendronbusch, dessen Zweige an einer Stelle stark eingeknickt waren. Etwas Schweres mußte aus dem Fenster gefallen und dort gelandet sein. Ohne zu zögern, schwang Dick die Beine über den Sims, konzentrierte sich kurz und sprang hinunter. Auf mehreren Rhododendronblättern war Blut, aber er konnte keine Fußspuren entdecken. Dann sah er einen Blutfleck an einem Strebepfeiler der Außenmauer.
Inzwischen stand Puttler, der einen bequemeren Weg ins Freie gewählt hatte, neben ihm, und die beiden Männer suchten auf dem Plattenweg am Haus nach weiteren Spuren.
»Es muß passiert sein, als wir mit der Polizei den Park inspiziert haben«, sagte Puttler. Er machte sich Vorwürfe, aber Dick beruhigte ihn.
»Es ist nicht mehr zu ändern«, sagte er. »Es ist genauso meine Schuld wie Ihre. Ich hätte spätestens dann damit rechnen müssen, als wir den toten Thomas fanden. Ich hätte sofort zu ihm gehen müssen. Der arme alte Junge!«
Seine Stimme versagte, und Tränen traten ihm in die Augen.
»Was ist das?«
An der Stelle, wo die Steinplatten aufhörten und der Weg kiesbestreut war, begannen deutliche Schleifspuren, die dann aber ebenso unvermittelt endeten wie die Platten.
»Warten Sie«, sagte Dick, der Lösung nahe. Er lief am Haus zurück, bog um die Ecke und blieb vor dem ersten Fenster der Bibliothek stehen. Es war geöffnet, und er kletterte auf den Sims, sprang in den dunklen Raum und zog den Vorhang auf. Er hatte die Bibliothek bisher noch nicht untersucht, aber da er fast jedes Buch auf den Regalen kannte, sah er auf den ersten Blick, daß jemand dagewesen war. Ein Regal war fast ganz ausgeräumt. Der Eindringling hatte eine Schublade des Schreibtisches aufgebrochen, und auf dem Boden stand die leere Geldkassette. Da Dick nichts weiter fand, sprang er wieder durch das Fenster nach draußen und erzählte Puttler von seiner Entdeckung.
Vier- oder fünfhundert Meter von der Stelle entfernt, an der die Schleifspuren aufhörten, war der Fluß, und links befanden sich die

Ruinen, die sie von diesem Punkt aus nicht sehen konnten. Sie suchten noch eine Stunde, aber vergeblich, und als Dick ins Haus zurückging, sah er den ersten Reporter aufgeregt aus dem Auto steigen.

43

Gilder stand an diesem Morgen schon um sechs Uhr auf. Er hatte eine unruhige Nacht hinter sich und war froh, daß es endlich hell wurde. Die erste Post kam um acht, und er empfing den Briefträger an der Tür. Der Beamte reichte ihm fünf oder sechs Briefe, aber nur einer davon trug einen vertrauten Poststempel und war in einer Handschrift adressiert, die er kannte:

»Wenn wir uns nicht wiedersehen sollten, vielen Dank für Ihre Freundlichkeit, und denken Sie nicht zu schlecht von Ihrem alten Freund.«

Thomas war also fortgegangen! Mit einem Fluch warf er den Brief in den Kamin.

Inzwischen waren die beiden Hausmädchen gekommen, und um neun Uhr riefen sie ihn zum Frühstück, doch der Inhalt der versilberten Warmhalteschüsseln reizte ihn nicht. Er griff zu den Zeitungen rechts neben seiner Tasse und faltete die erste auseinander. Eine der Schlagzeilen weckte sofort seine Aufmerksamkeit:

»BLUTTAT IM SPUKSCHLOSS!

Telefonischer Bericht unseres Sonderkorrespondenten, 2 Uhr morgens.

Das Erscheinen des Schwarzen Abts in der Umgebung von ›Fossaway Manor‹ hat tragische Folgen gehabt. Mr. Richard Alford, der Bruder des Schloßherrn, hörte gestern abend um elf Schreie im Park und entdeckte die schrecklich zugerichtete Leiche eines Mannes in einer Mönchskutte, die nicht weniger als neun Verletzungen aufwies. Der Tote wurde identifiziert als Thomas Luck, ein ehemaliger Bursche im Dienst des Earls von Chelford.«

Gilder war nicht imstande weiterzulesen und legte die Zeitung weg. Thomas! Sein erster Gedanke galt sich selbst. Wenn jemand dahintergekommen war, daß der Mann in seinem Cottage gewohnt hatte, würde er in die Affäre hineingezogen werden und bei der Voruntersuchung, wenn nicht sogar bei dem Mordprozeß, aussagen müssen. Er verwünschte den Toten wegen seines Leichtsinns. Gilder hatte keine Zweifel, was geschehen war. Thomas war wieder im Herrenhaus eingestiegen, um das restliche Geld aus der Kassette zu holen. Aber – war er wirklich der Schwarze Abt? Vielleicht, denn möglicherweise hatte er die Verkleidung schon vorher benutzt, da seine Stellung in »Fossaway Manor« dieser Maskerade sehr zupaß kam.

Es war jetzt neun Uhr. Die nächsten Ausgaben der Tageszeitungen würden in einer Stunde an den Kiosken sein. Er könnte den Krämer in Chelfordbury anrufen, den er ganz gut kannte, aber dann würde man seinen Namen garantiert mit dem Verbrechen in Verbindung bringen, denn die Dorfbewohner tratschten entsetzlich.

Im Moment dachte er nicht mehr an den Brief, den er noch vor wenigen Minuten sehnsüchtig erwartet hatte. Aber dann fiel ihm Leslie wieder ein: Ihre Zusage würde bestimmt mit der nächsten Post kommen, gegen halb elf, und er würde nicht kleinlich sein. Ihr Wort würde ihm genügen, und sie würde die Geste zu schätzen wissen.

Er ging in sein kleines Arbeitszimmer, stellte die Zahlenkombination des Wandsafes ein und nahm den Brief heraus, den er gestern abend in sicherer Erwartung ihres Einverständnisses geschrieben hatte:

»Meine liebe Leslie!

Vielen Dank für Ihren Brief. Ich habe nicht daran gezweifelt, daß Sie zusagen würden, und Sie finden anbei meine Antwort – einen Blankoscheck. Ich stelle keine weiteren Bedingungen. Tragen Sie die Summe, die Ihr Bruder braucht, um aus seiner mißlichen Lage herauszukommen, bitte selbst ein. Ich habe die Bank angewiesen, den Scheck unverzüglich einzulösen.

Fabrian.«

Bezeichnenderweise hatte Gilder, der drei Bankkonten unterhielt, den Scheck auf die Filiale ausgestellt, auf der sein Guthaben eben die Höhe aufwies, die nötig war, um Arthur Gines Verbindlichkeiten zu decken. Genausogut hätte er den Betrag selbst eintragen können, aber der Blankoscheck täuschte eine chevalereske Haltung vor, an der ihm sehr gelegen war. Er steckte Brief und Scheck

wieder in den Umschlag, legte diesen in den Safe zurück und machte gerade die kleine Stahltür zu, als das Telefon klingelte. Der Anrufer war der Mann, der seinen Posten in der Kanzlei übernommen hatte. Ob er etwas von Gine gehört habe?
»Wir haben ihn nicht mehr gesehen, seit Sie fort sind, und die Briefe, die wir ihm zum Unterschreiben geschickt haben, sind nicht zurückgekommen.«
Gilder beruhigte seinen besorgten Nachfolger mit der Versicherung, Gine werde sich bestimmt an einem der nächsten Tage in der Kanzlei blicken lassen, und hängte ein. Dann schickte er eines der Mädchen hinaus, um die Morgenausgaben zu holen, aber sie kam zurück und sagte, sie seien noch nicht am Regent's Park eingetroffen, so daß er beschloß, mit dem Taxi zum Piccadilly Circus und notfalls sogar in die Fleet Street zu fahren, um sich ein Exemplar zu besorgen. So würde er gleichzeitig die Zeit totschlagen, die bis zur nächsten Post blieb.
Am Oxford Circus erblickte er die erste Zeitungsreklame: »Blutige Tragödie in Sussex!« Bei der zweiten fuhr er kerzengerade in die Höhe. Sie lautete: »Lord Chelford entführt und ermordet.«

44

Gilder ließ den Chauffeur halten, sprang aus dem Wagen und kaufte eine Zeitung. Die Riesenschlagzeile fiel sofort ins Auge: »Unbekannter Täter tötet Lord Chelford und versteckt die Leiche. Zweifache Tragödie in einem Dorf in Sussex.« Es gab noch ein paar Zwischenüberschriften, aber er wandte sich gleich dem Artikel selbst zu.
»Gestern abend um elf wurden im Park von ›Fossaway Manor‹, dem herrlichen alten Tudorschloß, das seit Jahrhunderten im Besitz der Earls von Chelford ist, laute Schreie gehört. Richard Alford, der einzige Bruder des Lords, lief in Begleitung von Kriminalinspektor Puttler, der sich momentan als Gast im Schloß aufhält, ins Freie und fand zu seinem Entsetzen die Leiche eines Mannes in der Tracht des berüchtigten Schwarzen Abts. Sie alarmierten sofort die lokale Polizei, und als diese gerade mit ihren Ermittlungen begann, kam

es zu einer zweiten Tragödie. Alice Barter, ein Hausmädchen, das über dem Zimmer Lord Chelfords schläft, hat erklärt, gegen zwei Uhr morgens Kampfgeräusche aus dem Raum unter ihrer Kammer gehört zu haben. Aufgrund des Schocks meldete sie das Ereignis erst um vier Uhr morgens. Lord Chelfords Tür wurde aufgebrochen, und den Beamten bot sich ein schrecklicher Anblick: Spiegel und Möbelstücke waren zum großen Teil zerstört, und man hatte Lord Chelford offensichtlich aus dem Fenster geworfen. Ob er zu diesem Zeitpunkt noch lebte, ist nicht bekannt. Wie die weitere Suche ergab, war sein Körper einige hundert Meter weit über das Grundstück geschleift worden. Unser Korrespondent berichtet, daß bisher noch keine weiteren Spuren entdeckt wurden, doch allem Anschein nach fiel der Schloßherr einem Verbrechen zum Opfer. Scotland Yard hat inzwischen Inspektor Puttler mit der Leitung der Ermittlungen beauftragt.«

Gilder stieg wieder ins Taxi. »Fahren Sie um den Outer Circle«, sagte er zu dem Fahrer. Er brauchte Zeit, um nachzudenken.

Langsam erkannte er, wie sehr er in die Angelegenheit verstrickt war. Fabrian Gilder besaß genügend kriminalistischen Scharfblick, um die Verbindung zwischen Thomas, sich und Chelford zu sehen. Thomas, ein überführter Gauner, der in seinem Cottage wohnte, beging mit oder ohne Komplizen einen Einbruch und wurde getötet. Chelford, der ehemalige Verlobte des Mädchens, das er, Gilder, zu heiraten gedachte, verschwand unter Umständen, die keinen Zweifel an seinem gewaltsamen Ende zu lassen schienen!

Das Taxi drehte mehrere Runden um den Regent's Park, und Gilder feilte die ganze Zeit an einer Version, die plausibel klingen würde. Ja, er hatte Thomas gekannt, er hatte erfahren, daß der Mann entlassen worden war, aber von seinen kriminellen Neigungen hatte er nichts gewußt. Thomas hatte ihn gebeten, ihn für ein paar Tage zu beherbergen, und er hatte aus Mitleid eingewilligt. Er selbst war in London gewesen, als das Verbrechen begangen worden war, hatte also notfalls ein hieb- und stichfestes Alibi.

Vielleicht sehe ich die Sache doch zu schwarz, sagte er sich. Er steckte den Kopf aus dem Fenster und gab dem Fahrer Anweisungen, ihn nach Regency Mansions zu bringen. Er hatte seinen Schlüssel vergessen, so daß er läuten mußte, und das Mädchen, das ihm aufmachte, gab ihm die Briefe, die mit der zweiten Post gekommen waren. Es waren drei, doch keiner trug Leslies Handschrift. Im Augenblick war er freilich viel zu sehr mit den Geschehnissen in Chelfordbury beschäftigt, um Enttäuschung zu spüren. Dann erlebte er eine Überraschung.

»Mr. Gine wartet in der Bibliothek«, sagte das Mädchen.

»Gine!« erwiderte er erstaunt. »Wann ist er gekommen?«

»Vor zehn Minuten, Sir.«

Ob sie statt eines Briefes ihren Bruder geschickt hatte? Nun, er würde mit der Situation schon fertig werden. Er ging in die kleine Bibliothek und fand Gine in einem der bequemsten Sessel sitzen, ein Buch in der Hand und eine Zigarre zwischen den Lippen.

»Guten Morgen, Gilder.«

Seine Stimme klang fröhlich, beinahe liebenswürdig, und Gilder atmete auf. Dies war ein Bote, der gute Nachricht brachte, und sie würden sich schnell über die Details einig werden.

»Ich denke, wir vergessen am besten alles, was gewesen ist«, sagte Gine. »Wir haben beide die Beherrschung verloren, und es hat keinen Sinn, diese Dinge wieder aufzuwärmen.«

Er stellte das Buch zurück, das er aus einem Regal genommen hatte, wischte sorgsam den imaginären Staub von seinen Knien und lachte. »Soweit ich weiß, tragen Sie sich mit dem Gedanken, Leslie zu heiraten?«

Gilder nickte und beobachtete ihn genau.

»Und Sie erwarten einen Brief von ihr? Nun, ich fürchte, Sie werden umsonst warten.«

»Und warum?« fragte Gilder, dessen Kehle sich plötzlich zusammenschnürte.

»Weil Ihr Freund Thomas den Abend damit verbracht hat, eine ganze Serie von Einbrüchen zu begehen. Er war übrigens auch bei mir und stahl den alten Dolch aus der Diele, eine silberne Teekanne und ein paar andere Kleinigkeiten. Nun, und dann versuchte er, den Briefkasten aufzubrechen. Er schaffte es zwar nicht, aber er ruinierte das Schloß.«

Gilder holte tief Luft. »Der Kasten konnte also nicht geleert werden?« fragte er mit belegter Stimme. »Das bedeutet doch höchstens eine kleine Verzögerung.«

Gines Augen funkelten vielsagend; die Schwellung unter seinem rechten Auge war inzwischen zurückgegangen und hatte sich

hellgrün verfärbt.
»Darf ich dem entnehmen, daß Sie mir helfen werden?«
»Ich werde Sie vor dem Schlimmsten bewahren, ja.«
»Mir fiel ein« – Gine beugte sich zur Seite und streifte die Asche seiner Zigarre pedantisch in einem silbernen Aschenbecher auf dem Bibliothekstisch ab –, »mir fiel ein, daß Sie mir einen handfesten Beweis Ihrer guten Absichten geben könnten.«
»Zum Beispiel?«
Gine zögerte ein wenig. Dann: »Sie könnten mir schriftlich bestätigen, daß Sie mir diese erhebliche Summe leihen. Es mag eitel von mir sein, aber wenn Sie meine Schwester heiraten, möchte ich nicht, daß die Leute später sagen, ich hätte sie für fünfzigtausend Pfund an Sie verschachert. Ich bitte Sie also nicht um Geld, sondern nur um ein Schriftstück, aus dem hervorgeht, daß es sich in Wahrheit um ein unbefristetes Darlehen handelt.«
Gilder begann zu lächeln. »Das läßt sich natürlich machen«, sagte er. »Sie können den Brief gleich haben, wenn Sie wollen. Haben Sie etwas dagegen, wenn ich Sie mit . . . ›Lieber Arthur‹ anrede?«
»Im Gegenteil«, murmelte Gine.
»Wir sollten einen Anschein von Freundschaft wahren«, erklärte Gilder, während er schnell schrieb. »Und außerdem trage ich Ihnen nichts nach. Sie waren immerhin sehr nützlich für mich.«
»Das will ich meinen«, antwortete Gine kühl.
Gilder trocknete die Tinte und reichte ihm das Blatt. Gine las es aufmerksam, faltete es zusammen und steckte es in die Tasche. »Sie werden von Leslie hören, sobald der Briefkasten repariert ist, das heißt, falls die Briefe unbeschädigt sind. Es besteht nämlich der Verdacht, daß Thomas aus Wut ein paar brennende Zündhölzer hineingeworfen hat . . . Aber wir werden ja sehen.«
Er stand auf, nahm seinen Hut und unterdrückte ein Gähnen. »Es war eine unruhige Nacht in unserem ländlichen Paradies. Leider war Leslie dabei, als Thomas' Leiche entdeckt wurde. Sie hat einen furchtbaren Schock erlitten. Es dürfte das beste sein, sie für einen oder zwei Tage in Ruhe zu lassen, verstehen Sie?«
Gilder schüttelte seine weiche, gepflegte Hand.
»Ich denke, wir werden miteinander auskommen, Gine.«
»Ich bin sicher«, erwiderte der Anwalt. »Würde es Ihnen etwas ausmachen, mich zur Tür zu bringen? Ihre Wohnung ist wie ein

Irrgarten, und ich weiß nie, welche Tür zu einem Zimmer und welche zu einem Wandschrank führt.«
Gine ließ seinen Rolls-Royce stehen. Er nahm ein Taxi in die City, und dann brachte ihn ein zweites zu der kleinen Wohnung in Gray's Inn, wo er schlief, wenn er über Nacht in der Stadt blieb. Er zog einen unauffälligen blauen Anzug an, rasierte sich den Schnurrbart ab und holte einen kürzlich gekauften Kneifer mit Schildpattrand aus der Tasche. Nachdem er sich zufrieden im Spiegel gemustert hatte, setzte er sich und schrieb einen Brief an seine Schwester. Dann, nach einem letzten Blick auf die Räume, in denen er so manchen feuchtfröhlichen Junggesellenabend verbracht hatte, ging er hinaus, um den Brief im nächsten Postamt aufzugeben.
Ein Taxi brachte ihn zum Flugplatz von Croydon, wo er am frühen Nachmittag eintraf. Er zeigte dem Beamten einen nagelneuen Reisepaß.
»Sehr gut, Mr. Steele«, sagte der Mann. »Ihre Maschine wartet schon.«
Die Maschine war ein zweisitziges Flugzeug. Fünf Minuten später hob sie von der Piste ab und war bald nur noch ein Punkt am dunstigen Himmel, der schnell in Richtung Frankreich verschwand – vielleicht würde sie ihn nach den notwendigen Zwischenlandungen in Genua absetzen, wo er an Bord eines italienischen Dampfers gehen konnte, der nach Rio de Janeiro fuhr. Alles hing davon ab, wie Fabrian Gilder die Pille verdaute, die er ihm verabreicht hatte.

45

»Der Brief ist also verbrannt«, sagte Dick befriedigt. »Der arme Kerl hat doch noch etwas Gutes getan, ehe er dran glauben mußte. Wo ist übrigens Arthur?«
»Er ist schon früh in die Stadt gefahren«, antwortete Leslie. »Immer noch nichts Neues von Harry?«
Er schüttelte den Kopf und nahm ihre Hand. »Ich wünschte, du würdest woanders hinfahren, Leslie. Könntest du nicht einfach verreisen?«

»Warum?«
»Ich möchte nicht, daß du in nächster Zeit hier bist. Ich weiß nicht genau warum, aber ich mache mir Sorgen um dich. Sag Arthur . . .« Er hielt inne. Es war gut möglich, daß Gine in ein paar Tagen kein freier Mann mehr sein würde; sie erriet seine Gedanken und lächelte bekümmert.
»Was soll ich mit Gilder machen?«
»Warte, bis er dir schreibt. Er wird dich kaum ohne weiteres in Frieden lassen. Dir ist natürlich klar, daß keine Gefahr für deinen Bruder besteht, solange Harry nicht gefunden ist? Bis dahin wird man nichts unternehmen können.«
Sie sah ihn mitfühlend an. »Glaubst du, daß er noch lebt?«
»Ja«, erwiderte er kurz. »Puttler ist anderer Meinung, aber ich glaube es. Wir suchen heute den Ravensrill ab, doch er ist ohnehin nicht tief genug, um . . . eine Leiche zu verstecken.«
Er legte den Arm um ihre Schulter und drückte sie an sich. Es war eine brüderliche Liebkosung, mehr nicht. »Du mußt weg von hier, Liebes. Wie wär's mit Bournemouth?«
Sie schüttelte den Kopf. »Du willst unbedingt, daß ich für eine Weile fortfahre, nicht wahr?« sagte sie.
»Ja, unbedingt«, antwortete er mit einem Nachdruck, der das ganze Ausmaß seiner Sorge verriet.
Sie trat einen Schritt zurück und sah ihn an. »Dick, würdest du mir eine Frage beantworten, aber bitte ohne Ausflüchte?«
Er nickte.
»Glaubst du, daß ich in Gefahr bin?«
»Ich bin ganz sicher«, sagte er. »Und es wäre grausam, dir nicht die Wahrheit zu sagen. Der Schuß neulich galt dir. Er wurde von einem ausgezeichneten Schützen abgegeben, und aus der Höhe der Einschlagstelle geht hervor, daß er auf dein Herz gezielt war.«
»Aber warum?« fragte sie ungläubig und verwirrt. »Wer sollte mir nach dem Leben trachten?«
»Wenn ich es dir erzählte, wärst du vielleicht auch nicht klüger«, erklärte er. »Es gibt einen Mann, der uns beide haßt, und von seinem Standpunkt aus hat er gute Gründe dafür. Jetzt weißt du es . . . Wirst du nun fahren?«
Sie überlegte eine Weile. »Ich warte, bis Arthur zurück ist«, sagte sie dann. »Ich werde ihn bitten, mich nach London mitzunehmen.«

Damit gab er sich zufrieden.
Er verließ gerade das Haus, als Puttler mit seinem Rad in die Einfahrt einbog. »Ist etwas«, fragte er schnell.
»Ich weiß nicht. Sehen Sie sich das an.« Der Inspektor nahm ein großes Blatt Aktenpapier aus der Tasche und faltete es auseinander. Darauf stand, mit Bleistift geschrieben: »Lord Chelford lebt. Aber wenn Sie nach ihm suchen, wird er getötet werden. Der Schwarze Apt.« Der Bogen mit dem falsch geschriebenen Wort »Abt« hatte an einem Zweig gehangen; der Unbekannte hatte ihn einfach durchbohrt, um ihn zu befestigen.
»Wir haben das Blatt auf halbem Weg zwischen den Ruinen und dem Haus gefunden«, sagte Puttler. »Und wir hatten jenen Teil des Geländes erst eine halbe Stunde zuvor abgesucht.«
»Ist das ein übler Scherz, oder halten Sie es für echt?« fragte Leslie, die zu ihnen getreten war. »Warum soll ich eigentlich nicht bei der Suche helfen, Dick? Ich kenne die Gegend hier sehr gut, und ich bin sicher, daß es Plätze gibt, wo die Polizei noch nicht nachgesehen hat. Weißt du zum Beispiel, daß es am Ufer des Ravensrill ein paar kleine Höhlen gibt?«
»Wir haben sie alle abgesucht, und sie sind nicht mal groß genug, um einen Jagdhund darin zu verstecken«, antwortete Dick. »Aber wenn du dich nützlich machen willst, kannst du meine Post aufarbeiten. Ich fürchte, in den letzten Tagen sind eine Menge Rechnungen und andere Dinge liegengeblieben.«
Er brauchte ihre Hilfe nicht wirklich, aber im Herrenhaus würde sie sicherer sein als hier. Sie ahnte seine Absicht, nahm das Angebot jedoch dankbar an.
»Nimm den Wagen«, sagte er warnend. »Und benutze nur die Straße und die Allee. Halte auf keinen Fall, wenn du jemanden siehst, egal, wie gut du ihn kennst, und wenn dich jemand ruft, tu so, als hättest du nichts gehört!«
Sie mußte trotz ihrer Besorgnis lachen. »Du machst es ja furchtbar spannend«, sagte sie.
Sie stand gerade vor dem Schlafzimmerspiegel und setzte ihren Hut auf, um zu gehen, als das Mädchen klopfte.
»Miss Wenner?« rief sie erschrocken, und erst jetzt fiel ihr ein, daß sie Mary Wenner auf Arthurs Bitte eingeladen hatte, das Wochenende bei ihnen zu verbringen. Das war eine Komplikation, mit der

sie nicht gerechnet hatte, doch auf dem Weg nach unten kam sie zu dem Schluß, daß die Gesellschaft einer Frau in diesem Augenblick recht nützlich sein würde.

Mary Wenner stand in der Diele und begrüßte sie so überschwenglich, als wären sie seit langer Zeit Busenfreundinnen: »Meine Liebe, Sie ahnen ja nicht, wie ich mich freue, wieder mal hier auf dem Land zu sein! Als ich eben an ›Fossaway Manor‹ vorbeifuhr, mußte ich unwillkürlich denken, wie wunderbar friedlich es in diesem Teil der Welt ist . . .«

Leslie hätte schreien können. Friedlich!

»Der Anschein trügt, Miss Wenner«, erwiderte sie trocken.

»Sagen Sie doch Mary zu mir«, bat die Besucherin. »Ich kann Förmlichkeiten nicht ausstehen, und es wäre doch komisch, wenn Arthur mich mit dem Vornamen anredet und Sie ›Miss‹ zu mir sagen, finden Sie nicht?«

»Meinetwegen«, versetzte Leslie. »Meinen Vornamen kennen Sie ja, nicht wahr?«

»Ja, es ist ein schöner Name«, antwortete Mary Wenner begeistert. »Das einzige, was man dagegen sagen könnte, ist . . . Man weiß nie, ob es ein Jungenname oder ein Mädchenname ist, nicht wahr? Bringt Sie das nicht manchmal in Verlegenheit?«

»Bisher noch nie«, sagte Leslie und ging ihr voran nach oben.

Sie wartete, bis Mary ihren Hut abgesetzt hatte. »Arthur ist in der Stadt, aber er wird heute noch zurückkommen. Haben Sie die Zeitungen gelesen?«

Mary Wenner schüttelte heftig den Kopf. »Ich lese sie nie«, sagte sie nachdrücklich. »Sie sind immer voller Lügen, und nach der Art, wie sie mich damals mit Schmutz bewarfen, als ich wegen des Eheversprechens . . .« Sie hüstelte.

»Was, Sie haben wegen eines nicht eingehaltenen Versprechens geklagt?« fragte Leslie, die eine Weile gebraucht hatte, um den Zusammenhang zu begreifen.

Mary war knallrot und wußte nicht, wohin sie blicken sollte.

»Ich hatte ein paar Schwierigkeiten mit einem jungen Herrn, den ich an gewisse Dinge erinnert hatte«, gestand sie. »Ich war damals noch ein dummes und unerfahrenes Ding, aber ich fand, daß ich mir mein Recht holen müsse. Viele Leute meinen, so etwas schickt sich nicht für eine Dame, aber ich sage, wenn man eine Waise ist und niemanden hat, der für einen sorgt, muß man es eben selbst tun. Ich bekam fünfzig Pfund, aber es war die Aufregung nicht wert.«

Irgend etwas an ihr gefiel Leslie. Sie war amüsant, ohne sich dessen bewußt zu sein, und sie schien ein Herz aus Gold zu haben.

»Nein, Leslie, ich lese keine Zeitungen mehr. Ich habe damit aufgehört, als der *Daily Megaphone* schrieb, ich hätte eine eigenartige Mentalität – ich werde diese Worte nie vergessen.«

»Dann haben Sie nicht mitbekommen, was in ›Fossaway Manor‹ passiert ist?«

Mary lauschte ihrem Bericht mit offenem Mund. »Thomas? Ich habe erst vor ein paar Tagen mit ihm gesprochen! Sie glauben doch nicht, daß Harry erm . . . getötet worden ist?«

Leslie schüttelte den Kopf. »Ich weiß nicht mehr, was ich glauben soll. Mr. Alford ist überzeugt, daß er noch lebt, und vorhin ist eine seltsame Nachricht aufgetaucht, die seine Ansicht zu bestätigen scheint.«

Mary war entsetzt, und Leslie hatte das Gefühl, daß ihr Kummer nicht gespielt war.

»Harry Alford war der beste Mensch auf der Welt«, sagte Mary ruhig. »Sicher, er hatte nicht die besten Nerven, und er war manchmal ein bißchen schwierig . . . Sie haben doch nichts dagegen, daß ich von ihm spreche?«

»Nein«, erwiderte Leslie. »Sie wissen wahrscheinlich noch nicht, daß unsere Verlobung aufgelöst ist?«

Das schien ein noch größerer Schock zu sein.

»Aufgelöst? Ich wette, das war das Werk seines Bruders!«

»Mr. Alford hat nichts damit zu tun«, sagte Leslie so nachdrücklich, daß Mary Wenner blitzschnell überlegte, ob sie ihre Meinung über Dick nicht revidieren sollte. Sie war äußerst flexibel.

»Dick ist sicher kein übler Bursche«, erklärte sie diplomatisch. »Vieles an ihm gefällt mir. Außerdem sieht er fabelhaft aus.«

Sie war sehr geschickt im Umgang mit Menschen, und ein untrüglicher Instinkt sagte ihr, daß sie nur dann gut mit Gines Schwester auskommen würde, wenn sie Richard Alford in einem völlig neuen Licht sähe.

»Leider hatten wir mal eine kleine Auseinandersetzung. Ich fand, daß er seinen Bruder zu sehr bemutterte, aber vielleicht habe ich

mich geirrt.« Sie hielt ein paar Sekunden inne. »Es tut mir leid, daß ich zu einem so unpassenden Zeitpunkt gekommen bin.«
»Einen Moment«, antwortete ihre Gastgeberin, lief nach unten und rief Dick an. Er war soeben nach Hause gekommen.
»Sicher«, sagte er. »Bring sie mit. Ihr werdet natürlich die Nacht über bleiben. Arthur kann nachkommen, laß ihm eine Nachricht da, oder schick ihm ein Telegramm.«
Sie fand die Idee so gut, daß sie nichts einwandte, und als sie Mary von der Einladung erzählte, willigte diese mit einer Schnelligkeit ein, die beinahe unfein war.
»Vielleicht kann ich mich nützlich machen«, sagte sie. »Ich kenne so ziemlich alle Ecken und Winkel des Hauses. Ich sage Ihnen, Leslie, der Schatz ist an allem schuld! Harry redete von nichts anderem als von diesem blöden Lebenselixier, und es sollte mich nicht wundern, wenn er letzten Endes deshalb in schlechte Gesellschaft geraten ist.«
»Aber er ist nie ausgegangen.«
»O doch«, lautete die überraschende Antwort. »Er ist oft heimlich nach London gefahren, wenn Mr. Alford nicht da war. Es war sehr merkwürdig, weil ich ihm jedesmal versprechen mußte, Mr. Richard – so nannte er ihn immer – nichts davon zu sagen.«
»Wie oft war das?« fragte Leslie.
»Ungefähr einmal im Monat, manchmal auch zwei- oder dreimal. Er nahm nie die Allee, sondern er ging auf dem Feldweg durch die Lichtung, wo ein Taxi aus Horsham auf ihn wartete. Ich mußte immer die Taxis bestellen. Er kam dann auf demselben Weg zurück, und ein paarmal rief er mich vorher an und erkundigte sich, ob Mr. Richard schon wieder da sei.«
Leslie fragte sich, ob Dick wirklich nichts davon wußte.
»Hoffentlich habe ich jetzt keine schlafenden Hunde geweckt«, fügte Mary hinzu. »Junge Leute müssen sich schließlich die Hörner abstoßen.«

Mary Wenner legte ein verblüffendes Zeugnis ihrer Flexibilität ab, als sie Dick begrüßte. Ihre scheue Zurückhaltung, ihre Verlegenheit, ihr verstohlener Blick hätten einen unbefangenen Beobachter glauben machen können, sie seien einmal ineinander verliebt gewesen und durch irgendwelche grausamen Umstände getrennt worden. Zum erstenmal seit vierundzwanzig Stunden mußte Dick lächeln.

Er hatte im Ostflügel, gegenüber von dem Teil des Hauses, in dem er schlief, Zimmer für sie herrichten lassen, zwei behagliche Räume mit einer Verbindungstür. Gine sollte das Zimmer daneben bekommen.

»Puttler schläft auch in diesem Flügel«, erläuterte er. »Ich fürchte allerdings, dem armen Kerl stehen ein paar unruhige Nächte bevor.«

Er ließ sie allein, doch Leslie folgte ihm und holte ihn an der Treppe ein. »Ich nehme an, es gibt nichts, was ich tun könnte?« Inzwischen war sie nämlich sicher, daß die liegengebliebenen Rechnungen nur ein Vorwand gewesen waren, um sie nach »Fossaway Manor« zu holen.

»Doch!« antwortete er zu ihrer Überraschung und führte sie in sein Arbeitszimmer. »Hier sind die Bücher und die anderen Unterlagen für den Besitz. Ich habe sie seit drei oder vier Tagen nicht mehr angefaßt. Verstehst du etwas von Zahlen?«

Sie nickte eifrig.

»Würdest du als erstes die Lohnabrechnungen prüfen? Die Bücher stehen auf dem Regal. Es ist ein sehr einfaches System, ich denke, du kommst von allein dahinter.«

Er ließ sie mit zufriedenem Gesicht allein. Erst eine halbe Stunde später fiel ihr ein, daß Mary Wenner immer noch oben wartete, und sie lief hinauf, um sich zu entschuldigen. Sie sollte in Mary eine ausgesprochen tüchtige Assistentin finden, die nicht nur den Papierkram beherrschte, sondern auch in alle häuslichen Geheimnisse von »Fossaway Manor« eingeweiht war.

Die beiden Mädchen aßen allein, weil Dick noch etwas zu erledigen hatte.

»Dieses Haus macht mir angst«, sagte Mary, und ihre Nervosität

war nicht gespielt. »Es ist wirklich schrecklich! Der arme Thomas tot, Harry entführt . . . Oh!« Sie erbleichte und sprang auf. »Jetzt weiß ich, wo Harry ist«, rief sie aus, und ihre Stimme drohte vor Aufregung zu versagen. »Ich weiß es! Es ist nicht anders möglich.«
»Wo denn?« fragte Leslie neugierig.
Mary lief in die Halle. »Wo ist Mr. Alford?« fragte sie hastig. »Ich muß ihn sofort sehen.«
»Er hat von der ›Red Farm‹ angerufen, vielleicht können wir ihn dort erreichen«, antwortete Leslie, die ihr nachgelaufen war.
Sie drehte die Kurbel des altmodischen Telefons und nannte eine Nummer.
»Bist du's, Dick? Da hab ich ja Glück gehabt.«
»Ist etwas passiert?« fragte er besorgt.
»Nein, aber Mary möchte dir unbedingt etwas sagen.« Sie senkte die Stimme. »Sie denkt, sie weiß, wo Harry versteckt ist.«
»Ich komme sofort«, sagte er.
Sie gingen ihm entgegen und trafen ihn am Ende der Allee. Mary erläuterte ihre Theorie: »Daß ich nicht gleich daran gedacht habe! Nach all dem Suchen nach dem Schatz und dem schrecklichen Erlebnis, das ich neulich nachts mit Gilder hatte, und jetzt nicht daran zu denken, wo ich doch praktisch gekommen bin, um Arthur Gine den Platz zu zeigen . . . Also, ich wundere mich über mich selbst!«
Dick hörte sich diese Einleitung mit wachsender Ungeduld an und fragte: »Und wo ist mein Bruder Ihrer Meinung nach?«
»Wo?« wiederholte Mary Wenner triumphierend. »Unter der Abtei natürlich! Ich werde es Ihnen zeigen.«
Sie gingen zusammen über die Wiese, und unterwegs berichtete Mary von ihrer privaten Schatzsuche. »Ich wußte natürlich die ganze Zeit, daß er mir nicht gehörte – selbst wenn ich ihn finden würde«, erklärte sie tugendhaft. »Aber Gilder hat mir so sehr zugesetzt, daß ich einfach nicht anders konnte, besonders nachdem er etwas mit einer Zaubertinte schrieb, die dann verblaßte, obgleich ich sie wieder zum Vorschein gebracht habe, wie er demnächst feststellen wird.«
Leslie glaubte ihren Ohren nicht zu trauen. Aber eine so phantastische Geschichte konnte einfach nicht erfunden sein, es sei denn, Mary war eine krankhafte Lügnerin.

Dick untersuchte die Steintür des Turms, während Mary in ihrer Handtasche kramte und eine Schere herausholte, mit der sie dann den Schnapper ausklinkte. Mit einem gespenstischen Knarren drehte sich der Stein in seinen unsichtbaren Scharnieren. Ein stämmiger Mann hätte nie durch die schmale Öffnung in das Gemäuer kommen können, wie Dick bemerkte.

»Ihr bleibt am besten hier. Ich gehe allein hinunter«, sagte er.

»Sie werden Licht brauchen«, warnte Mary.

Er hatte eine Taschenlampe dabei, denn er hatte schon den ganzen Morgen an den unwahrscheinlichsten dunklen Stellen gesucht. Eine Sekunde später eilte er die bemoosten Stufen hinunter, und Leslie wartete mit klopfendem Herzen und betete stumm, er möge unversehrt zurückkommen. Dann hörten sie seine Stimme.

»Kommt herunter!«

»Ohne mich«, sagte Mary schaudernd. »Ich bin einmal dagewesen, und das reicht mir.«

Also ging Leslie allein, und er leuchtete ihr von unten. Als sie das untere Gewölbe erreicht hatte, probierte er, ob sich die beiden Türen in den Ecken öffnen ließen, aber keine von ihnen gab nach. Bis auf den Schein der Lampe war alles ringsum pechschwarz. Er suchte die Mauern und den Boden ab, und dann sah sie, daß der Lichtstrahl auf einer zerbrochenen Steinplatte verharrte.

»Was ist das?« fragte sie.

»Nichts«, antwortete er schnell. Er hatte die Lampe wieder auf die Treppenöffnung gerichtet. »Geh zurück, hier gibt es nichts als Mäuse und Schatten der Vergangenheit. Ich habe immer gewußt, daß hier unterirdische Kammern sind. Dummerweise habe ich mir nie die Mühe gemacht, sie zu suchen.«

Obgleich er unmittelbar hinter ihr war, schien seine Stimme aus weiter Ferne zu kommen. Sie ging nach oben, und als sie sich umdrehte, sah sie, daß er wieder hinunterging.

Es dauerte eine ganze Weile, bis er zu ihnen ins Freie trat, und Leslie bemerkte sofort, daß sein Gesicht jede Farbe verloren hatte.

»Was hast du gefunden, Dick?« fragte sie.

»Nichts«, sagte er nur und klappte den Stein zu.

Allein Mary Wenner war sich nicht bewußt, daß dort unten irgend etwas gewesen sein mußte. Sie plapperte unentwegt: » . . . Gilder behauptete – aber wie Sie sich vorstellen können, traue ich ihm

nicht hundertprozentig –, nun, er behauptete, es seien nur mittelalterliche Pergamente in Bleizylindern dagewesen . . . Das war das Wort, ›Zylinder‹. Der Schwarze Abt muß sie weggebracht haben, während wir fort waren. Gilder war ganz schön enttäuscht. Am Telefon war er sogar ausgesprochen rüde zu mir. Ich finde, ein Gentleman sollte unter keinen Umständen die Beherrschung verlieren, meinen Sie nicht auch, Leslie?«
Leslie stimmte mechanisch zu.
Was mochte Dick gesehen haben? Hatte er die Lampe wirklich nur auf eine Steinplatte gerichtet, oder war da noch etwas anderes gewesen?
Kurz vor dem Haus entschuldigte er sich; er müsse zurück zur »Red Farm«, da noch einiges mit Mr. Leonard zu besprechen sei. Er sagte, er würde zu Fuß gehen und die Abkürzung nehmen, und Leslie dachte, es sei nicht der rechte Zeitpunkt, um Fragen zu stellen. Sie sah ihm nach, bis er in der nächsten Senke verschwand. Mary war schon ins Haus gegangen, um ihren Lunch zu beenden, aber sie zögerte noch. Der Gedanke, er könnte in jenes düstere Gewölbe zurückkehren, erfüllte sie mit panischer Angst, und einem Impuls folgend, lief sie ihm einfach nach.
Sie sah ihn erst wieder, als sie die zweite Bodenwelle hinter sich hatte. Sicher würde er es ihr übelnehmen, daß sie ihm folgte, und damit er sie nicht sehen konnte, legte sie sich ins Gras und beobachtete ihn. Sie sah, wie er den Turm erreichte, kurz stehenblieb und sich dann hineinzwängte. Aus dieser Entfernung bot er einen unheimlichen Anblick, schien er doch förmlich mit der alten Ruine zu verschmelzen. Zehn Minuten verstrichen, eine Viertelstunde, und dann, eine Ewigkeit später, hörte sie die Kirchturmuhr im Dorf zwei schlagen. Sie wollte gerade aufstehen und zu den Ruinen laufen, um ihn in dem schaurigen Gewölbe zu suchen, als er den Turm langsam verließ. Er drehte sich um, schloß die Steintür und lehnte sich mit gesenktem Kopf dagegen – selbst aus dieser Entfernung ein Bild unsäglicher Verzweiflung.
Sie drückte sich noch tiefer ins Gras, damit er sie nicht sah, und er entfernte sich mit müden Schritten, wie ein gebrochener Mann.

47

Sie hastete zum Haus und ging zu Mary ins Arbeitszimmer. »Verstehen Sie mich bitte nicht falsch«, sagte diese, »aber ich bin nicht sicher, ob ich heute nacht hierbleiben soll! Dieser Ort ist voller böser Überraschungen. Ich würde sehr gern mit Ihrem Bruder sprechen, aber meinetwegen können Sie ihm selbst erzählen, daß unter dem Turm diese Verliese sind. Und da muß auch das Gold sein . . . Verstehen Sie?«
»Das Gold?« fragte Leslie begriffsstutzig. »Ach, Sie meinen den Chelford-Schatz?«
Dieser schreckliche Schatz! Er war schuld an allem, an Thomas' Ermordung und Harrys Verschwinden. Sie hielt nicht mit ihrer Meinung hinter dem Berg, und ohne mit dem Tippen aufzuhören, antwortete Mary, wahrscheinlich habe sie recht.
Eine Überraschung folgte in der Tat auf die andere! Um halb fünf brachte Leslies Mädchen einen Brief, der per Eilboten gekommen war. Sie erkannte Arthurs Handschrift, riß den Umschlag auf und las:
»Liebe Leslie!
Du darfst Gilder unter keinen Umständen heiraten. Ich verbiete Dir, Dich für mich zu opfern, ob jetzt oder später. Ich gehe für ein paar Monate nach Frankreich und werde zurückkommen, wenn sich die größte Aufregung gelegt hat.«
Leslie hatte zwar eine rasche Auffassungsgabe, aber diesmal dauerte es eine Weile, bis sie den Sinn der Nachricht verstand. Sie brachte Dick den Brief, und er las ihn kommentarlos.
»Was hat das zu bedeuten, Dick?«
»Arthur hat den Weg des geringsten Widerstands gewählt«, sagte er. »Vulgär ausgedrückt: Er hat Leine gezogen!«
Ihr sank das Herz, und in diesem Moment war ihr, als sei sie ganz allein auf der Welt. Als könne er ihre Gedanken lesen, fuhr er fort: »Er beschleunigt damit die Krise, aber ich sehe nicht genau, inwieweit du davon betroffen bist. War in dem Brief nichts weiter?«
Sie schüttelte den Kopf, schaute aber sicherheitshalber noch einmal in den Umschlag, und da war tatsächlich noch ein kleines Blatt Papier, das sie vorhin übersehen hatte. Arthur ermächtigte sie

darauf in aller Form, seine Kanzlei zu verkaufen.
»Das könnte etwas wert sein«, sagte Dick nüchtern. »Ich werde sehen, was sich tun läßt.«
Aber in diesem Punkt blieb sie hart.
»Ich denke, du hast ohne mich schon genug Schwierigkeiten«, erklärte sie ruhig. »Hast du im Turm etwas gefunden?«
Er zuckte zusammen.
»Ich fürchte, ich habe dir nachspioniert«, gestand sie mit einem kläglichen Lächeln. »Ich wünschte, du würdest nicht allein zu diesen unheimlichen Ruinen gehen.«
»Es war nichts zu befürchten«, beruhigte er sie. »Ich glaubte, am Boden etwas gesehen zu haben, das mir einen Hinweis auf Harrys Schicksal geben könnte, aber es war nichts . . . gar nichts.«
Er wechselte abrupt das Thema, und sie glaubte zu wissen, daß er ihr etwas Wichtiges verschwieg.
Beim Dinner saß sie wieder allein mit Mary Wenner am Tisch, und ohne dem strengen Blick Richard Alfords ausgesetzt zu sein, ließ Glover, der Butler, seinem Rededrang freien Lauf.
»Mr. Alford sorgt wirklich rührend für die Polizisten. Ich habe einen Eßkorb mit den besten Dingen vollpacken lassen müssen, die man sich vorstellen kann. Ich persönlich meine, sie würden sich über Brot und Käse und Bier genauso freuen. Aber Hähnchen und eine Flasche vom besten Wein, was für eine Verschwendung! Und er besteht darauf, ihnen den Korb selbst zu bringen. Ich soll ihn um neun Uhr bereitstellen . . .«
Leslie lauschte wie versteinert. Jetzt begriff sie. Der Eßkorb war gar nicht für die Polizisten bestimmt – sondern für Harry! Harry wurde in der Abtei gefangengehalten, aber von wem?

48

Am schlimmsten waren wohl die Londoner Reporter, die an jenem Tag wie ein Heuschreckenschwarm über die Gegend herfielen. Das »Red Lion Inn« in Chelfordbury war bis zur letzten Dachkammer ausgebucht, und keine Stunde verging, ohne daß einer der Zeitungsleute vergeblich beim Herrenhaus vorsprach, um den zwei-

ten Sohn zu interviewen. Einer von ihnen fing Dick auf der Allee ab, und bei ihm machte der aus Gründen, die ihm selbst nicht recht klar waren, eine Ausnahme.
»Ich kann euch Jungs doch nicht mehr sagen, als ich selbst weiß. Mein Bruder ist verschwunden, aber ich glaube, er lebt noch.«
»Haben Sie einen Verdacht, wer es getan hat?« fragte der Reporter.
Dick schüttelte den Kopf. »Selbst wenn es so wäre, würde ich kaum mit Ihnen darüber sprechen.«
»Glauben Sie, es war der Schwarze Abt?«
»Der Schwarze Abt hat ganz sicher nichts mit dem Verbrechen zu tun«, sagte Dick kurz. »Oder glauben Sie vielleicht an Gespenster? Die Erscheinung, die ein paarmal gesehen worden ist, war zweifellos jemand aus Fleisch und Blut.«
»Ein Spaßvogel?« fragte der Journalist.
»Ich glaube nicht. Ich bin sogar sicher, daß irgend etwas Ernstes dahintersteckt. Mehr kann ich Ihnen wirklich nicht sagen.«
»Mr. Alford«, fuhr der Mann fort, »ich möchte Ihnen jetzt eine sehr persönliche Frage stellen, und ich hoffe, Sie nehmen sie mir nicht übel. Wenn Ihr Bruder tot ist, fällt der Titel doch an Sie, nicht wahr?«
»Ja«, erwiderte Dick.
»Ich sage Ihnen sicher nichts Neues, wenn ich Sie darauf hinweise, daß man im Dorf von gewissen Unstimmigkeiten zwischen Ihnen und Ihrem Bruder redet.«
Dick gelang es nur mit Mühe, seinen Zorn zu zügeln; der Mann gab schließlich nur den Tratsch wieder, den er in Chelfordbury gehört hatte.
»Nun, mein Bruder ist ein bißchen reizbar, aber wir haben noch nie eine ernsthafte Auseinandersetzung gehabt«, versicherte er.
»Stimmt es, daß Miss Leslie kürzlich die Verlobung mit Lord Chelford aufgelöst hat?«
»Ja«, sagte Dick ungeduldig.
»Und trotzdem ist sie in ›Fossaway Manor‹ zu Gast?« Der Reporter ließ ihn nicht aus den Augen und sah, wie ihm die Röte in die Wangen stieg. Er fügte schnell hinzu: »Ich sage nur, was Sie sicher bald auch von anderer Seite hören werden. Ich weiß aus Erfahrung, daß gewisse Leute selbst bei einem so schrecklichen Verbrechen nichts anderes zu tun haben, als schmutzige Wäsche zu waschen,

und ich kann Ihnen versichern, daß es nicht meine Absicht ist, Ihnen zu nahe zu treten.«
»Das glaube ich gern«, antwortete Dick lächelnd. »Aber Sie sind sich bestimmt darüber klar, daß Sie mich da in ein hochnotpeinliches Verhör nehmen. Trotzdem werde ich Ihnen die Wahrheit sagen, und Sie können es ruhig schreiben. Ich habe Miss Gine aufgenommen, weil sie in Gefahr ist. Ihr Bruder hält sich für einige Zeit im Ausland auf, und es ist nicht ratsam, daß sie allein in ›Willow House‹ wohnt.«
Dick ärgerte sich im nachhinein über seine Gesprächigkeit, mußte sich dann aber eingestehen, daß der Reporter einen vernünftigen Standpunkt vertreten hatte. Als er einige Minuten darauf Leslie traf, erzählte er ihr von der Unterhaltung. Sie war allein im Arbeitszimmer, wo sie eben einen Brief beendet hatte, der nun mit der Schrift nach unten auf dem Löschpapier lag. Sie sah, wie Dick auf den Umschlag blickte, und drehte ihn um. Er trug Gilders Adresse.
»Was hast du ihm geschrieben?« fragte er.
»Ich habe geschrieben, ich hätte reiflich nachgedacht und sei zu dem Schluß gekommen, daß ich ihn nicht heiraten könne.«
»Das wird reichen«, sagte er. »Ich hoffe nur, du wirst jetzt endlich Ruhe haben.«
Am liebsten hätte er sie auf der Stelle in die Arme genommen und ihr seine Liebe gestanden, aber vielleicht würde er sie damit nur belasten? Er riß sich also zusammen und bemühte sich, seine Stimme fröhlich klingen zu lassen, als er sagte: »Geh bitte früh schlafen, ich habe noch ein paar Kleinigkeiten zu erledigen.«
»Der Butler hat uns erzählt, daß du einen Picknickkorb für die Polizisten bestellt hast.«
In seinem Gesicht zuckte kein Muskel.
»Ja, ein paar von den Leuten, die an der Lichtung Streife gehen, werden eine Stärkung brauchen.«
Sie war einsichtig genug, um nicht weiter von der Sache zu sprechen.
Mary Wenner erklärte sich erst auf ihre dringende Bitte einverstanden, die Nacht über zu bleiben. Sie war mit den Nerven am Ende, schreckte bei jedem Geräusch zusammen, wurde rot und blaß, wenn eine Tür aufging, und schrie entsetzt auf, als dem Diener

beim Servieren des Abendessens ein Teller hinunterfiel.
»Tut mir furchtbar leid, aber ich kann nichts dagegen machen. Ich hatte schon immer eine zu lebhafte Phantasie«, entschuldigte sie sich. »Und bei all dem, was ich mir hier ausmale, kriege ich eine Gänsehaut nach der anderen!«
Sie erzählte Leslie, sie sei am Nachmittag in der Bibliothek gewesen, und der Anblick ihrer alten Wirkungsstätte schien das Faß buchstäblich zum Überlaufen gebracht zu haben.
»Ich mußte einfach heulen«, gestand sie, »und ich schäme mich nicht. Harry war der beste ... Sie haben doch nichts dagegen, wenn ich ihn Harry nenne? Nun, ich kann nicht behaupten, daß ich ihn so mochte, wie man jemanden mögen soll, der einen vielleicht heiraten wird, aber er war sehr, sehr nett. Manchmal fuhr er aus der Haut, aber das passiert jedem von uns mal, und bei ihm waren es die Nerven. Ich konnte nie begreifen, warum er Mr. Alford so gehaßt hat!«
Leslie blickte sie ungläubig an.
»Gehaßt?« wiederholte sie. »Sie müssen sich irren. Sie waren doch wie gute Freunde.«
»Nein, das waren sie nicht«, sagte Mary wie aus der Pistole geschossen. »Und es kam alles wegen des Porträts seiner Mutter.«
»Lady Chelford?«
»Ja, Lady Chelford. Es war vor drei Jahren. Dick schlug vor, das Bild umzuhängen, in die Galerie. Es war sicher nicht sehr klug von ihm, denn er wußte schließlich, wie sehr Harry seine Mutter verehrte, und als er dann sagte, das Bild sei so deprimierend – etwas Schlimmeres hätte er nicht sagen können –, ging Harry förmlich in die Luft. Er sagte ein paar schreckliche Dinge zu Mr. Alford, und das, obgleich ich dabei war und alles mitkriegte! Alford sah ein, daß er einen Fehler gemacht hatte, aber sie redeten die nächsten vierzehn Tage kein Wort miteinander.«
Leslie schwieg. Langsam sah sie »Fossaway Manor« in einem neuen Licht; sie hatte nichts von all diesen unterschwelligen Spannungen bemerkt, und die Aversionen, die Mary als Harrys Sekretärin automatisch mitbekommen hatte, waren ihr entgangen.
»Manchmal verstanden sie sich einigermaßen. Dann hätte man denken können, daß Harry seinen Bruder mochte«, fuhr Mary fort. »Aber dann ging es prompt wieder los. Einmal zankten sie sich

sogar, weil Dick immer mit dem Rücken zu dem Bild stand und es keines Blickes würdigte. Er konnte es nicht leiden, da bin ich ganz sicher.«
Sie schaute nervös durchs Fenster. Die Sonne war untergegangen, und Dunkelheit senkte sich auf den großen Park. »Ich kann von Glück sagen, wenn ich heute nacht wenigstens ein paar Stunden schlafen werde«, fuhr sie fort. »Macht es Ihnen etwas aus, wenn ich die Verbindungstür nicht zumache und eine Lampe brennen lasse?«
»Natürlich nicht«, beruhigte Leslie sie.
»Die Tür zum Flur hat ein Schloß, und ich habe Glover gebeten, mir den Schlüssel zu besorgen«, fuhr Mary Wenner fort. »Ich sage Ihnen ganz offen, wenn er ihn nicht gefunden hätte, wäre ich nicht geblieben . . . nicht für eine Million Pfund!«
Leslie hielt es nicht für angebracht, das Thema weiterzuverfolgen, denn die Aussicht, die Nacht unter diesem Dach zu verbringen, reizte sie plötzlich ebensowenig wie ihre neugefundene Freundin.

49

Sie wartete bis kurz vor elf, aber sie sah Dick nicht mehr, und auf Marys wiederholtes Drängen ging sie dann mit ihr nach oben. »Fossaway Manor« wurde von einem eigenen Generator mit Strom versorgt, eine Neuerung, die Dick veranlaßt hatte. Harry habe in seinem Schlafzimmer nur Kerzenbeleuchtung geduldet, berichtete Mary, und selbst in der Bibliothek habe er erst nach langem Sträuben elektrische Lampen installieren lassen.
»Es ist merkwürdig, aber Harry hatte Angst vor Elektrizität«, erzählte Mary von ihrem Zimmer aus. »Bei Gewitter ging er immer in den Keller und wartete, bis es vorbei war. Er hatte dort unten sogar ein Bett, falls nachts ein Gewitter kam, und . . .«
In diesem Moment erloschen alle Lampen in den beiden Zimmern.
»Haben Sie das Licht ausgeknipst?« fragte Mary ängstlich.
»Nein, ich habe den Schalter nicht angerührt. Vielleicht ist die Sicherung durchgebrannt.«
Leslie fiel ein, daß auf der Frisierkommode Kerzen und Streichhöl-

zer lagen, und sie tastete sich hin und zündete zwei Kerzen an. Mary stand totenbleich und mit weit aufgerissenen Augen in der Tür. »Was hat das zu bedeuten?« fragte sie, und die Furcht, die ihre Stimme beben ließ, teilte sich auch Leslie mit.
Sie zwang sich zu lächeln. »Das kommt in den besten Häusern vor«, sagte sie unsicher. »Die Tür ist abgeschlossen, wir brauchen also keine Angst zu haben.«
Dann hörte sie Schritte im Korridor; es klopfte, und Mary zuckte heftig zusammen.
»Seid ihr da?« Es war Dicks Stimme. »Der Generator scheint defekt zu sein, aber wir bringen ihn sofort in Ordnung.«
»Ist das Licht überall aus?« fragte Mary, aber er war schon wieder fort.
Zwanzig Minuten vergingen, dann hörte Leslie seine Schritte wieder.
»Ich fürchte, wir werden das Ding erst morgen früh reparieren können. Habt ihr Kerzen? Hat Glover euch eine Taschenlampe mitgegeben?«
»Keine Sorge, wir haben alles, was wir brauchen«, antwortete Leslie. »Wir werden in spätestens zehn Minuten eingeschlafen sein.«
»Ich bestimmt nicht«, murmelte Mary kaum hörbar. »Ich mache bestimmt kein Auge zu.« Sie hatte sich beim Schein der Kerze fast vollständig wieder angezogen. »Ich wußte, daß ich nicht hätte bleiben sollen. Da ist schon wieder jemand im Korridor!«
»Es ist nur Dick.«
Abermals ertönte Dicks Stimme: »Habt ihr etwas dagegen, wenn ich einen von Puttlers Männern vor eurer Tür postiere? Erschreckt bitte nicht, wenn ihr ihn nachts auf und ab gehen hört.«
»Ist etwas nicht in Ordnung, Dick?«
»Nein, nein, keine Angst. Aber ich weiß, daß Miss Wenner ein bißchen nervös ist.«
»Das stimmt«, stammelte Mary. »Es ist sehr freundlich von Ihnen, Mr. Alford.«
»Ihr verriegelt am besten die Fenster«, sagte Dick. »Gute Nacht.«
Als er gegangen war, sah Mary ihre Leidensgefährtin vielsagend an. »Haben Sie das mit den Fenstern gehört?« fragte sie dumpf. »Mein Gott!«

»Seien Sie nicht kindisch, Mary!«
Leslie war selbst mehr als unbehaglich zumute, aber sie hatte das Gefühl, ein gutes Beispiel geben zu müssen.
»›Ihr verriegelt am besten die Fenster‹«, wiederholte Mary. »Hier braut sich irgendwas zusammen!«
Sie gingen zu den bleiverglasten Fenstern und schoben alle Riegel vor. Plötzlich umklammerte Mary den Arm der anderen. »Unter meinem Bett liegt jemand«, flüsterte sie heiser vor Entsetzen und starrte auf die herunterhängende Steppdecke.
Mit pochendem Herzen zog Leslie die Decke hoch und holte ein Paar Reitstiefel unter dem Bett hervor, deren Sohlen Mary gesehen hatte. Die beiden fingen an, hysterisch zu lachen.
»Ich wünschte, ich könnte mein Bett in Ihr Zimmer schieben.« Mary blickte verzagt auf das massive Pfostenbett, das ihr zugewiesen worden war.
»Meinetwegen können Sie bei mir schlafen«, bot Leslie ihr an. »Mein Bett reicht gut und gern für zwei.«
Dankbar nahm Mary an. »Aber wir müssen zuerst nachsehen, ob etwas darunter ist«, sagte sie furchtsam und zog sich wieder aus, als sie dieses Ritual hinter sich hatten.
Unten in der Bibliothek hatte Dick eine Besprechung mit Puttler, der soeben von einem Blitzbesuch im Yard zurückgekehrt war.
»Die Batterien waren zerschmettert, und jemand hat versucht, das Hauptkabel durchzuschneiden«, sagte Dick. »Ich bin sofort zum Generatorschuppen gelaufen, nachdem das Licht ausgegangen war, aber ich habe niemanden gesehen.«
Puttler zupfte an seiner komischen platten Nase, und seine braunen Augen bekamen einen besorgten Ausdruck. »Der Commissioner meint, eigentlich sollten wir ein Dutzend Leute hier haben, um alles zu checken«, sagte er. »Ich habe drei mitgebracht, und sie müßten alle im Haus sein. Einer ist drüben im Ostflügel, einer im Westflügel und einer patrouilliert in der Halle. Also können wir uns zusammen mit den Dorfgendarmen um den Park kümmern. Übrigens habe ich heute morgen einen kleinen Rundgang gemacht, und dabei habe ich an der nordöstlichen Grenze Ihres Besitzes, direkt am Fluß, einen langen Hügel gesehen, der irgendwann mal künstlich aufgeschüttet worden sein muß. Was für eine Bewandtnis hat es damit?«

Dick hatte zwar keine Lust zu historischen Exkursen, doch höflichkeitshalber beantwortete er die Frage seines Gastes.
»Einer meiner Vorfahren wollte sich noch mehr Land aneignen. Sie wissen vielleicht, daß die Besitzurkunde, die wir von König Heinrich bekamen, die Nordgrenze von ›Fossaway‹ auf den Lauf des Ravensrill legt, und jener einfallsreiche Chelford hatte die Idee, den Lauf des Flusses zu ändern, damit er weitere vierhundert Hektar bekam. Also ließ er kurzerhand einen Damm bauen – und das ist der künstliche Hügel, den Sie gesehen haben. Früher lief der Ravensrill mitten durch die lange Wiese. Eigentlich müßte ich mich schämen, daß wir den Besitz auf diese Weise vergrößert haben, aber es ist schon so viele hundert Jahre her . . .«
Er blickte auf das große Porträt über dem Kamin und schüttelte den Kopf.
»Lady«, sagte er scheinbar ohne Zusammenhang. »Sie haben mir einiges eingebrockt!«
Puttler wurde neugierig. »Inwiefern?« fragte er.
»Das erzähle ich Ihnen später mal«, erwiderte Dick. »Ob die Mädchen jetzt wohl schlafen?«
Leise ging er die Treppe hinauf. Der Mann, der im Korridor Wache hielt, knipste seine Taschenlampe an und richtete sie auf ihn, als er sich näherte.
»Nichts zu hören«, flüsterte er, und Dick schlich wieder hinunter.
Puttler und er kamen überein, abwechselnd ein paar Stunden zu schlafen, so daß jeweils einer von ihnen um das Haus patrouillieren konnte. Um zwei Uhr morgens wurde Dick von einer Hand, die sanft an seiner Schulter rüttelte, aus tiefem Schlummer gerissen.
»Es war nichts weiter los«, sagte der Inspektor. »Einer der Dorfpolizisten glaubte, er habe jemanden gesehen, und zog die Pistole«, berichtete Puttler und ließ sich wohlig seufzend auf dem Sofa nieder.
»Aber wahrscheinlich war es nur irgendein Busch. Diese Leute sind furchtbar schreckhaft und sehen in jedem Schatten den Schwarzen Abt.«
Dick trank einen Schluck aufgewärmten Kaffee und griff mit der anderen Hand nach einem Keks. »Gott sei Dank kann dies nicht mehr lange weitergehen! Haben Sie übrigens die Papiere aus London mitgebracht?«

»Ich habe sie Ihnen doch in der Bibliothek gegeben – sie waren in dem blauen Umschlag!«

Dick stellte seine Tasse hin. »Ich lege sie am besten in den Safe, denn ich möchte nicht, daß die Dienstboten sie sehen.«

Er durchquerte die Halle, entriegelte die Tür zur Bibliothek, ging hinein und drückte mechanisch auf den Lichtschalter. Erst dann fiel ihm wieder ein, daß der Strom unterbrochen war, und er ging zurück und holte seine Taschenlampe. Der Umschlag lag noch da, wo er ihn hingetan hatte, und er steckte ihn in die Tasche. Dabei wurde er sich bewußt, daß ein kalter Luftzug seinen Nacken streifte, und er drehte sich um und richtete die Lampe auf die Fenster. Das letzte stand offen. Einer der Vorhänge lag am Boden. Er ging zur Tür und rief leise Puttler.

»Hier ist jemand gewesen«, sagte er, als der Kriminalbeamte zu ihm getreten war, und zeigte auf den Vorhang und die halb herunterhängende Gardinenstange.

Der Eindringling hatte zwei Butzenscheiben neben dem Fensterriegel eingedrückt und das Fenster geöffnet, aber beim Einsteigen mußte er gestrauchelt sein und sich am Vorhang festgehalten haben. Dabei hatte sich die Stange aus der Halterung gelöst, und der Vorhang war heruntergerutscht.

»Ich bin vor zehn Minuten hier vorbeigegangen, und da war das Fenster noch zu«, sagte Puttler.

»Vielleicht war er da schon drinnen«, erwiderte Dick nachdenklich. »Was er wohl mitgenommen haben mag?«

Er untersuchte den Schreibtisch. Offenbar hatte der Einbrecher keine einzige Schublade aufgebrochen. Als sie durch den Raum gingen, stolperte Puttler über etwas.

»Wie kommt die denn hierher?« fragte er, als Dick den Lichtstrahl auf die Stelle gerichtet hatte.

Es war eine der beiden Bibliotheksleitern, die man benutzte, um die oberen Regale zu erreichen.

Dick richtete die Lampe auf die Regale, um zu sehen, ob die langen Bücherreihen eine Lücke aufwiesen. Das Licht streifte das Porträt der verstorbenen Lady Chelford, der vergoldete Rahmen blitzte auf, er sah eine weiße Hand, die anmutig nach unten hing, aber irgend etwas veranlaßte ihn, die Lampe noch einmal auf das Bild zu richten, und da hörte er, wie der Kriminalbeamte leise fluchte. Er

selbst war so überrascht, daß er kein Wort hervorbringen konnte. Dort, wo das Gesicht der Frau gewesen war, gähnte jetzt ein schwarzes Loch.
Kopf und Schultern waren aus der Leinwand herausgeschnitten worden, und die unregelmäßig gezackten Ränder der Leinwand zeigten, daß eine ungeübte Hand am Werk gewesen war.

50

Keiner der beiden sagte etwas, ehe sie wieder im kleinen Arbeitszimmer waren, und dort warf Puttler einen düsteren Blick auf seinen Begleiter.
»Was halten Sie davon?«
»Keine Ahnung!« stöhnte Dick. Die Tür war geschlossen, und er hatte die dunklen Vorhänge zugezogen. »Ich denke, ich sehe am besten mal draußen nach, obgleich ich nicht glaube, daß ich etwas finden werde.«
»Warten Sie, ich trinke nur schnell eine Tasse Kaffee und komme dann mit«, sagte Puttler. »Nein, nein«, fuhr er fort, als Dick abwehren wollte. »Mir ist nie weniger nach Schlaf gewesen, und in ein paar Stunden ist es sowieso hell. Warten Sie also.«
Er drehte die Flamme der Petroleumlampe klein, die man ihnen aus der Küche gebracht hatte, und pustete in den Glaszylinder, so daß es im Zimmer stockdunkel wurde. »Jetzt können Sie den Vorhang aufziehen und nach draußen steigen«, sagte er. »Wenn das Ihr Weg ist.«
Dick zog langsam den Vorhang zur Seite und öffnete die Fenstertür. Bleiches Mondlicht lag auf dem stillen Park, und er atmete genießerisch die frische Luft des herannahenden Morgens ein. Er wollte gerade über die Schwelle treten, als Puttlers große Hand sich um seinen Arm schloß.
»Warten Sie!« flüsterte der Inspektor und horchte mit gesenktem Kopf. »Alles in Ordnung«, sagte er dann und trat vor Dick auf die kleine Terrasse, wo er schnell nach links und rechts schaute.
»Was war denn?« fragte Dick verwirrt.
»Jemand hat geatmet«, erklärte Puttler. »Sie werden es nicht

glauben, aber ich kann einen Menschen auf ein Dutzend Meter atmen hören. Das ist eine meiner animalischen Fähigkeiten.«
Er nahm einen kleinen Anlauf, sprang über den Kiesweg und ging geräuschlos über das Gras nach links, um kurz darauf im Laufschritt zurückzukommen. Er lief an Dick vorbei und verschwand um den Flügel des Hauses. Einige Minuten später war er wieder da.
»Ich habe übrigens auch einen guten Geruchssinn. Können Sie etwas riechen?«
Dick schnüffelte angestrengt. »Nein«, gestand er.
»Kommen Sie mit.«
Sie gingen zum Ende des Flügels, wo der Beamte stehenblieb.
»Riechen Sie jetzt etwas?« fragte er.
Dick schnüffelte wieder. In der Luft hing ein süßlicher Geruch, der Duft irgendeiner exotischen Blume, der ihm irgendwie vertraut war.
»Raucht hier jemand parfümierte Zigaretten?« fragte Puttler, und ihm wurde plötzlich eiskalt.
»Harry!«
Puttlers tiefliegende Augen fixierten ihn. »Aber es muß nicht unbedingt Ihr Bruder gewesen sein. Wo hat er sie aufbewahrt?«
»Gewöhnlich in der Bibliothek.«
Puttler fing an, mit seiner Lampe den Boden abzusuchen. Er hatte erst wenige Schritte getan, als er etwas entdeckte und es aufhob. Es war eine halbaufgerauchte Zigarette mit Goldmundstück. »Hm«, machte er und suchte weiter, fand aber nichts mehr.
Sie gingen zurück, und vor der Fenstertür stolperte der Inspektor wieder über etwas. Er richtete den Lichtstrahl nach unten.
»Hier scheinen ja überall Leitern herumzuliegen, Mr. Alford«, sagte er leise. »Eine Leiter drinnen und eine draußen . . . Was soll das?«
Die Leiter lag parallel zum Kiesweg, und Puttler untersuchte sie Sprosse für Sprosse. »Ich kann schwören, daß sie abends noch nicht da war«, sagte er.
»Nein«, versetzte Dick perplex. »Sie hängt meist an der Garage.« Er hob sie auf. Es war eine lange, leichte, oben spitz zulaufende Leiter, die von den Dienstboten benutzt wurde, wenn sie die Fenster von außen putzten.
»Sie sollten sie festketten lassen«, war Puttlers einziger Kommen-

tar, als er seine Untersuchung beendet hatte. »Der Mann, der sie hierhergebracht hat, war derselbe, der den Generator beschädigte und . . .«

In der Ferne hörten sie die Stimme eines Mannes, der auf militärische Weise jemanden anrief. »Halt! Wer da?«

»Das ist Renwick, einer von den Leuten aus dem Dorf«, sagte Puttler.

Sie rannten in die Richtung, aus der die Stimme gekommen war, und sahen bald den Schein einer Laterne. Der Mann, der sie wenig später ebenfalls anrief, war völlig verstört. Er habe zwar nichts gesehen, berichtete er, aber er habe Stimmen gehört.

»Eine von ihnen hat gelacht, und ich dachte zuerst, Sie seien es, Mr. Puttler, aber als ich sie dann wieder hörte, klang sie so wild, daß ich ein bißchen nervös wurde.«

»Hat jemand geantwortet, als Sie riefen?«

»Nein, aber sie verstummten. Ich konnte die Frauenstimme . . .«

»Es war eine Frau dabei?« unterbrach ihn Dick. »Sind Sie ganz sicher?«

»Ich könnte es beschwören«, sagte der Polizist. »Es war die Frauenstimme, die ich zuerst hörte, und das Lachen kam von einem Mann.«

»In welcher Richtung war es?«

Der Beamte zeigte über die lange Wiese zu der schmalen, talähnlichen Senke parallel zu dem Hang, auf dem die Abtei stand.

»Klangen sie, als ob sie über den Hügel zum Fluß gingen . . . oder zu den Ruinen?« fragte Puttler.

»Ich glaube, sie gingen zu den Ruinen«, erwiderte der Mann nach kurzem Zögern. »Aber ich bin nicht sicher.«

»Das wird ja immer schöner«, brummte der Inspektor, als sie zur Abtei schritten.

»Er muß sich geirrt haben«, sagte Dick nachdrücklich. »Sie gingen bestimmt in die andere Richtung . . . Aber manchmal nehmen die Leute aus Chelfordbury eine Abkürzung durch den Park, wenn sie ins Nachbardorf wollen.«

»Um drei Uhr morgens?«

»Vielleicht war irgendwo ein Tanzvergnügen«, sagte Dick unsicher.

»Eine Abkürzung durch einen Park, in dem es angeblich spukt und

in dem zwei Nächte vorher ein Mord verübt worden ist?«
Er bekam keine Antwort mehr.
Sie erreichten das Ufer und gingen den Hang entlang, wo die Ruinen standen, bekamen jedoch niemanden zu Gesicht, so daß sie schließlich umkehrten. Trotz seiner Behauptung, nicht müde zu sein, erhob Puttler keine Einwände, als Dick vorschlug, er solle seinen Schlaf nachholen.
Dick hielt allein Wache. Er hatte die beiden Posten in den Korridoren oben zweimal aufgesucht, aber sie hatten beide Male keine besonderen Vorkommnisse gemeldet.
»Gott sei Dank, daß wenigstens sie schlafen können«, murmelte er vor sich hin, als er unter den Zimmern der Mädchen vorbeiging und einen Blick nach oben warf.
Der Morgenwind, der die Bäume bewegte und die Luft mit dem anheimelnden Geräusch raschelnder Blätter füllte, rüttelte an dem Fenster des Raums, den Mary Wenner bekommen hatte. Es schwang langsam hin und her, und er hätte ihr am liebsten eine Standpauke gehalten, weil sie es entgegen seiner Anweisungen wieder geöffnet hatte.
Um sechs Uhr morgens standen die Dienstboten auf, und aus den großen Schornsteinen kräuselten sich träge Rauchfahnen. Dick warf gerade neidische Blicke auf den schlafenden Puttler, als die Tür des Arbeitszimmers plötzlich aufgestoßen wurde und Mary Wenner hereinstürzte. Sie trug einen Morgenmantel, und ihr unfrisiertes Haar fiel ihr über die Stirn.
»Mr. Alford . . . Mr. Alford, haben Sie Leslie gesehen?« fragte sie atemlos.
Er sprang wie von der Tarantel gestochen auf, und die Bewegung weckte den Inspektor.
»Nein. Warum, sie ist doch oben bei Ihnen, oder?«
»Wir sind zusammen zu Bett gegangen, aber als ich eben aufwachte, war sie nicht mehr da«, sagte Mary mit bebender Stimme. »Ich habe eine Weile gewartet, weil ich dachte, sie bade vielleicht gerade, und dann ging ich hinaus und fragte den Mann dort. Er sagte, sie habe das Zimmer nicht verlassen!«
Puttler hatte sich aufgerichtet. »Die Leiter!« sagte er nur, und Dick bekam einen furchtbaren Schreck. Das Gespenst von »Fossaway Manor« hatte die Frau entführt, die er über alles liebte!

Puttler lief hinaus und untersuchte den Boden unter dem Fenster. Ja, in einem Beet waren Abdrücke der Leiter, und auf den Sprossen selbst entdeckte er jetzt Spuren, die seine Annahme bestätigten. Er stellte die Leiter gegen die Mauer, kletterte hinauf, sprang ins Zimmer und fing an, nach Spuren zu suchen. Inzwischen war Mary Wenner, gefolgt von Dick, durch die Tür hereingekommen.

»Ihr Morgenmantel ist weg!« jammerte Mary und zeigte zu dem Haken, an dem er gehangen hatte. »Aber ihre Schuhe stehen noch da. Sie muß aufgestanden sein, und ich habe nichts gehört.«

Der übermüdete Beamte an der Tür hatte ebenfalls die ganze Nacht nichts gehört. Der Fußboden wurde von einem dicken Teppich bedeckt. Mary sagte, die Verbindungstür zwischen den beiden Zimmern sei geschlossen gewesen, als sie erwacht sei. Als sie eingeschlafen sei, habe die Kerze noch gebrannt. Dick untersuchte den Wachsstummel und stellte fest, daß er höchstens eine Stunde gebrannt haben konnte. In dem Untersatz lagen zwei benutzte Streichhölzer, was bedeutete, daß die Kerze einmal gelöscht und dann wieder angezündet worden war.

Dick wandte sich zu Puttler, und dieser sagte leise: »Es war natürlich ihre Stimme, die der Gendarm draußen im Dunkeln gehört hat. Was für ein Idiot ich war, daß ich nicht gleich darauf gekommen bin!«

»Es ist alles meine Schuld«, antwortete Dick bitter. »Mein Gott, ich wage gar nicht, mir vorzustellen . . .«

Er entfernte sich, um allein zu suchen: Niemand sah, wie er das Haus durch eine Hintertür verließ und im Schutz des Flußufers davonschlich. Als er nach zwei Stunden zurückkam, sagte Puttler ihm, das Innenministerium habe zweimal angerufen und bitte um Rückruf. Dick wurde nach einigem Warten mit dem Staatssekretär verbunden.

»Könnten Sie für eine Stunde in die Stadt kommen?«

»Ist das notwendig?« fragte Dick und berichtete schnell von den Ereignissen der vergangenen Nacht.

»Ich denke, es ist besser, wenn Sie so bald wie möglich kommen. In Anbetracht der Umstände wäre es wirklich empfehlenswert.«

Dick hängte ein und fluchte leise. Er nahm Harrys großes Coupé, einen Wagen, dessen Benutzung sein Bruder ihm immer verboten hatte, obgleich er ihn selbst höchstens ein dutzendmal gefahren

hatte. Als er gerade einsteigen wollte, fiel ihm der Entschluß ein, den er in der Nacht gefaßt hatte, und er lief hinauf in sein Schlafzimmer, öffnete eine Schublade der Kommode und holte etwas heraus, das er vorsichtig in seine Reisetasche steckte. Das muß sofort aus »Fossaway Manor« verschwinden, dachte er, rannte wieder hinunter und brauste los.
An der Straßengabelung zwischen Horsham und Dorking kam ihm ein Wagen entgegen, der die Biegung zu weit nahm und ihn mit Höchstgeschwindigkeit schnitt. Er trat heftig auf die Bremse, das Coupé schleuderte und prallte an den Bordstein, aber der eine Reifen fing den Stoß ab, so daß der Wagen nicht beschädigt wurde. Wütend blickte er hinter dem anderen Fahrer her, der eine riesige Schutzbrille trug, und fuhr weiter. Er hatte nicht gehört, wie die Klappe des Notsitzes hinten aufsprang, und sah auch nicht, daß die braune Tasche aus dem Wagen flog und auf dem Straßenpflaster landete. Aber der Mann in dem anderen Auto sah im Rückspiegel etwas durch die Luft sausen, wendete und fuhr zu der Stelle zurück, wo die Tasche lag.
Und so entdeckte Fabrian Gilder das Geheimnis des Schwarzen Abts.

51

Gilder hatte an jenem Morgen um neun Uhr beschlossen, seinem Cottage auf dem Land einen Blitzbesuch abzustatten. Die Zeitungen waren voll von der Tragödie in Chelfordbury gewesen, hatten aber nicht erwähnt, daß Thomas bei ihm gewohnt hatte. Als intelligenter Mann war er sich natürlich bewußt, daß diese Ereignisse alle Pläne durchkreuzen mußten, die Leslie gemacht hatte.
Gilder hatte viele positive Züge. Er behandelte seine beiden Hausmädchen freundlich; er war allen Leuten, die er näher kannte, ein guter und sogar großzügiger Freund. Er war natürlich auf seinen Vorteil bedacht, und seiner Ansicht nach war Arthur Gine eine durchaus legitime Beute gewesen. Indem er die Schwäche seines Arbeitgebers ausnutzte, hatte er ein beträchtliches Vermögen angehäuft, aber schließlich waren große Städte wie London

und New York voll von Männern, die ihre Millionen letztlich dem Leichtsinn von Mitbürgern verdankten, die inzwischen am Bettelstab gingen.
Er warf einen Blick in die Morgenzeitungen. Sie brachten nichts Neues über Chelford, außer dem kleinen Interview, das ein Reporter mit Dick geführt hatte. Es beruhigte Gilder in vieler Hinsicht, denn ihm war zu entnehmen, warum Leslie . . . Und dann las er folgende Zeile:
»Mr. Alford gab an, er habe Leslie Gine gebeten, in ›Fossaway Manor‹ zu bleiben, bis ihr Bruder aus dem Ausland zurückgekehrt sei . . .«
Ausland? Er runzelte die Stirn. Wenn Gine im Ausland war, mußte er sehr überstürzt abgereist sein. Er hatte ihn doch erst vor ein oder zwei Tagen gesehen! Aber vielleicht hatte Dick Alford gelogen, um bösen Mäulern den Wind aus den Segeln zu nehmen und Leslie zu schützen. Trotzdem war es ein unangenehmer Gedanke. Er überlegte immer noch hin und her, als das Mädchen die Morgenpost hereinbrachte, und der erste Brief, den er sah, war von einer wohlbekannten Hand geschrieben: Leslie. Mit zitternden Fingern riß er den Umschlag auf, zog das kleine Blatt heraus und las die wenigen Zeilen. Er las sie nicht einmal, sondern viele Male. So war das also! Sie hatte ihren Entschluß geändert.
Er dachte nicht daran, daß sie noch gar nicht zugesagt hatte. Er war so sicher gewesen, sie würde sein Angebot annehmen, hatte so fest damit gerechnet, daß er jetzt das Gefühl hatte, hereingelegt worden zu sein.
Als der anfängliche Schock sich gelegt hatte, wuchs sein Zorn ins Ungemessene. Sehr gut: Sie hatte ihm etwas vorgemacht, aber er würde Wort halten. Jetzt glaubte er zu verstehen. Arthur hatte das Weite gesucht, und sie hielt es nicht mehr für notwendig, das Opfer zu bringen. Er eilte in sein Arbeitszimmer und stellte die Zahlenkombination des Wandsafes ein.
Er nahm den Brief heraus und wollte ihn schon in Fetzen reißen, als ihm einfiel, daß ein Blankoscheck darin steckte. Er tastete nach dem kleinen rosa Blatt, das er in seiner Großmut mit einem schwungvollen Schnörkel unterschrieben hatte. Es war nicht mehr da! Der Umschlag enthielt nur noch seine Mitteilung! Der Scheck war fort. Den Kopf in die Hände gestützt, versuchte er, sich zu erinnern,

wann er ihn das letztemal gesehen hatte, und ihm fiel ein, daß es an dem Morgen gewesen war, als Gine ihn aufgesucht hatte. Er wurde schneeweiß. Er hatte doch den Safe abgeschlossen? Wieder versuchte er, sich jenen Vormittag ins Gedächtnis zurückzurufen, Minute für Minute. Er hatte den Brief betrachtet, hatte ihn in den Safe gelegt und die Tür zugemacht, und dann . . . dann hatte das Telefon geklingelt, und er hatte vergessen, die Kombination wieder zurückzudrehen!
Er zog das Telefon zu sich her und nannte wütend eine Nummer. Es war zwanzig nach neun, und die meisten Angestellten der Bank würden an ihrem Arbeitsplatz sein. Dann meldete sich jemand.
»Hier Gilder«, sagte er schnell. »Ist der Direktor da? . . . Nein? Dann geben Sie mir bitte seinen Stellvertreter, es ist sehr dringend.«
Er wartete. Dann hörte er die Stimme eines Mannes, den er kannte. Es war der Direktor persönlich.
»Ich bin eben gekommen. Ist etwas nicht in Ordnung?«
»Fletcher, erinnern Sie sich, daß ich Ihnen sagte, ich würde einen Scheck über fünfzigtausend Pfund ausstellen, und Sie sollten ihn einlösen?«
»Ja, natürlich. Ich habe ihn bereits eingelöst.«
Gilder war eine Sekunde sprachlos.
»Sie haben ihn eingelöst? Wer hat ihn denn vorgelegt?«
»Arthur Gine . . . Er war ausgestellt auf den Überbringer. Ich habe Sie gleich gestern abend benachrichtigt, haben Sie den Brief nicht bekommen?«
»Ich habe die Post noch nicht durchgesehen«, sagte Gilder geistesgegenwärtig. »Vielen Dank.«
Schwer atmend hängte er ein. Nun erinnerte er sich ganz deutlich an alles, was an jenem Morgen geschehen war: Gines Besuch und seinen scheinbar absurden Vorschlag, er, Gilder, solle ihm schriftlich bestätigen, daß er bereit sei, ihm ein unbefristetes Darlehen zu geben. Das war der Trick! Jetzt hatte Gine nicht nur die Fünfzigtausend, sondern auch ein Schriftstück, das ihn von jedem Vorwurf der Unterschlagung oder Untreue reinwaschen würde.
Er saß mit verschränkten Händen da und brütete vor sich hin. Hereingelegt! Und sie wußte bestimmt Bescheid. Sie war beteiligt, vielleicht ohne es zu wissen, aber sie war beteiligt, denn Gine konnte nur von ihr erfahren haben, daß er bereit sei, ihm das Geld

zu geben.
Aber Gilder war ein Mann von klarem Verstand, und als er sich wieder einigermaßen beruhigt hatte, wurde ihm klar, daß Leslie nicht bei dem Manöver mitgeholfen haben konnte. Es war vielmehr seine Schuld, weil er den Safe nicht abgeschlossen hatte, und in seiner Verzweiflung hatte Gine natürlich darin herumgestöbert.
Was konnte er unternehmen? Er mußte Leslie alles erzählen, und vielleicht würde sie sich verpflichtet fühlen, ihr Versprechen doch noch zu halten. Wenn sie auch nur einen Funken Ehrgefühl hatte, würde sie ihn heiraten, egal was sie in dem Brief geschrieben hatte, der vorhin gekommen war.
Er rief die Garage an, gab Anweisung, seinen Wagen vorfahren zu lassen. Er würde sofort mit Leslie sprechen, ihr aber nichts von dem Brief sagen, den er ihrem Bruder gegeben hatte, sondern nur drohen, ihn wegen Betrugs anzuzeigen. Vielleicht verbesserte das seine Chancen, statt sie zu mindern. Als dieser Gedanke Form annahm, begann er beinahe zu strahlen.
Er brauchte einige Zeit, um aus London herauszukommen, denn alle Ausfallstraßen schienen verstopft zu sein, so daß er beschloß, einen Umweg zu machen, der ihn zwischen Dorking und Horsham zur Hauptstraße nach Sussex bringen würde. Er fuhr sehr schnell, obgleich er die Straße nicht kannte, aber er wußte, daß sie in einem sehr stumpfen Winkel in die Hauptstraße einmündete. Da weit und breit kein anderes Auto zu sehen war, hielt er es nicht für nötig, Gas wegzunehmen, als er sich der Einmündung näherte.
Links von ihm, in Richtung London, war alles frei; rechts konnte er wegen einiger Büsche nicht viel erkennen. Er hupte einmal und bog in immer noch sehr hohem Tempo auf die Hauptstraße ein.
Er hatte die Kurve zu weit genommen, aber er sah das entgegenkommende Auto gerade noch rechtzeitig, um sein Steuer herumzureißen und einen Zusammenstoß zu vermeiden. Er bremste scharf und schaute in den Rückspiegel und sah, wie der andere Wagen, ein teures Coupé, in dem er sofort Harry Alfords Wagen erkannte, ins Schleudern geriet und wie ein Gegenstand vom Rücksitz flog.
Zuerst wollte er die Tasche einfach liegenlassen, denn er hatte keine große Lust, Dick Alford – denn kein anderer konnte in dem Coupé gesessen haben – zu helfen. Aber selbst Autofahrer, die sich spinnefeind sind, halten gewisse ungeschriebene Gesetze ein, so

daß er nach ein paar Sekunden umkehrte, die Reisetasche aufhob und hinten in den Wagen warf. Dabei öffnete sie sich, und als er sich umdrehte, sah er etwas, das ihn stutzen ließ. Er stieg aus, nahm die Tasche, öffnete sie ganz und zog die schwarze Kutte und die Kapuze des Schwarzen Abts heraus.

52

Dick Alford war der Schwarze Abt! Es war so unglaublich, daß er eine Weile brauchte, um seine Entdeckung in ihrer ganzen Tragweite zu erfassen. Das war das beste Druckmittel von allen, ungleich wirksamer als die Drohung, Arthur Gine anzuzeigen! Er klappte die Tasche fest zu, damit das kleine Schloß einrastete, stellte sie auf den Rücksitz, ließ den Motor wieder an und fuhr mit geringerem Tempo weiter nach Chelfordbury.
Er hielt vor dem Gasthof. Der Wirt, der gerade an der Tür stand, eilte auf ihn zu und erzählte aufgeregt von den neuesten Ereignissen im Schloß.
»Sie sagen, mit der jungen Dame von ›Willow House‹ ist etwas passiert«, beendete er seinen Bericht.
»Was?« Gilders Stimme überschlug sich beinahe. »Meinen Sie etwa Miss Gine?«
»Ja, Miss Gine«, antwortete der Wirt. »Bis jetzt ist es nur ein Gerücht, aber bei Gott, in diesem Dorf hat es noch nie so viele Gerüchte gegeben, seit ich vor achtundvierzig Jahren hierhergezogen bin. Einige Leute sagen sogar, Seine Lordschaft sei von« – er senkte die Stimme –, »von seinem eigenen Bruder ermordet worden!«
Gilders Verstand arbeitete fieberhaft. »Von wem haben Sie die Geschichte über Miss Gine?« fragte er, und der Wirt warf einen Blick auf die Gruppe der Neugierigen, die sich inzwischen um sie versammelt hatte, und zeigte auf jemanden.
»Er ist Fuhrmann auf dem Gut«, sagte er.
Gilder wandte sich an den Mann: »Was ist mit Miss Gine geschehen?«
Der Gefragte war es nicht gewohnt, plötzlich im Mittelpunkt des

Interesses zu stehen, und trat verlegen von einem Fuß auf den anderen. »Ich weiß nichts davon«, sagte er endlich. »Aber ich habe natürlich gehört, was der Mann, der wie ein Affe aussieht, zu Mr. Richard gesagt hat. Er hat gesagt: ›Ich glaube nicht, daß ihr etwas Ernsthaftes zugestoßen ist.‹ Und eines der Mädchen hat gesagt, die junge Dame, die früher die Sekretärin Seiner Lordschaft war . . .«
»Miss Wenner? Ist sie in ›Fossaway‹?« unterbrach Gilder.
»Ja, sie ist gestern abend mit Miss Gine gekommen.«
»Was ist mit ihr?« fragte Gilder.
»Sie sagen, sie hat sich den ganzen Morgen die Augen ausgeweint. Mehr weiß ich nicht. Und sie sagen, der jungen Dame ist heute morgen irgend etwas Schlimmes passiert, und Mr. Richard läuft seitdem bleich wie der Tod durchs Haus.«
»Hoffentlich unternimmt die Polizei endlich etwas gegen diesen Schwarzen Abt«, mischte sich der Wirt ein. »Viele von unseren Frauensleuten haben eine solche Angst, daß sie die halbe Nacht aufbleiben.«
Gilder sah ihn mit einem sonderbaren Ausdruck im Gesicht an. »Sie brauchen sich nicht mehr vor dem Schwarzen Abt zu fürchten«, sagte er. »Ich werde dieses Gespenst noch heute zur Strecke bringen.«
»Sie, Mr. Gilder?« fragte der Mann verblüfft.
Aber Gilder hielt es nicht für angebracht, weitere Erklärungen abzugeben, und ging zu seinem Wagen zurück. Er fuhr nach »Fossaway Manor«, wo er am Tor von einem Mann aufgehalten wurde, in dem er zum Glück einen Gendarm aus dem nächsten Ort erkannte. Ein Beamter vom Yard hätte ihn vielleicht nicht durchgelassen.
»Mr. Alford ist nicht da, Sir. Wollen Sie mit Inspektor Puttler sprechen?«
»Ist das der Mann, der seit einigen Tagen in ›Fossaway‹ wohnt? Ist er von der Polizei?«
»Von Scotland Yard, Sir«, sagte der Gendarm mit einem gewissen Stolz. »Obgleich ich nicht sicher bin, daß sie viel besser sind als unsere Leute. Sagen Sie ihm aber bitte, Sie hätten mit mir gesprochen, und ich hätte Sie nur weiterfahren lassen, weil Sie etwas Wichtiges zu erledigen haben.«
Der Mann befolgte offenbar seine Anweisungen, und Gilder ver-

sprach, ihn zu entlasten. Er fuhr die Allee hoch. Als er vor der geschnitzten Veranda ausstieg, kam ein langarmiger Mann mit einem sonderbaren Gesicht auf ihn zu.
»Guten Morgen«, sagte Puttler. »Mr. Alford ist in die Stadt gefahren.«
»Ich möchte Miss Gine sprechen«, sagte Gilder und ließ ihn nicht aus den Augen.
Wenn er erwartet hatte, den erfahrenen Kriminalbeamten überrumpeln zu können, sah er sich getäuscht. Puttler fixierte ihn mit seinen traurigen Augen.
»Ich fürchte, Miss Gine ist auch nicht da.«
»Dann könnte ich vielleicht Miss Wenner sehen?«
Der Inspektor kratzte sich am Kinn. »Es geht ihr nicht sehr gut. Sie muß sogar das Bett hüten, und der Arzt hat gesagt, sie dürfe nicht gestört werden.«
»Wissen Sie, wo Miss Gine ist?«
Puttler schüttelte den Kopf. »Nein«, sagte er wahrheitsgetreu. »Sie hat es mir leider nicht erzählt.«
»Vielleicht werden Sie mir eine letzte Frage beantworten«, sagte Gilder entnervt. »Ist ihr etwas passiert?«
»Soweit ich weiß, nein«, entgegnete der unerschütterliche Beamte.
»Sind Sie ein Freund von ihr?«
»Ich bin ihr Verlobter«, antwortete Gilder, einem Impuls folgend. Er registrierte befriedigt, daß der andere zusammenzuckte.
»Ach ja, natürlich, Sie sind der Herr, den sie nicht heiraten wird.« Puttler sagte es ganz beiläufig, ohne eine Spur von Schadenfreude, aber Gilder wurde rot und blaß.
»Sehen Sie, Mr. Gilder«, fuhr der Kriminalbeamte ungerührt fort, »ich habe eine ganze Menge über die . . . die intimen Dinge gehört, die hier so laufen. Ich bin inzwischen sogar eine Autorität für den gesammelten Klatsch und Tratsch der letzten zwanzig Jahre. Und ich bin froh, daß Sie gekommen sind, denn ich möchte Sie gern etwas fragen. Wie kamen Sie dazu, Ihr Cottage einem Kriminellen zur Verfügung zu stellen, der sich Thomas Luck nannte?«
Gilder hatte eine Antwort parat. »Ich hatte keine Ahnung, daß er ein Dieb war. Er sagte mir, Mr. Alford habe ihn entlassen, und da ich sowieso jemanden brauche, der sich um das Haus kümmerte, und er nur einen geringen Lohn verlangte, stellte ich ihn ein. Ich

war natürlich entsetzt, als ich hörte, daß er vorbestraft war.«
Puttler betrachtete ihn mit höflichem Interesse. Wenn er aber gedacht hatte, er könne Gilder leicht abwimmeln, kannte er dessen Hartnäckigkeit nicht.
»Ich muß Miss Wenner unbedingt sehen«, erklärte Gilder. »Sie könnten ihr doch wenigstens meine Karte bringen lassen?«
»Das ist leider ganz unmöglich, Mr. Gilder«, sagte Puttler beinahe fröhlich. »Solange Mr. Alford nicht da ist, trage ich die Verantwortung. Wenn Sie warten wollen, bis er zurückkommt, steht Ihnen der Salon zur Verfügung. Nur müssen Sie verstehen, daß Sie keine Fragen an das Personal richten dürfen.«
Gilder wußte, daß er nichts mehr erreichen würde. Trotzdem war er fest entschlossen, das Haus nicht eher zu verlassen, als bis er die Wahrheit über Leslie Gine herausbekommen hatte. Der Kriminalbeamte führte ihn in den Salon, dessen hohe Fenstertüren offenstanden.
»Ich möchte Sie bitten, in diesem Zimmer zu bleiben, bis Mr. Alford da ist«, sagte er. »Wenn Sie etwas brauchen, haben Sie bitte die Freundlichkeit zu läuten.« Als er sah, daß Gilders Augen aufblitzten, fuhr er schnell fort: »Einer meiner Leute wird sich um Sie kümmern, er ist ein erstklassiger Diener.«
Zum Glück wurde er auf keine allzu harte Probe gestellt. Dick hatte es so eilig gehabt, daß er gegen sämtliche Geschwindigkeitsbeschränkungen verstieß und auch nicht mehr an die Reisetasche hinten im Wagen dachte. Die Unterredung dauerte nur eine Viertelstunde. Es war ein sehr wichtiges Gespräch, von dem nicht zuletzt seine eigene Zukunft weitgehend abhing, und es beschäftigte ihn so sehr, daß ihm die Tasche und deren Inhalt auch auf der Rückfahrt nicht wieder einfielen. Er brachte das staubbedeckte Coupé vor der Veranda zum Halten und identifizierte in dem anderen Fahrzeug den Wagen, dessen Fahrer ihn am Morgen so rücksichtslos geschnitten und um ein Haar einen folgenschweren Unfall verursacht hatte.
»Ist das Gilder?« fragte er, als er ausstieg.
»Ja, und er stirbt vor Neugier. Haben Sie mit dem Staatssekretär gesprochen?«
Dick nickte. »Ja. Er war sehr freundlich, aber er wollte sich nicht festlegen. Er hat mir zwölf Stunden gegeben, um Harry zu finden,

tot oder lebendig.«
»Haben Sie ihm von Miss Gine erzählt?«
»Das interessierte ihn nicht«, antwortete Dick mit einem rauhen Lachen. »Harry, der Besitz, der Titel, aber nicht Leslie.«
Er ging in den Salon und begrüßte Gilder sehr förmlich. »Sie wollten mich sprechen?«
»Ich würde gern erfahren, was mit Leslie Gine geschehen ist.«
»Wenn ich das nur selbst wüßte!« erwiderte Dick.
Der Besucher starrte ihn an. »Es ist doch nichts Schlimmes passiert?« fragte er so entsetzt, daß Dick ihm alles verzieh.
»Ich fürchte, es ist auf jeden Fall etwas Unangenehmes«, antwortete er und berichtete. Dabei sah er, wie Gilder skeptisch den Mund verzog.
»Ich habe Ihnen etwas zu sagen, Alford, und ich würde es gern vor einem Zeugen tun«, war die ganze Antwort des ehemaligen Kanzleivorstehers.
»Mir?« sagte Dick überrascht und drehte sich zur Tür, wo Puttler gerade vorbeiging. Er rief ihn herein. »Mr. Gilder hat mir etwas zu sagen, und offenbar ist es nichts Gutes«, erläuterte er. »Vielleicht hören Sie es am besten auch, Puttler.«
»Alford hat mir eben erzählt, Miss Gine sei verschwunden, und die stillschweigende Folgerung ist natürlich, daß der Schwarze Abt sie entführt hat. Ich halte das für wahrscheinlich, denn der Spukmönch hat jedes Interesse daran, die junge Dame festzuhalten.«
»Sensationell«, murmelte der Inspektor, aber Gilder ignorierte den Einwurf.
»Seit einiger Zeit wird diese Gegend von einem Gespenst unsicher gemacht, das Lord Chelford zu Tode ängstigte und nicht zuletzt den Zweck hatte, die Serie von Gewalttaten zu erklären, die kürzlich begangen wurden. Chelford ist ein Schwächling, das wissen wir alle, aber selbst Schwächlinge können Kinder zeugen, und sobald Harry Alfords Frau ein Kind in die Welt gesetzt hätte, würden Sie keine Aussicht mehr gehabt haben, ›Fossaway‹ zu erben.« Er schnippte mit den Fingern und sah Dick an.
»Was wollen Sie damit sagen?« fragte Dick gelassen.
»Ich will damit sagen, daß Sie der Schwarze Abt sind!«
Dick zuckte nicht mit der Wimper.
»Ich kann es sogar beweisen«, fuhr Gilder fort. »Sie sind heute

morgen auf dem Weg in die Stadt beinahe mit meinem Wagen zusammengestoßen. Als Sie ins Schleudern gerieten, fiel Ihre Tasche aus der Notsitzklappe. Ich hob sie auf, verstaute sie in meinem Wagen und stellte fest, daß sie offen war. Sie enthielt die Kutte des Schwarzen Abts, die offenbar schon recht abgetragen ist – eifrig benutzt, könnte man auch sagen. Bestreiten Sie das?«

»Und wo ist der Beweis?« fragte Puttler.

»Sie werden ihn gleich haben!« rief Gilder triumphierend und eilte durch die Halle nach draußen, wohin ihm die beiden anderen Männer folgten. Er hatte die Reisetasche auf dem Rücksitz gelassen und mit einem Plaid bedeckt.

»Da ist die Tasche«, sagte er, als er das Plaid fortzog. »Und hier . . .« Er drückte das Schloß auf.

Die Tasche war leer.

»Und hier?« wiederholte Puttler ermutigend.

»Vor ein paar Minuten war die Kutte noch darin. Ich habe sie mir noch mal angesehen, ehe ich das Tor passierte. Irgend jemand muß sie herausgenommen haben. Sie!« fuhr er Dick an.

Dick lächelte. »Inspektor Puttler wird bezeugen, daß ich von meinem Wagen auf dem kürzesten Weg zu Ihnen eilte«, sagte er sarkastisch.

»Warum beschuldigen Sie nicht mich?« fragte Puttler. »Ich war praktisch die ganze Zeit draußen.«

Gilder blickte bestürzt von einem zum anderen. Er konnte nicht glauben, daß sie unter einer Decke steckten. Er hatte schon früher oft von Puttler gehört und wußte, daß er einer der besten Beamten war, die Scotland Yard jemals gehabt hatte. Er zuckte mit den Schultern und schüttelte ratlos den Kopf.

»Diese Runde geht an Sie, Alford«, sagte er endlich. »Jedenfalls bin ich jetzt überzeugt, daß Leslie sich im Umkreis einer Meile von ›Fossaway‹ aufhält, und ich werde nicht eher ruhen, bis ich sie gefunden habe. Der Himmel mag wissen, warum Sie es getan haben . . .«

»Seien Sie kein Narr, Gilder«, sagte Dick grob. »Wenn Sie uns helfen wollen, bitte. Aber es ist keine Hilfe, wenn Sie überall herumposaunen, ich hätte die Hand gegen Leslie erhoben. Es ist mir egal, ob Sie ein Freund oder ein Gegner sind, und wenn Sie uns dabei unterstützen, sie unbeschadet zurückzubringen, werde ich

Ihnen ewig danken.«
Seine Stimme bebte vor innerer Erregung, und in seinen Augen war ein Ausdruck, den nicht einmal Gilder – bei all seiner Voreingenommenheit – mißverstehen konnte. Er streckte die Hand aus, und Dick drückte sie so, daß Gilder vor Schmerz das Gesicht verzog.

53

Trotz ihrer düsteren Voraussagen, kein Auge zutun zu können, schlief Mary Wenner sofort ein, als sie sich hingelegt hatten. Leslie hörte ihre regelmäßigen Atemzüge und lächelte vor sich hin, während sie sich zur Seite drehte und die Kerze löschte. Sie hatte keine zehn Minuten wach gelegen, als ihr klar wurde, daß für sie vorerst nicht an Schlaf zu denken war. In den letzten vierundzwanzig Stunden hatte sie so manchen Schock bekommen, und es waren Dinge passiert, die sie ihr Lebtag nicht vergessen würde. Unmöglich, unter diesen Umständen einfach die Augen zu schließen und einzuschlafen!
Sie hörte, wie die Kirchturmuhr im Dorf die Stunden und die halben Stunden schlug, und war froh, als es eins war, denn nun hatte sie die Nacht halb überstanden, und in wenigen Stunden würde es hell werden. Sie hörte die Geräusche des alten Hauses; es raschelte und knisterte; sie glaubte, seltsame, verstohlene Schritte zu vernehmen, die sehr real wirkten, Finger, die an Täfelungen entlangstrichen, ein sonderbares Glucksen, als lache irgendwo jemand. Sie hatte zwar keine Angst, stand aber doch auf und machte die Kerze wieder an. Es beruhigte sie irgendwie.
Sie lag auf dem Rücken, schaute zur Decke und versuchte, sich auf den kleinen Riß zu konzentrieren, der von einer Ecke zur anderen lief, und dabei kam es ihr so vor, als würde es plötzlich dunkler im Zimmer. Dann war alles in ein sonderbares, unwirkliches Licht getaucht, und sie sah an der Tür einen großen Eisenhaken, den sie vorher nicht bemerkt hatte, und an dem Haken war ein Tau befestigt, und daran hing etwas Schlaffes, Schweres – eine Frau! Sie riß die Augen weit auf und hätte beinahe geschrien, hielt sich aber gerade noch rechtzeitig den Mund zu.

Sie wurde sich bewußt, daß sie geträumt hatte, und griff nach ihrem Taschentuch, um sich die Schweißperlen von der Stirn zu wischen. An der Tür war kein Haken. Sie erschauerte, drehte sich auf die Seite und schaute zum soundsovielten Mal auf ihre Uhr. Fünf vor halb zwei.

Tapp, tapp.

Das war unverkennbar. Es kam aus dem Zimmer nebenan, das eigentlich für Mary bestimmt gewesen war. Eine Weile herrschte Stille, und dann wurden Kieselsteine an das Fenster geworfen. Vielleicht wollte Dick sie sprechen? Sie glitt aus dem Bett, zog schnell ihren Morgenmantel an, öffnete die Verbindungstür und betrat den dunklen Raum. Das Fenster war geschlossen, doch als sie das Zimmer betreten hatte, prasselten wieder Steine an die Scheibe.

Mit unsicheren Händen zog sie den Riegel zurück und machte das Fenster auf. Unten stand ein Mann, und zuerst erkannte sie ihn nicht, aber dann sah sie, wer es war, und begann am ganzen Leib zu zittern. Sie mußte sich am Sims festhalten, um nicht zu fallen.

Harry!

»Bist du es, Leslie?« Seine Stimme war kaum mehr als ein Flüstern, aber sehr akzentuiert.

»Ja«, stammelte sie.

Sie war so verblüfft, daß sie keine einzige der vielen Fragen stellen konnte, die ihr auf den Lippen brannten.

Harry! Und er lebte!

»Du bist in großer Gefahr«, sagte er. »Möchtest du nicht herunterkommen? Ich kann eine Leiter holen.«

Ehe sie antworten konnte, war er verschwunden, und nach einer Weile kam er mit einer spitz zulaufenden Leiter zurück und stellte sie an die Mauer. Die oberste Sprosse war etwa dreißig Zentimeter unter dem Sims.

»Ich kann nicht kommen, Harry. Ich bin nicht angezogen, und außerdem ist Miss Wenner hier.«

Er legte den Finger an die Lippen. »Weck sie nicht auf«, sagte er. Er hatte etwas in der Hand, das wie eine kleine Rolle aussah, und erst jetzt fiel ihr auf, daß er barhäuptig war.

»Kannst du dich nicht schnell anziehen? Ich muß mit dir reden.«

»Soll ich Dick rufen?«

»Nein, nein.« Seine Stimme war etwas lauter geworden, und er blickte sich um. »Das würde alles verderben. Zieh dich bitte an, Liebes.«
Was sollte sie tun? Ihr erster Impuls war, zur Tür zu laufen und den Beamten zu alarmieren, aber war es nicht besser, wenn sie Harry gehorchte? Sein Ernst und die Besorgnis in seiner Stimme ließen sie schließlich nachgeben. Hastig zog sie sich im Schein der Kerze an und hoffte und betete, daß Mary Wenner nicht aufwachen möge. Einmal stieß sie ans Fußende des Bettes, aber Mary schlief friedlich, mit einem seligen Lächeln auf ihrem hübschen Gesicht, und die einzige Reaktion auf die Störung war ein leise gemurmeltes »Dick!« Es bedurfte dieses kleinen Zwischenspiels, um Leslies Mut wiederherzustellen, denn es war schwer, Angst zu haben und gleichzeitig einen Lachanfall zu unterdrücken.
Vielleicht wartet Dick unten, dachte sie und schwang sich entschlossen über das Fensterbrett, erreichte mit einem Fuß die oberste Sprosse und stieg hinunter. Harry stand auf dem Rasen und beobachtete sie merkwürdig gespannt.
»Was ist los, Harry?« fragte sie leise, doch er legte abermals den Finger an die Lippen und führte sie wider Erwarten nicht zur Vorderseite des Hauses, sondern in einem weiten Bogen zu den Bäumen. Ein Hund schlug an.
»Ich kann nicht weiter mitgehen, Harry.«
»Du mußt, du mußt!« Seine Stimme war befehlend. »Ich sage dir, wir sind beide ein Gefahr!«
»Und Miss Wenner?« Sie trat einen Schritt zurück.
»Sie werden sie nicht anrühren. Der Geist meiner Mutter wird über sie wachen. Sie ist in eurem Zimmer gestorben.«
»Deine Mutter?« fragte Leslie erschrocken.
»Komm!« erwiderte er ungeduldig, nahm ihren Arm und führte sie weiter nach unten, bis sie das blitzende Wasser des Ravensrill sah.
»Bitte, Harry, ich kann nicht weiter mit.« Sie blieb entschlossen stehen. »Du mußt dich irren. Wo bist du überhaupt die ganze Zeit gewesen? Wir haben dich alle gesucht, und Dick hat sich schreckliche Sorgen gemacht.«
Er lachte. (Dieses Lachen hatte der Dorfpolizist gehört.)
»Dick hat sich Sorgen gemacht? Das ist ein guter Witz.«
In diesem Augenblick befahl ihnen von ferne eine Stimme, stehen-

zubleiben, und sie sah in sein vom Mond beschienenes Gesicht. Es war schmutzig und unrasiert und wirkte entschieden unheimlich. Erschrocken wollte sie weiter zurücktreten, aber er packte ihre Handgelenke.
»Wenn du schreist, werfe ich dich in den Fluß und drücke dich so lange unter Wasser, bis du ertrunken bist«, flüsterte er so gelassen und sachlich, daß sie die Drohung nicht ernst nehmen konnte. Aber ein siebter Sinn sagte ihr, daß es besser sei zu gehorchen, mehr noch, daß sie in einer tödlichen Gefahr schwebte. Und dann fiel ihr etwas ein, das ihren Atem stocken ließ. Harry war in seiner Schulzeit der beste Sportschütze des Internats gewesen und hatte jedesmal mehr Ringe geschossen als seine Rivalen. Der beste Schütze! Sie erinnerte sich an die Kugeln, die für sie bestimmt gewesen waren, und versuchte unwillkürlich, ihre Hände aus seinem Griff zu lösen. Nein, sagte sie sich dann und leistete keinen Widerstand mehr. Du darfst jetzt nicht die Nerven verlieren.
Sie gingen zu den Ruinen. Puttler hatte ihr gesagt, am Rand der Lichtung seien zwei Polizisten postiert; sie mußten sie sehen. Aber Harry blieb schon vor dem halb eingestürzten Turm stehen, bückte sich und öffnete die steinerne Tür. Sie würden in das schreckliche unterirdische Gewölbe gehen, in das Dick sie mitgenommen hatte! Und Dick wußte, daß sein Bruder sich dort aufhielt. Das wurde ihr klar, ehe sie den Eßkorb erblickte, der auf der untersten Stufe stand und noch nicht angerührt war.

54

Harry hatte eine Kerze angezündet, und in ihrem Licht stieg sie die steile Wendeltreppe hinunter.
»Er hat mir das Essen gebracht . . . Der Teufel!« sagte er und zeigte auf den Korb.
»Dick?« Ihre Stimme drohte zu versagen.
Er nickte. »Alles vergiftet«, erklärte er. »Aber mich legt er nicht herein. Ich sage dir, es ist alles vergiftet.«
Vorsichtig faltete er eine weiße Serviette auseinander und klappte eins der appetitlichen Sandwiches auf, die darin lagen. »Man kann

die Kristalle sehen, die auf dem Braten glitzern«, sagte er so überzeugt, daß sie beinahe selbst glaubte, auf dem hellen Fleisch etwas glänzen zu sehen.
Dann nahm er die Weinflasche heraus und betrachtete sie lächelnd.
»Er unterschätzt mich. Nur ein Narr kann sich einbilden, ich würde mich so leicht täuschen lassen.« Er legte die Flasche und die Sandwiches sorgsam wieder in den Korb und deckte ihn mit der Serviette zu.
»Komm«, sagte er, und sie tat ein paar Schritte, um dann entsetzt stehenzubleiben. Vor ihr klaffte ein großes Loch im Boden, in dessen Mitte eine Steinplatte hochstand.
»Ich habe unten eine Lampe. Ich habe dieses Versteck schon vor langer Zeit vorbereitet, für alle Fälle. Gehst du zuerst?«
Höflich hielt er das Licht so, daß sie die schmale Treppe erkennen konnte. Er folgte ihr und drehte die Steinplatte hinter sich zu.
»Würdest du bitte die Kerze nehmen?«
Sie zitterte so heftig, daß heißes Wachs auf ihre Finger tropfte, aber sie ignorierte den Schmerz und beobachtete wie gebannt den Mann, mit dem sie bis vor wenigen Tagen verlobt gewesen war.
Er zündete eine Sturmlaterne an, und es dauerte eine Weile, ehe der Raum, in dem sie sich befanden, in helles Licht getaucht wurde. Er war doppelt so groß wie das Gewölbe über ihnen, und Wände und Fußboden waren vollkommen intakt. Das erste Ungewöhnliche, was sie sah, waren zwei Jagdgewehre, die in einer Ecke standen. Er folgte ihrem Blick und lächelte.
»Ich werde nicht sterben, ohne zu kämpfen«, sagte er stolz.
Das Mobiliar bestand aus einem alten Refektoriumstisch, dessen Platte wenigstens zehn Zentimeter dick sein mußte, einer langen Bank und einem hohen Stuhl, der wie ein Bischofsthron aussah. Es gab keine Fenster, aber zwischen Decke und Wänden war ein freier Raum, der Luft einließ.
»Entschuldige bitte«, sagte er.
Er nahm den Gegenstand, den er in der Hand gehabt hatte, rollte ihn auseinander und küßte ihn zu ihrem Erstaunen inbrünstig, ehe er ihn zu einem niedrigen Bett brachte, das sie erst jetzt bemerkte, und an einen Balken zwischen den Steinlagen heftete.
Atemlos schaute sie zu, und dann erkannte sie das Bild. Es war der Kopf seiner Mutter.

»Wie schön!« seufzte er. »Wie herrlich! Weißt du, Leslie, jetzt ist alles andere unwichtig.« Er lächelte sie an, und in diesem Moment sah er so glücklich aus, daß sie hätte weinen können.
»Richard hat sie gehaßt«, fuhr er fort. »Er hat immerfort schlecht über sie geredet. Ich weiß, daß er die Domestiken in die Bibliothek holte, wenn ich nicht da war, und dann haben sie sich über diese schöne Märtyrerin lustig gemacht.«
»Aber das ist absurd, Harry! So etwas würde Dick nie tun«, verteidigte sie seinen Bruder.
»Du kennst ihn nicht«, antwortete er. »Er ist natürlich der Schwarze Abt. Ich habe es leider erst vor einer oder zwei Wochen herausgefunden, als ich in sein Zimmer ging und die Kutte in der Truhe entdeckte.«
Sie glaubte ihm nicht, obgleich er diesmal die Wahrheit sagte, fand jedoch, es würde zumindest undiplomatisch sein, ihm zu widersprechen.
»Harry, ich kann nicht hierbleiben, und das weißt du«, sagte sie. »Es ist nur ein Zimmer, und ich muß leider täglich baden . . .«
Er ging durch den Raum, zog einen Jutevorhang beiseite, der vor einer Ecke gehangen hatte, und zeigte mit dramatischer Geste auf die Öffnung.
»Dort findest du alles, was du brauchst. Das ist dein Zimmer. Ich werde hier oben schlafen und nur hinunterkommen, wenn Gefahr droht. Du brauchst jetzt Mut und Geduld, aber ich weiß, daß du als meine zukünftige Frau beides hast.«
Er war jetzt wieder ganz der alte, freundlich und milde.
»Und es sind genug Bücher da, ich habe sie aus der Bibliothek mitgebracht. Sie waren ziemlich schwer, und ich mußte den Sack, in den ich sie getan hatte, ein ganzes Stück schleifen, aber ich habe es Gott sei Dank geschafft.«
Sie warf einen Blick zu dem Tisch und sah die Bücherstapel auf dem anderen Ende. Er nahm einen Band und blätterte liebevoll darin.
»Es ist ein Jammer, daß du nicht Deutsch kannst. Dies ist nämlich ein hochinteressanter Bericht über die damaligen Chelfords. Du wirst dich sicher freuen, wenn ich dir sage, daß ich den Schatz gefunden habe. Es war nicht weiter schwierig. Ich habe die ganze Zeit gewußt, daß er in dem Raum über uns ist, hinter der zweiten Tür.«

»Hast du die Stelle schon lange gekannt?«

Er nickte. »Schon sechs Jahre, ich habe sie am einundzwanzigsten Todestag meiner Mutter entdeckt. Vielleicht sollte ich hinzufügen, daß sie ermordet wurde. Für mich gibt es nämlich keinen Zweifel, daß mein Vater sie erhängt hat!«

Sie starrte ihn entsetzt an. »In jenem Raum?« sagte sie stockend. »Hinter der Tür?«

Er nickte wieder. »Die Sache wurde seinerzeit vertuscht. Mein Herr Vater war eine wichtige Persönlichkeit, und man wollte ihn nicht wegen Mordes vor Gericht stellen, so daß man einfach verbreitete, sie habe ihrem Leben selbst ein Ende gesetzt.«

Sie wußte, daß kein Wort davon stimmte, aber er glaubte an seine Version. Er erklärte ihr sehr nüchtern, wie das Licht funktionierte; er zeigte ihr die kleine Waschecke, wo ein dünnes Rinnsal an dem nackten Fels herunterlief und unten in einem unsichtbaren Abfluß versickerte; er erzählte sogar in aller Kürze die Geschichte der unterirdischen Anlage. Der Schwarze Abt von früher, so ging daraus hervor, hatte sie für seine persönlichen Zwecke bauen lassen.

»Ich habe immer gedacht, es müsse noch einen anderen Ausgang geben oder vielmehr einen Eingang für seine Gespielinnen, aber ich habe ihn nie gefunden.«

Er nahm eines der Gewehre, entsicherte es mit geübter Hand und drückte gegen den schweren Eichenbalken, der die Steinplatte in der Mitte hielt. Die Platte drehte sich, und Leslie hatte den aberwitzigen Einfall, sie einfach zu verschließen, wenn sie sich wieder zurückgedreht hatte. Das hatte er aber offensichtlich einkalkuliert, denn sie hörte, wie er einen schweren Pflasterstein zum Rand der Öffnung zog und ihn so hinlegte, daß man die Luke nicht zumachen konnte.

»Gute Nacht, Leslie«, sagte er und blickte durch seine dicke Brille auf sie hinunter. »Es macht dir doch nichts aus, wenn ich mein Licht anlasse? Ich möchte noch ein Kapitel lesen, ehe ich schlafe.«

Die nächste Viertelstunde wurde die Stille von keinem Geräusch unterbrochen. Leslie saß, die Hände um die Knie gefaltet, auf dem Bett und überlegte, und dann hörte sie, wie er sich oben rührte, und sie atmete schneller.

Aber er wollte sie nur etwas fragen: »Leslie, weißt du, ob Thomas

Verwandte hatte? Der Mann ging mir furchtbar auf die Nerven, und ich bereue es nicht, ihn getötet zu haben, aber ich möchte nicht, daß seine Angehörigen unter diesem Akt der Gerechtigkeit zu leiden haben.«
»Ich weiß nicht«, antwortete sie mit einer Stimme, die ihr selbst fremd vorkam.

55

Es schien unendlich lange zu dauern, bis er sein Licht löschte. Sie wartete noch eine Weile. Ob er schon schlief? Sollte sie versuchen, an ihm vorbeizuschleichen und zu fliehen? Sie konnte seine Hand sehen, die halb über der Luke hing, und ihr fiel ein, daß Dick mehrmals gesagt hatte, er habe einen sehr leichten Schlaf. Ohne sich zu rühren, suchte sie den Raum mit den Blicken ab, Zentimeter für Zentimeter. In einer Ecke waren viereckige Dosen von verschiedener Form aufgestapelt. Sie nahm an, daß sie Vorräte enthielten, und fragte sich, wo er die Abfälle ließ. Sie untersuchte die Waschecke, trank aus ihren Händen von dem kühlen, klaren Wasser und benetzte anschließend ihr Gesicht. Das kalte Naß belebte und erfrischte sie merklich.
Sie hatte keine Ahnung, wie lange sie dann bewegungslos dasaß. Sie war wie im Koma, und ein Gefühl der Hilflosigkeit lähmte sie. Stunden mußten verstrichen sein, als sie plötzlich hörte, wie er sich bewegte, und dann kam er, eine Wolldecke über dem Arm und das Gewehr in der Hand, die Stufen herunter und zog hinter sich die Platte zu.
»Was ist los?« fragte sie.
»Pst – er ist es!« flüsterte er, setzte sich neben sie und legte ihr die Hand auf die Schulter.
Oben hörte sie Schritte.
Dick!
Sie mußte sich auf die Lippen beißen, um den Schrei zu unterdrükken, der in ihrer Kehle aufstieg. Harry ließ sie nicht aus den Augen, und sie war sicher, daß es um sie geschehen sein würde, wenn sie ein Geräusch machte. Dick würde die Platte nicht mehr rechtzeitig

öffnen können, wenn er sie hörte. Dann verklangen die Schritte, und der Griff der Hand um ihre Schulter lockerte sich.
»Tut mir leid, daß ich dich gestört habe.«
Er nahm Decke und Gewehr und ging hinauf. Sie sah zu, wie er die Platte öffnete, und nach einer Weile herrschte wieder Totenstille. Wenn die Legende von dem ehrlosen Abt stimmte, mußte es tatsächlich einen anderen Ausgang geben. Sie zog die Schuhe aus und ging leise über den ebenen Fußboden, untersuchte jeden einzelnen Stein. Doch in den Wänden war nicht der kleinste Spalt, der auf eine Geheimtür hinwies.
Er hatte ihr eine Schachtel Streichhölzer und eine Kerze dagelassen. Sie zündete die Kerze an und ging in die Ecke, wo das Rinnsal herunterlief.
Sie konnte kein Dach sehen und nahm an, daß der Schacht erst oben mit dem Turm endete. Er mußte in etwa parallel zur Wendeltreppe verlaufen, die in das obere Gewölbe führte.
Sie hielt die Kerze hoch und blickte angestrengt hinauf, und dann sah sie an der Schachtwand einige große Krampen, die in einem Abstand von etwa dreißig Zentimetern in den Fels geschlagen waren. Sie schienen erst ganz oben aufzuhören, und als sie die Augen noch mehr zusammenkniff, sah sie etwas, das ihr Herz höher schlagen ließ – einen funkelnden Stern.
Trotzdem war sie verwirrt. Der Abt sollte ein Frauenheld gewesen sein, und es war kaum wahrscheinlich, daß seine nächtlichen Besucherinnen diesen äußerst beschwerlichen Weg genommen hatten. Sie langte nach oben, aber ihre Hand war noch einen knappen Meter von der nächsten Krampe entfernt, und in dem Raum befand sich kein Möbelstück, das sie an die Wand hätte schieben können, um daraufzusteigen und die primitive Leiter zu erreichen. Geräuschlos ging sie zum Bett zurück und zog das Laken ab; dann nahm sie das zweite Gewehr, legte einen Zipfel des Lakens über den Lauf und versuchte, es durch die unterste Krampe zu schieben, was ihr erst nach geraumer Zeit gelang; der Zipfel rutschte so weit durch, daß sie ihn erreichen konnte. Jetzt hatte sie ein Seil! Sie knotete die Enden des Lakens zusammen und prüfte, ob die Krampe ihr Gewicht halten würde. Die Eisensprosse gab nicht nach, und sie begann hinaufzuklettern. Sie hangelte sich langsam nach oben und hatte den Eindruck, ihre Arme würden aus

den Gelenken gerissen, aber sie ließ nicht los, und endlich hatte sie es geschafft. Sie zog sich an der dritten Krampe hoch, so daß sie mit den Füßen auf der ersten stand. Der Rest schien ein Kinderspiel zu sein. Sie stieg hinauf, aber dann sank ihr das Herz, denn über sich sah sie einen Eisenrost, der die Öffnung versperrte. Sie rüttelte daran, aber er ließ sich nicht bewegen, und die Schlitze waren so klein, daß sie nicht einmal einen Arm durchstecken konnte. Zutiefst niedergeschlagen kletterte sie wieder nach unten und rutschte an dem Laken auf den Steinfußboden hinab.

Auf diesem Weg gab es also kein Entrinnen. Sie knotete die Zipfel des Lakens auseinander, zog es aus der Krampe und legte es wieder aufs Bett, wobei sie darauf achtete, daß die rostbefleckten und eingerissenen Ränder unter der Matratze verschwanden. Dann untersuchte sie das Gewehr. Sie war eine recht gute Schützin und kannte den Mechanismus der Waffe. Sie zog das Magazin heraus und stellte fest, daß es voll war. Das war immerhin etwas, und ihr Vertrauen wuchs, obgleich sie betete, die Waffe nie gegen den geistig Umnachteten richten zu müssen, der oben schlief.

Sie ging wieder zur Waschecke und blickte hinauf. Sie sah, daß es weit oben langsam hell wurde, und faßte plötzlich einen Entschluß. Harry war beinahe so gewesen, wie sie ihn gekannt hatte, er hatte sich einigermaßen normal benommen, aber sie wußte nun, daß er Phasen haben mußte, in denen er nicht einmal davor zurückschreckte, jemanden umzubringen, und früher oder später würde auch sie an der Reihe sein. Sie mußte die Waffe gebrauchen, ehe es zu spät war. Mit dem Gewehr in der Hand ging sie leise die Treppe hinauf und hörte, wie er sich bewegte.

»Wohin willst du? Bleib unten, du hinterhältiges Biest!«

Sie hob den Gewehrkolben und stieß den Stein fort, der die senkrecht stehende Platte blockierte. Die Platte schloß sich knirschend, und sie drehte sofort den Balken, der sie in waagrechter Stellung hielt. Sie hörte, wie Harry oben schrie und stampfte; sie hörte mit eisigem Entsetzen, wie er Drohungen ausstieß, die den Rahmen des Vorstellbaren sprengten, und dann taumelte sie die Stufen hinunter und stürzte zu Boden.

Ein hoher Beamter von Scotland Yard war gekommen und befragte Dick in der Bibliothek.
»Ich trage die Verantwortung. Ich habe schon immer gewußt, daß mein Bruder ein bißchen wirr im Kopf ist, und vor einem Jahr war ich ganz sicher, daß die Geisteskrankheit, die seine Mutter ihm vererbt hat, auf eine Weise fortschritt, die nur ein schreckliches Ende haben konnte. Ich flehte ihn an, sich um ärztliche Hilfe zu bemühen, aber er konnte Mediziner nicht ausstehen. Ich ließ die besten Nervenärzte aus London kommen, bat sie aber, hier eine andere Rolle zu spielen. Sie traten als Verwalter oder Kaufinteressenten für unser Land auf, aber wenn sie da waren, benahm er sich so vernünftig, daß sie sich verständlicherweise weigerten, ihn in eine Klinik einzuweisen. Außerdem war ich in einer heiklen Lage. Wie Sie wissen, bin ich der Erbe, und jeder Schritt, den ich unternahm, bedeutete letztlich, daß der Besitz an mich fallen würde, und wenn der arme Harry stürbe, würde ich für immer mit dem Makel behaftet sein, dazu beigetragen zu haben. Ich wollte den guten Namen unserer Familie nicht aufs Spiel setzen. Meine größte Angst war, daß er heiratete.«
»Wäre es nicht ein leichtes gewesen, seine Verlobte ins Vertrauen zu ziehen?«
Dick schwieg eine Weile. »In diesem Fall nicht«, sagte er dann. »Es gab Gründe, weshalb . . .«
Der Mann glaubte zu verstehen und wechselte das Thema.
»Dann waren Sie also tatsächlich der Schwarze Abt?«
»Meistens«, gestand Dick. »Mein Bruder fürchtete sich entsetzlich vor dem Gespenst und tat keinen Schritt aus dem Haus, wenn es umging. Ich wollte nämlich, daß er möglichst selten seine Räume verließ, weil er im ›Manor‹ nicht die seltsamen Anwandlungen hatte, die verschiedene Leute aus der Gegend alarmierten. Der Mann, der den Dorfbewohnern als Schwarzer Abt erschien und sie mit seinem Stöhnen und Schreien erschreckte, war allerdings Harry. Ich dagegen war ein sehr schweigsamer Schwarzer Abt. Ich wollte nur dafür sorgen, daß er im Haus blieb. Leider schaffte ich es nicht immer.«
»Ich fürchte, wir werden das nicht ganz unter den Teppich kehren

können«, erklärte der Beamte kopfschüttelnd.
»Wenn es doch nur schon letzte Woche herausgekommen wäre«, erwiderte Dick bitter.
»Glauben Sie, daß Ihr Bruder etwas mit Miss Gines Verschwinden zu tun hat?«
»Zweifellos. Er hat sie bestimmt ans Fenster gelockt und überredet, nach unten zu kommen. Wer nicht gesehen hat, was ich gesehen habe« – er holte tief Luft –, »würde nie auf die Idee kommen, daß er geistesgestört ist. Wenn Sie wüßten, was ich die letzten fünf Jahre durchgemacht habe! Manchmal denke ich, es wäre am besten, diese verdammten Ruinen zu schleifen und das Haus niederzureißen und ganz ›Fossaway‹ in einen öffentlichen Park zu verwandeln. Aber ich rede wie ein Narr. Der Besitz kann schließlich nichts dafür, daß Harry so geworden ist. Dabei war er bis vor ungefähr acht Jahren noch einigermaßen normal, aber dann setzte er sich diesen Schatz in den Kopf und begann, sich von allen abzukapseln und in einer Welt zu leben, die er sich in seinem Wahn schuf.«
»Er wollte das Gold haben?«
»Nein. Das wäre ja noch verständlich gewesen.«
Er schilderte Harrys Suche nach dem berühmten Lebenselixier, das sein Vorfahre in dem Tagebuch erwähnt hatte.
»Wahrscheinlich war es nur irgendein Klosterschnaps«, schloß er. »Armer Harry!«

Mary Wenner hatte vorgehabt, den ersten Zug nach London zu nehmen, aber dann hatte sie es sich, vielleicht weil Gilder gekommen war, anders überlegt. Sie hatte ihre eigene Theorie über die Sache.
»Haben Sie schon in der Abtei gesucht?« fragte sie nicht ein-, sondern dutzendmal.
Dick war total erschöpft. Die Abtei war sein erster Gedanke gewesen. Er hatte angenommen, Harry habe sich dort versteckt, doch der Picknickkorb, den er auf die Wendeltreppe gestellt hatte, war, wie es schien, nicht angerührt worden.
Aber es gab noch zwei weitere Möglichkeiten: das unterirdische Gewölbe und den Raum hinter der zweiten Tür. Dick hatte den Dorfschmied und dessen Gesellen für zwei Uhr nachmittags an den Turm bestellt. Eines der Werkzeuge mußte der Mann eigens aus

London kommen lassen.
Mary Wenners Anwesenheit war Gilder doch nicht so unangenehm, wie er gedacht hatte, da er schnell feststellte, daß sie auf seiner Seite stand. In Wahrheit stand Mary freilich immer auf der Seite desjenigen, der ihr nützlich sein konnte. Sie spazierten vor dem Lunch durch den Rosengarten, und Marys Bemerkungen schienen darauf abzuzielen, Gilder über die unverblümte Abfuhr, die ihm Leslie erteilt hatte, hinwegzutrösten.
»Mein lieber Fabrian« – sie pochte immer noch auf ein Verlöbnis, das recht illusorisch war, und er leistete nur schwachen Widerstand –, »wenn es nach mir ginge, würde ich niemand anderem als Ihnen den Fall übergeben! Sie sind genau der richtige Mann, um das Geheimnis zu lüften . . . Sie haben Erfahrung in juristischen Dingen, und Sie lassen sich kein X für ein U vormachen.«
»Manchmal leider doch«, schwächte Gilder ab und erinnerte sich voller Wut an einen gewissen Blankoscheck.
»Bestimmt nur sehr selten!« entgegnete Mary. »Was machen Dick Alford und dieser sogenannte Inspektor denn schon groß? Sie stehen herum und palavern, während Sie sofort zum Kern des Rätsels vorgestoßen sind. Wenn Sie wollten, könnten Sie bestimmt noch mehr erzählen, nicht wahr, Fabe?«
»Sagen Sie bitte nie wieder Fabe zu mir«, bat er höflich. »Wenn Sie unbedingt meinen Vornamen benutzen wollen, dann bitte vollständig, drei Silben, ja?«
Mary ließ sich durch seinen Einwurf nicht beirren. »Ich möchte wirklich wissen, warum man nicht einfach zu Ihnen kommt und Sie fragt«, schloß sie.
»Vielleicht wollen sie nicht das Gesicht verlieren«, bemerkte Gilder ironisch, aber dann schreckte er plötzlich zusammen und runzelte die Stirn. Er hatte einen Schuß gehört und sogar das pfeifende Geräusch einer Kugel wahrgenommen.
Er blickte zum Himmel, aber das Flugzeug, das später erscheinen sollte und nichts mit dem mysteriösen Schuß zu tun hatte, war noch nicht zu sehen.
Dick hatte den Schuß ebenfalls gehört und kam über den Rasen gelaufen. »Haben Sie . . .«, begann er.
Plopp!
Sie hörten es wieder, und diesmal hörte Dick auch einen dumpfen

Einschlag und sah einige Blätter von einem Lorbeerbusch wirbeln. Einer der Polizisten, die immer noch auf dem Gelände patrouillierten, rief ihm etwas zu, aber er konnte es nicht verstehen und rannte zu ihm hinüber. Als er näher heran war, sah er, daß der Mann zu den Ruinen zeigte.

»Es kam von da«, rief der Gendarm, und Dick änderte die Richtung. Er lief den Hang hinauf, als der dritte Schuß knallte, und diesmal konnte er die Stelle, wo der Schütze sein mußte, recht gut ausmachen. Irgend jemand schoß vom Turm.

Zum Glück hatte er schon Vorbereitungen für die Arbeit des Schmieds getroffen und einige Laternen zum Eingang bringen lassen. Er blieb kurz stehen, zündete eine davon an, holte sein Messer heraus, betätigte den Mechanismus der Steintür und hastete die Treppe hinunter. Das Gewölbe war leer. Er rüttelte an der geheimnisvollen zweiten Tür; sie war nach wie vor verschlossen. Jemand rief vom oberen Ende der Treppe seinen Namen, und er antwortete: »Kommen Sie herunter, Gilder. Hier ist niemand.«

Gilder stieg vorsichtig die Stufen hinab und blickte sich mit zusammengekniffenen Augen um. Dann erinnerte er sich und zeigte auf die Platte.

»Haben Sie die geprüft? Ich wollte Sie schon lange darauf hinweisen.«

»Was ist es?«

»Ich weiß nicht genau, aber ich glaube, daß der Stein sich an einem Zapfen dreht. Wir müssen nur herausbekommen, wie die Platte gesichert ist.« Er legte sich flach auf den Boden und hielt das Ohr an den Spalt.

»Ich kann nichts hören«, fuhr er fort. »Aber riechen Sie nicht auch etwas?« Er schnupperte an der schmalen Ritze. »Da unten brennt eine Petroleumlampe. Zumindest hat bis vor kurzer Zeit eine gebrannt.«

Dick legte sich ebenfalls hin und roch an dem Spalt. »Ja«, sagte er und rief, so laut er konnte: »Leslie!«

Keine Antwort. Er rief noch einmal, mit dem gleichen Ergebnis.

Gilder ging nach oben und untersuchte die Werkzeuge, die für den Schmied bereitlagen. Er hob zwei Sägen und eine Laterne auf, zündete letztere an und kehrte zu Dick zurück.

»Es ist bestimmt ein Eichenbalken. Die alten Baumeister haben nur

selten Eisen benutzt«, sagte er.
Er zog den Mantel aus und krempelte seine Hemdsärmel hoch. Dann schob er das Sägeblatt behutsam durch den Spalt, traf nach einer Weile auf Widerstand und fing vorsichtig an, es hin und her zu bewegen.
»Ja, es ist Holz«, sagte er. »Sägen Sie bitte auf Ihrer Seite.«
Sie arbeiteten an den beiden Rändern der Platte, und wie Gilder prophezeit hatte, gab es einen Balken, der die Funktion eines Drehzapfens hatte. Das Holz war hart wie Stein, und beide Männer schwitzten, ehe sie den Balken halb durchgesägt hatten. Dann hörte Dick, wie das eine Ende unten aufschlug, und zog seine Säge heraus. Einige Sekunden später hatte auch Gilder sein Ende durchgesägt. Vorsichtig stellte er einen Fuß auf die Platte, drückte dagegen, und die steinerne Falltür klappte hoch.
Sie blickten in ein dunkles Gelaß hinab, und nun war der Geruch brennenden Petroleums unverkennbar. Dick senkte die Laterne und spähte nach unten, konnte aber kein Lebenszeichen entdekken. Er erkannte das Fußende eines Bettes, einen Tisch und auf dem Fußboden ein Gewehr. Er eilte hinunter, schwang die Laterne im Halbkreis herum und rief: »Leslie!«
Aus einer kleinen Ausbuchtung am Ende des Raums kam ein spöttisches Echo zurück. Das Gelaß war leer; der Mann und die Frau, die vor wenigen Minuten auf Leben und Tod miteinander gekämpft hatten, waren verschwunden.

57

»Leslie!«
Seine Stimme war heiser vor Angst, als er wieder nach ihr rief. Er hatte zwei kleine Schuhe neben dem Bett gesehen. Ihr Hut lag, zu einer formlosen Masse zertrampelt, am Boden. Er hob das Gewehr auf und betastete den Lauf; er war noch warm, und auf den Steinplatten lagen vier leere Patronenhülsen. Dann hielt er die Laterne hoch und entdeckte die Eisenkrampen in der unbehauenen Schachtwand und dachte, sie müßten auf diesem Weg geflohen sein. Er machte einen gewaltigen Satz, erreichte die untere Krampe,

zog sich weiter hoch und kletterte hinauf, ohne auf das unheilvolle Knistern der Sprossenverankerungen zu achten. Der Rost am oberen Ende hielt ihn auf. Er hatte gedacht, er würde ihn ohne weiteres öffnen können. Enttäuscht stieg er wieder hinunter.

»Sie müssen einen anderen Weg genommen haben«, sagte er außer Atem, als er sich von der letzten Krampe fallen gelassen hatte.

Gilder fuhr sich durch die grauen Haare. »Aber wo soll es hier noch einen Ausgang geben?«

Sie suchten jeden Zentimeter des langen Raums ab, schoben das Bett von der Wand und betasteten die Steine darunter. Der Tisch war offenbar am Boden verankert, denn sie konnten ihn nicht von der Stelle rücken.

»Fällt Ihnen am Fußboden nichts auf?« fragte Gilder unvermittelt. »Ich meine, er ist nicht eben.«

Als Dick genauer hinsah, mußte er ihm recht geben. Der Boden fiel von der Waschecke zu der Mauer hinter der Treppe leicht ab. Gilder holte einen Hammer, sagte Puttler und dem Mann von Scotland Yard Bescheid, die inzwischen oben eingetroffen waren, und dann klopften sie jeden Fußbreit des Bodens ab, fanden jedoch keinen Hohlraum. Als nächstes versuchten sie, den Tisch aus seiner Verankerung zu hieven, aber sie hätten ebensogut versuchen können, die Wand zu bewegen. Die drei Säulen, von denen die ungeheuer dicke Platte getragen wurde, standen auf einem massiven Eichensockel.

Dick glaubte zu wissen, was geschehen war. Harry hatte Leslie bedroht oder angegriffen, und sie hatte irgendwo ein Gewehr entdeckt und in den Schacht hinaufgeschossen, um Aufmerksamkeit zu erregen. Und dann hatte Harry sie überwältigt und . . . was? Das Wasser kam aus einem fünfzehn bis zwanzig Zentimeter breiten Spalt im Fels. Natürlich konnte sich kein noch so kleines menschliches Wesen durch diese Ritze zwängen, doch um sicherzugehen, ließ Dick die ausgewaschenen Ränder des Spalts aufbrechen, aber das brachte ihn nicht weiter. Inzwischen war auch der Schmied oben eingetroffen, und Dick hoffte, die zweite Tür würde ihn der Lösung näher bringen.

Sie mußten fast eine halbe Stunde mit Stemmeisen und Brechstangen arbeiten, ehe das Schloß mit einem ohrenbetäubenden Krachen aufsprang und die Tür sich in ihren Angeln drehte. Der Raum

dahinter glich dem Gelaß, das Mary Wenner entdeckt hatte, nur standen keine Steinbänke darin, und in der Mitte war ein großes Loch im Boden. Dick kniete sich daneben hin und hielt seine Sturmlaterne hinein; er hörte, wie weit unten Wasser gluckerte, und sah, daß das Licht zurückgeworfen wurde.
»Ein Brunnen!« sagte er. »Alle diese alten Gemäuer hatten einen Brunnen. In den Verliesen des Towers ist auch einer.«
Der Raum war in uralten Zeiten als Kerker benutzt worden. An den Wänden hingen einige rostige Ketten mit Fußeisen. In einer Ecke sah er einige Lumpen, er entdeckte einen weißen Knochen und erschauerte. Was mochte der oder die Unglückliche getan haben, um hier in ewiges Dunkel gesperrt zu werden und einen schrecklichen Tod zu sterben?
»Nun, hier dürfte wohl nichts weiter zu finden sein«, sagte Gilder mit einem kurzen Blick auf die Lumpen.
Dick band seine Laterne an ein Seil und ließ sie langsam den Brunnenschacht hinunter. Nach etwa zehn Metern berührte ihre Unterseite den Wasserspiegel. Die grünen, bemoosten Schachtwände schienen glatt und unversehrt zu sein. Dann aber blieb sein Herz beinahe stehen. Er erblickte eine Hand, die geradewegs aus der Backsteinwand des Brunnens zu kommen schien, eine weiße Hand, an der ein Brillant blitzte, den er gut kannte. Fast im selben Moment ertönte unten eine dumpfe Stimme, und in seiner Aufregung lockerte er seinen Griff um das Seil, und die Laterne plumpste ins Wasser.
Leise verfluchte er seine Unbedachtsamkeit, die verhängnisvolle Folgen haben konnte. »Geben Sie mir Ihre Laterne und ein anderes Tau«, sagte er zu Puttler.
Aber sie hatten kein Ersatztau mitgebracht, und wenn der Inspektor ihn nicht gewaltsam zurückgehalten hätte, wäre er an der gefährlich schlüpfrigen Schachtwand hinuntergeklettert.
Nach einer Ewigkeit kam einer der Beamten mit einem Seil aus »Fossaway Manor« zurück. Sie befestigten das eine Ende an einem Brecheisen, das sie quer über die Öffnung legten, und ließen das andere in den Schacht hinunter. Dick schwang sich über den Brunnenrand und hangelte langsam, den Griff der Sturmlaterne zwischen den Zähnen, in den Schacht. Die Wände waren von einer schleimigen Substanz bedeckt, und da er sich nur sehr langsam

und vorsichtig weiterbewegte, dauerte es eine Weile, bis er die Stelle erreichte, wo er Leslies Hand gesehen hatte.
Es war ein etwa fünfzehn mal zehn Zentimeter großes Loch, das offenbar Belüftungszwecken diente. Er hielt die Lampe davor und versuchte hineinzublicken, sah aber nur nackten Fels. Er rief ihren Namen, doch außer einem unheimlich gebrochen zurückgeworfenen »Leslie!« kam keine Antwort.
Und dann sah er, daß es noch andere Belüftungsöffnungen gab, die in regelmäßigen Abständen an der Schachtwand verteilt waren. Die ersten beiden waren von Moos und anderen Pflanzen überwuchert, aber als er etwas weiter nach unten hangelte, konnte er sie deutlich erkennen. Dahinter mußte irgendeine natürliche Galerie im Fels sein, und erst jetzt erinnerte er sich, daß er einmal gelesen hatte, die Abtei sei auf einer frühen englischen Katakombe errichtet worden. Wahrscheinlich bildete eine der Öffnungen einen Treppenabsatz, das Ende einer Folge natürlicher Stufen im Fels.
Er machte eine Schlinge in das Seil, damit sein Fuß einen gesicherten Halt hatte, und verlangte ein Stemmeisen, das an einem anderen Tau zu ihm heruntergelassen wurde. Damit attackierte er das Loch in der Wand, merkte aber schnell, daß es so nicht gehen würde. Um diese Öffnungen zu erweitern, brauchte man Dynamit. Er war fast mit seiner Kraft am Ende, und die anderen mußten ihn hinaufziehen, damit er sich etwas ausruhen konnte. Puttler wollte an seiner Stelle hinunter, aber Dick bestand darauf, es noch einmal zu versuchen. Dieses Mal nahm er einen Bambusstab mit, an dessen Ende eine kleine Glühbirne befestigt war. Das Kabel lief am Stab entlang und war mit einer Batterie in seiner Tasche verbunden. Als er unten war, knipste er die provisorische Lampe an und steckte die Glühbirne in die Öffnung. Jetzt erkannte er, daß die Wand, die er für natürlichen Fels gehalten hatte, roh in das Gestein gehauen war, aber er konnte höchstens einen halben Meter weit sehen. Er zog den Stab heraus und tastete sich mit der Hand vor, berührte aber nur schroffen Fels.
»Achtung!« rief Gilder von oben.
Er zog die Hand schnell heraus.
»Weg von der Wand, stoßen Sie sich mit den Füßen ab!« schrie Gilder.
Er erblickte eine grünlich glitzernde Hand, die aus einem der

viereckigen Luftlöcher herauskam, sah Stahl blitzen und fühlte, wie das Tau mit heftigen Hieben durchtrennt wurde. Dann riß es, und er stürzte in die Tiefe, bis das eiskalte Wasser ihn umfing. Er kam mit den Füßen auf Grund, stieß sich ab und schwamm zur Oberfläche empor. Die Kälte durchdrang ihn bis aufs Mark. Er sah, wie die Laterne auf ihn zuglitt, und hörte Gilders Stimme.

»Ziehen Sie sich nicht hoch! Halten Sie sich nur am Seil fest, damit Sie oben schwimmen.«

Wie betäubt gehorchte er. Sein Blick war auf das Luftloch gerichtet, und Puttler, der sich flach auf den Boden geworfen hatte und seinen Revolver auf die Stelle richtete, wo die Hand herausgekommen war, ließ es ebenfalls nicht aus den Augen.

Sie hatten ihm das Tau weiter hinabgelassen, aber er fühlte, wie seine Kräfte ihn verließen, und wußte, daß er es nicht mehr lange festhalten konnte. Lähmende Kälte stieg in ihm auf, und ihm war klar, daß er nur noch kurze Zeit bei Bewußtsein bleiben würde. Er fand sich schon damit ab, in diesem düsteren Loch ein elendes Ende zu nehmen.

»Dick!« Er hörte, wie sein Name mit verzweifelter Eindringlichkeit geflüstert wurde. »Dick, nimm meine Hand!«

Eine Hand kam aus dem unteren Luftloch, und unter Aufbietung aller Kräfte griff er hinauf und fühlte, wie sie sich um sein Gelenk legte. Dann verlor er das Bewußtsein.

Als er wieder zu sich kam, lag er unter freiem Himmel und wurde von den Strahlen der Sonne gewärmt. Er war unendlich müde. »Wo ist Leslie?« fragte er und stützte sich mühsam auf einen Ellbogen. »Wie bin ich herausgekommen?«

»Gilder ist Ihnen nachgeklettert, als er sah, daß Sie das Seil losließen.«

»Aber Leslie hat mich doch festgehalten«, sagte er erregt. »Sie war da . . . Haben Sie sie nicht gesehen, Puttler?«

Sie blickten ihn an, als wäre er im Delirium, und Puttler schüttelte den Kopf.

»Ich habe nur gesehen, wie Sie das Seil losließen, und dann ist Gilder hinuntergeklettert.«

Dick erbleichte. »Sie haben sie nicht gesehen? Und Sie haben nichts gehört?« Er rappelte sich auf und strich sich erschöpft mit der Hand über die Stirn. Hatte er geträumt? War es schon der

Beginn des Komas gewesen? Aber er war ganz sicher, daß seine Phantasie ihm keinen Streich gespielt hatte. Leslies Hand war aus der Öffnung gekommen und hatte ihn am Gelenk festgehalten. Er hatte den Brillanten im Schein der Laterne funkeln gesehen, und dann hatten ihn seine Sinne verlassen. Es war Leslie gewesen. Er hatte nicht geträumt! Irgendwo dort unten war die Frau, die er liebte, und er konnte nichts tun, um sie zu retten. Er schlug die Hände vors Gesicht, und seine Schultern begannen zu zucken.

58

Leslie zweifelte nicht daran, daß der Balken halten würde. Sie konnte sich unbesorgt hinsetzen und warten, bis Harrys entsetzliches Schreien endlich nachließ. In einem solchen Anfall mußte er auch sein Zimmer verwüstet haben, nachdem er Thomas getötet hatte, und dann war er, von Panik ergriffen, aus dem Fenster gesprungen, hatte die Bücher aus der Bibliothek geholt (sie sah den eingerissenen und dreckbeschmierten Bettbezug, in den er sie gepackt hatte) und war in diesen Schlupfwinkel geflohen. Er stöhnte immer noch, aber das konnte sie zur Not ertragen. Sie hatte glücklicherweise ihre Armbanduhr umgebunden, als sie sich anzog, und sie sah, wie die Stunden verstrichen. Es wurde Mittag; inzwischen wird bestimmt ganz »Fossaway« abgesucht, dachte sie, aber es war unwahrscheinlich, daß Dick noch einmal zu den Ruinen zurückkehrte, es sei denn, irgend etwas lockte ihn hin.
Nun setzte sie ihren Plan in die Tat um. Sie ging zu dem Schacht, richtete den Gewehrlauf nach oben und feuerte einen Schuß ab. Sie schoß noch einmal, und die dritte Kugel streifte den Rost und sauste zornig summend in eine andere Richtung. Wenn es ihr gelang, Dicks Aufmerksamkeit zu erregen, würde er schnell erkennen, woher die Schüsse kamen. Aber Harry hatte ebenfalls ein Gewehr! Bei diesem Gedanken wurde ihr eiskalt. Vielleicht lockte sie Dick in den Tod?
Sie hatte den aberwitzigen Einfall, die Falle zu öffnen und sich mit der Waffe den Weg ins Freie zu erkämpfen. Und dann hörte sie Harrys leise, hohl klingende Stimme.

»Leslie!«
Sie ging eine Stufe hinauf, um ihn besser zu hören.
»Sie kommen, Leslie. Wirst du ihnen sagen, daß ich dir nichts getan habe? Versprich es.«
»Ja, ja«, erwiderte sie eifrig.
Dann sagte sie nichts mehr, und nach einer Weile hörte sie über ihrem Kopf schwere Schritte, und Harry rief: »Hallo, Dick, alter Junge! Hoffentlich hast du meinetwegen nicht zuviel Scherereien gehabt.«
Sie hörte undeutliche Töne, die von einer anderen Stimme zu kommen schienen, aber in ihrer Erregung achtete sie nicht weiter darauf, drückte schon den Balken aus der Halterung, öffnete die Platte und kletterte in den anderen Raum hinauf. Sie konnte nichts sehen; es war stockdunkel.
»Dick!« rief sie.
Eine kalte Hand packte sie, und sie wurde sich zu ihrem Entsetzen bewußt, daß Harry ihr eine Komödie vorgespielt hatte, um sie wieder in seine Gewalt zu bekommen. Sie hatte immer noch das Gewehr in der Hand, doch ehe sie es heben konnte, griff er nach dem Kolben und riß es ihr weg. Sie hörte, wie es unten auf dem Steinboden aufschlug.
Sie wehrte sich nur schwach, denn sie war vor Angst und Schrekken halb ohnmächtig.
»Jetzt gehen wir nach unten, mein Liebling«, flüsterte er ihr ins Ohr. »Endlich weiß ich die Wahrheit! Du hattest es also die ganze Zeit auf Dick abgesehen!«
Er kicherte leise vor sich hin, während er sie zur Treppe zerrte.
»Gehst du von selbst, oder muß ich dich hinunterwerfen?« fragte er so sachlich, als mache er eine belanglose Bemerkung über das Wetter.
Mit zitternden Knien ging sie wieder in den beleuchteten Raum hinunter, und er folgte ihr, vergaß aber nicht, die Platte zu schließen und mit dem Balken zu sichern.
»Setz dich hin.« Er zeigte auf die Bank am Tisch, und sie gehorchte sofort. Ihr Gesicht war totenbleich, und ihr letzter Funken Mut drohte zu erlöschen. »Du hast mich so sehr verletzt, daß ich dir nicht verzeihen kann, Leslie«, sagte er und blickte sie beinahe traurig an. »Ist dir klar, was du getan hast? Du hast mich zum

Narren gehalten, mich, Harry Alford, achtzehnter Earl von Chelford, Viscount von Carberry, Baron Alford!«
Er zählte seine Titel, sogar das uralte Baronspatent von Aquitanien, das den Chelfords vor undenklichen Zeiten verliehen worden war, mit dem feierlichen Ernst eines Kindes auf. Sie hatte das unheimliche Gefühl, vor einem Richter zu stehen.
»Du hast mir nach dem Leben getrachtet; du hast dich mit Leuten verschworen, die mich hassen; du hast dich mit meinen Feinden zusammengetan!«
Er brachte noch andere Beschuldigungen vor, die unter normalen Umständen lächerlich gewesen wären und höchstens ihren Zorn erregt hätten, aber nun hörte sie verzweifelt zu und versuchte, Kräfte für den bevorstehenden Kampf zu sammeln.
Sein Gewehr lehnte an den Stufen, aber er versperrte ihr den Weg dorthin. Sie blickte sich verstohlen nach einer anderen Waffe um, sah aber nur die Lampe, die für diesen Zweck zu schwer war.
»Für dich kann es nur eine Strafe geben«, schloß er nachdrücklich. »Den Tod!«
Seine Stimme bebte merklich. Sie spürte, daß er auf irgendeine verquere Weise Mitleid mir ihr hatte und die Notwendigkeit des Urteils bedauerte. Sie versuchte aufzustehen, aber die Beine versagten ihr den Dienst. Flehend breitete sie die Arme aus, aber er sprang auf sie zu, und seine Hände legten sich um ihre Kehle und erstickten den Schrei. Kurz darauf hörte sie oben ganz deutlich Schritte und eine tiefe Stimme. Es war Dick. Sie versuchte zu rufen, aber Harry hielt ihr den Mund zu und griff nach der Lampe, um sie zu löschen. In diesem Augenblick stieß sie ihn halb ohnmächtig vor Angst zurück, und er lockerte für eine Sekunde seinen Griff, doch ehe ihre wunde Kehle einen Ton hervorbringen konnte, hatte er sich schon wieder auf sie geworfen und drückte sie gegen den Tisch. Sie zerrte an seiner Hand, aber sie war wie eine Schraubzwinge. Also war dies der Tod! Sie hörte ein lautes Klingen in ihren Ohren, sah ein blendendes Licht vor ihren Augen; sie verlor das Bewußtsein. Und dann fühlte sie, wie der Tisch sich bewegte, zuerst sehr langsam, und dann so schnell, daß sie schwankte. Das große Möbelstück glitt der Länge nach zur hinteren Wand. Harry ließ sie los und schien augenblicklich fort zu sein. Sie hörte einen Aufprall und ein Stöhnen und trat einen Schritt vor – ins Leere! Sie

sah den gähnenden Schlund vor sich nicht, sie schlug im Fallen an den Rand der Öffnung und rutschte und stürzte Stufen hinab, die unter ihr krachten und brachen, dann trafen ihre Füße auf etwas Weiches. Oben ertönte ein Rumpeln, dann ein dumpfer Ton von Holz auf Stein, und alles war wieder still.

59

Harry war bewußtlos. Sie betastete sein Gesicht und fühlte etwas Warmes und Feuchtes. Sie konnte nichts sehen; die Schwärze ringsum war undurchdringlich. Der schwere Eichensockel des Refektoriumstisches mußte – sicher auf Rollen, die noch genausogut funktionierten wie vor Hunderten von Jahren, als der Schwarze Abt diesen Ausgang so praktisch gefunden hatte – wieder an seinen Platz geglitten sein. Wenn sie nur irgendein Licht hätte! Sie beschloß, den unglücklichen Harry zu durchsuchen, und fand eine kleine silberne Dose mit Streichhölzern. Sie zündete eines an und blickte sich um. Sie lagen am Fuß einer Holztreppe, die im Lauf der Jahrhunderte verrottet war; die Hälfte der Stufen war bereits verfault gewesen, und die anderen hatten unter ihrem Gewicht nachgegeben.

Harry lag in einer Felsennische, und links und rechts lief ein schmaler Gang, auf dessen Boden Wasser rann. Sie riß noch ein Zündholz an. Der Gang schien sich im Zickzack durch den Fels zu winden, so daß sie in beiden Richtungen nur ein paar Schritte weit blicken konnte. Die Vertiefungen im Boden waren mit übelriechendem Brackwasser gefüllt, und an der Decke hatten sich Schwammkolonien gebildet, die traubenförmig herunterhingen. Aber die Luft war trotz allem recht gut. Von links spürte sie einen schwachen Hauch, doch im Moment konnte sie sich nicht weiter vorwagen, und sie ging zu Harry zurück.

Seine Augen waren geschlossen, seine Lippen bluteten, und sein Gesicht war unter der Schmutzschicht grau. Sie bekam einen furchtbaren Schreck, denn sie dachte, er sei tot, doch als sie die Hand unter seine Weste schob, fühlte sie, daß sein Herz noch schlug. Er hatte ihr gesagt, er habe eine Taschenlampe, und sie fing

an, danach zu suchen. Dabei mußte sie ihn etwas zur Seite rollen, und während sie es tat, stöhnte er. Die Lampe war in der hinteren Tasche seines Gehrocks, den er absurderweise immer noch trug, und sie zog sie behutsam heraus.
Sie fand noch einen anderen Gegenstand, den sie zunächst für eine weitere Lampe hielt, aber es war eine Ersatzbatterie. Sie knipste die Lampe an und prüfte die Decke über der eingestürzten Treppe. Sie sah, daß sie aus einer massiven Holzplatte bestand, und jetzt konnte sie auch die dicken Rollen erkennen, auf denen sich der Tisch bewegte. Zwei große Hebel aus Holz, die Pistolenkolben glichen, standen aus der Decke hervor, und sie nahm an, daß der Tisch mit ihrer Hilfe fortgerollt werden konnte.
Als sie wieder zu Harry schaute, starrte er mit weit geöffneten, fragenden Augen nach oben.
»Was ist passiert?« fragte er.
»Wir sind durch eine Falltür gestürzt«, antwortete sie. »Glaubst du, daß du die Griffe erreichen kannst?« Sie zeigte zu ihnen hoch.
Er erhob sich unsicher, setzte seine Brille auf, die ihm bei dem Fall von der Nase gerutscht war, und betrachtete die Kolben und die Treppe, von der nur zwei Stufen intakt geblieben waren. Er stellte sich auf die erste, aber sie zerbrach unter seinen Füßen, und die Stützpfosten knickten noch mehr ein.
»Unmöglich«, sagte er. »Es ist zu hoch.«
Dann bemerkte sie, daß er verletzt war, und verband die Wunde notdürftig mit einem Seidenstreifen, den sie von ihrem Rock abriß.
»Wie, um Himmels willen, sind wir an diesen furchtbaren Ort gekommen?« fragte er.
»Wir sind immer noch unter der Abtei. Glaubst du, daß du gehen kannst?«
Er blickte sich furchtsam um. »Ja, sicher, aber wohin?«
»Versuchen wir es zuerst links«, schlug sie vor, und er nickte.
Wie sie feststellten, wand sich der Gang in jener Richtung in einer steten Linkskrümmung steil nach oben. Er erinnerte Leslie an die engen Tunnel in der Schweiz, wo die Züge im Schneckentempo mitten durch den Berg krochen. Nach der ersten Biegung blieb sie stehen. Sie hatte einen Lichtschimmer wahrgenommen, und als sie genauer hinsah, entdeckte sie einen viereckigen, waagerechten

Schacht, der in den Fels gehauen zu sein schien. Die Öffnung war teilweise von herunterhängenden Gewächsen bedeckt, durch die sie das Licht, einen schwachen, gelblichen Schein, jetzt deutlich sehen konnte. Sie kletterten weiter und kamen an einer zweiten, ähnlichen Öffnung vorbei. Das müssen Ventilationsschächte sein, dachte sie, doch viel Luft kam nicht durch, denn als sie ein Streichholz anzündete und davorhielt, bebte die kleine Flamme kaum.

»Wie weit ist es noch?« fragte Harry schwach. »Ich kann nicht mehr.«

»Wir müssen weiter. Der Gang führt bestimmt irgendwo ins Freie.«

Er legte ihr die Hand auf die Schulter, und sie kletterten die nächste Windung hinauf, und diesmal fanden sie ein Luftloch, das nicht überwuchert war. Das Licht war jetzt stärker, und als Leslie durch die Öffnung schaute, glaubte sie, ein langsam hin und her schwingendes Seil zu sehen. Und sie hörte etwas – Stimmen! Es war keine Einbildung; irgendwo weit fort redete jemand. Sie sah genauer hin. Das Seil schien ganz nahe zu sein, doch als sie die Hand durch die Öffnung steckte und danach griff, merkte sie, daß sie einer optischen Täuschung erlegen war. Das Seil war weiter entfernt, als sie gedacht hatte. Sie rief, aber es kam keine Antwort. Hatte sie sich die Stimmen nur eingebildet?

Aber dann hörte sie einen leisen Ausruf, und das gelbliche Licht, das durch den Schacht gedrungen war, erlosch.

»Ich kann nicht mehr, ich bin am Ende.« Harry sank gegen die Wand und rutschte zu Boden, bis er saß. Sein Kopf fiel schlaff auf seine Brust.

»Macht es dir etwas aus, wenn ich dich einen Augenblick allein lasse? Du wirst dann kein Licht haben«, sagte sie.

Er schüttelte müde den Kopf, und sie stieg weiter nach oben und erreichte einen geraden Abschnitt des Gangs. Hier hatte man irgendwann einmal versucht, die rohen Felswände mit Steinplatten zu verkleiden. Überall lagen Steinreste herum, denn die Feuchtigkeit hatte den Zement abgelöst. Soweit sie es beurteilen konnte, führte der Tunnel von der Abtei in Richtung »Fossaway«.

Das war freilich nur eine Vermutung. Der Gang konnte schließlich nicht zu der Straße im Norden des Besitzes führen, doch möglicherweise . . . Jetzt fiel es ihr wie Schuppen von den Augen: Sie befand

sich genau unter dem künstlichen Damm, der den Ravensrill umgeleitet hatte. Wer mag hier früher in nächtlicher Stunde entlanggegangen sein? fragte sie sich. War es Angst gewesen, was die Eingeweihten damals bewog, ihn zu benutzen, oder Hoffnung, war es Verzweiflung oder die Sehnsucht nach der Geliebten? Sie versuchte immer noch, die Geheimnisse jener vergangenen Zeit zu rekonstruieren, als sie plötzlich stehenblieb. Unmittelbar vor ihr war der Gang zugemauert. Eine Wand aus massiven Backsteinen machte jedes weitere Vorankommen unmöglich.
Sie konnte nicht wissen, daß dies das Hindernis war, das der rachsüchtige Lord Chelford errichtet hatte, nachdem der von ihm gedungene Meuchelmörder den Mann getötet hatte, der ihm Hörner aufgesetzt hatte. Nie wieder sollten hier nachts leichte Schritte hallen, und seitdem Yvonne von Chelford an gebrochenem Herzen gestorben war, hatte keine Menschenseele mehr den geheimen Gang betreten – bis heute.
Mutlos machte Leslie kehrt und ging zurück. Als sie sich der Stelle näherte, wo sie Harry zurückgelassen hatte, hörte sie ihn leise kichern und bekam eine Gänsehaut.
»Leslie, Leslie!« flüsterte er aufgeregt. »Du hast keine Ahnung, was für ein Glück ich gehabt habe!«
Als sie ihn im Schein ihrer Taschenlampe sah, wirkte er wieder quicklebendig.
»Rate mal, was passiert ist!«
Jetzt hörte sie ganz deutlich Stimmen. Irgend jemand rief, dann kam eine Antwort, sehr leise, aber sie erkannte die Stimme sofort. Es war Dick.
»Was denn?« fragte sie schnell.
Er schüttelte sich in stummem Lachen und konnte eine Weile nicht reden, und dann zeigte er ihr ein Messer.
»Ich habe ihn herunterklettern sehen«, gluckste er. »Und dann war das Seil genau vor der Öffnung, und mir fiel ein, daß ich ein Messer dabei hatte. Ich habe nach draußen gelangt, und ehe sie das Seil fortziehen konnten, habe ich es durchgeschnitten.«
Sie sah ihn entsetzt an. »Hat jemand daran gehangen?« fragte sie.
Er nickte feierlich.
»Der Erzfeind der menschlichen Rasse«, sagte er. »Richard Alford.«
Starr vor Schreck hielt sie das Ohr an die Öffnung und hörte, wie

Dick etwas sagte. Ohne ein weiteres Wort zu verlieren, lief sie den Gang hinunter, eine Windung nach der anderen, bis ihr beinahe schwindlig war. Endlich erreichte sie das unterste Luftloch, steckte die Hand hindurch und riß die Gewächse ab, die ihre Sicht behinderten.

»Dick, Dick!« rief sie.

Sie konnte ihn jetzt sehen, denn die Öffnung befand sich genau über dem Wasserspiegel. Sein Gesicht war aschfahl und eingefallen.

»Dick!«

Sie steckte den Arm durch das Loch, so weit sie konnte, und bekam endlich sein eiskaltes Handgelenk zu fassen, aber in diesem Moment packte Harrys Hand ihre Schulter und zog sie langsam, aber unerbittlich zurück. Ihr Griff löste sich, sie hörte, wie das Wasser aufspritzte, als Dick zurückfiel, und dann schwanden ihr die Sinne.

60

Als sie wieder zu sich kam, war es ringsum stockfinster, und sie hörte keinen Laut. Sie meinte, immer noch an der Stelle zu liegen, wo sie in Ohnmacht gefallen war, doch als sie die Hand ausstreckte und nach dem Luftloch griff, berührten ihre Finger nur zerklüftetes Gestein. Sie tastete nach der Taschenlampe, aber alles, was sie fand, war Harrys Messer. Und dann kehrte ihre Erinnerung zurück. Dick war im Wasser und ertrank. An allen Gliedern zitternd, richtete sie sich auf.

Vielleicht war er schon tot. Blindlings taumelte sie weiter und prallte gegen die Felswand. Sie ballte ihre Hände zu Fäusten, bis die Nägel ins Fleisch schnitten; sie mußte wieder klar denken, sie durfte nicht kapitulieren. Dick wird bestimmt gerettet, sagte sie sich. Er ist sicher nicht allein gekommen, und die anderen werden sich um ihn kümmern. Allmählich wurde sie ruhiger, und sie setzte sich wieder hin und legte das aufgeklappte Messer auf den Schoß. Als sie ihr Taschentuch suchte, berührten ihre Finger die kleine silberne Streichholzdose. Sie würde wenigstens ab und zu kurz

Licht machen können!
Sie war müde und fühlte sich wie ausgelaugt. Ihre Füße waren auf dem steinigen Boden aufgeschrammt und schmerzten unerträglich. Sie wartete einige Zeit, ehe sie das erste Streichholz anriß, denn die Dose war schon halb leer. Sie sah, daß sie sich in einem Teil des unterirdischen Labyrinths befand, den sie noch nicht kannte. Die Decke war hier höher, die Wände waren eingebuchtet wie die Seiten einer Sanduhr, und der Boden war notdürftig gepflastert. In unregelmäßigen Abständen schienen Nischen in die Wand gehauen zu sein, und wieder dachte sie an die Schweizer Tunnel, die ebenfalls Nischen hatten, in denen sich das Wartungspersonal vor den durchfahrenden Zügen in Sicherheit brachte. Die Taschenlampe konnte sie nirgends entdecken; Harry hatte sie offensichtlich mitgenommen, als er gegangen war. Es sah ihm gar nicht ähnlich, sie hier ihrem Schicksal preiszugeben. Selbst in seinem Wahn würde er das nie tun, dachte sie.
Das Streichholz brannte noch, als sie zaudernde Schritte hörte, die im Gang widerhallten, und hastig klappte sie das Messer zu und steckte es in die Tasche. Es dauerte jedoch eine ganze Weile, bis er vor ihr stand; der Gang mußte den Schall verstärkt haben.
»Alles in Ordnung, Leslie?« Seine Stimme klang völlig normal. »Tut mir leid, daß ich dich allein lassen mußte, aber dieser Irrgarten macht mich verrückt, und ich mußte nachsehen, ob es irgendwo einen Ausgang gibt.«
»Wo sind wir?« fragte sie.
»Ich weiß nicht. Ich habe dich hierhergetragen und dabei fast einen Drehwurm gekriegt, denn der Gang ist wie eine Wendeltreppe. Und du warst verdammt schwer«, fügte er so naiv hinzu, daß sie zum erstenmal in diesen schrecklichen Stunden lachen mußte. Er ging neben ihr in die Hocke. »Übrigens . . . Ich habe eine Idee. Erinnerst du dich an die Löcher, durch die wir vorhin geschaut haben?«
»Natürlich«, antwortete sie voll Neugier, was als nächstes kommen würde.
»Weißt du, daß sie sich zu einem Brunnenschacht hin zu öffnen scheinen?«
Kein Wort von Dick. Er hatte vergessen, daß er das Seil durchgeschnitten hatte – daß er versucht hatte, seinen Bruder umzu-

bringen!
»Es ist gut möglich, daß der Schatz am Grund dieses Brunnens liegt«, fuhr er fort. »Es ist mir erst vor ein paar Minuten eingefallen. Wenn wir hier herauskommen, muß ich unbedingt mit Dick reden, er kennt sich mit solchen Dingen aus und würde sicher die Brunnenöffnung finden.«
»Hast du keinen Ausgang entdeckt?« fragte sie.
»Nein. Es ist ein richtiges Labyrinth, und ich dachte schon, ich würde nicht wieder zurückfinden. Mein Gott! Sieh dir deine Füße an!«
Sie waren in der Tat in einem beklagenswerten Zustand, geschwollen und blutig. Er hatte im Nu seine Schuhe ausgezogen.
»Nimm du sie«, sagte er befehlend, und als sie zögerte, hob er ihre Füße und steckte sie behutsam in die Schuhe, die ihr viel zu groß waren. Aber barfuß hätte sie kaum noch einen Schritt tun können.
»Ich bin früher gern barfuß gelaufen, also keine Sorge«, beruhigte er sie. »Es gibt übrigens eine Stelle, die ich noch nicht untersucht habe, die kleine Abzweigung links. Warum bist du vorhin eigentlich in Ohnmacht gefallen?«
»Ich weiß nicht . . . Ich nehme an, es waren die Nerven«, antwortete sie.
Es war nutzlos und sogar gefährlich, ihn daran zu erinnern, was im Brunnenschacht geschehen war.
»Das habe ich mir schon gedacht«, sagte er. »Wir sollten jetzt gehen, oder bist du noch zu schwach?«
Sie schüttelte den Kopf, und er ging voran, machte aber nur ab und zu Licht, weil er die Batterie schonen wollte, die, wie er sagte, schon fast erschöpft war. Er redete die ganze Zeit unentwegt. Er hatte Pläne für die Zukunft der Abtei und geriet geradezu in Begeisterung, als er sein Projekt erläuterte.
»Diese Gänge stammen nicht erst aus der angelsächsischen Periode«, erklärte er. »Wahrscheinlich wurden sie von den Ureinwohnern unseres Landes in den Fels gehöhlt. Findest du es nicht auch aufregend, daß wir in einer Anlage sind, die von Höhlenbewohnern begonnen wurde?«
»Ja, sehr aufregend«, sagte sie mit unbeabsichtigter Ironie.
»Ich werde elektrische Leitungen legen lassen, damit die Besucher Licht haben. Vielleicht bekomme ich einen Zuschuß vom Denk-

malamt oder von der Archäologischen Gesellschaft. Es handelt sich zweifellos um ein Kulturgut ersten Ranges . . .«
Er redete wie ein Automat, und sie folgte ihm, hörte aber die meiste Zeit nicht zu, weil quälende Gedanken sie beschäftigten. Ob Dick in Sicherheit war? Er war bestimmt nicht allein gekommen, und die anderen mußten ihn aus dem Wasser gezogen haben. Es war einfach nicht möglich, daß er in jenem dunklen Schacht sterben sollte! Der Gang führte stetig bergan, und das Weitergehen fiel ihr immer schwerer. Sie mußten ungefähr eine Viertelmeile zurückgelegt haben, als Harry stehenblieb.
»Hier ist die Abzweigung«, sagte er. »Geh auf keinen Fall hinein, es fallen immer noch Steine herunter.«
Er hielt die Taschenlampe in das Loch – mehr war es nicht –, und sie sah einen großen Haufen Felsbrocken, der den Gang fast versperrte. Zwischen seiner Spitze und der Decke war gerade so viel Platz, wie man brauchte, um durchzukriechen. Was sie jedoch viel mehr interessierte, war der Luftzug, der ihre Wangen fächelte, als sie in die Öffnung sah.
»Das muß der Weg nach draußen sein«, sagte sie, ohne zu überlegen. »Spürst du nicht die frische Luft?«
»Ja«, antwortete er, traf aber keine Anstalten, den nicht sehr einladenden Seitengang zu betreten.
»Wir müssen dort durch, Harry. Das scheint unsere einzige Chance zu sein«, drängte sie. »Wir entfernen uns immer mehr von der Abtei, und wie du gesagt hast, ist dort hinten ein richtiger Irrgarten, und wir werden immer wieder im Kreis laufen.«
»Meinetwegen«, sagte er mit offensichtlichem Widerwillen. »Laß mich zuerst gehen.«
Vorsichtig kletterte er auf den Steinhaufen, zwängte sich zwischen seiner Spitze und der Gangdecke durch und rutschte auf der anderen Seite hinunter.
Sie hörte seine Stimme.
»Hier geht es wieder«, rief er und richtete die Lampe nach oben, so daß sie besser sehen konnte.
Sie folgte ihm. Hinter dem Haufen erweiterte sich der Gang nach oben. Es schien eine natürliche Felsspalte zu sein, aber der Boden war von menschlicher Hand geebnet worden, und es gab tierisches Leben. Ein länglicher schwarzer Schatten huschte plötzlich über

den Weg und verschwand in einer Ritze auf der anderen Seite. Leslie schrie auf und wich zurück.
»Es war nur ein Wiesel«, beruhigte er sie. »Vielleicht beweist das, daß es hier irgendwo ins Freie geht.«
Der Gang war breiter geworden, und nun wurden die Spuren menschlichen Einwirkens unübersehbar: Die Decke war ein Gewölbe, das nach unten durchhing, als könne es die auf ihm ruhenden Gesteinsmassen kaum tragen. Leslie fröstelte. Es war auf einmal ungewöhnlich kalt, fast wie in einem Kühlhaus.
»Keine Tür, nichts. Wozu der Raum wohl gedient hat?« murmelte Harry vor sich hin.
An den Wänden rann Wasser herunter; von der Decke tropfte es unablässig, doch am Boden hatte sich nur ein kleiner Tümpel gebildet. Das restliche Wasser versickerte offenbar in irgendwelchen Felsritzen.
»Steter Tropfen höhlt den Stein«, zitierte Harry und zeigte auf einige winzige untertassenförmige Vertiefungen im Boden.
Er verließ den Raum durch eine hohe Öffnung, die beinahe aussah wie ein Torbogen, blieb nach ein paar Metern stehen und sah nach oben. »Tageslicht!« sagte er.
Als sie ihm folgte, wurde ihr als erstes bewußt, daß sie nicht mehr fror. Der Schacht, der über ihnen ins Freie führte, war eine natürliche Felsspalte. An den Seiten fanden sich immer wieder zerklüftete Formationen. An manchen Stellen war der Spalt so breit, daß ein ausgewachsener Mann hindurchkonnte, an anderen dagegen verengte er sich auf zehn oder fünfzehn Zentimeter. Aber man konnte den Himmel sehen!
»Die Luft kommt von dort«, sagte Harry. »Und jetzt müssen wir sehen, wohin der Gang führt.«
Aber er endete schon ein kurzes Stück weiter mit einer massiven Felswand. Sie starrten einander im Dunkeln an.
»Wir müssen zurück«, erklärte Harry.
Er hatte kaum ausgeredet, als es in der Ferne plötzlich rumpelte und donnerte. Der Boden begann zu beben, und aus dem Gang, durch den sie den eisigen Raum erreicht hatten, fegte eine Staubwolke, die bis zu ihnen drang.
»Warte hier«, sagte Harry und lief zurück. Er kam erst nach einigen Minuten wieder. Sein Gesicht wurde nur vom Widerschein der

Taschenlampe beleuchtet, die er auf den Boden gerichtet hielt. »Die Decke ist eingestürzt«, sagte er stockend. »Ich fürchte, wir sind erledigt.«

61

Dicks Kräfte waren einigermaßen wiederhergestellt, als er ein heißes Bad genommen und ein paar Bissen von dem deftigen Essen verzehrt hatte, das Puttler in der Küche bestellt hatte. Noch gab es Hoffnung – wenn auch nicht viel. Dick hatte den Verwalter losgeschickt, um Sprengstoff zu holen, aber Sprengstoff konnte man nicht wie Brot und Käse in einem Laden kaufen, und der Mann rief von unterwegs an und ließ ihm ausrichten, er müsse nach London fahren, um das Dynamit zu besorgen. Dicks Plan war einfach; er hatte bereits befohlen, einen Ladebaum über dem Brunnen zu errichten. Er wollte den Schacht aufsprengen, um in die Felsgalerie zu kommen.

»Ich hatte schon vermutet, daß es im Felsen unter der Abtei ein ganzes System unterirdischer Gänge gibt. Mein Vater erzählte davon, und wir hatten eine alte Zeichnung von dem Labyrinth unter den Ruinen. Wir dachten allerdings immer, der Künstler habe sich mehr nach seiner Phantasie gerichtet als nach der Realität.«

»Ist die Zeichnung noch da?« fragte Gilder.

»Leider nein. Harry hat alle diesbezüglichen Dokumente mitgenommen, als er in jener Nacht fortging.«

»Vielleicht ist sie bei den Büchern, die Sie in dem unterirdischen Raum gefunden haben«, sagte Puttler, und sie sahen den Stapel durch, fanden den Plan aber nicht.

Sie waren auf dem Weg zu den Ruinen, als Puttler das Flugzeug am Himmel sah. Es kreiste zweimal und ging dann steil nach unten.

»Ich glaube, der Kerl will hier landen«, sagte der Inspektor.

Er hatte recht. Die Maschine setzte am Ende der langen Wiese auf, bockte ein paarmal heftig und rollte aus. Dann sahen sie einen Mann herausklettern. Er hatte zwar einen Fliegerhelm auf, aber Dick erkannte ihn sofort. Es war Arthur Gine.

Gine begrüßte den finster blickenden Gilder als ersten.
»Ich habe Ihnen etwas mitgebracht«, sagte er und zerrte einen großen Umschlag aus der Tasche seines Ledermantels. »Das ist in etwa die Summe, die ich Ihnen schulde, es sei denn, der Franc ist abgewertet worden, nachdem ich Paris verlassen habe.«
Gilder nahm den Umschlag wortlos entgegen, und Gine wandte sich an Dick. »Ich habe in den französischen Zeitungen gelesen, daß Leslie verschwunden ist«, sagte er, »und deshalb beschloß ich zurückzukommen. Haben Sie sie gefunden?«
Dick schüttelte den Kopf.
»Haben Sie eine Ahnung, wo sie ist?«
Dick erzählte ihm, was am Nachmittag geschehen war, und Gine hörte aufmerksam zu. Als Dick seinen Plan erläuterte, hob er die Hand. »Sie wissen vielleicht, daß ich ein paar Semester Bergbau studiert habe, ehe ich mit Jura anfing«, sagte er. »Und nach meinen elementaren Kenntnissen dieser Wissenschaft muß ich Ihnen sagen, daß Sie wahrscheinlich den ganzen Brunnenschacht zum Einsturz bringen werden, und wenn jemand in dem Gang daneben ist, dann gnade ihm Gott.«
Er begleitete sie in das untere Gelaß und ließ sich am Ladebaum hinunter, um die Schachtwände zu untersuchen. Das Ergebnis war nicht sehr ermutigend.
»Vielleicht schaffen Sie es, ein paar von diesen Luftlöchern zu erweitern, aber es ist ebensogut möglich, daß der Gang dahinter einstürzt. Die Felswände sind schon lange der chemischen Einwirkung der Luft ausgesetzt gewesen.«
Er stieg die Treppe hinunter und prüfte den unteren Raum, den er noch nicht kannte, und probierte genau wie sie, den Tisch von der Stelle zu rücken. Dann tat er jedoch etwas, was sie nicht versucht hatten: Er schob an der Längsseite des Tisches und fühlte, wie das schwere Möbel sich bewegte, zuerst ganz langsam und dann schnell, als habe er ein Gegengewicht ausgeklinkt. Er hatte gerade noch Zeit, sich auf die Tischplatte zu schwingen und sich an ihrem Rand festzuhalten, als sich unter seinen Füßen die Öffnung auftat.
Dick sah die Überreste der Treppe, setzte sich auf den Rand des Einstiegs und sprang einfach hinunter, als er merkte, daß der Tisch langsam an seinen alten Platz glitt. Gine und Gilder stießen ihn wieder zurück und sprangen ebenfalls nach unten. Zum Glück

hatten sie Laternen dabei, und in dem Lichtschein sah Dick etwas am Boden liegen und hob es auf. Es war ein Seidenstreifen.
»Sie waren hier«, sagte Gine ruhig. »Ich suche links, und einer von Ihnen prüft den Gang rechts. Vielleicht Sie, Gilder?«
»Der linke Gang führt wahrscheinlich zum Brunnen«, sagte Dick, »und wenn ich nicht sehr irre, werden Sie zur Rechten die Luftlöcher finden. Wenn Sie nichts dagegen haben, komme ich mit Ihnen.«
Sie kletterten den gewundenen Gang hinauf, ließen das erste Luftloch hinter sich und gingen weiter, bis sie die gerade Abzweigung erreichten, an deren Ende Leslie auf die Mauer gestoßen war. Auch sie konnten nicht weiter und mußten umkehren. Kein Zeichen von Leslie oder Harry, doch dann entdeckte Dick in einer nischenförmigen Einbuchtung ein halbabgebranntes Zündholz.
Sie kletterten den Gang weiter hinauf.
»Wir müssen in Bodennähe sein«, sagte Gine.
Vor ihnen schimmerte die Sturmlaterne Gilders, der zurückkam, um sich ihnen anzuschließen. »Der Gang scheint in einem Labyrinth zu enden«, berichtete er. Es gibt zwar einen Seitentunnel, aber der ist von heruntergestürzten Felsbrocken blockiert.«
»Das muß ich mir ansehen«, sagte Gine.
Als sie die Stelle erreicht hatten, untersuchte er den Steinhaufen.
»Hier ist die Decke eingestürzt«, erklärte er. »Leider kann ich nicht sagen, wann. Vielleicht haben sich die ersten Steine schon vor vielen Jahren gelöst, vielleicht ist es aber auch ganz plötzlich geschehen.«
Entmutigt gingen sie zurück und ließen sich von Gilder zu dem Labyrinth führen. Sie drangen in sämtliche Gänge vor und stellten wieder und wieder fest, daß sie im Kreis gelaufen waren. Dick beschloß, die eingestürzte Decke noch einmal zu untersuchen. Er konnte nicht wissen, daß ihn nur zwanzig Meter von dem kleinen Raum trennten, in dem Leslie auf den Tod wartete.
Als er verschwitzt und mit staubbedecktem Gesicht wieder ins Licht der untergehenden Sonne trat, saß Gine, den Kopf in die Hände gestützt, auf einem Steinhaufen und bot ein Bild der Verzweiflung. Selbst der sonst so unerschütterliche Gilder brachte kein Wort hervor und starrte niedergeschlagen auf die Ruinen, die so viel verbargen. Der halbeingestürzte Erkerbogen, der in der

Abendsonne rot aufglühte, glich mehr denn je einem Fragezeichen.
»Wir gehen am besten zum Hause zurück«, sagte Dick ruhig, und als der Verwalter, der inzwischen mit dem Sprengstoff gekommen war, ihn fragend ansah, fuhr er fort: »Nein, ich brauche das Dynamit nicht . . . noch nicht.«
Stumm schritten sie den Damm am Ravensrill entlang, als Gine, der das Schlußlicht bildete, plötzlich etwas rief und über den Fluß zeigte.
»Was ist denn?« fragte Dick und lief zu ihm.
»Der Orakelbrunnen – haben Sie schon daran gedacht?«
»Der Orakelbrunnen?«
Erst jetzt erinnerte Dick sich an den Erdspalt, den die verliebten Bauernburschen befragten. Als kleiner Junge hatte er oft Steine hineingeworfen und gelauscht, wie sie von Fels zu Fels prallten, bis sie nicht mehr zu hören waren.
»Er muß irgendwohin führen«, sagte Gine aufgeregt. »Probieren wir es wenigstens!«
Dick rannte den Damm hinunter und watete durch die Furt zum anderen Ufer. Gilder und der Anwalt kamen hinterher, und irgend etwas sagte ihm, daß dies seine letzte Hoffnung war.

62

»Wie spät ist es eigentlich?« fragte Harry.
Er hatte seit zwei Stunden kein Wort gesagt und nur, mit den Händen seine Knie umfassend, dagesessen und sich seinen wirren Gedanken überlassen.
»Viertel vor sieben«, sagte sie. »Harry, ich habe schrecklichen Hunger.«
»Wirklich?« antwortete er überrascht. »Ich bin überhaupt nicht hungrig. Mir ist so . . . Ich weiß nicht.«
Erst nach einer langen Pause redete er weiter: »Wie sind wir hierhergekommen? Ich erinnere mich, daß der Gang eingestürzt ist, aber wie sind wir an diesen scheußlichen Ort gekommen?«
»Du fühltest dich nicht gut«, sagte sie vorsichtig. »Wir sind hierhergegangen, als dir übel war.«

»Wirklich?« erwiderte er ungläubig und schwieg fünf Minuten lang, ehe er wieder den Mund auftat. »Ja, jetzt glaube ich mich zu erinnern, daß ich mich nicht gut gefühlt habe. Ich schlafe immer so schlecht und habe so schreckliche Träume. Der arme alte Dick hat oft mit mir geschimpft, weil ich die vielen Medikamente nehme . . . Er ist manchmal ein komischer Vogel, aber er hat ein gutes Herz.«
Sein Ton war so aufrichtig, so begeistert, daß es ihr einen Stich gab, ohne daß sie den genauen Grund wußte.
»Wir müssen hier raus«, sagte er nach einer weiteren Pause.
Sie antwortete nicht.
Zum zehntenmal knipste er seine Taschenlampe an und untersuchte die Decke. »Sie ist gewölbt«, murmelte er. »Hoffentlich passiert hier nichts.« Sie sah, wie er erschauerte.
»Hier passiert bestimmt nichts, Harry«, beruhigte sie ihn. »Wir werden bald rauskommen, und dann feiern wir unsere Rettung mit einem großen Dinner.«
Er schmunzelte vor sich hin.
»Nein, Leslie«, sagte er beinahe fröhlich. »Wir werden hier nie herauskommen. Dies ist das Ende derer von Chelford.« Er dachte eine Weile nach. »Bei Gott, nein! Dick wird natürlich den Titel erben. Ist es nicht eigenartig, daß er immer verhindern wollte, daß ich heirate? Das ist das einzige an ihm, was ich nicht verstehen kann. Er ist nämlich nicht neidisch oder eifersüchtig, aber trotzdem wollte er nicht, daß ich heirate. Findest du das nicht auch seltsam?«
»Ich glaube, du irrst dich, Harry«, wich sie aus. »Er wollte sicher nur nicht, daß du die falsche Frau heiratest.«
»Aber er wollte auch nicht, daß ich dich heirate!« sagte er entrüstet. »Und wenn es eine bessere Frau gibt als dich, würde ich sie gern finden. Ich bin natürlich ein schrecklicher Stubenhocker, aber . . .«
»Hallo!«
Die laut hallende Stimme schien genau neben ihnen zu ertönen. Sie sah, wie Harry zusammenfuhr und am ganzen Leib zu zittern begann.
»Was war das?« fragte er tonlos.
»Hallo!«
Sie nahm ihm die Taschenlampe aus der Hand und lief zu dem natürlichen Schacht, durch den sie das Tageslicht gesehen hatte. »Bist du's, Dick?« rief sie, so laut sie konnte, und hörte ein dumpfes

»Gott sei Dank!«
Aber dann klang aus dem kalten Raum ein dämonisches Lachen. Die größte Gefahr stand der Rettung noch im Weg. Sie war allein mit einem Wahnsinnigen!

63

Sie sah kein Tageslicht und dachte, es müsse inzwischen Abend sein, aber dann schimmerte hoch über ihr etwas Rotgoldenes.
»Ist Harry bei dir?«
»Ja«, rief sie. »Einen Augenblick.«
Sie ging zurück zu der Stelle, wo er an der Wand kauerte, und faßte ihn an den Schultern.
»Harry«, sagte sie flehend. »Sie haben uns gefunden!«
»Wer?«
»Dick . . . und die anderen. Jetzt haben wir es bald geschafft.«
Er leckte sich die Lippen. »Dick und die anderen«, sagte er matt. »Das ist sonderbar . . . uns gefunden!«
Sie lief zurück zu dem Schacht.
»Hast du Hunger?« hallte die Stimme.
»Ja, sehr«, antwortete sie. »Aber das spielt im Moment keine Rolle – ich glaube, ich könnte noch Tage ohne Essen auskommen. Wir sind in einer unterirdischen Kammer. Der Gang hierher ist eingestürzt.«
»Wie lang ist er?« fragte Dick.
Sie überlegte. »Ungefähr vierzig Meter, glaube ich. Viel weniger kann es nicht sein.«
»Wie weit ist die Einsturzstelle von euch entfernt?«
Sie sagte es ihm und hörte, wie er stöhnte.
»Leslie.«
»Ja?«
»Ich lasse ein Seil hinunter, an dem etwas für dich ist, ein Taschenkompaß. Sag mir dann bitte genau die Richtung, ja?«
Als sie das kleine Instrument endlich zu fassen bekam, war das Glas über der Skala zerbrochen.
»Leg ihn bitte so hin, daß ich ihn sehen kann«, sagte er. »Hast du Licht?«

Sie richtete die Taschenlampe auf den Kompaß.
»Leg den Finger dorthin, wo der Zeiger nach Norden weist. Nein, warte, ich muß einen Feldstecher holen lassen.«
Zehn Minuten vergingen, und dann rief er: »Jetzt. Zeig es mit dem Finger.«
Als sie die Nordrichtung angezeigt hatte, fragte er, wo der unterirdische Raum sei.
»Genau westlich«, sagte sie, und ihre Stimme bebte triumphierend. »Wird es lange dauern, bis ihr zu uns durchkommt?«
Er gab keine Antwort.
»Sag mir jetzt bitte, wie viele Schritte du von dem Kompaß entfernt bist.«
Als sie die Schritte gezählt und es ihm gesagt hatte, stöhnte er wieder. Inzwischen war der Ingenieur vom Bauamt, den er am Nachmittag angerufen hatte, bei ihnen eingetroffen. »Die Höhle ist genau unter dem Flußbett«, erklärte er.
Der Experte schüttelte den Kopf.
»Unmöglich. Es würde fast einen Monat dauern, bis wir uns den Weg nach unten freigesprengt hätten. Hier ist eine lange Verwerfung im Fels, an der der Fluß entlangfließt. Beide Ufer bestehen aus festem Gestein. Ich weiß es deshalb so genau, weil ich die Akten meines Vorgängers eingesehen habe. Er hat seinerzeit für Ihren Vater nach Wasser gebohrt.«
Dick sagte nichts. Man konnte Leslie einen Monat lang mit Wasser und Essen versorgen, aber die Anspannung würde sie töten. Dann kam zweien von ihnen im selben Augenblick der rettende Gedanke.
»Wir brauchten doch nur den Damm zu durchstechen!« sagte Dick, und Puttler, der schon den Mund geöffnet hatte, um das gleiche vorzuschlagen, nickte nachdrücklich.
»Das ist es«, sagte er. »Wir müssen das Werk Ihres Vorfahren zerstören und den Lauf des Flusses in sein natürliches Bett zurücklenken – in die lange Wiese.«
Zehn Minuten später begann die Telefonleitung von »Fossaway Manor« heißzulaufen, und nun erwies sich Mary Wenner als unschätzbare Hilfe. Alle großen Bauunternehmer im Umkreis von zwanzig Meilen bekamen einen Auftrag, und schon nach einer Stunde polterte der erste Laster mit Arbeitern und schwerem Gerät

die Allee hoch, und bald war der Hof hinter den Stallungen vollgeparkt. Die Arbeiter aus ganz Sussex schienen sich versammelt zu haben, um eine Bresche in den Ravensrill-Damm zu schlagen; einige hatten aus ihrer Stammkneipe geholt werden müssen, andere aus Clubhäusern der Gewerkschaft, ein paar sogar aus den Kinos im fernen Brighton, und ihre Zahl vergrößerte sich stetig, bis wenigstens tausend Leute dem Damm im Schein großer Petroleumfunzeln zu Leibe rückten. Die Bresche vergrößerte sich zusehends, und als sie auf gleicher Höhe mit dem Wasserspiegel war, rauschte und schäumte der Ravensrill in das Bett zurück, das er vor Jahrhunderten hatte verlassen müssen, und folgte wieder seinem alten Lauf, spülte Schuppen fort, die hastig leergeräumt worden waren, und leckte an den Mauern eines kleinen Pächterhauses, dessen Bewohner man rechtzeitig evakuiert hatte. Langsam sank der Wasserspiegel in dem künstlichen Flußbett, bis nur noch eine schleimige Masse von Wasserpflanzen und zuckenden silbrigen Schatten übrig war. Die Männer, die alle halbe Stunde abgelöst wurden, schaufelten Forellen und Hechte ans Ufer und machten auch ein paar Wasserratten den Garaus. Dann begannen sie, einen Schacht auszuheben.

»Wenn da unten Fels ist, können wir einpacken«, sagte der Ingenieur. »Aber ich glaube, das Bett besteht aus Sand.«

»Und Kies?« vermutete Puttler.

»Nein, Sir, wir haben seltsamerweise nie Kies im Ravensrill gefunden. Da, sie sind auf Sand gestoßen«, sagte er und blickte zu dem großen Loch im Flußbett, dessen Inneres nun von den Arbeitern mit langen Balken abgestützt wurde. »Ich bin übrigens froh, daß kein Kies da ist, weil wir es so viel leichter haben.«

Er hatte kaum ausgeredet, als der Vorarbeiter rief: »Hier sind Steine, Chef!«

»Nicht möglich«, erwiderte der Ingenieur und stieg die Leiter hinunter.

»Es ist nur eine einzige Schicht«, sagte er, als er wieder nach oben gekommen war. »Aber selbst das läßt sich nicht mit den geologischen Untersuchungen vereinbaren. Jetzt könnten wir vielleicht . . .«

Dick hörte nicht mehr hin. Die Möglichkeiten, die der Kies dem Grafschaftsbeamten eröffnete, interessierten ihn momentan über-

haupt nicht.
Die Arbeiter kamen nun langsamer voran. Der Aushub mußte mit einem schweren Ladebaum nach oben geschafft werden, und das erzwang jedesmal eine Pause, in der Dick nervös zum Orakelbrunnen rannte, um sich zu vergewissern, ob unten noch alles in Ordnung war.
Nachdem die Kiesschicht entdeckt worden war, antwortete ihm zum erstenmal Harrys Stimme.
»Bist du's, Dick? Was macht ihr da oben?«
Der Ton war genauso gereizt und zänkisch wie früher. Dick berichtete kurz, was sie vorhatten.
»Könntest du mir nicht etwas herunterlassen, damit ich von hier aus helfen kann?« fragte Harry. »Ich bin sicher, daß ihr es dann viel leichter hättet.«
Um ihn bei Laune zu halten, band Dick ein kleines Brecheisen an ein Seil und ließ es langsam die Spalte hinunter. Es blieb immer wieder an den Felsvorsprüngen hängen, und Harry schimpfte über die Verzögerung.
»Um Gottes willen, beeil dich doch«, rief er wütend. »Oder denkst du vielleicht, ich möchte ewig hier unten bleiben? Ich habe eine Menge zu tun, das weißt du doch!«
Dick antwortete nicht, aber seine Besorgnis wuchs. Er kannte Harry zu gut, um sich Illusionen hinzugeben: Wenn sein Zorn eine gewisse Grenze erreicht hatte, würde er die Kontrolle über sich verlieren, und dann konnte das Schlimmste geschehen. Dankbar atmete er auf, als er spürte, wie sein Bruder an dem Seil ruckte und das Brecheisen losband.
»Sei vorsichtig, wenn du damit arbeitest«, rief er hinab. »Die Männer graben sich zu euch hinunter, und du könntest einen Felsbrocken abbekommen.«
Aber er redete ins Leere. Harry war schon fort, und nach einer Weile hörte er wieder Leslies Stimme.
»Wie lange wird es noch dauern, Dick?«
»Ich kann es nicht genau sagen. Höchstens ein paar Stunden. Wie fühlst du dich?«
Kurzes Zögern.
»Gut«, sagte sie dann.
»Und Harry?«

Diesmal war die Pause länger.
»Ich denke, im Augenblick ist alles in Ordnung. Aber könntest du nicht etwas herunterlassen, was ihn beruhigt?«
Früher am Abend hatte Dick versucht, einen dünnen Schlauch zu den Eingeschlossenen hinunterzubugsieren, aber er war jedesmal an Felsvorsprüngen hängengeblieben.
»Ich frage mal nach«, antwortete er und ging zu einem der beiden Ärzte, die sich für den Notfall bereithielten. Von ihm bekam er zwei braune Pillen, die er in Papier wickelte, zusammen mit einem Gewicht an einem Seil befestigte und den Schacht hinunterließ.
»Danke«, ertönte ihre leise Stimme. »Ich weiß allerdings nicht, wie ich sie ihm verabreichen soll. Aber im Augenblick ist er zum Glück noch beschäftigt.«

64

Harry machte sich in der Tat nützlich. Er hatte einen großen Felsbrocken von dem Steinhaufen im Gang zur Mitte des Raums gerollt und war hinaufgeklettert, so daß er die Decke erreichen konnte, die aus sechs blütenblattähnlichen Segmenten bestand. Dann hatte er das Glas von der Taschenlampe abgeschraubt, damit das Licht gleichmäßig verteilt wurde. Auf diese Weise konnte Leslie das Gewölbe besser überblicken.
Die Wand wies kleine Löcher auf, die aussahen, als hätten früher einmal Hutpflöcke darin gesteckt, obgleich sie sich nicht vorstellen konnte, daß jemand in diese Tiefe hinuntergestiegen war, um seinen Hut aufzuhängen. Aber dann ging ihr auf, wozu die Kammer gedient hatte. Sie entdeckte einen langen, rostigen Haken in der Wand, so dünn, daß sie ihn abbrechen konnte. Es war der Lagerraum für Fleisch und leichtverderbliche Lebensmittel gewesen, der »Kühlschrank« der Mönche! Die Luft war eiskalt. Die Abtei schien weit fort zu sein, aber in Wahrheit konnte die Entfernung nicht mehr als hundertfünfzig Meter betragen. Die Mönche hatten die Höhle gefunden, erweitert, gepflastert und mit einer Decke versehen, um sie dann als Kühlraum zu benutzen. Nur so ließ sich

die Tatsache erklären, daß die Baumeister dem Raum soviel Aufmerksamkeit geschenkt hatten.
Harry hatte die Ärmel hochgekrempelt, so daß seine mageren, aber sehnigen Arme zu sehen waren. Er hatte es geschafft, das Brecheisen zwischen zwei riesige Steine zu treiben, und ruckte es nun rhythmisch hin und her, wobei er die ganze Zeit leise vor sich hinbrabbelte.
Ihre Angst wuchs. Wenn der Anfall kam, würde er sicher nur kurz dauern, aber womit würde er enden? Ihr Mund war wie ausgedörrt, und sie tastete nach dem Messer, das sie in die Tasche gesteckt hatte, und klappte es verstohlen auf, obgleich die Klinge nun in das Mantelfutter schnitt. Sie behielt den Griff in der Hand, um sich nicht selbst zu verletzen.
Harry hielt inne, wischte sich den Schweiß von der Stirn und blickte zu ihr hinunter. Seine Hornbrille war ihm auf die Nasenspitze gerutscht, und er schob sie wieder hoch.
»Dick will uns natürlich gar nicht retten. Darüber bist du dir doch klar?«
»Ich glaube, du irrst dich«, antwortete sie ruhig, und erst dann fiel ihr ein, daß sie alles noch schlimmer machte, wenn sie widersprach.
»Du bist eine dumme Gans!« fuhr er sie wütend an. »Alle Frauen sind dumme Gänse. Ich sage dir, es ist ein Komplott. Dick hat ebensowenig die Absicht, uns zu retten . . .« Er verstummte und strich sich mit der Hand über die Augen. »Hätte ich doch das Bild mitgenommen«, murmelte er und starrte sie finster an. »Wenn du nicht gewesen wärst, hätte ich es jetzt hier, aber ich habe es zurückgelassen, und diese Schweine werden es mit ihrem Spott besudeln!«
Sie blickte zur Decke. »Du kommst sehr gut voran, Harry«, sagte sie, um ihn abzulenken, und es klappte. Er wuchtete das Eisen weiter in die Ritze.
»Du kannst dich auf mich verlassen, Leslie«, sagte er dann. »Ich bin der einzige Mensch auf der Welt, dem du vertrauen kannst. Du hast keine Feinde mehr. Der Schwarze Abt ist tot! Ich habe ihn getötet, und ich bin stolz darauf. Jeder Chelford sollte mindestens einen Schwarzen Abt töten, und meine großen Vorfahren waren damit einverstanden, daß ich es tat.«

Inzwischen hatte er den Spalt, den er in Angriff genommen hatte, beträchtlich erweitert und fing an, mit dem Brecheisen kräftig zu hantieren. Sie beobachtete ihn und sah, wie sich ein Felsbrocken zu lösen begann.
»Siehst du!« rief er triumphierend. »Dick hätte nie gedacht, daß ich es schaffen würde, sonst hätte er bestimmt nicht das Brecheisen heruntergelassen.«
Er stieg von dem Felsen, schöpfte zwei Handvoll Wasser aus der ausgewaschenen Rille und trank, benetzte mit dem Rest sein Gesicht und sprang wieder auf den Stein, um mit frischen Kräften weiterzuhebeln. Der Brocken löste sich immer mehr.
»Sei bitte vorsichtig«, warnte sie ihn. »Sonst kommt der Brocken zu schnell herunter und trifft dich womöglich.«
Er war vernünftig genug, dies einzusehen, und setzte das Brecheisen in einem anderen Winkel an, und dann geschah das, was sie vorausgesehen hatte. Er hatte gerade noch genug Zeit, um zur Seite zu springen, denn der Fels löste sich und krachte auf den Steinboden, wo er in tausend Stücke zersprang.
»Siehst du!« schrie er wieder. »Ich habe es geschafft!«
Nun regnete es auf einmal Kieselsteine von der Decke. Er stieß das Brecheisen noch weiter in den Spalt hinein, und der Kieselregen nahm zu, bis sich am Boden ein Haufen angesammelt hatte. Dann sah er die Kante eines metallenen Behälters.
»Schau dir das an! Siehst du es?«
Seine Hände konnten das Werkzeug kaum noch halten. Mit der Kraft des Wahnsinnigen bearbeitete er die Steine, zwischen denen der Behälter eingeklemmt war, bis er ihn so weit freigelegt hatte, daß er ihn herunterziehen konnte. Es war eine Schatulle aus Zinn, etwa fünfzehn Zentimeter lang, zehn Zentimeter hoch und ebenso tief. Vorsichtig stemmte er mit dem Brecheisen den Deckel auf, und das verrostete Scharnier löste sich sofort. Drinnen lag ein Gegenstand, der in ein Tuch gewickelt war, das im Lauf der Zeit jede Farbe verloren hatte.
»Was mag das sein?« sagte er aufgeregt, aber seine bebenden Finger brachten es nicht fertig, das Objekt auszuwickeln. Mitleidig trat sie näher und half ihm. Das Tuch enthielt einen länglichen, versiegelten Flakon mit einer farblosen Flüssigkeit.
Er riß ihr den Flakon aus der Hand, und seine starren Augen

bekamen einen fiebrigen Glanz. »Das Elixier!« rief er mit sich überschlagender Stimme. »Das Lebenswasser! Ich habe es gefunden!«
Sie versuchte, ihm die Flasche zu entwinden, aber er knurrte sie an wie ein tollwütiger Hund.
»Du Hexe!« schrie er. »Du steckst mit Dick unter einer Decke. Ihr trachtet mir beide nach dem Leben! Aber es wird euch nicht gelingen, nie . . .«
Er brach das Siegel auf und versuchte, den Korken herauszuziehen, aber dieser war zu sehr aufgequollen. Er nahm ihn zwischen die Zähne, und endlich löste sich der Verschluß.
»Ich werde ewig leben! Aber du wirst sterben! Er wird deinen Kopf finden und einsehen . . .«
Er setzte den Flakon an die Lippen und trank. Sie bedeckte die Augen mit den Händen, und als er sich wieder bewegte, schloß sie die Hand um das Messerheft.
In diesem Moment krachte etwas Schweres auf den Boden, und sie sah hin. Der Kies rieselte immer noch herunter, wie Sand in einer Sanduhr, doch nun war etwas Größeres auf die Steinplatten gefallen. Es sah fast so aus wie eine gelbe Kerze, mußte aber viel schwerer sein, denn bei dem Aufprall war das eine Ende umgebogen worden. Ein anderer Gegenstand folgte. Sie sah fasziniert zu, wie sich aus dem kegelförmigen Spalt in der Decke ein Strom gelber Barren löste und nach unten polterte, Dutzende, nein, Hunderte von länglichen Objekten.
»Das Gold, das Gold!« Harrys Stimme brach. »Aber er wird es nicht bekommen!«
Er hob die Taschenlampe hoch, und sie duckte sich blitzschnell. Sie hörte, wie die Lampe zerbrach, und lief gebückt zu dem Schacht des Orakelbrunnens. Dann kam ein ohrenbetäubendes Krachen aus der Kammer; ein Teil des Gewölbes war eingestürzt, und immer noch regnete es Kiesel und Goldbarren, bis der Raum beinahe damit angefüllt war. Sie fühlte, wie ihre Füße von Kies bedeckt wurden und strampelte verzweifelt, um nicht verschüttet zu werden, doch es nützte nicht viel.
»Dick, Dick!« schrie sie, aber er hörte sie nicht.
Er hatte das eingestürzte Dach des Kühlraums erreicht und rutschte gerade den Kieshaufen hinab, unter dem ein Mann lag, den der Tod

bereits ereilt hatte, ehe die Steine ihn unter sich begruben. Als sie ihn später freilegten, hielt er einen Kristallflakon umklammert, doch was der Flakon enthalten hatte, sollte man nie erfahren.

65

Als Leslie erwachte, drang schwaches Sonnenlicht zwischen den zugezogenen Vorhängen durch. Sie setzte sich schnell auf, und ihr Kopf schien sich zu drehen. Dann fiel ihr alles wieder ein, und sie schloß die Augen, wie um ein grauenvolles Bild zu vertreiben.

»Oh, Sie sind wach?« sagte Mary Wenner, die eben ins Zimmer geeilt war. »Dick hat mich hergeschickt, um nachzusehen, wie es Ihnen geht. Alle machen sich schreckliche Sorgen um Sie, sogar Fabe, aber ich bin nicht eifersüchtig, das ist allgemein bekannt.«

»Wie spät ist es?«

Dann erinnerte sie sich schaudernd daran, daß jemand anders kürzlich die gleiche Frage an sie gerichtet hatte. Wie lange mochte das her sein?

»Fünf nach halb eins«, sagte Mary nach einem Blick auf ihre Uhr. »Ich war eben draußen bei den Arbeitern. Wirklich, meine Liebe, es sieht eher aus wie eine Großbaustelle der U-Bahn als wie ›Fossaway Manor‹. Man sagt, es wird Seine Lordschaft mindestens zwanzigtausend kosten.«

Leslie sah sie verwundert an. »Seine Lordschaft?« fragte sie.

»Ich meine Dick«, antwortete Mary gelassen. »Der König ist tot, es lebe der König! Das war schon immer mein Motto.« Dann jedoch fuhr sie leiser und mit einem beschämten Unterton fort: »Der arme Harry. Aber es war ein Segen für ihn. Fabe ist übrigens nach London zurückgefahren.«

»Wer ist Fabe? Ach so, Mr. Gilder«, sagte Leslie schwach.

Mary senkte züchtig den Blick.

»Wir sind verlobt. Es ging natürlich von ihm aus, denn Sie wissen ja, ich würde mich nie jemandem an den Hals werfen. Er hat mich buchstäblich herumgekriegt.«

Sie seufzte schwer. »Ich denke, ich werde ihn heiraten. Ich werde auch nicht jünger, und wenn mal die ersten Falten da sind . . .«

Leslie stellte die Füße auf den Boden und stand auf. Sie war noch etwas schwach auf den Beinen, und obgleich der Arzt die Abschürfungen inzwischen versorgt hatte, taten ihre Füße noch schrecklich weh.

»Ich muß sagen, daß Arthur es sehr gut aufgenommen hat«, plapperte Mary weiter, als sie ihr beim Anziehen half. »Sicher, es war ein Schlag für ihn, aber . . .«

»Was war ein Schlag?« Leslie war etwas benommen.

»Meine Verlobung«, sagte Mary. »Haben Sie es nicht gewußt? Arthur mochte mich sehr, das stimmt. Aber es wäre nicht sehr nett, jemanden zu heiraten, der sich mit meinem Verlobten zerstritten hat. Finden Sie nicht auch?«

»Ich hatte keine Ahnung, daß zwischen Arthur und Ihnen etwas war«, sagte Leslie wahrheitsgetreu.

Mary Wenner seufzte wieder.

»Ich glaube, kein Mensch hat davon gewußt, und vielleicht ist es besser so. Arthur findet es jedenfalls. Ich habe ihm nie Avancen gemacht, und wir haben beide nichts zu bereuen . . .«

Leslie hatte Herrenpantoffeln an, als sie die breite Treppe hinunterging. Die Tür zu Dicks Arbeitszimmer war geöffnet, und sie sah ihn draußen auf dem Rasen in einem bequemen Korbsessel sitzen, die Pfeife zwischen den Zähnen und auf den Knien einen Stapel von Dokumenten, die er langsam durchblätterte. Beim Klang ihrer Stimme blickte er sich um und stand auf. Sie sah sein Gesicht und erschrak.

»Dick, du siehst aus wie hundert!«

»Und ich fühle mich wie tausend«, antwortete er und führte sie zu dem Sessel. »Setz dich. Das wäre das Ende, Leslie . . . und der Anfang.«

Sie nickte.

»Ich glaube, wir haben es geschafft, die häßlichsten Einzelheiten vor den Reportern geheimzuhalten. Der arme alte Harry.« Er bemühte sich nicht, die Tränen in seinen Augen zu verbergen. »Er war nichts weiter als ein unschuldiges Opfer.«

»Ein Opfer?«

»Ja, ein Opfer seiner Mutter«, sagte Dick. »Sie war geisteskrank, aber mein Vater kam erst dahinter, als Harry geboren war, und ihr Tod nahm ihm eine große Last von der Seele. Doch als Harry älter wurde, mußte er feststellen, daß sie ihm das Leiden vererbt hatte . . . Nun, was sagst du jetzt, wo du unser Familiengeheimnis kennst?«

Statt zu antworten, fragte sie: »Wer war der Schwarze Abt?«

»Ich«, erklärte er zu ihrer Verblüffung und erzählte ihr alles.

»Aber ich gönne es Harry, daß er das Gold noch gesehen hat, ehe er starb. Wie dumm wir alle waren! Aus dem Tagebuch ging indirekt hervor, daß der alte Lord Chelford den Schatz im Flußbett versteckt hatte. Wir hätten nur zwischen den Zeilen zu lesen brauchen. Es war ein Dürrejahr, der Ravensrill war so gut wie ausgetrocknet, und wahrscheinlich fand er ein tiefes Loch im Flußbett, versteckte das Gold darin und schüttete das Loch mit Kies zu, damit der Schatz nicht fortgeschwemmt wurde.«

»Du bist jetzt sehr reich, Dick.«

Er nickte langsam.

»Ja, ich denke, so kann man es nennen. Uns stehen noch ein paar lästige Dinge bevor, aber wenn wir die hinter uns haben und alles geregelt ist, reisen wir für ein Jahr ins Ausland und vergessen diese furchtbaren Ereignisse, ja?«

Sie nahm sein Gesicht in beide Hände und küßte ihn.